JESSICA SORENSEN

VERFÜHRT. LILA & ETHAN

Band 3

Roman

Aus dem Amerikanischen
von Sabine Schilasky

WILHELM HEYNE VERLAG
MÜNCHEN

Die Originalausgabe erschien unter dem Titel
THE TEMPTATION OF LILA AND ETHAN

MIX
Papier aus verantwortungsvollen Quellen
FSC® C014496

Verlagsgruppe Random House FSC® N001967
Das für dieses Buch verwendete FSC®-zertifizierte
Papier *Holmen Book Cream* liefert
Holmen Paper, Hallstavik, Schweden.

Vollständige deutsche Erstausgabe 08/2014

Printed in Germany 2014
Redaktion: Sabine Thiele
Umschlaggestaltung: t. mutzenbach design,
München unter Verwendung einer Abbildung
von © plainpicture/Cultura
Satz: KompetenzCenter, Mönchengladbach
Druck und Bindung: GGP Media GmbH, Pößneck
ISBN: 978-3-453-41771-7

www.heyne.de

Prolog

LILA

Schönheit, Eitelkeit, Perfektion. Drei Worte, die meiner Mutter heilig sind. Sie bedeuten ihr mehr als ihr Ehemann, ihre Töchter und ihr Leben. Ohne diese Eigenschaften wäre sie lieber tot. Und könnte ich sie nicht vorweisen, würde sie mich verstoßen. Sei makellos. Strahle. Was du auch tust, tu es herausragend. Das sind ihre Regeln, die mein Dasein bestimmen. Und mein Vater ist kein bisschen besser. Ich denke sogar, dass er schlimmer ist, denn selbst mit Schönheit, Perfektion und Makellosigkeit bin ich ihm nie gut genug.

Der dauernde Druck, perfekt zu sein, ist nicht auszuhalten und erdrückt mich. Manchmal könnte ich schwören, dass mein Zuhause schrumpfen und sich ausdehnen kann, die Wände zeitweise dichter zusammenrücken, um dann wieder zurückzuweichen. Wenn ich alleine zu Hause bin, fühlen sich die Räume riesig an, als gäbe es zu viel Platz und zu viele Wände. Sobald aber meine Eltern da sind, wird es so eng, dass ich kaum noch Luft bekomme, selbst wenn ich am anderen Ende des Hauses bin.

Vielleicht liegt es daran, dass ich immer irgendetwas falsch mache und sie mich laufend an meine unverzeihlichen Fehler erinnern. Entweder tue ich nicht genug, um sie zufriedenzustellen, oder ich bemühe mich nicht genug.

Es gibt unzählige Regeln, an die ich mich halten muss: Sitz gerade, nicht so krumm, rede nicht, es sei denn, man spricht dich direkt an, bau keinen Mist, sei perfekt, sei hübsch. Wir haben Erwartungen und Maßstäbe, denen du entsprechen musst. Wir müssen nach außen vollkommen sein, egal wie es drinnen aussieht. Die Regeln sind so anstrengend, und dabei bin ich vierzehn Jahre alt und möchte nur einmal im Leben ein bisschen Spaß haben und keine Twinsets, Tuchhosen oder Designerkleider tragen. Ich will mir mal keine Gedanken darüber machen, ob mein Haar glänzt und glatt ist oder meine Haut makellos. Wenn ich könnte, würde ich mir das Haar abschneiden und in einer wilden Farbe tönen – knallrot oder mit schwarzen Strähnen. Ich würde dick Eyeliner auftragen und dunkelroten Lippenstift. Ich würde alles tun, solange es nur zeigt, wer ich wirklich bin. Im Moment weiß ich gar nicht richtig, wer das ist. Ich kenne ja nur die Lila, die meine Mutter geschaffen hat.

Und die habe ich gründlich satt. Mich interessiert nicht, was die Leute über meine Familie denken. Ich will nicht mit zwei Leuten an einem Esstisch für zwanzig sitzen. Ich will keine Sachen essen müssen, die aussehen, als sollten sie noch gekocht werden. Ich will kein Abendessen mehr durchstehen müssen, bei dem mir erklärt wird, dass ich alles falsch mache. Und ich möchte mich nicht fühlen, als würde ich immer nur alles versauen. Ich wünsche mir, geliebt zu werden. Ja, das wünsche ich mir.

»Lila Summers«, sagt meine Mom streng und schnippt mit den Fingern. »Sitz gerade bei Tisch. Du ruinierst dir die Haltung, und es lässt dich kleiner wirken. Schlimmer noch, du könntest einen Buckel bekommen. Stell dir vor, wie scheußlich das aussieht.«

Ich atme langsam aus, straffe die Schultern, strecke die Brust nach vorn und schiebe weiter das Essen auf meinem Teller hin und her. »Ja, *Mutter.*«

Sie wirft mir einen vernichtenden Blick zu, weil ihr mein respektloser Ton missfällt. Ihr Gesicht ist frisch mit Botox behandelt, das sie sich regelmäßig spritzen lässt, sodass es wie eingefroren aussieht. Nichts bewegt sich oder gibt irgendwelche Gefühle preis. Andererseits ist meine Mutter auch ohne Botox so. Gefühle zu zeigen zeugt von Schwäche, und die dulden meine Eltern genauso wenig wie Versagen, Mittelmäßigkeit und den Namen der Familie beschmutzen, was ich angeblich dauernd tue.

»Ist das nicht ein kleines bisschen unsinnig?«, sage ich. Mir ist klar, dass ich mich auf dünnem Eis bewege. Mein Vater hasst es, wenn wir die Regeln infrage stellen, aber manchmal kann ich den Mund nicht halten, denn das tue ich sowieso viel zu oft. »Nicht mal entspannen zu können, wenn wir unter uns sind?«

»Vielleicht sollten wir sie an ihrem eigenen Tisch essen lassen«, bemerkt mein Vater und beißt von seinem Spargel ab. »Du weißt, wie ich über Ablenkung beim Essen denke.« Er hat immer schlechte Laune, aber heute ist sie besonders schlimm. Er war mit meiner Mutter zum Direktor meiner Schule zitiert worden, weil sie mich gestern beim Schwänzen erwischt haben. Es war kein Drama, denn ich hatte bloß eine Stunde Sport verpasst, doch sie mussten in der Schule erscheinen, und das allein war meinem Vater schon furchtbar peinlich, wie er mir auf der Rückfahrt mehrfach sagte.

»Nichts kann sie richtig machen«, beschwerte er sich auf dem Heimweg bei meiner Mutter. »Entweder reißt sie sich am Riemen, oder sie muss weg.«

Er sagte es, als wäre ich ein Hund, den man einfach ins Tierheim abschieben kann, wenn man ihn nicht mehr will.

Meine Mutter sieht mich nach wie vor wütend vom Tischende an. Es ist ein warnender Blick, dass ich ruhig sein soll, denn mein Vater ist nicht in der Stimmung für Streit – als wäre er es jemals. Sie hat blaue Augen und blondes Haar, genau wie ich, nur dass ihres schon grau wird, weshalb sie es alle zwei Wochen färben lässt. Sie geht regelmäßig zur Maniküre, trägt ausschließlich teure Designermode und hat einen Schuhschrank so groß wie die Häuser manch anderer Leute. Sie mag teuren Wein und natürlich ihre Tabletten. Ich bete zu Gott, dass ich nicht wie sie werde, doch wenn es nach meiner Mom geht, werde ich mit dem Sohn irgendeiner angesehenen Familie verheiratet, ganz gleich, ob wir uns mögen oder nicht. *Liebe ist dumm. Die bringt dir keine Zufriedenheit,* sagt sie immer. So kamen meine Eltern zusammen, was wohl ein Grund ist, warum sie an gegenüberliegenden Tischenden sitzen und sich nie richtig ansehen. Manchmal frage ich mich, wie ich überhaupt gezeugt wurde, denn ich habe noch nie gesehen, dass sie sich auch bloß geküsst haben.

Das Handy meines Vaters klingelt in seiner Hemdtasche. Er zieht es heraus und schaut aufs Display. Nach kurzem Zögern drückt er den Anruf weg und steckt das Telefon wieder ein.

»Wer war das?«, fragt meine Mutter, obwohl sie es schon weiß. Wir alle wissen es, sogar die Hausmädchen.

»Geschäftlich«, murmelt er und schiebt sich mehr Spargel in den Mund.

»Geschäftlich« ist seine vierundzwanzigjährige Affäre, von der meine Mutter weiß, die sie meinem Vater gegenüber jedoch nie erwähnt. Einmal habe ich gehört, wie sie mit ihrer Mutter darüber redete, und sie waren sich beide einig, dass solche Geschichten eben der Preis für ihr Leben im Luxus waren. Meine Mutter benahm sich, als wäre nichts weiter dabei, doch ich konnte an ihrer Stimme hören, dass sie verletzt war, und jetzt sehe ich es an ihrem Blick. Ich glaube, sie hat dadurch das Gefühl, ihre Jugend und Schönheit zu verlieren, weil sie älter und grauer wird und die ersten Falten langsam sichtbar werden.

»Dann bitte deine geschäftlichen Kontakte, in Zukunft nicht während des Abendessens anzurufen«, antwortet sie und sticht ihre Gabel in das Hähnchenfleisch. »Und Lila, ich sage es nicht noch einmal. Setz dich gerade hin, oder du gehst ohne Essen auf dein Zimmer. Du endest noch mit einem Buckel, und dann will dich keiner mehr.«

»Wir sollten wirklich noch einmal überlegen, sie auf das Internat in New York zu schicken, wo Abby war«, sagt mein Vater, ohne mich auch nur anzusehen. Er richtet seine Krawatte und isst noch einen Happen. »Ja, ich würde sogar meinen, sie muss dorthin. Mir reicht es mit diesem Theater hier, und ich bin mit meiner Geduld am Ende.«

»Aber, Douglas, ich finde nicht, dass wir sie so weit wegschicken sollten«, erwidert meine Mutter und hakt den Anruf der Geliebten mit derselben Gelassenheit ab, mit der sie jeden Morgen ihre Pillen einwirft.

Diese Unterhaltung führen sie fast jeden Abend. Mein

Dad sagt: »Schicken wir sie weg«, und meine Mutter antwortet: »Aber, Douglas.«

»Sie macht zu viele Scherereien.« Mein Vater verzieht das Gesicht und schneidet sein Hühnchen. »Die Schule schwänzen, um shoppen zu gehen, sich mit Gestalten herumtreiben, die wir nicht gutheißen. Ihre Noten sind bestenfalls durchschnittlich, und sie hat keinerlei Begabungen vorzuweisen, außer dass sie hübsch ist. Ich habe kürzlich Fort Allman getroffen, und sein Sohn ist gerade in Yale angenommen worden.« Er steckt sich ein Stück Fleisch in den Mund, kaut und schluckt, ehe er fortfährt: »Was können wir vorweisen, Julie? Zwei Töchter, von denen eine zweimal in der Entzugsklinik war und die andere wahrscheinlich noch auf der Highschool schwanger wird. Sie braucht eine strengere Führung.«

»Ich werde nicht schwanger«, widerspreche ich und merke, wie meine Schultern wieder nach vorn sacken. »Ich habe ja nicht mal einen festen Freund.«

»Sie ist viel zu unbedarft«, redet er über mich hinweg, als würde er sich für mich schämen. »Sie wird noch genauso wie Abby, und ich brauche wahrlich nicht noch so ein Mädchen im Haus. Ich wünsche mir eine Familie, auf die ich stolz sein kann, und auf dem Internat können sie vielleicht noch etwas retten – falls es nicht schon zu spät ist.«

Es fühlt sich an, als würde ich keine Luft mehr bekommen. Die Wände rücken zusammen, wollen mich zerquetschen. Meine Schultern sinken noch weiter nach vorn, bis ich beinahe zusammengerollt auf meinem Stuhl sitze.

»Auf sie wirst du stolz sein können. Dafür sorge ich, versprochen«, sagt meine Mutter kleinlaut und sortiert das

Gemüse auf ihrem Teller. »Sie braucht lediglich etwas mehr Disziplin.«

»Und falls nicht?«, fragt mein Vater. »Was dann?«

Sie antwortet nicht. Stumm zerschneidet sie ihr Fleisch, und ich höre ihr Messer über das Porzellan schaben.

Mein Vater sieht mich mit kaltem Blick und versteinerter Miene an. »In ihrem Alter wusste ich bereits, auf welches College ich gehen und wo ich arbeiten will. Ich half sogar dreimal die Woche meinem Vater im Büro. Was kann sie vorweisen? Dass sie hübsch ist? Sich nett anzieht? Zu dir wird, Julie? Ich sehe nicht, wie ihr das in Zukunft nützen soll. Nichts, sofern sie niemanden findet, der sie heiraten will. Und ich kann dir versichern, dass es zum gegenwärtigen Zeitpunkt nicht aussieht, als würde das passieren.« Er sagt das voller Arroganz. »Sie muss anfangen, sich weniger auf Jungs und Kleider zu konzentrieren und mehr auf Schule und Arbeit. Es reicht mir, was für eine gottverdammte Versagerin sie ist. Solange sich das nicht ändert, will ich sie nicht in diesem Haus.«

Ich sage mir, dass ich atmen muss, dass die Wände sich in Wahrheit nicht zusammenschieben und mich nicht zerquetschen. Dass die Gefühle in mir nichts als bloße Emotionen sind und ich mir eines Tages nicht mehr so wertlos vorkommen werde. Eines Tages werde ich mich geliebt fühlen. Ich sage mir auch, dass mein Vater nun mal so ist, wie er ist – so wie sein Vater zu ihm war. (Das weiß ich, weil ich es selbst miterlebt habe.) Meine Schwester Abby hat mir versichert, dass es da draußen eine ganze Welt weit weg von Eltern, Geld, Erwartungen und Eitelkeit gibt. In der man sein darf, wer man ist … Wer immer das sein mag.

Sie sagt, sie sei jetzt frei, und es wäre großartig, auch wenn nicht alles perfekt sei.

»Douglas, ich denke wirklich …«, beginnt meine Mutter, doch mein Vater hebt eine Hand, und sie verstummt.

»Als wir beschlossen, Kinder zu haben, hattest du mir zugesichert, dass ich nichts mit ihnen zu schaffen haben würde«, sagt er frostig. »Du würdest dich um sie kümmern, und ich könne mich ausschließlich meiner Arbeit widmen. Und jetzt sitze ich hier mit Tochter Nummer zwei, die mir dieselben Kopfschmerzen wie Tochter Nummer eins bereitet. So war das nicht vereinbart.«

Aus irgendwelchen Gründen stelle ich ihn mir an seinem Hochzeitstag vor, wie er seine Unterschrift unter einen Vertrag setzt, laut dem er sich nicht mit seinen Kindern abgeben muss, falls meine Mutter sich entschließt, welche zu bekommen.

»Ich bessere mich«, wage ich zu sagen. »Ehrlich, ich versuch's.«

»Du *versuchst* es?« Mein Vater lacht hämisch und legt seine Gabel ab. »Julie, sie geht aufs Internat. Es wird gut für sie sein.« Er spricht nicht mit mir. Das tut er überhaupt selten. Anscheinend bin ich nicht würdig, von ihm angesprochen zu werden.

»Gut, wir schicken sie hin«, lenkt meine Mutter plötzlich ein und senkt den Kopf. »Ich regle das gleich am Montag.«

»Was?« Ich bin normalerweise nicht so dumm, beim Essen laut zu werden, doch das hier ist ja wohl eine Ausnahme. Ich schiebe meinen Teller weg und lege die Hände auf den Tisch. »Das könnt ihr nicht machen! Ich gehe nirgends hin!«

Mein Dad verschränkt die Hände vor sich und spricht mich endlich direkt an. »Ich tue verdammt noch mal, was ich will. Du bist meine Tochter, trägst meinen Namen, und daher benimmst du dich, wie ich es erwarte, oder du gehst dahin, wo ich dich hinschicke. Wenn ich sage, geh auf ein Internat, gehst du auf ein Internat.«

Jetzt ist überhaupt kein Platz mehr zwischen den Wänden, dem Tisch und mir. Ich ersticke, wenn ich hier nicht rauskomme. Also schiebe ich meinen Stuhl zurück. Natürlich weiß ich, dass ich mich nicht so benehmen darf, aber ich kann nicht anders. »Was ist mit meinen Freunden? Mit der Schule? Mit meinem Leben hier? Ich kann das nicht einfach alles zurücklassen.«

»Deine Freunde sind nicht gut für dich«, sagt meine Mutter. »Sie verleiten dich zum Schwänzen und bringen dich in Schwierigkeiten.«

»Tun sie nicht«, widerspreche ich. »Ich habe doch so gut wie nichts gemacht, und selbst das war normal für einen Teenager.«

»Setz dich«, befiehlt mein Vater. »Du stehst erst auf, wenn du aufgegessen hast.«

Kopfschüttelnd trete ich vom Tisch zurück. »Das ist so zum Kotzen!« Ich habe nur sehr selten solche Ausbrüche, und jedes Mal laufen sie darauf hinaus, dass ich mit einem sehr langen Vortrag darüber bestraft werde, wie unbedeutend ich in dieser Familie bin.

Mein Vater sieht verärgert zu seiner Frau. »Kümmere dich um deine Tochter.«

Rasch steht sie auf und stemmt die Hände auf das weiße Tischtuch. »Lila …«

Ich laufe aus dem Esszimmer und auf die Treppe zu, doch in letzter Sekunde biege ich zur Diele ab. Ich muss unbedingt hier raus. Genau wie meine Schwester. Abby hat es getan. Ich will weglaufen von ihnen. Verschwinden. Abby lief immerzu weg, bis sie sie eines Tages fortschickten. Seitdem war sie nie wieder hier.

Ich höre meine Mutter brüllen und ihre hohen Absätze auf dem Marmorboden klackern, als sie mir nachrennt. »Lila Summers, wage es ja nicht, das Haus zu verlassen!«

Als ich die Haustür aufziehe, bin ich schlagartig von Wärme und Sonnenschein umgeben. Der Alarm schrillt los, doch ich bleibe nicht, um ihn abzuschalten. Ich flitze die gepflasterte Einfahrt hinunter und tippe den Code für das Tor ein. Meine Mutter ruft mir immer noch nach, aber ich laufe schon den Gehweg hinunter. Ich will frei sein, weg von ihnen und ihren Regeln. Unmöglich kann ich auf ein Internat gehen. Ich muss hier wohnen, wo die Leute sind, die mich mögen. Ohne Steph, Janie und Cindy habe ich niemanden. Ich wäre völlig alleine.

Die Vorstellung ist beängstigend, und mein Adrenalinpegel steigt erst recht. Schnell tragen mich meine Beine bis zur Straßenecke, und ich laufe weiter, bis ich die Bushaltestelle in zwei Meilen Entfernung erreiche, wo sich die Gegend verändert und anstatt riesiger Villen gewöhnliche, weniger auffällige Vororthäuser stehen. Ich bin erst einmal zuvor mit dem Bus gefahren, denke aber, dass ich es wieder schaffe. Und mir bleibt ja sowieso nichts anderes übrig. Ich habe mein Handy nicht dabei, also kann ich entweder herumlaufen, nach Hause gehen oder mit dem Bus zu meiner Schwester fahren und eine Weile bei ihr bleiben. Ich ziehe einen Zwanzig-Dollar-Schein aus der Hosentasche und setze mich auf die Bank, um auf den Bus in die Innenstadt zu warten.

Es dauert einige Zeit, bis der Bus kommt, und mich wundert, dass meine Mutter nicht auftaucht. Andererseits ist es unwahrscheinlich, dass sie sich in solch eine Gegend begibt. Ich bemühe mich, so zu tun, als wäre es keine große Sache – die es sehr wohl ist. Im Grunde bin ich ja froh, dass sie nicht aufgekreuzt ist und ich mir keine Predigt von ihr anhören muss. Aber insgeheim wünsche ich mir trotzdem, dass sie mir nachkommt, weil ich ihr dann nicht total egal wäre.

Die Busfahrt dauert ewig, und der Platz, auf dem ich sitze, riecht komisch: wie eine Mischung aus ungewaschenen Socken und einem sehr strengen Blumenduft. Außerdem ist es voll im Bus, und einige der Leute sehen echt unheimlich aus. So wie der Typ mir gegenüber, der sich jedes Mal die Lippen leckt, wenn er mich ansieht. Seine Schnürbänder sind offen, er hat eine löchrige Jeans an und sieht nur wenige Jahre älter als ich aus. Hässlich ist er nicht, doch seine vernarbte und etwas picklige Haut würde für meine Mutter reichen, ihn zu verdammen. Für sie verdienen nur schöne Menschen, reich zu sein. (Das hat sie sogar mal wortwörtlich zu meiner Großmutter gesagt, als die beiden sich mal wieder bei viel Wein gegenseitig das Herz ausschütteten.)

»Hast du Geld dabei?«, fragt er, rutscht auf seine Sitzkante und kratzt sich das unrasierte Kinn.

Ich schüttle den Kopf und drehe die Beine zur Wand. »Nein.«

»Sicher?« Er sieht auf meine Hosentasche und leckt sich wieder die Lippen.

»Ja, sicher.« Ich rücke dichter ans Fenster, während er mich richtig widerlich anstiert.

»Du bist verflucht schick, weißt du das?«, fragt er, und für einen Moment fühle ich mich auf unangenehme Weise geschmeichelt. »Hast du dich verirrt oder so was?« Als ich nicht antworte, legt er eine Hand auf mein Knie. »Wenn du willst, helfe ich dir, wieder nach Hause zu finden.«

»Fass mich nicht an«, sage ich leise, und mein Puls wird schneller, weil seine Hand an meinem Bein hinaufgleitet.

»Wieso denn nicht, Süße?«, fragt er. Inzwischen ist seine Hand auf meinem Oberschenkel. »Ist schon okay.«

Es dauert ein bisschen, ehe ich reagieren kann, weil mir mein Kopf und mein Körper unterschiedliche Dinge sagen, und das verwirrt mich. Es ist ja nicht so, als hätte mich noch nie ein Junge angefasst, aber aus irgendeinem Grund gibt mir die Hand von diesem Typen auf meinem Schenkel das Gefühl, was Besonderes zu sein. Menschliche Berührung, Haut an Haut. Ich hasse es, wie sehr ich mich danach sehne, und es ist auch ein kleines bisschen schön, von ihm angefasst zu werden, wofür ich mich gleich wieder schäme. Ich komme mir schmutzig vor, doch zugleich will ich es. Wohl weil ich so selten das Gefühl habe, dass mich jemand will.

Trotzdem nehme ich meinen ganzen Mut zusammen und schiebe seine Hand weg. Er lacht, sagt aber nichts mehr, und schließlich steigt er aus, wobei er noch eine Bemerkung macht, dass ich mit ihm kommen und mal »richtig Spaß haben« soll.

Ich werde etwas lockerer, als er weg ist, und versuche,

aus dem Fenster zu sehen, wo die Sonne langsam am Horizont versinkt und bald ganz weg ist. Jetzt starrt mir mein Spiegelbild von der Scheibe entgegen: meine tief liegenden blauen Augen, das schulterlange blonde Haar und die blasse Haut, die so glatt ist, dass alle denken, ich würde Make-up tragen, was ich gar nicht tue. Schönheit. Mir wird dauernd gesagt, dass ich schön bin, und andere scheinen mich darum zu beneiden, dabei bringt es mir nie das, was ich mir wünsche: Liebe, Zuneigung, etwas zu fühlen, anstatt innerlich leer zu sein.

Es ist dunkel, bis ich am Ziel bin, und kühl. Die Gegend, in der meine Schwester wohnt, lässt mich erst recht frösteln. Es ist ein heruntergekommenes Viertel, und eine Menge Leute sind auf den von Müll übersäten Gehwegen unterwegs. Auf der Bank an der Bushaltestelle schläft ein Mann, und einige Typen stehen vor einem leeren Gebäude mit verrammelten Fenstern und brüllen etwas nach oben. Einer von ihnen bemerkt mich, als ich aus dem Bus steige. Er tippt den Kerl neben sich an und raunt ihm etwas zu. Dann sehen beide mich an, und mir gefällt weder, wie sie mich anschauen, noch dass sie dreimal so groß sind wie ich.

Ich gehe nach rechts, obwohl es zu meiner Schwester nach links geht, nur um nicht an ihnen vorbeizumüssen. Dabei halte ich den Kopf gesenkt, um nicht noch zu betonen, wie ich aussehe. Mittlerweile weiß ich ja, dass jeder Blickkontakt zu Problemen führen kann.

»Hey, wo willst du denn hin, Baby?«, ruft einer von den Typen mir nach. »Komm doch her.«

Ich laufe los und werde erst langsamer, als ich zweimal um die Ecke bin und fast den Straßenblock umrundet habe.

Endlich komme ich zu einem ruhigen Stück, wo der Gehweg an einem Schrottplatz entlangführt, der von einem hohen Maschendrahtzaun abgesperrt ist. Ich gehe weiter mit gebeugtem Kopf, bis ich bei dem Haus bin, in dem meine Schwester wohnt.

Bei meinem ersten Besuch hier war ich schockiert. Meine Schwester war gerade wegen Drogenbesitzes aus dem Internat geflogen, und mein Dad ließ sie nicht wieder nach Hause, wollte ihr aber auch kein Geld geben. Vor dem Internat war sie ziemlich aufmüpfig gewesen und hatte oft laut gesagt, was sie dachte, aber eigentlich nie etwas Schlimmes getan. Als sie zurückkam, war sie still, drogenabhängig und kaum noch die Schwester, an die ich mich erinnerte. Dies hier war die einzige Wohnung, die sie sich leisten konnte, und die ist ein widerliches Loch. Die meisten Fenster an dem dreistöckigen Haus sind entweder kaputt oder mit Brettern vernagelt, und Leute schlafen auf der Treppe. Meine Mutter nennt es ein Crack-Haus, in dem verlotterte, unerwünschte Leute wohnen; sie besucht meine Schwester nie und will es auch niemals. Ich schaffe es bis in Abbys Etage, ohne von den Leuten auf der Treppe oder der Frau belästigt zu werden, die ihren Nachbarn von gegenüber obszön beschimpft. An Abbys Tür muss ich fünfmal klopfen, ehe sie aufmacht, und ich erkenne sofort, dass sie total high ist.

»Hey, Lila«, sagt sie benommen und blinzelt. »Wie komme ich denn zu der Ehre?« Sie hat ein sehr großes graues Sweatshirt und abgeschnittene Jeans an, für die allein meine Mutter sie schon verstoßen würde. Andererseits hat sie das ja quasi schon, also ist es egal.

»Hey.« Ich winke idiotisch, weil ich unsicher werde.

Abby macht die Tür weiter auf und lässt mich hinein. »Ich wette, das war Dad, oder?«, scherzt sie, während sie die Tür hinter mir schließt. »Sicher hat er dich hergeschickt, um nach mir zu sehen. Er will bestimmt wissen, ob es seiner geliebten Tochter gut geht und sie nicht tot irgendwo in der Gosse liegt.«

»Ich musste nur weg und einen klaren Kopf bekommen«, sage ich, hole tief Luft und blicke mich in ihrem Wohnzimmer um, das ungefähr so groß ist wie unsere Diele. Es riecht verqualmt und irgendwie nach Müll, und überall stehen diese verrückten Glasvasen und eine Menge Schnapsflaschen. »Mom und Dad wissen nicht, dass ich hier bin«, sage ich und drehe mich zu ihr. Ich überlege, sie zu umarmen, weil ich dringend in die Arme genommen werden möchte, aber Abby sieht so zerbrechlich aus. Wenn ich sie zu fest drücke, bricht sie womöglich auseinander.

Sie hat sich seit dem letzten Mal so verändert, dabei ist es erst sechs Monate her. Ihr blondes Haar wirkt fettig und dünn, ihre Poren sind riesig, und sie hat einige Wunden, die wie aufgekratzte Pickel aussehen. Ihre Lippen sind völlig ausgetrocknet und haben gleich zwei Herpesstellen. Außerdem hat Abby abgenommen, was nicht gut ist, weil sie sowieso schon zu dünn war.

Sie blinzelt mich wieder an und zeigt auf ein altes kariertes Sofa, das die eine Wand des schmalen Zimmers vollständig ausfüllt. »Setz dich doch«, sagt sie und lässt sich auf das Sofa fallen.

Ich klopfe einige Krümel vom Polster und setze mich hin. Auf dem Couchtisch liegt eine seltsam aussehende

Glühbirne, die kunstvoll bemalt ist, und ich greife danach. »Was ist das? Kunst?«

»Nicht anfassen«, fährt sie mich an und schlägt meine Hand weg. »Das ist keine Kunst, Lila.«

»Oh, Verzeihung.« Schon bereue ich, dass ich hergekommen bin, denn Abby freut sich nicht, mich zu sehen, und ist völlig neben der Spur. »Vielleicht sollte ich wieder gehen.« Ich will aufstehen, doch sie packt meinen Arm und zieht mich wieder nach unten.

»Nein, geh nicht.« Sie seufzt. »Es ist bloß …« Sie kratzt sich erst am Kopf und dann im Gesicht. »Ich weiß nicht, wieso du hier bist. Mom hat mir ziemlich deutlich gesagt, dass mich die Familie verstößt.«

»Ich würde dich nie verstoßen«, antworte ich. Früher haben wir uns mal richtig gut verstanden, vor dem Internat und den Drogen. »Ich … Es ist nur … Dad schickt mich ins Internat«, platze ich heraus. »In das, wo du auch warst.«

Schweigend starrt sie auf die Glühlampe auf dem Tisch. »Warum? Was ist passiert?«

Ich verziehe unglücklich das Gesicht. »Sie haben mich beim Schwänzen erwischt.«

Abby schüttelt den Kopf, und blanker Hass blitzt in ihren Augen auf. »Dad ist so ein beschissenes Arschloch. Als wenn man nie mal was falsch machen darf. Nicht mal eine Kleinigkeit. Und tut man es doch … wagt man es, existiert man für ihn nicht mehr.«

Ich widerspreche ihr nicht, obwohl ich schon mein Leben lang das Gefühl habe, für ihn nicht zu existieren. »Was soll ich machen?«

Sie zuckt mit den Schultern. »Da kannst du nicht viel

machen … nicht bis du achtzehn bist und so weit von zu Hause wegläufst wie möglich.«

Ich lehne mich auf dem Sofa zurück und sehe das bunte Poster von einer Gitarre an der Wand an. »Wie schlimm ist es?«

Sie nimmt ein Feuerzeug vom Couchtisch und greift nach der Glühbirne. »Wie schlimm ist was?«

»Das Internat«, sage ich und beobachte sie neugierig. *Was macht sie da? Wer ist die junge Frau, die da neben mir sitzt? Ich erkenne sie fast nicht wieder.*

Sie hält sich die Glühbirne an den Mund. »Nicht schlimmer als zu Hause.« Sie klickt das Feuerzeug an und bewegt die Flamme an dem Glas. Ich habe keine Ahnung, was sie tut, doch irgendwie denke ich, ich sollte wegsehen. Ich wende den Blick ab.

»Dann komme ich da klar?«, frage ich in Richtung des dunklen Wohnungsflurs, der zu einem Durchgang mit einem Perlenvorhang führt. »Ich meine, wenn ich hingehe? Es wird erträglich, oder?«

Sie lacht schnaubend und hustet. »Kommt ganz drauf an, wie toll du es bei uns zu Hause findest.«

»So übel ist es nicht«, erwidere ich, auch wenn mir die Lüge beinahe im Hals stecken bleibt.

Wieder schnaubt Abby. »Ach, Lila, mach dir nichts vor. Unser Familienleben ist ein Haufen Scheiße, der aus nichts als Lügen für die Leute da draußen besteht. Alle halten uns für die perfekte Familie, aber hinter verschlossenen Türen sind wir nichts als eine leere Hülle. Keine Umarmungen. Keine Küsse. Keine Zuneigung. Eine gefühllose Zombie-Mutter, die von ihrer Schönheit und Geld besessen ist. Ein desinteressierter Vater, der uns hasst und uns bei jeder Gelegenheit sagt, wie sehr wir ihm auf die Nerven gehen, nur weil wir da sind.« Sie hustet lauter, bis sie etwas hochwürgt und es auf den Boden rotzt. »Er will, dass es uns genauso schlecht geht wie ihm bei seinem Vater.«

Jetzt sehe ich wieder zu ihr. Sie legt die Glühbirne auf den Tisch zurück, und die Luft ist ein bisschen muffig. »Was ist das?«, frage ich.

»Hoffen wir, dass du das nie rausfindest. Hoffen wir, dass du eine Art Sonnenschein-und-Regenbogen-Leben führen kannst, nicht das hier.«

»Aber ich dachte, du hast gesagt, hier ist es besser. Dass du dich freier fühlst.«

»Tue ich auch.« Sie gähnt, und ihr fallen fast die Augen zu. »Aber ich will diese Art Freisein nicht für dich.«

»Und wieso machst du das, wenn du es nicht gut findest?«

»Weil es mich glücklich macht und alles Dunkle in der Welt damit nicht mehr ganz so dunkel ist.« Sie legt das Feuerzeug wieder auf den Couchtisch, überlegt kurz und zieht dann ein Knie an, um sich zu mir zu drehen. »Willst du einen schwesterlichen Rat?«

»Ähm …« Ich blicke mich in der Wohnung um, die voll von Drogenkram ist, wie ich vermute. »Klar.«

»Lebe dein Leben, Lila, so wie *du* es willst, nicht wie Dad oder sonst wer es will.« Wieder greift sie nach dem Feuerzeug, schließt halb die Augen und lallt ein bisschen, als sie weiterspricht. »Und wenn du auf dem Internat landest, halt dich fern von den problematischen Leuten, den wilden, gefährlich aussehenden. Die geben dir das Gefühl, richtig lebendig zu sein und beliebt, und sie reden dir ein, dass das Leben wirklich was bedeuten kann. Aber in Wahrheit benutzen sie dich nur. Und sie ziehen dich mit sich runter. Die lieben dich nicht richtig, Lila. Tun sie nicht. Liebe gibt es gar nicht, egal, wie sehr du dir das wünschst.«

Ich frage mich, warum sie mir das sagt. »Ähm … okay.«

Das erklärt sie mir nicht, denn unsere Unterhaltung ist offensichtlich vorbei. Abby steht auf und fängt an, wie ein Roboter auf Zucker und Koffein die Wohnung aufzuräumen. Ich sitze da und sehe ihr zu, während ich nachdenke, wie sie so werden konnte – so kaputt und gebrochen. Wegen eines Jungen? Einem, den sie geliebt hat? Redet sie deshalb so über Liebe?

Eine Woche später reise ich ins Internat ab. Mir sind Abbys Worte noch vage im Kopf. Leider hat sie vergessen, mich vor den Typen zu warnen, die äußerlich perfekt wirken, die charmant und scheinbar fehlerlos sind und einem zum ersten Mal das Gefühl geben, geliebt zu werden. Sie hat vergessen, mir zu sagen, dass die Liebe eine Illusion ist, auf die zwangsläufig Dunkelheit folgt. Dass mit dem Verschwinden der Liebe die Wände wieder auf einen einstürzen, einen erdrücken, bis man glaubt, noch ungeliebter und wertloser als vorher zu sein.

ETHAN

Ich sitze am Küchentisch, umgeben von Müll, Fuselflaschen und Kippen in dem wahrscheinlich dreckigsten Haus der ganzen Gegend, was eine Menge heißen will, denn in dieser Stadt gibt es viele heruntergekommene Häuser. Draußen ist es dunkel, und der Typ, dem das Haus gehört, ist dem 1960er-Hippiestil verfallen und hat die gesamte Bude mit Lavalampen vollgestellt. Er hat auch eine Schwarzlichtlampe, in deren Licht die Zähne so komisch weiß aussehen.

Vor einem Jahr war ich noch ein ganz normaler Typ, bin in die Schule gegangen und hatte einigermaßen anständige Noten. Heute bin ich ein fast siebzehnjähriger Schulabbrecher, der im Haus von irgendeinem Junkie abhängt, und ich habe keinen Schimmer, wie ich hier gelandet bin. Es kommt mir vor, als würde ich einen Abhang runterstürzen, mich mit Leuten herumtreiben, die ich kaum kenne und die nichts anderes interessiert, als das nächste Mal high zu sein und darüber zu reden, wie beschissen ihr Leben ist.

Zuerst war der Absturz irgendwie witzig und leicht, vor allem meine Gedanken abzuschalten, denn die haben mich total irre gemacht. Aber dann ging es immer weiter bergab, und ich merke, dass ich fast ganz unten bin. Wo ich nicht sein will. Und das nicht bloß, weil ich Nadeln hasse. Eigentlich komme ich damit bis zu einem gewissen Grad klar, solange sie jemand anderem reingestochen werden, nicht mir. Und das sollte doch reichen, um mich vor so einer Situation wie dieser zu bewahren. Trotzdem bin ich hier und beobachte, wie sich direkt vor mir einer einen Schuss setzt, und das nur, weil ich irgendwie neugierig bin und mir kein Grund einfällt, aufzustehen und zu gehen. Außerdem ist da London, meine eine Schwäche auf dieser Welt, egal, wie gerne ich es leugnen würde. London ist die eine

Person, wegen der ich bescheuerte Entscheidungen treffe, obwohl ich weiß, wie dämlich sie sind. Und die mich meine Keine-Freundin-Regel brechen ließ.

Der Typ, dem das Haus gehört, schnippt mit den Fingern gegen die Spritze und setzt die Nadel an seinem Unterarm an. Nachdem er einige Male eine Faust gemacht und sie wieder gelockert hat, ballt er sie richtig und stößt die Nadel unter seine Haut und tief in die Ader. Ich verziehe das Gesicht, weil sich in mir alles verkrampft; da holt er die Nadel schon wieder heraus und lässt sie auf den Tisch vor sich neben einen Löffel fallen. Er sackt auf dem Küchenstuhl nach hinten und gibt ein Stöhnen von sich, das ich richtig gruselig finde.

»Und so wird man high, ihr Penner«, sagt er, als sich seine Augen verdrehen. »Das fühlt sich echt …« Er dämmert weg, und sein Kopf fällt zur Seite.

Ich kapiere nicht, wieso ich noch hier bin. Warum ich hergekommen bin, ist klar: wegen London. Vor fast einem Jahr habe ich sie kennengelernt. Ich traf sie auf einer Party, sie war betrunken und brauchte jemanden, der sie nach Hause fährt. Irgendwie war das plötzlich mein Job. Zuerst war ich genervt und habe sie es auf der Fahrt deutlich spüren lassen. Aber dann fing sie an zu weinen, und das so sehr, dass ich rechts rangefahren bin, weil ich dachte, sie wird gleich ohnmächtig. Als ich anhielt, ist sie rausgesprungen und ins Feld neben der Straße gerannt.

»Das ist doch ein Scherz«, murmelte ich und stellte die Gangschaltung auf »Parken«. Mit Tränen konnte ich noch nie gut umgehen, und für einen Moment überlegte ich, London laufen zu lassen und weiterzufahren. Aber so ein

Arsch bin ich nicht. Also habe ich vor mich hin geflucht, bin ausgestiegen und ihr nach. Sie hockte mitten auf dem Feld und heulte.

»Hör mal, ich weiß nicht, was dein Problem ist, aber ich fahre dich lieber nach Hause«, sagte ich zu ihr und bemühte mich, cool zu bleiben. Es war schon spät – oder vielmehr: früh – und ich wollte wieder zurück zu der Party. »Kannst du mir bitte einen Gefallen tun und wieder in den Truck steigen?«

Sie schüttelte den Kopf und umklammerte fest ihre Knie. »Lass mich einfach hier.«

»Oh, glaub mir, das würde ich gerne.«

»Schön.« Sie vergrub das Gesicht an ihren Beinen. »Ich will nicht …« Sie wischte sich die Augen.

Da stand ich, mitten in dem verdörrten Gras, und dachte nach, was ich tun sollte. Sollte ich sie fragen, was los war, oder meine Klappe halten? Ich wollte schon gehen, als sie zu schluchzen anfing, so richtig verzweifelt zu schluchzen. Plötzlich hatte ich einen Flashback zu der Zeit, als ich ungefähr acht war und mein Dad diese Phase hatte, in der er mich jedes Mal grün und blau prügelte, wenn er seine Schmerzmittel absetzte, und wie ich mich damals so zusammenrollte und schluchzte. Es war eigentlich nicht dramatisch oder so und dauerte auch bloß etwa ein Jahr, aber damals war es heftig.

Obwohl ich keine Ahnung hatte, warum London weinte, bekam ich ein bisschen Mitleid mit ihr, weil offensichtlich irgendwas nicht stimmte. »Hey, bist du okay?« Ich hockte mich vor sie. »Soll ich dich woanders hinbringen, nicht nach Hause?«

Sie wurde still, und als sie zu mir aufsah, hatte sie einen zynischen Gesichtsausdruck, was mich ganz schön erschreckte. »Wohin? Zu dir? Damit du mich vögeln kannst?«

»Nein.« Ich stand auf und wich einen Schritt zurück. »Ich wollte nur helfen. Sonst nichts. Aber wenn du gleich rumzickst, lasse ich dich eben hier sitzen.«

Sie sah mich an, während sie aufstand, und langsam wurde ihr trauriger Blick prüfend. Sie musterte mich. »Du bist ein Arschloch.«

»Danke«, murmelte ich. Na und? So wurde ich nicht zum ersten Mal genannt. Tatsächlich hatte ich schon weit üblere Beschimpfungen gehört.

»Wenn du mir wirklich helfen willst«, sagte sie und nahm meine Hand, »dann sei still.«

Bevor ich antworten konnte, zog sie mich zurück zu meinem Truck am Straßenrand. Ich dachte, sie wollte mir ihr Herz ausschütten oder so, aber als wir im Truck saßen, holte sie einen Joint aus ihrem BH. Wir rauchten ihn, und hinterher fragte sie mich, ob ich sie vögeln will. So sehr ich auch Sex mochte, war etwas an ihr – vielleicht diese traurigen Augen –, das mich zum ersten Mal zögern ließ, seit ich anfing, mit Mädchen zu schlafen. Zugegeben, London hatte diesen rebellischen Schlampenlook mit engem Lederrock und tiefem Ausschnitt, aber sie sah auch verletzt aus. Es war mehr, als würde sie etwas suchen, das ihre Traurigkeit vertrieb, und in dem Moment schien das Sex zu sein.

»Ich bringe dich lieber nach Hause«, sagte ich und drückte den Joint im Aschenbecher aus.

»Wieso?«, fragte sie spöttisch und zog die Brauen hoch. »Hast du Angst vor mir oder so?«

Ich verdrehte die Augen. »Red keinen Quatsch.«

Sie musterte mich wieder. »Bist du noch Jungfrau?«

Ich lachte. »Seit zwei Jahren nicht mehr, Süße.«

Sie lächelte abfällig. »Und was ist das Problem?«

»Ich habe keine Ahnung«, log ich.

Sie nagte an ihrer Unterlippe. Ihre Augen waren rot und geschwollen vom Weinen, und Wimperntusche lief ihr über die Wangen. Ich kannte sie praktisch nicht, aber ich wollte diesen traurigen Blick verscheuchen, was ich selbst nicht verstand. *Keine Nähe, keine Beziehung,* lautete meine Regel.

»Dann schlaf mit mir.« Sie rutschte über die Vorderbank zu mir, presste grob ihren Mund auf meinen und biss mich in die Unterlippe. Ich wollte mich zurückziehen, doch am Ende dachte ich mit meinem Schwanz und erwiderte den Kuss.

Wir machten es auf der Rückbank meines Trucks. Es war grober, verschwitzter, leidenschaftlicher Sex, der mir zu der Zeit den Schädel wegblies. Ich meine, ich hatte ja schon vorher Sex gehabt, aber dieser war anders, und all das Überlegen und Alleinsein-Wollen löste sich umgehend in den Wunsch nach mehr im Leben auf. Nicht dass ich gewusst hätte, was.

Danach wurde ich sozusagen süchtig nach ihr und ihrer Unberechenbarkeit, ihrer Spontaneität und ihrer Wildheit. Sie machte mich mit Gras bekannt, und wir verbrachten Stunden im Bett, redeten nie richtig, und das machte die Beziehung leicht und unkompliziert.

Jetzt aber, sechs Monate später, hocke ich in der Bude eines Heroinsüchtigen, weil sie mich darum gebeten hat.

Das ist echt nicht meine Szene. Ich meine, ich werde high von Joints, und ich habe auch Kokain probiert, aber Heroin ist eine völlig andere Liga, und ich weiß nicht, ob ich in der mitspielen will.

London streckt ihren Arm über den Tisch. Sie hat kurze schwarze Haare mit roten Strähnen, und ihre eine Braue ist gepierct, genau wie die Stelle direkt über ihrer Lippe, neben einer vorstehenden Narbe, die von ihrer Nasenseite bis zu ihrem Mund verläuft. Ich habe sie schon Dutzende Male gefragt, woher die ist, aber sie sagt es mir nicht. Überhaupt erzählt sie mir vieles nicht.

»Ethan?« London sieht mich bettelnd an. »Ich kann mir keinen Schuss setzen. Kannst du mir bitte, bitte helfen?«

Ich schüttle den Kopf. »Nein, tut mir leid, ich weiß nicht, wie das geht.«

»Weiß ich doch, Baby, aber das kann ich dir erklären. Das klappt schon, vertrau mir.« Sie hat diesen flehenden Blick, während sie mir mit der freien Hand durchs Haar fährt, um mich aufzuheizen. »Bitte, ich brauche das wirklich.«

Sie braucht immer irgendwas wirklich, und normalerweise lasse ich sie, weil sie ja schließlich nicht mir gehört, aber das hier – könnte ein bisschen zu viel sein.

»Seit wann bist du auf dem Zeug?«, frage ich und drehe mich um zu den Leuten, die auf dem Wohnzimmerfußboden herumliegen. »Ich bin seit sechs Monaten mit dir zusammen, und ich habe dich noch nie mit was anderem als Gras oder Koks gesehen.«

»Tja, dann kennst du mich wohl nicht besonders gut«, kontert sie und reißt ihre Hand aus meinem Haar. »Und du bist nicht mit mir zusammen. Ich lass dich bloß hinter mir herlaufen.«

Jetzt werde ich sauer. Ich lasse meine Fingerknöchel knacken, danach meinen verspannten Nacken. »Okay, jedenfalls helfe ich dir nicht hierbei.« Sie zieht einen Schmollmund, aber ich habe kein Mitleid mit ihr.

»Das wirkt bei mir nicht«, sage ich. »Nicht bei dem hier.«

»Ich helfe dir, Baby.« Der Typ ist in ihrem Alter – er heißt Drake oder Draven oder irgendwie so vampirisch klingend, glaube ich – und kommt in die Küche. Er ist ein echter Arsch, beachtet mich gar nicht und sieht London an, als wäre sie seine Freundin oder so ein Scheiß. »Hast du eine Nadel?«

Sie schüttelt den Kopf und streicht sich das Haar hinters Ohr, weg von ihrer Schulter, sodass ihr Tattoo zu sehen ist: *broken*. Einmal habe ich sie gefragt, was das heißen soll, und sie hat geantwortet, sie wäre eben gebrochen. Als ich nachfragte, warum, hat sie mir nur gesagt, dass sie nicht darüber reden will, sondern vögeln. Das sagt sie oft.

»Nur die hier.« London tippt an die benutzte Spritze auf dem Tisch, und ich verziehe angewidert das Gesicht.

Der andere Typ lässt sich auf den Stuhl neben ihr fallen und nimmt die benutzte Nadel von dem Kerl auf, der weggetreten am Tisch hängt. Dann nimmt er den Löffel und das Feuerzeug.

»Ist dir klar, dass das ungesund ist?«, frage ich London und ziehe die Ärmel meines Karohemds nach unten. »Und blöd?«

»Habe ich behauptet, dass ich nicht blöd bin?« Sie sieht mich provozierend an.

»Nein, aber das heißt nicht, dass du dich wie ein Schwachkopf benehmen musst.« Ich blicke zu Draven oder Drake. »Der du nicht bist.«

»Tja, Drake macht das für mich«, sagt sie, und ihrem Blick nach weiß sie sehr wohl, dass das ein heikles Thema ist. Ich hasse es, schwach rüberzukommen, und jetzt überlasse ich sie einem anderen?

Ich sehe auf die Spritze in seiner Hand, als er etwas von der Flüssigkeit in dem Löffel aufzieht, und will ihm die Faust ins Gesicht schmettern. Ich will ihn anbrüllen, London anbrüllen, und das nicht bloß, weil sie es jetzt tut, sondern weil ich mich frage, ob sie sich schon früher dreckige Nadeln reingejagt hat. Scheiße, was ist, wenn sie mich mit irgendwas angesteckt hat? Aber ich schreie sie nicht an, denn dann wäre ich genau wie mein Vater, der in einer Tour meine Mutter anbrüllt. Ehrlich, am liebsten will ich einfach nur weg aus diesem beschissenen Haus.

»Können wir nicht gehen?«, frage ich. »Es gibt garantiert noch was anderes, auf das du Lust hast. Wir können mit Jessabelle und Big D abhängen.«

»Mit den zwei Losern?«, erwidert sie, und ich erkenne an ihrem Tonfall, dass sie nicht aufgeben wird, denn wenn London sich zu etwas entschlossen hat, kann sie keiner umstimmen.

»Wer hat denn den Penner angeschleppt?«, unterbricht uns der andere und nickt zur Haustür. »Wenn du hiermit nicht klarkommst, verschwinde, Alter.«

Der Typ ist doppelt so breit wie ich – Stiernacken, groß, kräftig –, und ich bin sowieso nie scharf auf Prügeleien. »Komm mit mir«, versuche ich es wieder bei London. »Ich kann dich nach Hause bringen, oder wir fahren zu mir.«

»Und was da? Reden? Rummachen? Ficken?« Sie schüttelt den Kopf. »Darauf habe ich jetzt keinen Bock, Ethan. Was ich will – was ich brauche –, ist das hier.« Sie sieht wieder zur Spritze und ballt einige Male die Faust. »Gott, ich brauche das unbedingt.«

Es ist offensichtlich, dass ihr irgendetwas zu schaffen macht, und ich sollte dem endlich auf den Grund gehen, bevor sie etwas selbst für ihre Verhältnisse Drastisches tut. »London, bitte, komm mit mir und erzähl …«

»Halt verdammt noch mal die Fresse, Ethan!«, schreit sie und knallt ihre freie Hand auf den Tisch. Einer der Typen im Wohnzimmer lacht auf, und der Weggetretene am Tisch kippt mit seinem Stuhl um und schlägt hart auf dem Boden auf. Keinen scheint es zu interessieren. »Ich brauche keinen verdammten Helden und erst recht keinen kleinen Highschool-Jungen, der mich retten will. Ich will jemanden, der mir gibt, was ich will, und mich so leben lässt, wie ich möchte.«

Zähneknirschend stehe ich auf. »Gut. Mach doch, was du willst. Such dir jemand anderen. Interessiert mich nicht.« Was nicht stimmt. Es interessiert mich sogar sehr. Ich will London, wie ich noch nie jemanden in meinem Leben gewollt habe. Insgeheim habe ich mir immer gewünscht, dass ich meinen ganzen Mist hinter mir lasse und per Anhalter quer durch die Staaten fahre, dann über das schreibe, was ich sehe und fühle und wie sehr ich es hasse, von Leuten, der Welt und dem ganzen Gerede umringt zu sein. Aber jetzt gibt es London und mich. Ich glaube, dass ich in sie verliebt bin, obwohl sie komplett durchgeknallt ist und ich tatsächlich nicht viel über sie weiß. Aber so bin ich auch. Ich erzähle selten, wer ich bin, und bringe andere völlig durcheinander, wenn ich es tue. Tief im Innern denke ich, wir könnten wunderbar in unserer kleinen verkorksten Welt zusammen sein, wo wir übers Außenseitersein reden und unsere Leben auskosten. Aber nicht so. Nicht mit beschissenem Heroin in unseren Adern.

An Londons Gesicht kann ich unterschiedliche Gefühle ablesen, als ich zur Tür gehe: Sie ist wütend, verwirrt und gekränkt. Doch ich setze einen Fuß vor den anderen. Als ich aus der Küche gehe, überkommt mich dieser kleine Impuls, mich umzudrehen und sie nochmals überreden zu wollen, es nicht zu machen. Doch als ich mich zu ihr umdrehe, drückt der Kerl ihr schon die Nadel in den Arm. Kopfschüttelnd und mich innerlich windend, stürme ich aus dem Haus. Mir ist klar, dass sie mich später oder morgen früh anruft, damit ich sie abhole, wie sie es immer macht. So läuft es eben mit London. Sie kommt zu mir zurück, egal was war, und wahrscheinlich nehme ich sie auch künftig immer wieder zurück, weil dies eine einsame Welt ist und sie die Einzige, die kapiert, was es heißt, sich ausgeschlossen zu fühlen. Sie hat mir versprochen, sie würde immer zu mir zurückkommen, und das tut sie auch verlässlich. Deshalb weiß ich sofort, als sie auch am nächsten Morgen nicht anruft, dass etwas nicht stimmt. Es ist das erste und das letzte Mal, dass sie nicht zu mir zurückgekehrt ist.

Kapitel 1

Heute …

LILA

Ich habe einen Wo-zur-Hölle-bin-ich-Moment. Ich schlage um mich, und mein Puls rast, als ich versuche, mich zu orientieren. Ich öffne die Augen, erkenne aber nichts, außer dass ich nackt in einem Bett liege, verschwitzt bin und mich supereklig fühle. Mein Kopf scheint in einem Aquarium festzustecken, während ich mich zu erinnern versuche, wo ich meine Pillen gelassen habe, aber ich weiß ja nicht mal, wo ich bin. An den Wänden hängen Fotos, nur von keinem, den ich kenne. Der Wandschrank steht offen, und es sieht aus, als hinge da ein Football-Trikot. *Habe ich mit einem Football-Spieler geschlafen? Nein, das hört sich unwahrscheinlich an.* Mein Blick fällt auf die aufgerissene Kondompackung auf dem Nachttisch, und ich bin sehr erleichtert. Zwar nehme ich die Pille, doch die schützt mich nur vor Schwangerschaft. *Gott, ich muss echt aufhören, das zu machen.*

Allmählich bin ich an solche Momente gewöhnt: Mit Brummschädel und Panik in fremden Zimmern aufzuwachen und jene hartnäckige Scham zu empfinden, die offenbar genauso zu mir gehört wie die Luft in meiner Lunge und das Blut in meinem Herzen. Ich verdiene nicht, mich nach meinen Entscheidungen besser zu fühlen. Ich weiß ja, wer ich innen drin bin, und ich wehre mich nicht mehr dagegen. Es ist befreiend und herzzerreißend zugleich, denn so muss ich sein, so bin ich, und das ist traurig. Trotzdem kann ich nach außen lächeln, der Welt zeigen, wie glücklich ich bin, und nur darum geht es, selbst wenn ich innerlich sterbe.

Es läuft immer gleich ab, und ich kenne es inzwischen in- und auswendig: Ich wache auf, sehe mich um, versuche, mich an irgendwas zu erinnern, und wenn all das nicht klappt: nichts wie weg. Langsam setze ich mich auf und versuche, den Jungen neben mir nicht zu wecken. Er hat dunkelbraunes Haar und eine ziemlich kräftige Statur, aber er liegt mit dem Rücken zu mir, und meine Erinnerung ist vernebelt, sodass ich nicht weiß, wie er von vorne aussieht. Ist vielleicht auch besser so. Was immer ich bei ihm gesucht habe – Liebe, Glück, einen herrlichen Moment der Verbundenheit –, hatte es nicht gegeben. Und mittlerweile bezweifle ich, dass es jemals eintreten wird.

Ich halte den Atem an, steige aus dem Bett und ziehe mein Kleid an, sodass meine Blöße und die Narbe bedeckt sind, die sich um meine Taille zieht. Die Narbe erinnert mich daran, warum ich hier bin. Ich will die Knöpfe hinten an meinem Kleid schließen, doch meine Finger sind taub, als hätte ich letzte Nacht etwas Komisches damit gemacht, was durchaus möglich ist. Wenn ich so betrunken bin, neige ich dazu, extreme Sachen zu tun. Manchmal lösen sich auch die Fingernägel ab, und im Internat hat man mich früher »Beiß- und Kratzschlampe« genannt. Ab und zu frage ich mich, ob ich zum Spaß so bin oder wegen der

Angst, die mich beim Sex überkommt. Und es ist *seine* Schuld. Dafür werde ich ihn ewig hassen, auch wenn ich mal geglaubt habe, dass ich ihn liebe, und alles für ihn getan hätte. Doch wie sollte ich? Ich war viel zu jung, um überhaupt zu wissen, was Liebe ist. Eigentlich weiß ich es bis heute nicht, und ich bin zwanzig Jahre alt.

Ich gebe es auf, das Kleid zuknöpfen zu wollen, nehme meine Schuhe und gehe auf Zehenspitzen zur Tür. Mir fällt ein Geldbündel auf dem Nachttisch auf, neben einem Ring, der wie ein Football-Meisterschaftsring oder so aussieht. Und auf der Kommode sind mehrere leere Biergläser und ein vertrocknetes Sandwich.

»Bäh, ich muss richtig besoffen gewesen sein«, murmle ich mit Blick auf das Essen und bin erst recht angewidert, als ich mein Spiegelbild sehe.

Ich gehe raus und rechne damit, auf dem Korridor eines der Wohnheime auf dem Campus zu landen. Stattdessen finde ich mich in einem großen Wohnzimmer wieder, in dem Säulen an den Wänden entlang verlaufen und durch Panoramafenster Licht hereinströmt. Auf dem Marmorfußboden liegt ein großer weißer Teppich. Das hier muss ein Apartment oder so sein, so schick wie es ist.

Einige Leute sitzen auf einer Ledercouch in der Mitte und sehen auf einen Flachbildschirm direkt neben mir an der Wand. Ich kann mich an nichts erinnern außer Shots in einem Nobelklub, einen langen schwarzen Mercedes, jemandes Hände und Lippen auf mir und meinen Wunsch, einfach bewusstlos zu werden. Das muss ich wohl auch geworden sein, denn danach weiß ich nichts mehr.

Die anderen sehen alle gleichzeitig zu mir, und mir fällt

auf, dass sie älter sind, etwa Mitte zwanzig, und sofort fühle ich mich hier falsch. Andererseits scheine ich auf ältere Typen zu stehen – jedenfalls wenn ich betrunken bin.

»Hey«, sagt einer mit einem stoppeligen Kinn zu mir. »Du siehst ein bisschen verloren aus.«

»Ja, bin ich auch.« Ich ringe mir ein Lächeln ab und halte den Kopf hoch, als ich den peinlichen Gang durchs Wohnzimmer antrete. Die anderen fangen an zu lachen, und ich wünsche mir, ich könnte unverschämter auftreten, wie Ella, meine beste Freundin und frühere Mitbewohnerin. Kann ich aber nicht. Klar kann ich auch schon mal frech werden, wenn es die Situation erfordert, doch im Moment komme ich mir eklig ungepflegt vor und verachte mich dafür, dass ich eben erst aufgewacht bin, dass mein Makeup verschmiert ist, meine Haare gruselig aussehen und meine Sachen nach Alkohol stinken. Außerdem komme ich gerade von einem Trip runter, was kein schönes Gefühl ist. Und ich habe nichts bei mir, um meine Stimmung zu heben.

Ich renne durchs Zimmer und reiße die Tür auf. Als ich aus der Wohnung gehe, höre ich einen der anderen lachend etwas sagen – ich wäre eine Schlampe oder so. Rasch knalle ich die Tür zu, um ihr Lachen zu dämpfen. Ich gehe durch den Korridor und die Treppe hinunter. Unten stoße ich die Haustür auf und trete hinaus in den Sonnenschein und die lauwarme Novemberluft. Draußen geht es mir schon ein bisschen besser, nur dass ich keine Ahnung habe, wo ich bin. Ich erkenne lediglich, dass das hier eine Wohnanlage ist.

»Mist.« Ich drücke die Finger auf meine Nasenwurzel.

Mein Kopf brummt mörderisch, mein Haar riecht nach Bier, und meine Haut ist klebrig. Ich laufe über den Rasen zur Straßenecke, um das Schild zu lesen. Es könnte schlimmer sein. Ich hätte in einer mieseren Ecke von Las Vegas landen können; dies hier sieht nach einer der netteren Gegenden aus, und in der Sackgasse um die Ecke stehen lauter elegante Villen. Ich schirme meine Augen ab und blicke zu dem Straßenschild auf. Verdammt. Es ist viel zu weit weg von meiner Wohnung, um zu Fuß zu gehen. Also muss ich entweder den Bus nehmen, was ich noch nie leiden konnte, oder ich rufe jemanden an. Doch der Einzige, den ich hier noch gut genug kenne, dass er mich so sehen darf, ist Ethan Gregory. Er ist auch der einzige »Bad Boy« in meinem Leben und der einzige Junge, der noch nie mit mir schlafen wollte, was ihn für mich weniger schlimm macht, allerdings nicht für die vielen anderen Mädchen, mit denen er schläft.

Im vorletzten Sommer bin ich Ethan zum ersten Mal begegnet, als ich mit meiner Freundin Ella in ihre Heimatstadt gefahren bin. Ethan war der beste Freund von Micha, in den Ella verliebt war – auch wenn sie das damals nicht zugab. Während die beiden mit ihren Problemen beschäftigt waren, habe ich viel Zeit mit Ethan verbracht, und wir haben uns richtig gut verstanden. Zwischen uns war gleich so eine seltsame Verbundenheit, als würden wir uns wirklich verstehen, obwohl wir aus zwei völlig verschiedenen Welten kommen: arm und reich. Als im Herbst das College wieder anfing, blieben wir in Kontakt. Dann ist er hierhergezogen, und seitdem machen wir oft was zusammen.

Ich fluche leise vor mich hin. Zum Glück ist mein Handy

noch in der Seitentasche meines Kleids, und ich drücke Ethans Nummer.

Er meldet sich nach dem dritten Klingeln und hört sich amüsiert an. »Ah, hallo, hübsche Lila. Was hast du diesmal angestellt?«

Ich ignoriere das Kribbeln, das seine Stimme verlässlich in mir auslöst. Nach ungefähr einem Jahr bin ich ziemlich gut darin, die Gefühle weit von mir zu weisen, die er in mir weckt, was aus mehreren Gründen gut so ist. Nicht nur leben wir in zwei unterschiedlichen Welten: Ich mag schöne Dinge, und Ethan ist kein bisschen materialistisch. Er nennt mich oft verwöhnt, und ich nenne ihn einen Spinner, weil ich die meisten der Sachen, die er macht, nicht begreife, wie zum Beispiel, warum er sich keine netteren Klamotten kauft, wenn er doch das Geld hat. Er ist so sexy, und würde er Jeans ohne Löcher, neue Schuhe und neue Shirts tragen, sähe er so viel besser aus.

Außerdem muss ich gestehen, dass mir dauernd die Worte meiner Mutter durch den Kopf hallen: *Wenn du keinen Mann findest, der für dich sorgt, endest du in einem Crack-Haus, genau wie deine Schwester. Such dir einen reichen Mann, Lila, und halte ihn fest, egal, welche Opfer du bringen musst.* Es ist absurd, trotzdem kann ich nichts gegen meine Angst davor tun, dass ich eines Tages in Lumpen auf einem verwanzten Sofa hocken und Crack aus einer Pfeife rauchen könnte.

»Ich habe gar nichts gemacht … glaube ich jedenfalls. Ich brauche nur jemanden, der mich abholt«, antworte ich jammernd, weil ich müde, schmutzig und eklig bin.

»Schon wieder?« Er tut so, als wäre er genervt, aber ich

weiß, dass er es nicht ist. Er will nur, dass alle das denken, denn er wirkt gerne wie ein tougher, mieser Typ. Dabei ist er das nicht. Eigentlich ist er sogar richtig nett, redet mit mir, hört mir zu und schenkt mir Candy Canes. Ich habe noch eine ganze Schublade voll von denen, die ich weder essen noch wegwerfen kann, weil sich das anfühlen würde, als würde ich einen schönen Augenblick mit einem Jungen verlieren. Und solche Augenblicke sind sehr selten.

»Bist du noch da?«, unterbricht er meine Gedanken.

»Ja, und ich brauche *mal wieder* jemanden, der mich abholt.« Ich setze mich auf den Bordstein und versuche, nicht an Candy Canes oder rote Spitzen-BHs zu denken. Das war ein einmaliges Erlebnis. Wir einigten uns darauf, nichts miteinander anzufangen. Na ja, also im Grunde habe ich nur zugestimmt, weil Ethan unbedingt klarstellen wollte, dass es nie wieder passiert. »Also holst du mich jetzt ab oder nicht?«

»Wow, sind wir heute schnippisch«, bemerkt er scherzhaft. »Und ich glaube, das kann ich mir heute nicht antun. Zu müde von der Frau letzte Nacht. Die hat mich echt geschafft. Außerdem muss ich nachher arbeiten.«

»Sei kein Arsch.« Ich runzle die Stirn, obwohl er mich nicht sehen kann. »Bitte lass den Quatsch und hol mich, bitte, bitte.«

Er zögert kurz, ehe er seufzt. »Okay, ich komme, aber nur, wenn du es sagst.«

»Ich sage es nicht, Ethan. Nicht heute.« Ich stütze einen Arm auf mein Knie und das Kinn in die Hand. Er will, dass ich ihm sage, ich werde seine Sexsklavin sein. Das musste ich ihm das letzte Mal versprechen, als er mich abgeholt hat. Natürlich will er gar nicht, dass ich das bin. Er findet es nur witzig.

»Das war die Abmachung«, erinnert er mich. »Falls ich dich je wieder irgendwo aufsammeln muss.«

»Aber ich habe zugestimmt, als es mir nicht so furchtbar ging«, erwidere ich und verziehe das Gesicht. »Als es mir wie eine gute Idee vorkam.«

»Na gut.« Er gibt viel zu leicht auf, und ich muss ein bisschen grinsen. »Aber nächstes Mal zwinge ich dich … Ja, ich könnte sogar *dein* Sexsklave sein, wenn du das nächste Mal anrufst«, sagt er, und ich stöhne. »Ich mache mich gleich auf den Weg.«

»Danke«, antworte ich und strecke die Beine aus. »Und es tut mir leid, dass ich so angepisst bin. Ich habe nur einen Kater.«

»Du bist doch nicht mit dem Idioten aus dem Klub losgezogen, oder?«, fragt er. Ich höre, dass er herumläuft. »Denn ich hatte dir gleich gesagt, dass mir der Typ schräg vorkommt. Tja, aber irgendwie sind alle, mit denen du dich einlässt, so – reiche, schnöselige Arschlöcher.«

»Die sind keine Arschlöcher. Sie sind bloß anders als die Leute, die du kennst.« Ich gähne und strecke einen Arm nach oben. »Und, nein, ich bin nicht mit dem aus dem Klub mitgegangen … Glaube ich zumindest. Ich kann mich nicht mal erinnern, mit wem ich weg bin.« So sehr ich mich auch bemühe, mich an die letzte Nacht zu erinnern, fallen mir nicht einmal mehr Einzelteile ein.

»Lila …«, beginnt er, spricht jedoch nicht weiter. Vielleicht weil er genauso viel herumvögelt wie ich. »Wo genau bist du?«

Ich atme erleichtert auf, dass er endlich von meinem Fehlgriff aufhört. Ich bin verkatert, habe Entzugserscheinungen und stehe kurz vor einem Heulkrampf, zu dem es auf keinen Fall kommen darf, schon gar nicht in der Öffentlichkeit. »Ich bin an der Ecke Vegas Drive und Rainbow.«

»Wo genau? In einem Laden, einem Haus oder was?«

»Nein, ich sitze auf dem Bordstein.«

Im ersten Moment ist er stumm. Dies ist nicht das erste Mal, dass er mich unter solchen Umständen abholen muss, und es wird sicher nicht das letzte Mal sein. Das ist irgendwie unser Ding: Wir erzählen uns unsere Geschichten und urteilen nicht über den anderen, ganz gleich wie hässlich oder schlimm es ist. Er weiß Dinge über mich, die sonst keiner weiß, zum Beispiel, wie mein Vater mich behandelt, und ich weiß Sachen über ihn, etwa wie sein Dad früher seine Mutter verprügelt hat und wie sehr Ethan ihn deshalb verachtet. »Ich bin in fünfzehn, zwanzig Minuten da. Also bleib, wo du bist, und lauf nicht in der Gegend rum.«

»Wo sollte ich denn hin?« Ich ziehe die Knie an und lehne meine Stirn darauf. »Es ist viel zu heiß, um auch bloß zu atmen.«

»Und versuch, dich nicht in Schwierigkeiten zu bringen«, fügt er hinzu, ohne auf meine Bemerkung einzugehen.

»Ist gut.« Ich verdrehe die Augen und kneife sie sofort zu, während ich die kochende Luft inhaliere. »Und, Ethan …«

»Ja?«

»Nochmals danke«, sage ich leise, denn ich habe ein

schlechtes Gewissen, weil ich ihm das hier zumute. Und er ist immer so nett und macht mir nie Vorwürfe.

Nach einer erneuten Pause seufzt Ethan übertrieben. »Schon gut. Jederzeit.«

Wir legen auf, und mir geht es ein kleines bisschen besser. Ethan ist immer für mich da, selbst wenn er es nicht sein will. Er ist der einzige Mensch, mit dem ich richtig reden kann, und ich habe Angst davor, was passiert, wenn er beschließt, mich zu verlassen.

Ich lege mich auf den Gehweg und drehe an meinem Platinring, während ich in den blauen Himmel und die blendende Sonne aufblicke. Für einen Moment kümmert mich nicht, wie dreckig der Gehweg ist, dass mein Kleid nicht zugeknöpft ist und meine Augen brennen. Ja, für einen Sekundenbruchteil gehöre ich hierher, verdiene nichts Besseres. Als ich aber meine Wange gegen den heißen Waschbeton drücke, erinnere ich mich wieder, dass mir beigebracht wurde, mich niemals auf einen schmutzigen Boden zu legen. Ich setze mich auf und streiche über die hässlichen runden Narben an meinen Knöcheln, die Wundmale meines größten Makels, innerlich wie äußerlich.

Die Sonne sticht auf mich herab, als ich versuche, Einzelheiten der letzten Nacht aus meinem Gedächtnis zu graben. Wie immer ist es vergeblich. Wenn ich so weitermache, wird mein Kopf eines Tages genauso leer sein wie mein Herz. Aber das Gute ist – wenigstens aus Sicht meiner Mutter –, dass ich dann immerhin noch meine Schönheit habe, und die ist alles, worauf es eigentlich ankommt.

ETHAN

Es ist dieser typische Punkt, an dem man kurz vorm Aufwachen ist, die Augen aber nicht öffnen kann, sodass man zwischen Schlafen und Wachsein festhängt. Ich befinde mich seit vier Jahren mehr oder minder an dieser Stelle. Und ich fühle mich gefangen, kann nicht weg. Ich stecke fest in einem Leben, das ich nicht will, weiß aber ums Verrecken nicht, wie ich es ändern soll. Nur ein einziges Mal war es kurz anders, und die Person, die meine sonnigere Seite zutage förderte, ist nicht mehr da. Hin und wieder gelingt es Lila beinahe, mich aus meinem Halbkoma zu holen, allerdings auf andere Art, die mehr mit Wut und sexuellem Frust zu tun hat als mit echten Gefühlen.

Einmal habe ich versucht, dem allen zu entkommen, habe meinen Kram gepackt und bin einfach losgefahren. Ich wollte nur weg von diesen gefangenen Gefühlen, die mich seit Jahren plagen. Es war nicht schlecht, alleine unterwegs zu sein, mir keine Gedanken darüber zu machen, wohin ich fahre. Nur begriff ich schnell, dass man vor dem Leben nicht fliehen kann, so gerne man es auch will.

Ich wache zu »Hey Ho« von den Lumineers auf. Es ist der Klingelton, den Lila sich für ihre Anrufe ausgesucht hat, obwohl ich ihr gleich gesagt habe, dass das echt nicht meine Musik ist. Sie bestand darauf, dass es die perfekte Songwahl für sie ist. Ich wollte ihn längst ändern, habe es aber immer wieder vergessen, und inzwischen ist es mir egal. Eigentlich finde ich den Song gar nicht mehr so übel, genau wie sie.

Nachdem ich mir das Gesicht gerieben habe, um die Schläfrigkeit zu vertreiben, greife ich zum Handy auf dem Nachttisch und nehme den Anruf an. Ich lasse Lila richtig schmoren, denn das wird allmählich Tradition zwischen uns. Sie ruft mich an, wenn sie Hilfe braucht, was meistens mit irgendeinem Kerl zu tun hat, und entweder höre ich zu, während sie jammert, oder ich hole sie da weg, wo immer sie festhängt.

Es ist das dritte Mal in diesem Monat, dass sie mich anruft, und wir haben erst Mitte November. Einmal, nach viel zu viel Tequila, hat sie mir erzählt, dass sie schon mit vierzehn so war, mir aber nie den Grund dafür verraten. Ehrlich, seit Ella weg ist, geht es mit ihr rapide bergab. Sie hat sogar ein Freisemester am College genommen, was allerdings auch mit Geld zu tun haben könnte. Dennoch sorge ich mich, dass sie einsam ist oder so. Viele Leute kommen nicht damit klar, allein zu sein, und ich denke, Lila gehört dazu.

Ich erinnere mich, wie wir das erste Mal richtig geredet haben; das war in Star Grove, wo wir uns erstmals begegnet sind. Unsere besten Freunde sind zusammen, und durch sie haben wir uns kennengelernt. Jedenfalls haben wir bei dem Mal eine Flasche Bacardi getrunken, während mein Dad ihren Wagen neu lackierte, den jemand besprayt hatte. Wir redeten über das Leben, unsere komischen Ansichten über spontanen, bedeutungslosen Sex und dass wir beide irgendwann von unseren Eltern wie Dreck behandelt worden waren. Mit dem einzigen Unterschied, dass es bei Lila bis heute so ist.

Ich hatte den ganzen Abend mit ihr geflirtet, weil ich

das eben immer mache, und dann wollte Lila mit mir ins Bett. Ich lehnte ab, da wir beide hinüber waren und ich eine klare Regel habe, die Sex im Vollrausch ausschließt. Ich muss nüchtern genug sein, dass ich mich an den Sex erinnere – und an das Mädchen. Außerdem mag ich Lila nicht auf die Art. Zumindest will es ich nicht. Ich habe mir schon einige Ausrutscher geleistet, indem ich die Nicht-Anfassen-Regel brach, und es jeweils runtergespielt. Schließlich gibt es einen Grund, weshalb ich klare Beziehungsregeln habe: Ich will nie so enden wie meine Eltern. Mein Vater brüllt meine Mutter immerzu an, und ich habe eine Riesenangst, wie die beiden zu werden – besser gesagt: wie er. Mich gefühlsmäßig auf jemanden einzulassen, führt zwangsläufig zu einer ungesunden, zerstörerischen Beziehung, in der einer von beiden zerbrochen wird. Man sehe sich nur meine Mutter und meinen Vater an. Sie wurde schwanger, die beiden mussten heiraten, und fünfundzwanzig Jahre später sind sie immer noch verheiratet und hassen sich gegenseitig, obwohl sie das nie zugeben würden. Stattdessen brüllt mein Vater rum, wie blöd und beschissen sie ist, und meine Mutter tut, als wäre alles bestens. Als wäre es normal, dass Leute so miteinander reden.

Die einzige Ausnahme, die ich je gemacht habe, war London, und nach dem, was mit ihr passiert ist, schwor ich mir, nie wieder meine Regel zu brechen, weil ich nie wieder solche Trauer und solche Schuld wegen jemandem erleben wollte. Aber es fällt mir echt schwer, mich an meine eigenen Grundsätze zu halten, wenn es um Lila geht. Ich habe sogar eigens für sie eine Nicht-Anfassen-Regel eingeführt, nachdem ich ihr letztes Jahr zu Weihnachten Candy Canes geschenkt hatte und versuchte, meine Hände und meine Zunge an Stellen zu kriegen, an denen sie nichts verloren haben.

Manchmal schaffe ich es trotzdem nicht, die Finger von ihr zu lassen. Sie ist so verflucht schön, auf eine Model-Art, wie eine viel zu perfekte Schauspielerin. Lila hat makellose Haut, umwerfende Kurven, vollkommene Proportionen. Aber sie ist auch irgendwie anstrengend. Als ich das erste Mal mit ihr in ein Pub ging, weigerte sie sich, etwas zu essen, weil sie fand, dass Pub-Essen zu eklig und unter ihrer Würde war. Aber langsam macht sie Fortschritte, und ich konnte sie sogar mal dazu bringen, Rippchen mit den Fingern zu essen, was unglaublich witzig aussah.

Nach dem Anruf von Lila packe ich das Armband weg, das London mir geschenkt hat, und mein Tagebuch. Es ist randvoll mit Erinnerungen und Gedanken, die mich verfolgen. Beides hatte ich letzte Nacht in einem Depri-Anfall aus der Kommode geholt. Ich suchte etwas, das eigentlich nicht mehr existiert, weil ich mich entschied, es hinter mir zu lassen. Oder es hat nie existiert, und ich halte mich nur weiter daran fest, sodass es mich ewig verfolgt. Ich rede nie darüber, denn allein der Gedanke, mit jemandem über London zu sprechen, kommt mir unmöglich vor, als würde ich sie damit endgültig loslassen, und so weit bin ich noch nicht.

Ich stehe auf, ziehe mir eine Jeans und ein rotes T-Shirt an und nehme fünf Dollar aus dem Geldbündel, das ich in einer Schachtel unter meiner Kommode versteckt habe. Mein Teilzeitjob auf dem Bau bringt nicht schlecht Geld ein, und weil die Wohnung spottbillig ist und ich außer Essen, Benzin für meinen Truck und hin und wieder neues Zeug im Grunde nichts brauche, spare ich das meiste von meinem Verdienst. Im Rausgehen stecke ich den Fünfer in die hintere Jeanstasche. Unterwegs halte ich schnell beim nächsten Starbucks und kaufe Lila einen Iced Latte, weil ich weiß, dass sie den mag, und er ihr vielleicht gegen den Kater hilft. Es ist früher Nachmittag und immer noch warm. So ist das in Vegas: Sogar der Herbst fühlt sich hier wie Sommer an.

Als ich zur Ecke Vegas Drive und Rainbow komme, parke ich den Truck am Straßenrand vor Lila. Sie liegt auf dem Gehweg und hat die Beine auf die Straße gestreckt.

Ich springe aus dem Truck und schlage die Tür zu. »Was machst du denn?«, frage ich und gehe mit dem Iced Latte in der Hand zu ihr. »Willst du überfahren werden oder was? Mann, Lila!«

Sie neigt den Kopf nach hinten und blinzelt zu mir auf. Ihre blauen Augen sind blutunterlaufen, ihre Wimperntusche ist verschmiert, ihr blondes Haar zerzaust. Normalerweise ist sie so beherrscht, selbst wenn ich sie irgendwo einsammle, deshalb schockiert es mich ein bisschen, sie so zu sehen. Trotzdem ist sie wunderschön, was ich allerdings niemals laut sagen würde.

»Ist der für mich?« Lila sieht zu dem Becher und leckt sich die Lippen.

Ich reiche ihn ihr, und sie stürzt den Latte hinunter. Dann verzieht sie das Gesicht. »Hast du denen gesagt, dass sie fettarme Milch nehmen sollen?«

Ich schüttle den Kopf. »Nein, das hatte ich vergessen,

Eure Hoheit. Und der überschwängliche Dank ist nicht nötig.«

Sie sieht mich wütend an. »Danke«, sagt sie schnippisch und trinkt wieder. Ich muss mich beherrschen, sie nicht zu fragen, wieso sie in so einer Verfassung ist, denn ich würde sehr gerne wissen, was passiert ist und wie sie in diesem Zustand hier landen konnte. »Sag nichts«, murmelt sie und richtet sich langsam auf. Als sie steht, streicht sie sich den Sand von den Beinen. »Mein Morgen ist sowieso schon übel.«

»Du meinst, dein Nachmittag«, korrigiere ich und trete einen Schritt zurück, beide Hände erhoben, als sie mich mit einem vernichtenden Blick ansieht. »Ist ja schon gut, okay, ich halte den Mund.«

»Schön.« Sie geht zur Beifahrertür, trinkt weiter aus dem Strohhalm und schwingt die Hüften. Mir fällt auf, dass ihr Kleid hinten offen ist, sodass die Sonne auf ihre glatte Haut scheint. Gott, hätte ich meine Regeln nicht, würde ich sie jetzt auf der Stelle von hinten nehmen!

Einen Moment starre ich sie noch an, dann gehe ich zur Fahrerseite. »Wieso ist dein Kleid nicht zugeknöpft?«

Sie zuckt mit den Schultern und schwenkt die Schuhe in ihrer Hand. »Meine Finger wollten heute Morgen nicht so recht.«

Um ein Haar hätte ich gegrinst. »Warum nicht? Waren sie letzte Nacht zu gefordert?«, scherze ich, und schlagartig fluten die falschen Bilder meinen Kopf, von ihren Fingern, die an ihrem Schenkel nach oben gleiten und in sie hinein.

Lila reißt die Wagentür auf und funkelt mich an. »Was denn? Du hast doch angefangen. Wenn du nicht willst, dass ich dich ärgere, dann serviere mir keine solche Steilvorlage.«

Kopfschüttelnd presst sie die Lippen zusammen und steigt in den Truck. Jetzt wird sie ungefähr zehn Minuten lang beleidigt sein, aber dann ist sie drüber weg. Wie immer.

Nachdem ich losgefahren bin, stelle ich die Stereoanlage an. Während der Fahrt reden wir kaum, und als ich auf den Parkplatz vor ihrem Haus fahre, rechne ich damit, dass sie reinläuft und mich in ein paar Tagen wieder anruft – wenn ich sie das nächste Mal retten soll.

Doch sie öffnet ihre Tür und sagt: »Kommst du mit rein, oder was?«

»Tja, wenn du wirklich willst.« Es ist ja nicht so, als hätte ich etwas anderes vor. Micha, mein bester Freund und früherer Mitbewohner, ist weg, und ich arbeite nicht mehr an den Wochenenden. »Aber ich schlafe nicht mit dir, egal, wie sehr du bettelst.«

»Ich bettle nie«, kontert sie, verzieht jedoch gleich darauf das Gesicht und sieht verwirrt nach unten. »Jedenfalls soweit ich mich erinnere nicht.«

Ich steige aus dem Truck, verriegele ihn, und wir gehen über den Parkplatz. Gegen die brennende Sonne setze ich meine Sonnenbrille auf. Ich halte mich ein Stück hinter Lila, sodass ich ihren Hintern und ihren unbedeckten unteren Rücken im Blick habe. Schließlich höre ich auf damit, sie anzustarren, und gehe neben sie, denn sonst schaffe ich es wirklich nicht mehr, die Finger von ihr zu lassen.

»Du musst aufhören, bis zum Filmriss zu trinken«, sage ich und stoße sie spielerisch mit der Schulter an. »Betrunken sein ist ja okay, aber sich so zu besaufen, dass man keinen Schimmer hat, was man macht, ist beschissen, Lila. So schlimm bin ja nicht mal ich.«

»Du bist überhaupt nicht schlimm.« Sie will sich das Haar glatt streichen, aber dadurch steht es erst recht hoch. »Du tust bloß so. Tief im Innern bist du ein richtig netter Junge, der gerne Tagebuch schreibt.«

»Hey, das habe ich dir im Vertrauen gesagt!« Ich sehe sie streng an, während wir die Treppe zu ihrer Wohnung im ersten Stock raufgehen. »Das darfst du nie erwähnen.«

Sie klopft ihre Taschen nach den Schlüsseln ab. »Tja, dann hättest du es mir nicht erzählen dürfen, denn ich kann nun mal die Klappe nicht halten.« Ihre Arme sinken nach unten, und sie sieht sich erst auf dem Boden um, dann zur Treppe hinter uns. »Mist, ich glaube, ich habe meine Schlüssel verloren.«

»Okay, dann frag deinen Vermieter, ob er dir aufschließt. Ist doch ganz einfach«, sage ich und schüttle den Kopf.

»Den kann ich nicht fragen.«

»Warum nicht?« Ich lehne mich ans Geländer und blinzle im Sonnenlicht, als ich Lila ansehe.

Sie beugt den Kopf vor, sodass ihr das Haar ins Gesicht fällt, als wollte sie sich dahinter verstecken. »Weil – er mich dann nach der Miete fragt.«

»Wieso?«, frage ich. »Bist du damit in Verzug?«

Jetzt blickt sie zu mir auf. »Kann sein, dass ich die letzten paar Monate nicht bezahlt habe«, gesteht sie und runzelt die Stirn.

»Warum? Du bist doch nicht klamm.« Auch wenn ich es ungern sage, aber es ist offensichtlich, dass sie gut bei

Kasse ist, so wie sie sich anzieht. Sie trägt sogar einen Platinring!

»Doch, bin ich.« Sie verschränkt die Arme vor der Brust. »Mein Dad hat neulich alle meine Kreditkarten gesperrt, und ich habe nur noch um die achthundert Dollar.«

»Dann bezahl damit die Miete.« Ich starre sie entgeistert an. »Oder versetz deinen Ring.«

Sie schüttelt sofort den Kopf und hält die Hand über den Ring, wobei sie beinahe panisch wirkt. »Auf keinen Fall! Der war ein Geschenk von jemandem, den ich gekannt habe.«

»Du würdest lieber auf der Straße sitzen, als ein Geschenk wegzugeben?«, frage ich ungläubig. »Im Ernst?«

»Ja, im Ernst«, antwortet sie schlicht und lässt wieder die Arme hängen.

Allmählich werde ich sauer. »Verdammt! Das machst du dauernd, weißt du das? Du musst dringend anfangen, vernünftiger zu sein …« Ich reiße die Augen weit auf. Oh Mann, echt, ich klinge genauso wie mein Vater. Scheiße. Er hält meiner Mutter ständig ihre Fehler vor. Und das ist der Grund, weshalb ich keine Beziehung will. Die habe ich ja auch nicht, erst recht nicht mit Lila, also wieso benehme ich mich so?

Sie lacht hämisch und sticht mich mit dem Finger gegen die Brust. »Ach ja? Musst du gerade sagen! Du betrinkst dich dauernd, vögelst in der Gegend rum und arbeitest auf dem Bau!«

»Hey, ich habe nie behauptet, dass ich vernünftig bin.« Ich neige mich vor und senke meine Stimme, wobei ich mich bemühe, das Gefühl abzuschütteln, ich würde mich genauso verhalten wie mein Dad. *Nein, das hier ist anders. Du versuchst, ihr zu helfen, nicht, sie zu kontrollieren.* »Aber ich arbeite und zahle meine Miete.«

Sie schnaubt, stampft mit dem Fuß auf und verschränkt die Arme. Nicht zum ersten Mal erlebe ich, wie sie einen Trotzanfall hat, weil ich ihr nicht nachgebe, aber es geht mir deshalb nicht weniger auf die Nerven. »Ethan, kannst du mir bitte aushelfen?«

»Wie soll ich dir denn aushelfen?«, frage ich. »Deine Miete bezahlen, damit du reingelassen wirst? Das kannst du nämlich vergessen.« Doch eine Stimme in meinem Kopf lacht mich aus und sagt mir, dass ich mir selbst etwas vormache. Selbstverständlich würde ich die Miete für sie bezahlen, sollte sie mich bitten, denn ich tue alles, worum sie mich bittet.

Sie schiebt die Unterlippe nach vorn, und ich werde ein bisschen weicher. »Du kannst das Schloss für mich aufbrechen«, schlägt sie vor, und als ich die Stirn runzle, packt sie den Saum meines T-Shirts. »Bitte, bitte, bitte. Ich mach's auch wieder gut.«

»Du schuldest mir schon einiges dafür, dass du eine Nervensäge bist und mich immer wieder losscheuchst, um dich von irgendwelchen Typen abzuholen«, entgegne ich und wische mir mit der Hand übers Gesicht. »Und ich will nicht, dass du denkst, du wärst mir irgendwas schuldig. Ich will einfach nur, dass du dir einen Job suchst, damit du nicht aus deiner Wohnung fliegst.«

»Okay, ich sehe zu, dass ich zu Geld komme.« Sie klimpert absichtlich mit den Wimpern, was ich an ihrem halben Grinsen erkenne.

Seufzend strecke ich eine Hand aus. »Gib mir eine von den Nadeln in deinem Haar.«

Sie lässt mein Shirt los, zupft eine Haarnadel heraus und reicht sie mir. Ich stöhne und tue genervter, als ich tatsächlich bin, während ich schnell das Schloss knacke. Als ich die Tür aufschiebe, hüpft Lila händeklatschend auf und ab.

»Danke! Danke! Danke!« Sie wirft die Arme um meinen Hals und drückt mich.

»Du musst dich nicht bedanken«, sage ich verlegen und irgendwie erregt, wie ich mich jedes Mal fühle, wenn sie mich umarmt. *Lila ist tabu. Sie ist eine Freundin. Nur eine Freundin. Das würde nicht funktionieren. Beziehungen funktionieren nie. Sieh dir doch die eine an, die du hattest!* »Bezahl einfach deine verdammte Miete, und pass besser auf deine Schlüssel auf.«

»Jawohl, Boss.« Sie eilt in die Wohnung, lässt die Tür hinter sich offen und läuft direkt zum kleinen Flur. »Ich dusche mal eben.«

»Und was soll ich dann hier?«, frage ich vom Eingang aus. Ihre Zweizimmerwohnung ist viel netter als meine: gestrichene Wände, ein Fußboden ohne Risse und Löcher, und der Teppichboden ist nicht lose. »Hier rumsitzen und auf dich warten?«

»Tu nicht so, als würde dir das keinen Spaß machen.« Sie bleibt an der Flurecke stehen und grinst. »Oder du kommst einfach rein und duschst mit.«

Ich verdrehe die Augen und bemühe mich, ernst zu bleiben. »Ich habe dir schon tausendmal gesagt, dass du mit mir nicht fertigwürdest, Baby.« Sofort beiße ich mir auf die Zunge. Ich benutze grundsätzlich keine Kosenamen. Nie. Mein Dad hat das bei meiner Mutter immer gemacht, wenn er sich entschuldigte, nachdem er sie geschlagen hatte, und sie ließ sich davon einwickeln. Entsprechend hasse ich Kosenamen und Zuneigungsbekundungen generell.

Sie dreht sich um, stemmt die Hände in die Hüften und zieht die Brauen hoch. »Und umgekehrt.«

»Oh, das bezweifle ich nicht«, sage ich, weil ich mir vorstellen kann, dass Lila im Bett extrem bestimmend und organisiert ist, und ich mag Frauen, die sich spontan hinreißen lassen, die gerne Sachen machen, ohne vorher nachzudenken, und die fähig sind, sich und die Welt zu vergessen. Denen es egal ist, wenn sie kein Geld oder materiellen Besitz haben. Ich mag Frauen wie London. Das Problem ist, dass sie die Einzige von ihrer Art zu sein scheint, und sie existiert nicht mehr.

Lila lacht, und wieder verdrehe ich die Augen, um genervt zu wirken. Dann lache ich, als sie mir die Zunge rausstreckt, und muss mir auf meine beißen, weil meine Aufmerksamkeit auf ihren Mund gelenkt wird. Trotz meiner Nicht-Anfassen-Regel muss ich mir die vielen Dinge ausmalen, die ich gerne mit ihrem Mund tun würde – und die eine Menge Anfassen mit einschließen.

Sobald sie im Flur verschwunden ist, mache ich es mir auf dem Sofa gemütlich und schalte den Fernseher ein. Allerdings kann ich nur drei Kanäle finden und frage mich, ob sie mit ihrer Satellitenrechnung ebenfalls im Verzug ist.

»Verdammt, Lila«, murmle ich und hole mein Handy aus der Tasche. Ich überlege, einfach Micha anzurufen und ihn zu bitten, dass er Ella sagt, sie solle mal mit Lila reden. Immerhin sind die beiden sehr gut befreundet, und Lila steckt offenbar in ernsten Schwierigkeiten. Aber dann kommt es mir komisch vor, als hätte ich Schiss vor Ella, also rufe ich sie direkt an.

Sie meldet sich nach dem zweiten Klingeln, und ich kann an ihrem Tonfall hören, dass sie sich über meinen Anruf wundert. »Ethan? Ist irgendwas?«

»Nein … oder, vielleicht. Ich weiß nicht, kommt drauf an.«

»Auf was?«

»Ob du in letzter Zeit mit Lila geredet hast oder nicht.«

»Ich habe schon seit … Wochen nichts von ihr gehört«, sagt Ella. »Neulich habe ich ihr eine SMS geschickt, sie gefragt, wie es ihr geht, und sie hat geantwortet, gut.«

»Tja, ich glaube, da hat sie gelogen.« Ich sinke auf dem Sofa nach hinten, und etwas sticht mir in den Rücken. »Vielleicht rufst du sie mal an.« Gleichzeitig greife ich hinter mich und entdecke, dass es ein leeres Tablettenfläschchen war, was mir in den Rücken stach. Das Etikett ist abgerissen. Wahrscheinlich würde ich mir nicht mal etwas dabei denken, hätte ich meine Drogen früher nicht genauso aufbewahrt. Deshalb werde ich stutzig. *Nein, dass Lila Drogen nimmt, ist ausgeschlossen. Sie ist viel zu schick.* Ich drehe die Kappe ab, sehe in das Plastikfläschchen und schnuppere. Es riecht nach nichts, was ich kenne. Kopfschüttelnd schraube ich den Deckel wieder auf und werfe das Fläschchen auf den Tisch vor mir.

»Tatsächlich muss ich sie unbedingt anrufen«, antwortet Ella. »Weil ich ihr nämlich … noch was erzählen will.«

»Klingt merkwürdig«, sage ich und lege die Füße auf den Couchtisch.

»Ja, ich weiß«, gesteht Ella. »Aber dafür gibt es einen Grund.«

»Tja, wenn das so ist«, scherze ich. Ella und ich hatten schon immer dieses komische Problem miteinander, weil es sich für mich oft anfühlt, als würde sie meine Freundschaft mit Micha stören. Zwischen uns ist es nicht mehr so angespannt wie früher mal, aber wir sind so grundverschieden, dass wir wohl nie richtige Freunde werden können. »Hör mal, ruf sie bitte einfach an und rede mit ihr, okay?«

»Ist sie gerade da?«

»Ja, aber sie duscht.«

»Und wo bist du?« Eine Unterstellung schwingt in ihrem Tonfall mit.

»Ich sitze auf der Couch.« Mit der Fernbedienung schalte ich den Fernseher aus. »Wo soll ich denn sonst sein?«

»Keine Ahnung.« Sie verstummt, und ich weiß, was immer sie als Nächstes sagt, es wird mich sauer machen. »In der Dusche mit ihr oder davor, um ihr zuzusehen.«

»Weder noch«, erwidere ich beleidigter, als ich es sein sollte. »Ruf sie an, okay? Ich will jetzt los.«

»Schon gut«, murmelt sie. »Wow, hast du eine miese Laune.«

Ich bin nicht sicher, wer zuerst auflegt. Vermutlich wir beide gleichzeitig. Ich will das Handy wieder einstecken, als eine SMS eingeht. Micha, denke ich, weil Ella ihm garantiert gesagt hat, ich wäre ein Arsch zu ihr gewesen. Aber zu meinem Erstaunen stelle ich fest, dass es Londons Mom, Rae, ist. Seit über sieben oder acht Monaten habe ich nicht mehr mit ihr gesprochen, ungefähr seit der Zeit, als ich entschied, meinen Traum vom einsamen Wanderer wahr zu machen. Und das hauptsächlich, weil Rae sich gemeldet und mich an alles erinnert hatte, was passiert war – und was ich dringend vergessen wollte. Doch ich fühlte mich nach wie vor davon gefangen. Dann, als ich wegfuhr, ging das ganze Drama mit Micha und Ella los. Micha soff und wurde völlig wahnsinnig, weil er dachte, dass Ella ihn betrügt. Ich erinnere mich an einen Anruf von Lila, die mir erzählte, was los war.

»Du musst nach New York«, sagte sie.

»Ähm, nein danke«, antwortete ich. »Ich versuche, mich von Leuten fernzuhalten, da will ich sicher nicht in eine Stadt, die voller Menschen ist.«

»Mir ist egal, was du willst«, hatte sie wie eine verwöhnte Ziege gekontert. So hört sie sich übrigens oft an. Dann erzählte sie mir, was Ella ihr nach mehreren Shots gesagt hatte, nämlich dass sie Micha nur erzählt hatte, sie hätte einen anderen, damit er sie vergisst; dass er zu gut war, um sich mit ihr und ihrem Wahnsinn abzugeben, und etwas Besseres verdiente.

Zwar würde ich sofort zustimmen, dass Ella irre ist, doch fand ich nicht, dass die zwei sich trennen sollten. Sie empfinden diese Art Liebe füreinander, welche die meisten Leute, ich eingeschlossen, nie verstehen, geschweige denn erleben werden. Ich glaube, die hatte ich nicht mal mit London.

Also ließ ich mich breitschlagen, in eine Stadt zu fahren, die ich hasse, und zu probieren, die Geschichte zwischen ihnen wieder hinzubiegen, auch wenn das echt nicht mein

Problem war. Warum versuche ich dauernd, alles wieder zu richten? Ich habe keinen Schimmer, außer dass es mich rasend macht, wenn andere sich bescheuert verhalten, obwohl sie es wirklich gut haben.

Ich streiche mit dem Finger über das Handy-Display und lese die SMS.

Rae: Ich weiß, dass wir länger nicht geredet haben, aber ich wollte mal fragen, wie es dir geht.

Das ist nicht der wahre Grund, aus dem sie mir schreibt. Sie will dasselbe von mir wie vor Monaten.

Ich: Mir geht's gut.
Rae: Hast du noch mal überlegt, nach Virginia zu fahren?
Ich: Ich weiß nicht, ob ich das kann.
Rae: Warum nicht? Es wäre für euch beide gut.
Ich: Nein, wäre es nicht.
Rae: Bitte, ich brauche deine Hilfe ... Mit London wird es immer schlimmer.

Da haben wir's: Der eigentliche Grund, aus dem sie mir schreibt, ist der, dass sie Hoffnung will. Sie muss wissen, dass sie alles richtig macht. Und ich soll es ihr bestätigen. Aber das kann ich nicht, weil ihr falsche Hoffnungen zu machen – hinzufahren und London zu sehen –, heißt, dass ich endlich loslasse. Und ich bin nicht sicher, ob ich das schon schaffe, ob ich mir gestatten kann, mich mit der Realität abzufinden. Ich will nicht einsehen, dass alles zu spät ist, und nach vorn blicken.

Ich: Sie wissen, dass es nichts bringt. Das hat es beim letzten Mal nicht, und nach dem, was Sie mir vor sieben Monaten erzählt haben, hat sich seit dem Unfall nichts verändert.
Rae: Aber ich will das ändern. Wenn du sie nur besuchen kommst, kannst du vielleicht etwas tun. Du warst ihr so nahe, als alles passiert ist.

Nein, ich kann nicht. Keiner kann das. Sie weiß das, jeder weiß es, und ich will nicht sehen müssen, was ich verloren habe. Mein Finger schwebt über dem Display, während ich überlege, was ich ihr schreiben soll.

»Oh Gott, ich fühle mich so viel besser!«, sagt Lila und wuschelt sich mit den Händen durchs Haar, als sie nur in ein Handtuch gewickelt durch den Flur kommt. Mein Kinn fällt fast bis zum Boden. Es ist ein wirklich verflucht kurzes Handtuch, das ihre Beine vollständig entblößt lässt, und würde sie sich umdrehen, könnte ich sicher die untere Wölbung ihres Hinterns sehen.

»Ist das ein Gästehandtuch?«, frage ich halb im Scherz.

»Nein«, antwortet sie. Sie scheint lockerer und gelassener als vorhin. »Nur ein normales Handtuch.«

Ich versuche, nicht zu gaffen, als sie neben mir aufs Sofa sinkt. Sie bemüht sich nicht einmal, das Handtuch geschlossen zu halten, und ich sehe einen Ausschnitt ihrer Oberschenkel. Die ich einmal angefasst habe, weshalb ich weiß, wie glatt und weich ihre Haut ist. Allein bei dem Anblick muss ich die Fäuste ballen, um mich zu beherrschen.

»Ich musste dringend die letzte Nacht von mir runterwaschen«, sagt sie und schüttelt ihr Haar aus. Es fällt auf ihre nackten Schultern, und Wasser rinnt ihr über die Haut. »Ich kam mir so eklig vor.«

»Warst du deshalb so zickig?« Ich stecke das Handy ein. Ehe ich Rae antworten kann, brauche ich Zeit. Ich muss über das nachdenken, was sie von mir will, und ob ich es endlich schaffe – nicht, ihr Hoffnungen zu machen, sondern mich zu verabschieden.

Lila betrachtet achselzuckend ihre Fingernägel. »Kann sein«, sagt sie und lässt die Hand auf ihren Schoß sinken. »Hey, willst du heute Abend weggehen oder so?« Sie lächelt munter, während sie sich nach hinten lehnt und ihr Haar auf eine Seite wirft. »Ich würde auch bezahlen, als Ausgleich dafür, dass ich so eine Nervensäge bin.«

»Nein, ich kann nicht«, weiche ich aus. »Hat Ella dich zufällig angerufen?«

Lila schüttelt den Kopf und wickelt eine nasse Haarsträhne mit dem Finger auf. »Nein, aber mein Handy liegt in meinem Zimmer. Vielleicht hat sie doch angerufen, und ich habe es verpasst.«

»Du solltest dich bei ihr melden.« Ich klopfe auf ihr nacktes Bein – womit ich wieder gegen eine meiner Regeln verstoße: keine unangebrachten Berührungen.

Als ich mich schon schnell zurückziehen will, erschauert sie unter meiner Hand, und meine Muskeln zucken, während sich meine Handfläche auf ihre warme, leicht feuchte Haut drückt. Wir beide erstarren, und ich könnte schwören, dass ich hören kann, wie unsere Herzen beide wie verrückt hämmern. Es ist nicht der erste schräge Moment zwischen uns, und ich fange langsam an zu glauben, dass es auch nicht der letzte gewesen sein wird. Mir ist klar, dass ich mich dringend zurückziehen muss, denn sonst bewegt sich das hier in einen Bereich jenseits der Freundschaftszone. Lilas Atem wird schneller, sodass sich ihre Brust deutlich hebt und senkt, und das entgeht mir natürlich nicht. Mein Schwanz wird hart, und es ist so verlockend, sie anzufassen. Plötzlich wandert meine Hand wie von selbst weiter nach oben. Lilas Haut ist genauso weich, wie ich sie in Erinnerung habe. Ich presse meine Finger fester in ihren Schenkel, und wieder erschauert Lila, wobei ihr ganzer Körper bebt.

Während meine Hand weiter nach oben unter das Handtuch gleitet, schweifen meine Gedanken ab, und ich male mir aus, wie es sich anfühlen würde, mit den Fingern in ihr zu sein. Verflucht gut, möchte ich wetten. Viel zu verflucht gut. Ich könnte es herausfinden. Wahrscheinlich würde sie nichts dagegen tun, doch gerade dass sie es mir einfach machen würde, ruft mein schlechtes Gewissen auf den Plan. Lila lässt sich praktisch von jedem betatschen, allerdings nicht, weil sie eine Schlampe ist. Das würde ich niemals von ihr denken. Vielmehr ist da etwas in ihr, das sie mit Sex übertönen will. Manchmal sehe ich es in ihren Augen, wenn sie richtig still wird: Traurigkeit, Selbstzweifel, ja, sogar Selbstqual.

So ist sie jetzt nicht; eher wirkt sie zufrieden und ruhig. Meine Hand verharrt auf ihrem Schenkel, sodass meine Fingerspitzen die Innenseite streifen, wo die Haut noch weicher ist. Sie strahlt spürbar Wärme und Feuchtigkeit aus. Oh verdammt, sie wird feucht, und ich fühle es, was mich nur noch schärfer macht. Meine Finger rutschen weiter nach innen, sind fast am Ziel, als Lila mit einer Hand die Armlehne des Sofas packt und stöhnt. Stöhnt! Mein Puls hämmert, und ich presse die Fingerspitzen in ihre Haut. *Scheiße!*

»Ethan … Gott …« Ihr Haar fällt nach hinten, ihre Brust biegt sich nach oben, und ich attackiere sie beinahe mit den Lippen, will mich an ihren Beinen hinaufküssen, meine Zunge in sie tauchen. Das will ich eigentlich schon, seit ich sie zum ersten Mal gesehen habe.

In mir bricht ein Krieg aus. *Zieh die Hand weg! Mach weiter!* Irgendwie gelingt es mir, meine Gedanken der Kontrolle meines Schwanzes zu entziehen, und ich nehme die Hand weg. Unfassbar, dass ich schon wieder meine Regel gebrochen habe, nie mit Mädchen herumzumachen, für die ich irgendwas empfinde.

Ich fluche fast, als ich aufstehe, die Autoschlüssel aus der Tasche hole und hoffe, dass Lila die Wölbung in meiner Jeans nicht bemerkt. »Ich habe noch was zu tun, aber ich melde mich später.« Eigentlich rechne ich damit, dass sie etwas zu dem sagt, was eben passiert ist, aber sie sieht mich nur verwundert an.

»Du musst mich nicht anrufen.« Sie zurrt das Handtuch über ihre Schenkel, überkreuzt die Beine und bedeckt sich ein bisschen mehr. »Ich komme bestens alleine klar.« Ihr Lächeln wirkt gekünstelt.

Ich gehe zur Tür. »Trotzdem melde ich mich später«, sage ich, öffne die Tür und trete hinaus in den Sonnenschein. Ich bin wütend auf mich, weil ich so bescheuert war, und extrem wütend auf den Teil von mir, der alle Regeln über Bord werfen wollte. Die habe ich ja nicht grundlos aufgestellt. Sie sollen mich bremsen und andere vor Verletzungen schützen.

Als ich zum Truck laufe, klingelt das Handy in meiner Tasche. Ich ziehe es raus und sehe aufs Display. Wieder Rae. Ich überlege erneut, ob ich ihr antworten soll, dass ich nicht nach Virginia fahre. Aber ein Teil von mir will London wiedersehen, selbst wenn sie nicht mehr das Mädchen ist, in das ich mich verliebt hatte. Ich möchte mich verabschieden, dennoch tue ich es nicht. Und ein anderer Teil von mir will zu Lila zurücklaufen, denn aus irgendeinem Grund geht es mir besser, wenn ich mit ihr zusammen bin. Ich bin so durcheinander, dass die Gedanken an London und Lila in meinem Kopf kollidieren. An wen will ich mich eigentlich klammern? An London, das Mädchen, von dem ich mal geglaubt habe, dass ich es liebe? Das Mädchen, das ich verloren habe und nie zurückbekommen werde? Das Mädchen, das ich zurückließ, als es sich einen Schuss setzen wollte? Das Mädchen, das ich unbedingt kennenlernen wollte, jedoch meine Chance dazu verpasste? Oder soll ich London einfach loslassen? Meine Schuldgefühle vergessen, weil ich sie an jenem Tag einfach im Stich ließ. Mit anderen herumvögeln, mein Leben leben und tun, was ich will? Im Grunde ist mir klar, dass ich damals nie hätte gehen dürfen, und dass heute alles anders sein könnte, wäre ich geblieben, statt nur an mich zu denken. Vielleicht wäre ich noch mit ihr zusammen.

Ich darf sie noch nicht loslassen – ebenso wenig wie meine Schuldgefühle. Ich sollte einfach allein bleiben. Das ist das Beste.

Am Ende schreibe ich Rae nicht zurück. Nur so kann ich

an dem Gedanken an London festhalten und weiter an Lila denken, die in diesem Moment nur in ein Handtuch gewickelt in ihrer Wohnung sitzt.

Von meinen idiotischen Gedanken tut mir der Kopf weh. »Scheiße«, murmle ich und trete gegen den Autoreifen.

Ich brauche dringend etwas zu trinken.

Kapitel 2

LILA

Ich sitze allein auf der Couch, in mein Handtuch gehüllt, und schäme mich ein bisschen. Mir ist unbegreiflich, was eben passiert ist. Na ja, eigentlich nicht ganz, denn es kam ja schon früher vor, aber das macht es nicht leichter. Gerade noch wanderte Ethans Hand meinen Schenkel hinauf, und es fühlte sich so gut an, und dann steht er einfach auf und geht, weist mich zurück, und das macht mich sauer, denn ich *will* ihn. Unbedingt.

Seit ich ihn kenne, ist Ethan so zu mir. Er flirtet dauernd mit mir, geht aber meistens nicht weiter; provoziert mich, bringt es aber nie zu Ende. Ich hoffe jedes Mal, dass er mich überrascht und endlich etwas macht, mir zum Beispiel zeigt, dass er mich anziehend findet. Etwas sagt mir, dass er anders ist als die anderen Typen, mit denen ich schlafe: netter, sanfter oder vielleicht auch auf eine gute Art gröber. Normalerweise stehe ich auf Jungs, die Hemden und anständige Hosen tragen, schicke Wagen fahren und Geld haben. Doch etwas an Ethan und diesem mysteriösen Ausdruck in seinen braunen Augen, den Tattoos auf seinen Armen und dem ewig zerzausten schwarzen Haar macht mich irre neugierig. Und irgendwie glaube ich, dass ich mich vielleicht nicht mehr nur billig und beschämt fühlen würde, wenn ich mit Ethan schlafe. Obwohl ich mich ernsthaft frage, ob ich eine kaputte Vagina habe. Und ein kaputtes Herz. Und einen kaputten Kopf.

Nachdem er weg ist, setzt zum Glück die Wirkung der beiden Pillen ein, die ich vor dem Duschen genommen habe, und alles – sogar das Alleinsein in meinem leeren Apartment und von Ethan abgewiesen worden zu sein – fühlt sich okay an. Die Pillen vertreiben die Erinnerungen und Gefühle der letzten Nacht, genauso wie die vieler anderer Nächte in meiner Vergangenheit. Und es ist wichtig, dass ich mich nicht an sie erinnere, weil sie mir nichts als unerwünschte Empfindungen, Heulkrämpfe und Scham bescheren. So sehr ich die Blackouts von den Pillen hasse, kann ich die scharfen, peinlichen Bildfetzen, die mir ohne sie hin und wieder in den Kopf schießen, noch viel weniger leiden. Sie stoßen mich nur darauf, wie leer und unbedeutend ich mich innerlich fühle. Manchmal kommt es mir vor, als würde mir mein Körper gar nicht gehören, als hätte ich ihn vor langer Zeit verloren und könnte ihn nie zurückbekommen. Ich frage mich, ob sich nach dem Sex jeder so fühlt. So schmutzig.

In letzter Zeit wird es irgendwie schlimmer mit mir, andererseits scheint auch das Leben seit anderthalb Jahren beständig härter zu werden. Schließlich ist dann vor einigen Wochen noch meine Mitbewohnerin und beste Freundin weggezogen, und jetzt bin ich allein. Ich habe versucht, mich gegen meine Eltern zu behaupten, ihnen gesagt, dass ich nicht nach Hause kommen und so leben würde, wie sie es wollen, und zur Strafe hat mein Dad mir mein Auto weggenommen. Vor einigen Monaten kündigte er dann alle meine Kreditkarten, und nun geht mir das Geld aus.

Ich habe nicht mal mehr genug für die Semestergebühren. Und ich glaube nicht, dass ich damit leben kann, arm zu sein. Deshalb habe ich angefangen, durch die Gegend zu vögeln und immer mehr Pillen zu schlucken: um der schmerzlichen, peinlichen Realität meines erbärmlichen Lebens zu entkommen.

Das erste Mal habe ich mit vierzehn Tabletten genommen. Meine Mutter meinte, sie würden mir helfen, mich weniger beschämt und schmutzig zu fühlen. Da hatte ich gerade zum ersten Mal Sex mit einem Jungen gehabt, der mich nur benutzt hat. Die Pille wirkte super, betäubte fast sämtliche Gefühle. Also nehme ich sie seitdem immer.

Seufzend ziehe ich mir ein hellblaues Sommerkleid an, stecke mir das Haar mit einigen Clips nach oben und gehe in die Küche, um den Boden zu putzen. Gestern Abend hatte ich dort Wein verschüttet, war aber zu betrunken, um ihn aufzuwischen, und jetzt klebt er an den Fliesen und stinkt die ganze Wohnung voll. Ich nehme einen kaum benutzten Schwamm und eine Flasche mit irgendeinem Putzmittel aus dem Schrank unter der Spüle. Mir wird richtig schlecht, als ich Gummihandschuhe anziehe und mich auf den Boden knie.

Ich hasse Putzen und vermeide es um jeden Preis. Nachdem Ella ausgezogen war, hatte ich eine Putzfrau, doch die kann ich mir nicht mehr leisten. Und so hocke ich auf allen vieren, einen Wassereimer neben mir und den Schwamm in der Hand. Während ich den Boden schrubbe, ruft meine Mutter an, und ich muss fast lachen, als ich mir vorstelle, sie könnte mich so sehen.

Ich drehe mich um und setze mich, ehe ich den Anruf

annehme. Dabei sehe ich, dass Ella versucht hat, mich anzurufen, genau wie Ethan sagte. »Ja, Mutter«, melde ich mich.

»Hast du noch mal darüber nachgedacht, ob du nach Hause kommst?« Das fragt sie mich schon, seit ich vor über anderthalb Jahren spontan beschloss, nach Vegas an die UNLV zu gehen. Ich hatte gerade meinen Schulabschluss auf dem Internat gemacht und war über den Sommer nach Hause zurückgekommen. Meine Familie glaubte, dass ich im Herbst nach Yale gehen würde, weil ich es ihnen vorgelogen hatte. Ich schämte mich und war deshalb wütend auf mich selbst. So wollte ich mich nicht mehr fühlen. Mir war klar, dass ich irgendwann gestehen müsste, dass mich weder Yale noch eine der anderen Ivy-League-Unis angenommen hatte, doch stattdessen bin ich weg. Ich packte meinen Kram, schlug eine Karte auf und zeigte blind mit dem Finger auf eine Stelle. Das war Vegas. Dann verabschiedete ich mich von meiner Mutter. Sie brüllte und schrie, dass ich es nie alleine schaffen würde. Aber ich hatte Geld und anständige Noten, und die UNLV nahm mich sofort an.

»Nein«, antworte ich wie immer. »Und ich hatte dir schon gesagt, dass ich es mir nicht anders überlegen würde.«

»Tja, ich hatte gehofft, dass du endlich vernünftig wirst«, kontert sie. »Aber ich hätte mir denken können, dass das nicht passiert. Immerhin beweist du uns seit Jahren, was für unendlich dumme Entscheidungen du treffen kannst.« Sie klingt immer mehr wie mein Vater, was wohl daran liegt, dass sie ihr Leben lang fügsam und leicht zu beeinflussen war.

Ich kratze an meinem Nagellack und überlege, in mein Zimmer zu gehen und noch eine Pille zu nehmen. Meine Mutter verzeiht mir den riesigen Fehler nicht, den ich gemacht habe, und das nicht bloß wegen des Lichts, das er auf mich wirft, sondern weil sie und mein Vater dadurch aussehen, als hätten sie eine Schlampe großgezogen.

»Rufst du wegen was Bestimmtem an?«, frage ich ruhig. »Oder nur, um dich über mich zu beschweren?«

»Dein Vater will, dass du nach Hause kommst«, sagt sie. »Er sagt, wenn du herkommst, gibt er dir deinen Wagen und die Kreditkarten zurück.«

»Und wie immer muss ich sein Angebot ablehnen.«

»Ja, natürlich triffst du mal wieder dumme Entscheidungen, die auf unsere ganze Familie zurückfallen. Deine Schwester kellnert und hat ein uneheliches Kind, und du lebst in einem *Apartment* in Vegas, sodass wir aussehen wie Versager.«

»Tja, vielleicht könnt ihr allen erzählen, dass wir tot sind.« Ich empfinde nichts, als ich das sage, und bin froh, dass die Medikamente wirken. »Ich meine, wir beide wissen doch, wie groß du im Geschichtenerfinden bist, wenn was schiefläuft.«

Sie lacht zynisch. »Ich habe einige Übung. Meine eine Tochter ist ein Ex-Junkie, meine andere schon eine kleine Hure, seit sie vierzehn ist.«

»Ich war verwirrt und habe gar nicht richtig begriffen, was passierte!« Ich schlucke und versuche, nicht daran zu denken, wie meine Hurenkarriere begann. »Und du hast nichts getan, um mir zu helfen. Jedenfalls nichts, das mir genützt hätte.«

»Du hattest deine Wahl getroffen, Lila«, erwidert sie. »Keiner hat dich zu irgendwas gezwungen. Du *wolltest* das.«

»Ich war vierzehn«, murmle ich. Das Wattegefühl in mir lässt nach, und die Wände drücken auf mich ein, zwingen mich zu einer Kugel zusammen, so wie früher, als ich ein Kind war. Meine Mutter hat diese Wirkung auf mich, sogar mit einem simplen Anruf. Ich ziehe die Knie an meine Brust und lehne das Kinn darauf.

»Entschuldigungen sind was für Schwächlinge. Wenn du einfach zugeben würdest, dass du einen Fehler gemacht hast und immer wieder welche machst, könntest du vielleicht wieder die Kurve kriegen.« Sie seufzt. »Du bist ein wunderschönes Mädchen, Lila, und dein Aussehen könnte dich richtig weit bringen. Stell dir vor, was für einen Mann du haben könntest, würdest du dich endlich mal mit einem verabreden, anstatt mit allen zu schlafen.«

»Wow, hast du mal daran gedacht, Psychiaterin zu werden?«, frage ich bissig. »Du wärst super.«

Sie legt auf.

Es wundert mich nicht, nein, ich hatte vielmehr darauf gehofft, denn sonst hätte sie mir nur weiter erzählt, was für eine Enttäuschung ich bin. Ich drücke auf den roten Knopf, froh, dass ich nicht mehr mit ihr reden muss. Gleichzeitig verletzt es mich, dass sie solch ein Bild von mir hat, dass sie mich hasst und wünscht, ich wäre jemand anderes. Dabei weiß ich selbst nicht mal, wie ich denn sein könnte, und ich frage mich, wie sie es sich vorstellt.

Ich gebe mir eine halbe Minute, mich selbst zu bedauern, dann rufe ich Ella an.

»Hallo!«, meldet sie sich munter, und ich muss lächeln, denn früher war Ella eigentlich immer traurig. Mich freut, dass sie glücklich ist, auch wenn ich ein bisschen neidisch bin.

»Hey, du hattest angerufen?«, frage ich, lege mich auf den Linoleumboden und starre an die Decke. Mir fehlt Ella, keine Frage, doch es ist nicht schlecht, alleine zu leben. Vor ihr hätte ich mich nie so auf den Boden gelegt.

»Ja, ich dachte, du willst vielleicht reden«, sagt sie, und ich höre, wie Micha im Hintergrund etwas ruft.

»Wir können ein anderes Mal telefonieren, wenn du gerade keine Zeit hast«, schlage ich vor.

»Nein, wir können jetzt reden. Micha jault mir bloß so ins Ohr.« Da ist ein Lachen in ihrer Stimme, und Micha ruft wieder etwas Unverständliches. »Ethan klang, als müsstest du reden.«

»Hä? Hat er dich angerufen?«

»Ja, vorhin.«

Ich bin ein bisschen sauer und frage mich, ob er sie angerufen hat, weil ich meine Miete nicht bezahle. Das Letzte, was ich will, ist, Ella von meinen Problemen zu erzählen, wo sie schon so viele eigene hat. Außerdem rede ich ungern über meine Sorgen – ich bin dazu erzogen worden, sie für mich zu behalten. Der einzige Mensch, dem ich etwas erzähle, ist Ethan, und nicht mal er weiß alles. »Tja, das war unnötig, denn eigentlich gibt es nichts, worüber ich reden will.«

Ella zögert. »Ist schon okay. Ich wollte mich sowieso bei dir melden.«

»Weshalb?« Ich bemühe mich, nicht genervt zu klingen,

was mir jedoch nicht recht gelingt. Die Pillen müssten stärker wirken, damit ich künstliche Heiterkeit empfinde.

»Vielleicht rufe ich doch später wieder an«, sagt Ella. »Du klingst angefressen.«

Stöhnend strecke ich die Beine aus. »Tut mir leid. Ich bin ein bisschen verkatert und lasse es an dir aus. Entschuldige.«

»Schon gut«, antwortet sie sehr munter – was überhaupt nicht zu der Ella passt, wie ich sie kenne. »Du musstest dir die letzten paar Jahre schließlich genug Mist von mir gefallen lassen.«

»Gott, so lange kennen wir uns schon?« Jetzt schaffe ich es, fröhlicher zu klingen, obwohl ich Kopfschmerzen habe.

»Ja, wir werden alt, nicht?«, scherzt sie, hört sich aber irgendwie nervös an.

»Was verschweigst du mir?«, frage ich und stütze mich auf die Ellbogen auf. »Du hast diesen Tonfall, den du immer hast, wenn du etwas verheimlichst.«

»Ich habe keinen bestimmten Tonfall.« Sie tut, als wüsste sie nicht, wovon ich rede, allerdings ein wenig zu unbedarft.

Ich drücke mir auf die Nasenwurzel, um den Kopfschmerz etwas zu lindern, und zum Glück höre ich mich wie die vergnügte Lila an, die jeder in mir sehen will. »Na schön, raus damit!«

»Na ja … Ich habe sozusagen den Ring umgesteckt.«

»Was?«, rufe ich, und schlagartig ist jede Verstimmtheit fort. Ella hatte Michas Ring zunächst an einem anderen Finger getragen, weil sie noch unsicher war. Die beiden vereinbarten, dass Ella ihn, wenn sie so weit war, an den richtigen Finger stecken würde. Und nun war die Verlobung also offiziell. »Wann?«

»Tja, genau genommen ist das schon eine Weile her. An dem Tag, als Micha und ich Vegas verlassen haben.«

»Du Bitch«, schimpfte ich halb scherzhaft, bin aber doch ein wenig verärgert. »Warum hast du das nicht längst erzählt?«

»Weiß ich nicht. Ich schätze, weil ich mich noch selbst daran gewöhnen muss.«

Gedankenverloren drehe ich den Ring an meinem Finger und denke, wie krank es ist, dass ich ihn nicht loswerden will. Ich schwöre bei Gott, dieser verfluchte Ring besitzt mich noch immer – *er* besitzt mich noch immer. »Du hättest dich daran gewöhnen können, indem du es mir erzählst.«

»Ja, klar, und es tut mir ehrlich leid. Aber du weißt ja, wie ich in solchen Sachen bin.«

»Ja.« Das weiß ich wahrlich. Ella macht oft dicht, verschweigt dauernd Sachen. Davon hatte ich anfangs keine Ahnung, weshalb ich so überrascht war, als ich diese völlig andere Seite von ihr sah. Sie verwandelte sich von dem stillen, ordentlichen, braven Mädchen in dieses laute, rebellische, und manchmal wünschte ich, ich könnte genauso sein. Ich möchte auch so ganz für den Moment leben können, so wie ich will, ohne dass ich mich erst mal betrinken muss.

Micha, ihr jetziger Verlobter, ruft wieder im Hintergrund, und Ella quiekt ins Telefon. Ich höre ein lautes Poltern, gefolgt von Kichern. Ich warte, dass Ella sich wieder meldet, doch das Kichern wird lauter, während sie Micha zwischendrin japsend anfleht, sie loszulassen.

Ich verdrehe die Augen, hasse sie für die schöne Beziehung, die sie doch verdient hat. »Okay, ich lege auf. Falls du mich hören kannst, gratuliere und bis später.«

Dann lasse ich das Telefon auf den Boden sinken, und Stille setzt ein. Die Sonne scheint durch die Jalousienspalten, und ich kann das lautstarke Keifen der Nachbarn hören, die sich mal wieder streiten. Es nervt höllisch, und ich brülle: »Ruhe!«, während ich gleichzeitig an die Wand hämmere.

Sie hören mich nicht und schreien weiter herum. Je länger ich auf dem Fußboden liege, desto stärker überrollt mich die Einsamkeit ähnlich einer Riesenwelle, die sich höher und höher aufbaut, bis sie auf den Strand kracht. Ich will jemanden, der mich so liebt wie Micha Ella. Ich möchte irgendwen, der mich einfach liebt. Was habe ich nicht alles versucht, diese Art Liebe zu finden, doch es scheint nie zu klappen, und allmählich denke ich, ich kann gar nicht geliebt werden.

Einmal habe ich in meiner Blödheit geglaubt, ich würde geliebt. Wie naiv von mir! Er war viel zu alt, um eine Vierzehnjährige zu lieben, und als es vorbei war, nachdem er mich benutzt hatte, ging er. Ich blieb mit gebrochenem Herzen zurück, fühlte mich schmutzig und verwirrt von dem, was ich – wir – gerade getan hatten. Noch heute, wenn ich daran denke, ergibt das alles überhaupt keinen Sinn für mich. Aber die Pillen machen es leichter, das zu akzeptieren.

»Ich habe wirklich gedacht, er liebt mich«, murmle ich

und merke, dass Tränen in meinen Augen brennen, während ich mit dem Platinring an meinem Finger spiele. »Es schien so.«

Ich stehe auf und gehe aus der Küche zurück zu meinem Schlafzimmer, um meinen Fehlern und der Leere zu entfliehen. Das Problem ist nur: Jedes Mal, wenn ich das tue, mache ich weitere Fehler, und am Ende bin ich immer allein. Aber wahrscheinlich bleibt das so, denn darin bin ich gut – Sachen zu verbocken, eine Schlampe zu sein, herumzuvögeln und zu beten, dass ich jemanden finde, der sich in mich wertloses Stück Dreck verliebt und für mich sorgt, wie meine Mutter es sich so gerne ausmalt.

In meinem Zimmer ziehe ich die Nachttischschublade auf und starre die Pillenfläschchen an. Wenn ich mehr nehme, habe ich wieder einen Blackout, und genau das will ich jetzt, denn das macht mich vorübergehend glücklich und zufrieden. Ich nehme ein Fläschchen heraus und drehe den Deckel ab. Als die Tabletten meine Kehle hinuntergleiten, beginnt die Taubheit durch meinen Leib zu kriechen, und ich falle rückwärts aufs Bett, eine Hand auf der Narbe an meinem Bauch, meinem einzigen Makel.

Ich bin nicht sicher, wie es auf dem Internat läuft, ob es mir gefällt oder nicht. Mir kommt es vor allem komisch vor, vierzehn zu sein und in einer Schule zu wohnen. Außerdem fällt es mir schwer, Freundinnen zu finden, doch ich gebe mir Mühe.

»Siehst du den älteren Typen da drüben?«, fragt Reshella Fairmamst, das Mädchen, mit dem ich mich anzufreunden versuche, und zeigt zu dem Tisch schräg gegenüber in der

Bibliothek, wo ein Mann in einem Anzug sitzt. Er liest in einem alten, abgegriffenen Buch.

Reshella Fairmamst ist nicht meine Freundin, auch wenn ich mir das wünsche – nein, ich brauche sie als Freundin, weil ich sonst ganz allein und ohne Freunde bin. Doch es ist schwierig, sich mit ihr anzufreunden, denn sie ist das reichste, eingebildetste und beliebteste Mädchen in der Schule. »Meinst du den alten Kerl?«

»Er ist erst zweiundzwanzig und ein Elman. Die Familie ist total reich.« Sie wirft ihr honigblondes Haar über die Schulter und reckt ihre Nase in die Luft, als würde sie etwas Ekliges riechen. Das tut sie oft, und ich frage mich nicht zum ersten Mal, ob es pure Arroganz ist oder sie sich vergewissern will, dass sie keinen Körpergeruch hat. »Er ist total begehrt.«

»Aber ich bin erst vierzehn«, sage ich schwachsinnig und wickle mein Haar mit dem Finger auf. »Der wird sich überhaupt nicht für mich interessieren. Er ist acht Jahre älter!«

Sie mustert mich von oben bis unten. Reshella ist stark geschminkt und trägt immer grauen Eyeliner, weil der, wie sie sagt, ihre strengen Züge zu Geltung bringt. Und sie hat täglich eine Perlenkette um und besteht darauf, dass keine von den anderen »Precious Bells« welche trägt. Die Precious Bells sind ihre Clique, in die man nur aufgenommen wird, wenn man zu den Besten der Besten gehört.

»Vielleicht passt du doch nicht zu den Precious Bells«, sagt sie schneidend. »Um eine von uns zu sein, musst du bereit sein, mit einem Älteren auszugehen. Wir verabreden uns nie, niemals mit Typen aus unserer Schule.«

»Aber du bist sechzehn!«

»Na und?«

»Na …« Ich schrumpfe unter ihrem verächtlichen Blick. »Für dich ist es leichter.«

Sie verdreht die Augen. »Oh bitte! Für dich ist es auch leicht, wenn du aufhörst, wie ein Kind zu denken. Es wird Zeit, erwachsen zu werden, Lila, es sei denn, du willst nicht.« Sie dreht sich zu den Jungen und Mädchen am runden Tisch in der Ecke um, die bei allen als Nerds und Außenseiter gelten. Meine Mutter wäre strikt dagegen, dass ich mich mit ihnen abgebe.

Ich denke an die letzten Worte, die sie zu mir sagte, als sie mich vor dem Internat absetzte. »Blamier uns nicht, wie deine Schwester es getan hat. Du gibst dich nicht mit Leuten ab, die dein Vater und ich nicht gutheißen würden, und streng dich an. Du schaffst gute Noten, koste es, was es wolle. Wenn du es vermasselst, schmeißen wir dich genauso raus wie Abby.« Es war, als würde sie von einer Stichwortkarte ablesen, die mein Vater ihr gegeben hat, aber ich weiß, dass es ernst gemeint ist, denn seine Drohungen sind es immer. Und ich will nicht auf der Straße leben.

Seufzend setze ich mich gerader hin. »Was soll ich denn machen?«, frage ich Reshella.

Ihre glänzend pinken Lippen verziehen sich zu einem Grinsen. »Ich will, dass du rübergehst und dir seine Telefonnummer geben lässt.«

Mir steht der Mund offen vor Schreck. »Wie?«

»Denk dir was aus«, antwortet sie. »Und dann, wenn du sie hast, bist du offiziell eine Precious Bell.«

Ich nicke, stehe auf und trete vom Tisch zurück. Auf dem Weg zu ihm falle ich vor Nervosität beinahe in Ohnmacht. Als ich bei seinem Tisch bin, sieht er sofort auf. Sein tolles Aussehen und dieser durchdringende Blick erschrecken mich.

»Ich bin Lila«, sage ich schnell und strecke ihm meine Hand hin wie eine bescheuerte Idiotin. »Lila Summers.«

Seine Mundwinkel zucken, doch er lächelt nicht. Stattdessen nimmt er meine Hand und küsst sie sanft. Sein Kinn ist stoppelig, was sich gleichzeitig gut und schlecht anfühlt.

»Lila. Was für ein schöner Name für ein schönes Mädchen«, antwortet er nachdenklich, während er mich betrachtet.

Mir fällt auf, dass er einen Ring trägt: ein Platinreif mit Diamantenbesatz. Er steckt auf seinem Ringfinger, und ich frage mich, ob er verheiratet ist. Soll ich ihn fragen? Ich bin so nervös, dass ich zu schwitzen anfange.

Trotzdem grinse ich, bin ziemlich überwältigt von seinem Lächeln und habe solches Herzklopfen, weil er mich ansieht. Sein Blick gibt mir das Gefühl, etwas Besonderes zu sein. Und so habe ich mich noch nie gefühlt. Einen Augenblick lang kann ich einfach ein hübsches Mädchen sein, das vor einem umwerfenden Jungen steht und glaubt, es wäre das fantastischste Wesen der Welt.

Dabei hätte ich eigentlich darüber nachdenken sollen, wie unglaublich dumm und naiv ich war.

ETHAN

Ich schaffe es nicht aus dem verdammten Bett, und das nicht bloß, weil ich ein Sixpack getrunken habe, sondern weil ich nicht will. Ich hatte das verfluchte Armband wieder rausgeholt, das sie mir schenkte, damit ich sie nie vergesse. Es liegt neben meinem Tagebuch auf dem Bett, und beide stehen für die Erinnerungen, denen ich nicht entkomme. Ich liege flach auf dem Bauch und jammere wie eine Pussy um ein Mädchen, das nicht mehr existiert und es für mich schon gar nicht sollte. Ich muss endlich loslassen. Was ich anscheinend nicht kann. Mir war allein der Gedanke an Beziehungen immer schon ein Gräuel – und ist er noch. Ich habe sie von ihrer hässlichsten Seite gesehen und den einzig sinnvollen Schluss gezogen, dass Liebe fehlerhaft und fiktiv ist. Doch dann kam London, und ich änderte meine Meinung, nein, ich änderte *mich*. Bis heute verstehe ich nicht, wieso, was an ihr war, das mich zu einem anderen Denken verleitete. Und jetzt ist sie weg, und ich muss jemand anderen finden, der meine verdrehten Vorstellungen von der ewigen, nie endenden Liebe korrigiert.

Ich kann nicht aufhören, das Armband anzustarren. Es ist direkt vor mir, erinnert mich an alles, was zwischen London und mir war, und alles, was nicht war.

»Du bist so ein hübscher Junge«, sagte London dauernd. Ja, sie hat es mir quasi vorgesungen. »Deshalb kommst du mit einem Armband durch.«

Ich verneinte das natürlich. »Kommt nicht infrage, dass ich ein Armband trage!«

»Nicht mal, wenn es von mir ist?«, fragte sie amüsiert, während ihre Finger über mein Gesicht strichen.

»Nicht mal, wenn es von dir ist.« Ich war solch ein Arsch ihr gegenüber, genau wie mein Vater, und dafür werde ich mich ewig hassen. Komischerweise schien sie das nicht zu stören. Ich wusste nie, was sie dachte oder fühlte, und sie hat mich nie das Armband tragen gesehen. Ich könnte es jetzt, aber was würde das bringen? Es hat keinerlei Bedeutung mehr, keinen Bezug zu irgendwas Realem. Eigentlich ist es bloß ein Stück Leder, in das »E&L« geprägt wurde.

Ich lehne mich vor, sehe es genauer an, und mir wird klar, dass die Initialen ebenso gut für Ethan und Lila stehen könnten, was es noch schmerzlicher macht, denn jetzt denke ich an Lila statt an London. Dabei will ich doch an gar keinen denken. Ich will Stille. Einsamkeit. Ich will meine verdammten Gedanken endlich abstellen!

Kopfschüttelnd werfe ich das Armband beiseite. Ich muss raus, sonst bleibe ich in meinem Kopf hängen wie in einem Karton, aus dem ich nicht raus kann. Meine Mutter sagte dazu immer, ich wäre nicht kontaktfreudig, und einige Psychiater nannten es Sozialphobie. Ich nenne es »zu viel wissen«. Ein paar Seelenklempner wollten mir irgendwas geben, als ich ungefähr vierzehn war und supergestresst, weil ich auf die Highschool sollte, aber nicht, weil ich Angst vor der Schule an sich hatte, sondern weil ich mir vorstellte, dass da zu viele Leute in Horden herumlaufen würden. Ich hatte schlicht Angst davor, die Ruhe und den Frieden zu verlieren, die ich über den Sommer gefunden hatte, und ich wollte lieber ganz andere Sachen machen.

Mir hat Stille schon immer gefallen, auch wenn ich sie selten hatte. Als ich klein war, waren immerzu meine Brüder um mich. Dann zogen sie aus, und ich blieb mit meinem Dad zurück, der auf meine Mom einbrüllte und sie manchmal sogar schlug. Ich versuchte, etwas dagegen zu tun, was damit endete, dass ich selbst einige Schläge kassierte. Das wäre okay gewesen, hätte es nicht regelmäßig zur Folge gehabt, dass meine Eltern *beide* wütend auf mich waren. Meine Mom erzählte mir, ich sollte mich aus Sachen raushalten, die mich nichts angingen. Da war ich dreizehn, und es brachte mich völlig durcheinander. Als ich sie fragte, warum, hat sie nur gesagt: »Weil ich deinen Vater über alles liebe und er gerade eine schlimme Zeit durchmacht.« Manchmal habe ich Angst, dass ich wie er werde, dass ich mich auf eine Beziehung einlasse und dieser hässliche, brutale Mensch in mir zutage kommt.

Letztlich hörte mein Dad auf, meine Mom zu schlagen. Trotzdem macht er sie bis heute dauernd nieder, und ich habe genug von der hässlichen Seite gesehen und wie leicht sie vergessen wird, dass ich mich ernsthaft frage, warum Beziehungen angeblich so wichtig sind. Nicht mal bei London sah ich ein, warum wir uns zum Paar erklären sollten. Wir haben nie »Ich liebe dich« gesagt, obwohl ich schätze, dass wir es beide empfanden. Manchmal glaube ich heute noch, dass ich es tue – vielleicht … Scheiße, ich habe keine Ahnung!

»Ich muss dringend hier raus«, sage ich vor mich hin, steige vom Bett und nehme Handy und Schlüssel. Auf dem Weg nach draußen überlege ich, in einen Klub zu fahren, aber ich kann den Lärm nicht leiden. Eine Bar wäre ruhiger, doch eigentlich will ich nur laufen, mich bewegen, nicht stillsitzen.

Ich nehme ein Taxi zum Strip und kaufe mir etwas zu trinken in diesem kleinen Nachbau des Eiffelturms. Damit gehe ich die Straße entlang, zwischen viel zu vielen Leuten, und wünsche mir, ich wäre irgendwo anders. Hier ist es genauso laut wie in einem Klub, aber ich bin draußen, sodass das Atmen leichter fällt. Ich wandere herum, nippe an meinem Getränk und sehe die blinkenden Neonlichter an. Einen Moment lang überlege ich, Lila anzurufen und sie zu fragen, ob wir uns treffen wollen, nur habe ich Angst vor dem, was dann passieren könnte. Ich habe ein schlechtes Gewissen, weil ich sie sich selbst überlassen habe. Doch heute Abend bin ich in dieser Stimmung, in der ich dringend flachgelegt werden will, um meine Gedanken abzuschalten, und da wäre es gefährlich, Lila in der Nähe zu haben. Am Ende breche ich noch meine Regeln, und was dann? Wir würden vögeln, und danach wäre alles komisch. Es wäre vorbei mit den witzigen Gesprächen, und die Rettungsmissionen würden schräg bis unmöglich.

Auf den Gehwegen und in den Klubs sind alle aufgedreht, reden, baggern, lächeln und grapschen wie wild. Als ich meinen leeren Becher wegwerfe, entdecke ich einige Mädchen in lächerlich kurzen Kleidern. Die eine sieht mich an, und ich denke: *Da ist die Ablenkung, die ich suche.* Ich verdränge alle Gefühle aus meinem Kopf, bevor ich auf die Gruppe zugehe. Früher hat Micha solchen Mist mit mir zusammen gemacht, wodurch es leichter wurde.

Ich entscheide mich für die Brünette in dem roten Lederkleid, weil sie interessierter scheint als die beiden anderen. Das ist der einzige Grund. Ich flirte mit ihr, und wir schlendern zusammen über den Strip. Dabei streicht sie mir immer wieder über die Brust und klimpert mit den Wimpern.

»Lass uns zu dir gehen«, ruft sie schließlich über den Krach hinweg, als wir mitten im Kasinozentrum sind.

Ich nicke, stelle jedoch klar, was los ist. Das ist auch eine meiner Regeln: Jede, die sich auf mich einlässt, muss wissen, was sie erwartet. »Können wir, aber dass du es weißt, ich will nur vögeln. Ich bin nicht auf der Suche nach einer Beziehung.« Das ist drastisch, doch unvermeidlich. Das Letzte, was ich will, ist jemanden verletzen oder eine Frau, die klammert.

Sie grinst und gleitet mit der Spitze ihres kleinen Fingers über meine Unterlippe. »Das will ich auch bloß.«

Ungefähr eine Stunde später schlafe ich in meiner Wohnung mit ihr, und es bedeutet rein gar nichts. Sie benutzt mich, ich benutze sie. Wir sind nichts als zwei menschliche Hüllen, die in diesem Moment nur eines wollen: Ruhe und Frieden. Die finde ich allerdings nie, was auch daran liegen könnte, dass ich es mir nicht gestatte.

Irgendwann verliere ich aus dem Blick, wie sie aussieht, und stelle sie mir mit kurzem schwarzem Haar vor, wie London, und je länger es dauert, umso mehr beginnt sie, wie Lila auszusehen. Das ist total kaputt und widerspricht dem Zweck, mittels Sex meine Probleme zu verdrängen. Ich will nicht an Lila denken. Ich will an überhaupt nichts denken. Mein Ziel ist, einen klaren Kopf zu bekommen, hinterher wieder allein zu sein und meine Regeln zu befolgen, damit ich keinem zu nahe kommen muss. Loslassen.

Die Tatsache akzeptieren, dass London nie wieder zu mir zurückkehrt, weil ich mich entschied, sie gehen zu lassen.

Nach dem Vögeln steht sie auf, bedankt sich, während sie sich anzieht, und die Gedanken an London verfliegen, als die Erschöpfung übernimmt. Nur Lila bleibt in meinem Kopf, denn ich frage mich, was sie gerade macht. Ich murmle ein »Gern geschehen«, und sie geht, ohne mir ihre Nummer zu geben.

Ich drehe mich um, fühle mich allein, aber auf eine ruhige Art zufrieden, genau wie ich es wollte. Dann jedoch sehe ich auf die Uhr und stelle fest, dass es erst neun ist. Mist! Was soll ich mit dem Rest des Abends anfangen?

Kopfschüttelnd rolle ich mich wieder auf die andere Seite, hole mein Tagebuch heraus und mache das Einzige, was ich kann, um die Zeit herumzukriegen und möglichst nicht an London und das letzte Mal zu denken, dass ich sie gesehen habe. Dabei kann ich gar nicht vergessen, wie ich einfach weggegangen bin. Schließlich schreibe ich über den Morgen, an dem ich herausfand, dass sie fort war, obwohl ich mir vor langer Zeit geschworen hatte, ihn zu vergessen. Aber das gelingt mir offenbar nicht.

Das Telefon klingelt, was sich wie ein Song anhört. Ein sehr nerviger Song mit einer düsteren Melodie und einem Text voller Angst und Reue. Ich bin nicht mal sicher, warum ich ahne, dass es schlechte Neuigkeiten sind. Das tue ich einfach, und als ich abnehme und das Schluchzen höre, weiß ich, dass sie fort ist, nur nicht so, wie ich es erwartet hatte.

Sie ist weg.

Und auch nicht.

Sie hängt zwischen Leben und Tod, verloren, möglicherweise für immer. Oder nicht. Wer weiß? Keiner scheint es richtig sagen zu können, und am Ende ist die echte London fort, stirbt ihr Geist unaufhaltsam, nähert sich dem Tod, um in der letzten Sekunde flüchtig wieder aufzuleben und von Neuem zu verfallen. Sie war schon immer halb verhungert, verwundet und zugleich geheilt, was nie einen Sinn ergab. Nichts an ihr tat das.

Nichts wird es je.

Kapitel 3

LILA

Ich liebe Shoppen wohl viel zu sehr. Geldausgeben, Klamottenkaufen, egal wofür, füllt die Leere in meinem Herzen. Früher hat meine Mom mich dauernd zum Shoppen mitgeschleppt. Jedes Mal, wenn mein Vater sie gekränkt hatte, zog sie los und gab Unsummen aus. Statt ihn zur Rede zu stellen, kaufte sie Sachen, die sie alle sofort anzog, um hübsch auszusehen. Ich erinnere mich, wie ich ihr beim Anziehen zuschaute. Komplett neu eingekleidet und mit neuem Schmuck stellte sie sich vor den Spiegel und bewunderte sich lächelnd.

»Bin ich nicht hübsch?«, fragte sie mich, und ich nickte jedes Mal, denn in meinen Augen war sie schön und elegant. Dann drehte sie sich um und musterte mich, als wäre ich eine Puppe. Manchmal durfte ich sogar einige Sachen von ihr anprobieren. »Eines Tages, wenn du größer bist, wirst du so schön sein wie ich, Lila.«

»Aber was ist, wenn ich es nicht bin?«, fragte ich, denn einige der Erwachsenen in der Nachbarschaft sind längst nicht so hübsch wie meine Mutter. »Was ist, wenn ich nicht so schön werde wie du?«

Sie klippte sich Diamantohrringe an, die im weichen Licht des Kronleuchters funkelten. »Du musst dafür sorgen, dass du es wirst, Lila. Kein Mann will eine hässliche Frau.«

Jung wie ich war, kam mir ihre Antwort schon seltsam vor, denn meine Lehrerin sagte uns immerzu, dass wahre Schönheit von innen kommt, nicht außen. Trotzdem haben sich mir die Worte eingeprägt, und wenn ich mir etwas Neues kaufe und es anziehe, fühle ich mich für einen Moment schön. Könnte das Gefühl doch anhalten! Dann würde ich endlich aufhören, so viel Geld auszugeben, wäre nicht pleite und bräuchte keine Pillen zu schlucken. Aber ich denke mir etwas aus. Bald.

»Ernsthaft, Lila«, jammert Ethan, der mir durchs Einkaufszentrum folgt. Er war schon die letzten paar Male, die wir uns getroffen haben, in einer miesen Stimmung, und heute ist er es erst recht, weil er Shoppen hasst. »Es reicht. Mehr ertrage ich nicht.«

Er hat eine schlabberige Jeans an, die unten ausgefranst ist, und im Saum seines grün-schwarz-karierten Hemds ist ein Loch. Um sein Handgelenk sind mehrere Lederbänder gebunden, die allesamt selbstgemacht aussehen. Würde er nur mal versuchen, sich nett anzuziehen, wäre er so sexy, dass ihm kein Mädchen widerstehen könnte. Wobei das sowieso schon auf viele zutrifft. »So schlimm ist es gar nicht«, sage ich und sehe mir die Hemden in der Herrenabteilung an. Ich bin im Kaufrausch, von dem High, das mir die drei Pillen bescheren, die ich vorhin einwarf, ganz zu schweigen. Im Moment bin ich euphorisch glücklich, derart glücklich, dass ich denke, mein Lächeln könnte echt sein. »Wir sind doch erst seit, na, höchstens ein paar Stunden unterwegs.«

Ethan reißt die Augen übertrieben weit auf, während er auf seine Uhr sieht. »Das sind definitiv ein paar Stunden zu viel.«

Ich wühle den Sonderangebotsständer durch, denn Ethan würde nie irgendwas kaufen, das nicht herabgesetzt ist. »Tut mir leid, aber ich hasse Busfahren, und ich musste unbedingt einkaufen.«

Seufzend lässt er seine Hand heruntersinken. Er trägt meine Tüten, worüber ich insgeheim schmunzeln muss. Kommentarlos hatte er sie angenommen, als ich sie ihm reichte, als wäre er inzwischen daran gewöhnt, dass ich ihn bitte, sie für mich zu tragen. »Gut, aber kannst du dich bitte beeilen? Ich habe noch etwas anderes vor.«

Ich ziehe einen Bügel von der Stange und sehe nach dem Preisschild am Hemd. Es ist ein bisschen teuer für Ethans Verhältnisse, aber ich versuche es trotzdem, denn es hat diesen blassen Rosaton, den ich absolut liebe. »Was?«

Er zuckt mit den Schultern. »Egal, Hauptsache nicht Shoppen.«

Ich halte ihm das Hemd an. »Das musst du unbedingt kaufen! Es bringt deine Augenfarbe super zur Geltung.« Ich blende ihn mit meinem Strahlen.

Ethan tut, als müsste er würgen. »So ein Teil würde ich bestenfalls anziehen, wenn mich der irre Wunsch überkommt, mich verprügeln zu lassen.«

»So übel ist es nicht«, widerspreche ich, neige den Kopf zur Seite und rücke das Hemd höher an seine Brust.

»Es ist pink«, sagt Ethan, ohne zu lächeln.

»Ein hübsches Pink«, betone ich grinsend.

Er starrt mich bloß an.

»Ach, schon gut.« Ich rolle mit den Augen, lächle aber, als ich das Hemd wieder zurückhänge und mich zu Ethan drehe. »Ich will dir nur helfen, aber du lässt mich nie. Du könntest dich so viel besser anziehen.« Ich tippe mit dem Finger auf das Loch in seinem Hemd.

»Ich muss mich nicht besser anziehen«, sagt er. »Was ich muss, ist, hier rauskommen. Ich hasse Shoppen, Einkaufszentren, überfüllte Orte, an denen sich alle völlig geldbesessen aufführen. Außerdem«, ergänzt er und zieht die Brauen hoch, »hast du eigentlich schon deine Miete bezahlt?«

»Ja«, lüge ich. Mich ärgert, dass er mir meine schöne Stimmung versaut. Eben hatte ich das perfekte Gleichgewicht zwischen Pillen und neuen Sachen erreicht, und jetzt ... Ich eile an ihm vorbei und hoffe, dass er meinen abrupten Stimmungswechsel nicht bemerkt.

Doch er fängt mich am Handgelenk ab und hält mich zurück. »Lila.«

Ich drehe den Kopf zu ihm und stöhne frustriert. »Ja, ist ja gut, habe ich noch nicht, aber das mache ich.«

»Von welchem Geld?«

»Von dem Geld, das ich habe.«

Er lässt meinen Arm nicht los. »Klingt kryptisch.«

Weil ich keine bessere Antwort weiß. Ich muss den Kopf in den Nacken legen, um ihn richtig anzusehen. »Hör mal, ich bezahle sie. Übrigens kaufe ich mir diese neuen Sachen, um mich für Jobs zu bewerben.« Eine dicke, fette Lüge, doch ich will nicht, dass er an mir herummeckert, wenn es mir gerade so gut geht.

Ethan sieht nicht aus, als würde er mir glauben, aber wenigstens lässt er meinen Arm los. »Tu mir einen Gefallen, bezahl die Sachen, die du ausgesucht hast, und dann komm mit mir woanders hin.«

Über meinem anderen Arm hängen einige Blusen und ein Rock. »Wohin?«

»Irgendwo, wo ich hin möchte«, sagt er und lehnt sich mit dem Ellbogen auf den Kleiderständer neben sich. »Ich finde, wenn ich den halben Tag mit dir beim Shoppen verbringen kann, kannst du auch einige Zeit mit dem aushalten, was ich tun möchte.«

»Kein Stripklub, oder?«

»Würde dir das was ausmachen?«, fragt er neugierig. »Würdest du mit mir in einen gehen, wenn ich da hinwollte?«

Ich spüre, wie meine Wangen heiß werden, was nicht oft passiert. »Weiß ich nicht. Hole ich mir keinen Herpes oder so in solchen Läden?«

Er lacht schnaubend. »Kommt darauf an, was du anfasst.«

Jetzt glühen meine Wangen richtig, was nur Ethan schafft. »Ich würde gar nichts anfassen!«

Er beäugt mich prüfend, und seine Augen werden ein wenig dunkler. »Aber du würdest mit mir hingehen?«

Ich nage an meiner Unterlippe. Auch wenn ich keine Ahnung habe, wieso, erscheint mir der Gedanke, mit ihm in einen Stripklub zu gehen, sehr verrucht und irgendwie erotisch. Ich stelle mir vor, wie er sichtlich erregt wird. Gott, schon bei der Vorstellung werde ich scharf! »Ich gehe jetzt bezahlen«, sage ich hastig und laufe zur Kasse.

Ethan lacht hinter mir, und ich möchte mich zu gerne umdrehen und ihm einen Klaps auf den Arm geben oder so. Nun, wenn ich ehrlich sein soll, möchte ich mit ihm etwas tun, was nie in der Öffentlichkeit, noch viel weniger mitten in einem Geschäft stattfinden sollte.

Mist! Was soll ich nur tun? Als mich die Realität mit voller Wucht einholt, bringe ich beinahe die Sachen zurück, weil ich ja weiß, dass ich sie nicht kaufen sollte. Doch dann denke ich daran, wie gut ich in den Sachen aussehen werde und dass mein Aussehen nun einmal das Einzige ist, was ich habe. Also lege ich alles auf den Kassentresen und mache genau das, wozu ich erzogen wurde.

ETHAN

Ich lasse sie dafür bezahlen, dass sie mich kreuz und quer durchs Einkaufszentrum geschleppt hat. Ich hasse Shoppen, kann es nicht ausstehen, Leuten zuzuschauen, wie sie Kram kaufen, den sie eigentlich nicht brauchen. Das ist so sinnlos. Man gebe mir ein T-Shirt, eine Jeans, Boxershorts, und ich bin für eine Woche zufrieden.

»Ich fasse nicht, dass du mich wirklich dazu zwingst«, beschwert sich Lila, als ich sie dort habe, wo ich hinwill. »Ich hasse es, mich schmutzig zu machen.«

»Und ich fasse nicht, dass ich deine Einkaufstüten tragen musste«, entgegne ich mit einem Lächeln hinauf zum klaren, blauen, abgasfreien Himmel. »Ich hasse Shoppen.«

Wir sind mitten in der Wüste, weit weg von der Stadt, dem Lärm und dem Chaos. Die Sonne scheint auf uns runter, und es ist ein bisschen Sand auf der Decke, die wir ausgebreitet haben. Wir liegen Seite an Seite auf dem Rücken und blinzeln in die Sonne. Lila hat einen Arm über ihrer Stirn angewinkelt, was übertrieben theatralisch ist, während ich eine Hand unter meinen Kopf geschoben habe und mich völlig in meinem Element fühle. Die Stille. Der nackte Raum. Ich liebe es, denn es verscheucht allen Mist aus meinem Kopf. Könnte ich dieses Gefühl doch nur festhalten!

»Ich habe dich nicht gezwungen, meine Tüten zu tragen«, widerspricht sie. »Ich habe sie dir nur gereicht, und du hast sie genommen.«

»Stimmt«, sage ich und schließe die Augen, als mich die kühle Luft umweht. »Dann muss ich wohl ein Trottel sein.«

»Und ob du das bist!«, bestätigt sie. »Aber ein sexy Trottel.«

Wir verstummen beide. Es ist nichts Neues, dass Lila sagt, sie findet mich sexy. Zudem hat sie schon so oft mit mir geflirtet, dass es offensichtlich ist. Dennoch macht es die Atmosphäre zwischen uns gleich angespannt.

»Eines Tages packe ich meinen Krempel zusammen und verschwinde«, sage ich, um das Thema zu wechseln. »Ich habe fest vor, ein Jahr lang nur durchs Land zu fahren und mir alles anzusehen.«

Zunächst bleibt sie still, denkt nach. »Aber wo würdest du wohnen?«

»In meinem Truck.«

»In deinem Truck?«, fragt sie. Ich merke, wie sie sich bewegt, und öffne blinzelnd die Augen. Sie ist über mich gebeugt und sieht erstaunt, beinahe entsetzt aus. »Geht das überhaupt? Ich meine, wo würdest du schlafen?«

Ich zucke mit den Schultern. »Mein Truck hat eine Rückbank. Was will ich mehr?«

»Ähm, fließend Wasser, ein Klo, einen Kühlschrank. Kleidung. Schuhe. Echt, ich könnte noch viel mehr aufzählen.« Sie setzt sich auf und hockt sich auf die Knie. »Und wo würdest du alle deine Sachen lassen? Deinen Fernseher zum Beispiel?«

Wieder zucke ich mit den Schultern. »Ehrlich, für mich ist es okay, das alles zurückzulassen, aber wahrscheinlich miete ich mir einfach einen Lagerraum, damit ich nicht wieder ganz von vorne anfangen muss, sollte ich später irgendwann beschließen, sesshaft zu werden.«

Sie wirkt wütend, und ihr Blick bekommt etwas Schneidendes. »Aber du hast diese ganze Einsamer-Wolf-Nummer doch schon ausprobiert, und sie hat nicht funktioniert.«

»Hat sie doch, bis Micha mich bat, mit ihm nach Vegas zu ziehen, damit er in Ellas Nähe ist. Er konnte sich das alleine nicht leisten.« Ich stütze mich auf die Ellbogen auf. »Mir ging es allein unterwegs prima. Nur meine Nettigkeit ist mir in die Quere gekommen.«

Sie rafft ihr Haar im Nacken zusammen und fächelt sich mit der freien Hand Luft zu. »Wie das? Du erzählst mir doch immer, dass du nicht nett bist.« Ihre Stimme klingt angestrengt, und sie zieht dieses verkniffene Gesicht.

»Bin ich normalerweise auch nicht.« Ich setze mich ebenfalls auf und streiche mir etwas Sand aus dem Haar. »Wieso interessiert dich das eigentlich?«

»Tut es nicht«, kontert sie gereizt und kehrt mir den Rücken zu. »Ich frage mich nur, warum, sonst nichts.«

Ich starre auf ihren Hinterkopf, als sie ihr Kinn auf die Knie lehnt und in die Wüste blickt. »Mir kommt es schon so vor, als wenn es dich interessiert«, sage ich.

Ihre Schultern heben und senken sich. »Wenn du wegfährst, bin ich allein«, murmelt sie so leise, dass ich es kaum verstehe.

Zunächst bin ich still, weil ich nicht sicher bin, was ich sagen soll … oder sagen will. »Du kannst mitkommen.« Dafür will ich mir in den Hintern treten. Sie mitzunehmen wäre wider den Zweck, dem Lärm und den Menschen zu entkommen; zugleich muss ich zugeben, dass sie mir fehlen würde.

Sie blickt sich skeptisch zu mir um. »Kannst du dir mich vorstellen, wie ich in deinem Truck wohne? Ich kann es garantiert nicht.«

»Wieso nicht?« Was ist denn nur mit mir los? Warum kann ich es nicht gut sein lassen? Sie bietet mir einen leichten Ausweg aus einer riesigen Verpflichtung an, und den sollte ich annehmen.

»Weil.«

»Das ist der dämlichste Grund, den ich je gehört habe.«

»Weil ich nicht verstehe, warum jemand aus einer Stadt weg will, in der alles in Reichweite ist, und in einem Truck leben, wo er nichts als die Rückbank hat. Das ist ja praktisch wie obdachlos sein.«

Ich knie mich hinter sie, rücke näher heran und lege zögernd eine Hand auf ihre Schulter. »Schließ die Augen.«

Sie lehnt sich weg, als würde ich ihr Angst machen. »*Wozu?*«

»Ich möchte dir zeigen, was so faszinierend daran ist.«

»Na gut«, sagt sie etwas besänftigter. »Zeig mir, was so toll an einer Truck-Rückbank ist.«

»An der ist eine ganze Menge klasse«, scherze ich leise, neige mich zu ihrem Ohr und flüstere: »Jetzt schließ die Augen.«

Obwohl ich damit rechne, dass sie widerspricht, tut sie

es in dem Moment, in dem ich es sage. Ich schließe auch meine Augen, aber nur, weil ich ihr so nahe bin, ihren Duft einatme und die Wärme fühle, die ihr Körper abstrahlt und die mich irre macht.

»Jetzt stell dir nichts als Berge vor«, sage ich leise und stelle sie mir selbst vor. »Keine Stadt. Kein Lärm. Keine durchgeknallten Eltern, die sich wie Kinder benehmen und ihre Kinder wie Dreck behandeln. Nichts. Nur Stille.«

»Mir kommt das wahnsinnig einsam vor, wenn du mich fragst. Nur ich und der Schmutz und die Stille. Obwohl ich auf den Teil mit den Eltern ehrlich verzichten könnte.«

»Du wärst nicht vollkommen allein.« Ich drücke sanft ihren Kopf zur Seite und lehne mein Kinn auf ihre Schulter. »Du wärst bei mir.«

Lange sagt sie gar nichts, ihr Atem geht unregelmäßig. Na, vielleicht ist es auch meiner. »Was würden wir denn alleine in den Bergen machen?«, fragt sie.

»Alles, was wir wollen.«

»Wandern?« In ihrer Stimme schwingt pure Verachtung mit.

»Kann sein. Oder wir sitzen einfach da und genießen schweigend, dass wir zusammen sind.«

Sie verlagert ihr Gewicht, schiebt die Hände unter ihre Oberschenkel und lehnt sich an meine Brust. »Das hört sich irgendwie nett an.«

»Ja?«

»Ja.«

So seltsam es ist, und so nervig Lila auch bisweilen sein mag, kann ich mir tatsächlich vorstellen, wie wir zusammen in vollkommener Stille in den Bergen sind, in meinem

Truck wohnen, überall und nirgends hinfahren. Zusammen. Und dieser Gedanke ist so wohltuend, dass ich Angst bekomme, weil er bedeutet, dass ich an unsere Zukunft denke. An eine gemeinsame. Mist!

Ich überlege, von ihr wegzurücken und für Abstand zu sorgen, denn es ist offensichtlich, dass ich mich in eine Richtung bewege, in die ich auf gar keinen Fall gehen sollte. Immer schon hatte ich geplant, alleine loszufahren, und jetzt sage ich Lila auf einmal, dass sie mit mir kommen soll. Wer weiß denn, was zwischen uns passiert, wenn wir in meinem Truck leben? Wir würden uns richtig nahekommen oder uns gegenseitig hassen lernen. Vielleicht beides. Aber ich schaffe es nicht, wegzurücken und diesen friedlichen Moment kaputt zu machen. Also setze ich mich stattdessen hin, schlinge Arme und Beine um Lila und genieße die Stille mit ihr.

Kapitel 4

LILA

Es ist erstaunlich, dass man einen wunderbaren Moment im Leben haben kann, und dann kehrt man zurück in die Realität und erinnert sich, dass Schönheit nicht alles ist und dass der hässliche Teil immer da sein wird: in Form von unbezahlten Rechnungen, schlechten Entscheidungen und kleinen weißen Pillen.

Wann gesteht man sich endlich ein, dass das eigene Leben aus den Fugen ist, und zwar nicht bloß in der eigenen Wahrnehmung, sondern überhaupt? Wann sollte ich jemandem verraten, was wirklich los ist? Dass ich so gut wie kein Geld mehr habe, bald obdachlos bin, ohne Wagen, ohne Job, ohne alles. Dass meine Mom recht hatte. Ohne ihre Hilfe bin ich nichts.

Einmal überlegte ich, Ella etwas von meinem Geld- und Tablettenproblem zu sagen; das war ein paar Monate bevor sie nach Kalifornien zog. Aber dann fiel mir wieder ein, was man mir beigebracht hatte, und ich hielt den Mund. Jetzt hat Ella ihr eigenes Leben mit Micha. Während ich mich frage, was ich mit meinem anfangen soll, denn ich will etwas tun – irgendwas. Wie lange kann ich noch so weitermachen, mit den Blackouts und dem Sex, an den ich mich hinterher nicht erinnere, so wie vorletzte Nacht mit irgendeinem Typen, den ich in einem Klub kennenlernte.

Das war, nachdem Ethan vorgeschlagen hatte, dass wir zusammen losfahren, auch wenn ich bis heute unsicher bin, ob er es ernst meinte. Hinterher setzte er mich bei meiner Wohnung ab, weil er noch zu tun hatte, und die Leere und Stille erdrückten mich. Also suchte ich nach etwas, um sie zu füllen, nachdem ich einige Pillen eingeworfen hatte. Ich habe sogar schon einige Male überlegt, Ethan von meinen Problemen zu erzählen, weil ich weiß, dass er früher selbst Drogen genommen hat und vielleicht versteht, was ich durchmache. Auch wenn es im Grunde nicht dasselbe ist. Er hat Gras geraucht und so, und ich nehme bloß Pillen.

»Erde an Lila.« Ethan wedelt mit der Hand vor meinem Gesicht. Ich blinzle und sehe ihn an. Ungläubig schüttelt er den Kopf, während er die Ärmel seines schwarz-rot-karierten Hemds mit der eingerissenen Brusttasche nach oben schiebt. »Du warst minutenlang völlig weggetreten«, sagt er und lehnt seine tätowierten Arme auf den Tisch.

»Tja, vielleicht weil du so langweilig bist«, antworte ich grinsend und rühre mit dem Strohhalm in meinem Long Island Iced Tea. Wir sind in einer ruhigen Bar mit dämmriger Beleuchtung und kleinen Laternen auf den Tischen. Aus der Jukebox in der Ecke neben den Toiletten spielt Musik, und wir haben eine Platte mit Mozzarella-Sticks, Jalapeño-Poppers und scharfen Chicken Wings vor uns. Eigentlich ist das nicht meine Szene; ich mag mehr Glitzer und Glamour, mehr Stil, bessere Musik, edleres Essen und teure Drinks. Trotzdem gefällt mir das hier aus irgendeinem bizarren Grund. Vielleicht liegt es daran, dass ich mich so niedergeschlagen fühle. Oder doch an Ethan. »Du hast kaum zwei Worte mit mir geredet.«

»Nein, ich glaube, es waren fünf«, erwidert er gelassen, und seine Mundwinkel zucken. Er nimmt sein Glas mit Eiswasser auf und trinkt.

»Seit wann trinkst du Wasser?«, frage ich.

»Ich dachte, ich mache mal eine Alkoholpause.« Er starrt eine Blondine in einem nuttigen Lederrock und einem grellpinken Top an der Bar an, und ich muss mich zusammenreißen, ihm keinen Klaps auf den Hinterkopf zu geben. »Es wird zu anstrengend.«

»Wem sagst du das?« Als er fragend zu dem Glas vor mir sieht, ergänze ich: »Nein, ich meine nicht das Trinken. Anderes.«

»Was?« Er nimmt einen Mozzarella-Stick und tunkt ihn in das Soßen-Schälchen.

»Anderes eben«, antworte ich ausweichend und nehme mir einen Jalapeño-Popper. Es dauerte eine Weile, bis ich einen probiert habe, weil mir der Gedanke zuwider war, etwas zu essen, das »Popper« hieß. Aber die sind richtig gut. Um Klassen besser als die Appetithäppchen in den Nobelrestaurants, die ich von Kindheit an kenne.

»Willst du das genauer erklären?« Er hat einen Käsefaden vom Mozzarella-Stick am Kinn.

Ich beiße mir auf die Lippe, um nicht zu grinsen, strecke den Arm über den Tisch und zupfe den Faden weg, wobei ich wie zufällig die Stoppeln an seinem Kinn streife. Ich fasse ihn einfach gerne an.

Seine braunen Augen weiten sich, und seine Lippen öffnen sich ein wenig, als ich mich zurücklehne. »Was machst du da?«, fragt er.

»Du hattest Käse am Kinn«, erkläre ich und schüttle den

Käsefaden von meinem Finger auf den Boden. Rasch wischt Ethan sich das Kinn ab, und ich lache. »Schon gut, er ist weg.«

Er verdreht die Augen. »Ich wollte ja nur sehen, ob alles weg ist.«

Ich tauche einen Stick in die Ranch-Soße. »Ist es, also entspann dich. Ich würde dich doch nicht mit Käse im Gesicht herumlaufen lassen! Obwohl es sicher witzig wäre zuzusehen, wie du so die Schlampe drüben an der Bar angräbst.«

Er grinst, beobachtet mich beim Essen und lehnt sich zurück. »Ich wette, sie würde trotzdem mit mir ficken.«

Ich werfe einen Mozzarella-Stick nach ihm, doch er duckt sich, sodass der Stick seinen Kopf verfehlt. »Du bist so ein Arsch!«

»Warum? Weil ich die Wahrheit sage?«

»Auf die dreckigste Art.«

»Wie? *Ficken* zu sagen ist dreckig?«, fragt er. »Wäre es dir lieber, wenn ich sage, *sie lässt sich von mir bumsen*? Dass ich sie knallen darf? Dass ich mich von ihr reiten lasse? Ihr den heißesten, verschwitztesten, lippenintensivsten, besten Orgasmus gebe, den sie je gehabt hat?« Er wird mit jedem Wort lauter, und Leute sehen zu uns, was Ethan erst recht witzig findet, während es mir rasend peinlich ist.

»Ethan, leiser, bitte«, zische ich und blicke mich verlegen um. Kichern muss ich allerdings doch. »Die anderen gucken schon.«

»Richtig verdorben sein?«, fährt er ungerührt fort und sieht mich mit einem arroganten Grinsen an. »Ihr das Hirn rausvögeln? Oder soll ich einfach nur die Geräusche nachmachen, damit du verstehst, wovon ich rede?« Er beugt den Kopf nach hinten, sodass ihm das schwarze Haar aus der Stirn rutscht, und fängt an, leise Stöhnlaute von sich zu geben. So peinlich es ist, finde ich es gleichzeitig erregend. Vor allem die hypnotische Art, wie sich seine Lippen bewegen und sich das Licht in seinen Augen spiegelt.

Hör auf damit! Er hat seine Regeln aus einem bestimmten Grund erfunden! Mit einem Kopfschütteln vertreibe ich die unangebrachten Gefühle, beuge mich über den Tisch und halte Ethan den Mund zu. »Ja, schon kapiert. Kannst du jetzt aufhören?«

Ich spüre sein Grinsen unter meiner Hand und setze mich wieder zurück. »Ich habe gewonnen«, sagt Ethan und zwinkert mir zu.

Unwillkürlich muss ich auch grinsen. »Nur der guten Ordnung halber: Sie ficken und ihr das Hirn rausvögeln sind so ziemlich ein und dasselbe.«

Er bedeckt seinen Mund, um sein Lachen zu dämpfen, denn irgendwie findet er es immer zum Brüllen komisch, wenn ich das F-Wort benutze. Ja, er bildet sich sogar ein, dass es seinen schlechten Einfluss auf mich beweist. »Stimmt nicht! Jemandem das Hirn rauszuvögeln bedeutet viel mehr Arbeit.«

Ich möchte ihm widersprechen, lasse es aber, denn ich habe zwar schon eine Menge Sex gehabt – bedeutungslosen Sex –, doch das macht mich nicht zur Expertin. Oft frage ich mich, wie es sich anfühlen würde, wenn ich nicht von Alkohol und/oder Pillen high bin. Wäre es anders? Käme ich mir anders, weniger wertlos vor? Würde ich mehr empfinden? Würde es sich endlich mal gut anfühlen? Heiß, verschwitzt, lippenintensiv? Ich frage mich, wie es mit Ethan wäre …

Um auf andere Gedanken zu kommen, stürze ich mich auf die Chicken Wings. Ethan verschlingt die Jalapeño-Poppers und sieht immer wieder zu der Schlampe an der Bar, die ihn inzwischen bemerkt hat – wohl wegen der Szene eben. Sie scheint interessiert, und wahrscheinlich geht er mit ihr nach Hause, was okay ist. Ich habe das schon Dutzende Male bei ihm erlebt.

Schließlich wendet er sich wieder zu mir, und anscheinend will er etwas sagen, weiß jedoch nicht, wie. Vermutlich will er mich fragen, ob er mit der anderen losziehen kann, und ich wappne mich für den Schlag in die Magengrube, denn so fühlt es sich jedes Mal an.

»Hast du das mit deiner Miete geregelt?«, fragt er schließlich, womit er mich eiskalt erwischt.

»Ähm … was … Oh, ja, habe ich«, lüge ich und lecke mir Barbecue-Soße von den Lippen.

Er beäugt mich skeptisch. »Lila.«

»Komm mir nicht mit *Lila.*« Ich klinge weinerlich, weshalb ich mich räuspere und mir eine Serviette nehme. »Okay, nein, noch nicht, aber ich arbeite dran. Ich muss bloß einen Job finden, und das ist nicht so leicht.«

Er weist mit einem Finger über seine Schulter zur Bar, wo ein Typ Gläser abtrocknet. »Die suchen hier Leute.«

Ich sehe zur Bar, während ich meine Finger an der Serviette abwische. »Ja, zum Kellnern.«

»Und?«

»Ich kann nicht kellnern.«

»Warum nicht? Vielleicht bist du richtig gut darin.« Er

neigt sich vor, lehnt die Arme auf den Tisch und sieht mich amüsiert an. »Und denk an all das Trinkgeld, das du kassierst, wenn du ein kurzes, tief ausgeschnittenes Kleid anziehst, das all deine Vorzüge zeigt.«

»Du weißt, dass ich mich nicht so anziehe.«

»Tja, du könntest auch wieder dieses Minihandtuch umbinden«, sagt er leise. »Damit siehst du gut aus.«

Ich habe das Gefühl zu stürzen. Die Luft stockt in meiner Lunge, und mein Herz flattert, weil er mich so ansieht. Fast will ich ihn fragen, ob ihm das Handtuch gefiel, denn ich würde es mir glatt jetzt gleich für ihn umbinden, aber dann lacht Ethan los.

»Mach dich locker, ich verarsche dich bloß.« Er nimmt sich einen Chicken Wing und beißt hinein. »Ich würde nicht wollen, dass du dich so in der Öffentlichkeit anziehst.«

Ich schlucke und komme mir wie ein Idiot vor. Natürlich macht er sich lustig. Tut er immer. Und so soll es ja zwischen uns sein. Wir sind Freunde. Aber was sollte dann das Hyperventilieren und dieses Sturzgefühl? »Weiß ich doch«, sage ich, obwohl es nicht stimmt, und leider höre ich mich erbärmlich enttäuscht an und fühle mich innerlich zerrissen.

Ethan wird ernst und schluckt den Bissen hinunter. »Alles okay?«

»Ja, völlig.« Ich streiche mir eine Haarsträhne hinters Ohr, als ich mich vorlehne, einen Chicken Wing in die Soße tunke und hineinbeiße, während ich mit den Tränen kämpfe. *Lass das! Du wirst doch sonst nicht wegen eines Typens traurig. Reiß dich zusammen!* »Ich denke nur, dass du recht hast und ich einen Job brauche, aber eben nicht hier.« Mein Herz tut weh, und ich weiß nicht wieso, aber ich bin wütend. »Und bloß weil ich Sex mag, werde ich meinen Körper nicht benutzen, um an Geld zu kommen!«

»Ich habe dir doch gesagt, dass das mit dem Handtuch ein Witz war.« Er zieht die Brauen zusammen. »Und du weißt, dass ich nicht so über dich denke.«

»Wie?«, frage ich und lasse den Chicken Wing in den Korb zurückfallen. »Dass ich eine Schlampe bin? Eine, die leicht flachzulegen ist? Eine *Hure*?« Ich hasse das Wort *Hure*. Hasse es! Dennoch trifft es ziemlich gut, was ich wirklich bin.

Er wirft die Hände in die Höhe. »Hör mal, ich will nicht mit dir streiten. Ich versuche lediglich zu helfen, aber das gelingt mir offensichtlich nicht, also lasse ich es.«

»Tja, ich will deine Hilfe nicht, weil ich keine Hilfe brauche.« Ich schiebe meinen Teller weg. Mein Herz rast. *Ist es schon wieder Zeit für die nächste Pille? Breche ich gleich zusammen?* Ich stehe auf, schnappe mir meine Handtasche von der Stuhllehne und stürme nach draußen. Auf der Straße gehe ich ein Stück und blicke mich nach einem Taxi um, weil ich ja nicht hergefahren bin. Dabei nestle ich an meinem Platinring, während der Drang nach einer neuen Pille immer größer wird. Mir ist bewusst, dass ich mich bescheuert aufführe, und sicher wirken meine abrupten Stimmungswechsel völlig durchgeknallt. Ich könnte es allein auf die Tatsache schieben, dass ich eine Pille brauche, aber es sitzt viel tiefer – genauso wie die Tatsache, dass ich viele Rechnungen zu bezahlen und kein Geld mehr habe, dass ich meinen Eltern beweise, wie recht sie haben, denn ich kann mich wirklich nicht um mich selbst kümmern, und dass mein Leben nirgends hinführt und ich keinen Schimmer habe, wie ich das ändern soll. Und dann ist da noch Ethan. Zum Teufel damit, dass er so sexy ist. Ernsthaft. Ich mag ihn schon, seit ich ihm zum ersten Mal begegnet bin, und es wird immer schwieriger, mit ihm zusammen zu sein und einsehen zu müssen, dass er nichts von mir will. Zumindest nicht das, was ich von ihm will. Er macht sich bloß über mich lustig. Sonst nichts.

An der Straßenecke sehe ich mich nach rechts und links um, ehe ich über die Straße gehe. Der Abendhimmel ist bewölkt, und die Luft riecht ein bisschen nach Regen. Hoffentlich bleibt es trocken, denn ich habe keine Jacke dabei und trage offene Satin-High-Heels, die das Wasser ruinieren würde.

»Lila!«, höre ich Ethan rufen, als ich auf der anderen Straßenseite ankomme.

Da ich auf keinen Fall jetzt mit ihm reden will, gehe ich schneller. Ich höre, dass er hinter mir herläuft, und werde noch schneller. Dabei balle ich die Fäuste, sodass mir der Platinring in die Haut schneidet. Ich drücke noch fester, fühle den Schmerz des Metalls in meiner Hand ebenso überdeutlich wie jede andere Narbe an meinem Körper, denn sie alle sind mit diesem verfluchten Ring verbunden.

»Verdammt noch mal, Lila!« Er wird wütend. »Jetzt bleib stehen!«

»Lass mich in Ruhe, Ethan«, rufe ich über die Schulter und überkreuze die Arme vor dem Oberkörper. »Ich will jetzt nicht reden.«

Seine Schritte werden lauter, als ich einer Gruppe ausweiche, die vor einem der älteren Kasinos steht. »Weiß ich, aber das heißt nicht, dass ich dich alleine den verdammten Strip runterlaufen lasse.«

Ich bleibe an einer Ampel stehen, wo schon ein ganzer Pulk darauf wartet, die Straße überqueren zu können, und bin unsicher, ob ich mich umdrehen soll. Doch ich rühre mich nicht, als Ethan neben mir auftaucht, und sehe nicht zu ihm.

»Hey«, keucht er, »ich habe keinen Schimmer, was da gerade los war, aber was ich auch getan oder gesagt habe, das dich dermaßen wütend gemacht hat, es tut mir leid.« Es ist das erste Mal, seit ich ihn kenne – ein gutes Jahr –, dass ich eine echte Entschuldigung von ihm höre.

Verstohlen linse ich zu ihm. Mein Ausbruch ist mir ein bisschen peinlich. Ethan sieht ernst aus; seine Augen sind dunkel und wirken unter den blinkenden Neonlichtern leicht geweitet. Außerdem bewegt sich seine Brust heftig auf und ab, weil er außer Atem ist.

»Du musst dich nicht entschuldigen«, sage ich seufzend und lasse die Arme hängen. »Ich bin nicht wütend auf dich.«

Er fährt sich mit der Hand durchs Haar. »Und wieso bist du dann weggerannt?«

Verlegen scharre ich mit den Füßen. »Weiß ich nicht … Ich schätze, ich bin in letzter Zeit bloß irgendwie down und habe es an dir ausgelassen.« Ich setze mein künstliches, pillenverstärktes Gesicht auf und lächle ihn an. »Ist wirklich nichts weiter.«

Ethan atmet tief durch. »Gestresst wegen der Rechnungen?«

»Unter anderem.« Ungeduldig drücke ich den Ampelknopf.

»Ist es wieder deine Mom?« Nun verschränkt er die Arme vor der Brust, und prompt registriere ich, wie sich die Muskeln unter seinen kunstvollen Tattoos bewegen. »Nervt sie dich, dass du nach Hause kommen sollst? Oder ist es dein Dad? Der war doch nicht wieder ein Arsch zu dir, oder? Echt, Lila, du musst ihnen sagen, sie können dich mal gern haben, wenn sie rumnerven. Die verdienen nicht mal, dich zu kennen, so wie sie dich behandeln.«

Ich beiße mir auf die Lippe und versuche, nicht auf seine Muskeln oder seinen Mund zu starren. Erst recht will ich nicht darüber nachdenken, dass seine Worte mit das Netteste sind, was ich je gehört habe. »Nein, ich habe seit Monaten nicht mit ihm gesprochen. Meine Mutter ruft dauernd an und will, dass ich nach Hause komme, aber das ist nicht das Problem.«

»Hast du ihr gesagt, dass sie dich in Frieden lassen soll?«

»Ja, so wie immer.«

»War sie fies zu dir?«

Ich zucke mal wieder mit den Schultern. »Ist egal. Das prallt an mir ab.« Was für eine Lügnerin ich bin! Und vor allem scheint Ethan es zu merken.

Stirnrunzelnd sieht er mich an. »Möchtest du mir vielleicht erzählen, was los ist, oder soll ich weiterraten?«

Die Ampel wird grün, und ich gehe los. Ethan bleibt dicht neben mir, als wir uns durch die Menge drängen, die uns entgegenkommt. Ich will ihm ja sagen, was los ist, nur bin ich mir selbst nicht ganz sicher, was es ist – das Geld, die Einsamkeit des letzten Monats, die Tatsache, dass ich einen Job brauche, aber nicht mal weiß, wie ich mir einen beschaffen soll, oder meine Gefühle für ihn.

»Hast du gewusst, dass Ella und Micha verlobt sind?«, wechsle ich das Thema, als wir auf der anderen Straßenseite sind.

Der Verkehr rauscht an uns vorbei, als wir an den großen glitzernden und leuchtenden Gebäuden vorbeigehen. Jedes von ihnen ist einzigartig und ausgefallen in seiner Form: ein Nachbau des Eiffelturms, ein gigantisches Piratenschiff, eine Pyramide und so weiter. Neonlichter blitzen an riesigen Leuchttafeln und Markisen, mit denen die Leute zum Spielen, zu den Shows oder in Bars gelockt werden sollen, wo sie bei Drinks auf Titten glotzen können. Es sind wahnsinnig viele Menschen unterwegs, und die Hitze, das Tanzen, die spärlichen Klamotten und die Musik laden die Atmosphäre erotisch auf. Die Kombination bewirkt, dass ich tanzen und mich amüsieren will, statt zu grübeln.

»Ja, Micha hat es mir vor ein paar Wochen erzählt.« Ethan legt seinen Arm um meine Schultern und zieht mich näher, als mir ein Typ eine Karte mit einer nackten Frau darauf geben will. »Tut mir leid, dass ich nichts gesagt habe. Micha sollte es eigentlich für sich behalten, weil Ella noch nicht bereit war, es anderen zu erzählen, aber es ist ihm rausgerutscht.«

»Sie hat es mir neulich gesagt.« Ich atme seinen Duft ein. *Er riecht so unglaublich gut.* »Und sie hörte sich glücklich an.«

»Sind sie auch.« Er sieht mich fragend an. »Bist du deshalb traurig? Weil sie heiraten?«

»Nein, ich bin … Ehrlich, ich weiß selbst nicht, was mit mir ist. Wahrscheinlich bin ich nur müde. Ich schlafe zurzeit nicht gut.«

Ethan mustert mich noch einen Moment. Das Licht von der Markise über uns spiegelt sich in seinen Augen. »Soll ich dich nach Hause bringen? Damit du dich ausruhen kannst?«

Ich schüttle den Kopf, denn auch wenn ich erschlagen bin, will ich nicht in meine leere Wohnung. »Können wir in einen Klub gehen oder so? Ich meine, in einen richtig netten.« Ich packe seinen Arm und bettle förmlich. »Ich muss dringend irgendwas Lustiges machen.«

Er zögert. »Du weißt, was ich von Klubs halte. Sie sind verdammt laut und eng, und die schicken sind noch schlimmer.«

»Bitte.« Ich ziehe einen übertriebenen Schmollmund. »Ich will noch nicht nach Hause.«

»Wie wäre es mit einer Bar?«

»Ich will aber Spaß haben.«

»Du meinst, Geld ausgeben, das du nicht hast?«, fragt er unverblümt.

Ich werde wieder wütend. »Schon gut. Entschuldige, dass ich gefragt habe.« Als ich wegstapfen will, hält er mich zurück.

»Okay«, seufzt er, lässt meinen Arm los und bietet mir seinen Ellbogen an. Ich hake mich bei ihm ein, obwohl ich es nicht sollte, denn ich mag ihn schon viel zu sehr, und einseitige Zuneigung ist gefährlich. Ethan führt mich wieder über die Straße und redet darüber, wie heiß es ist. Vollkommen simpel, vollkommen unbeschwert.

Zu schade, dass er nichts von mir will, denn er könnte mich liebend gerne haben.

ETHAN

Wie ich Klubs hasse! Zu viele Leute drängen sich auf zu winzigem Raum, und die Musik ist grundsätzlich so laut, dass der Brustkorb mitvibriert. Aber Lila wollte nicht nach Hause, und ich will nicht, dass sie alleine herumstreift, solange sie offensichtlich traurig ist.

Die Barhocker, auf denen wir sitzen, kosten wahrscheinlich mehr als mein Truck. Der Barkeeper flirtet hartnäckig mit Lila und lässt sich nicht davon abhalten, dass sie eindeutig kein Interesse hat. Das mit anzusehen nervt, aber es ist eigentlich immer blöd, daneben zu sitzen, wenn andere Kerle sie anbaggern. Nein, es ist schlimmer als früher, und ich kann nicht aufhören, mir einzubilden, dass sie mir gehört – was völliger Quatsch ist.

»Willst du wirklich keinen Shot?«, fragt sie mich über den Krach hinweg, bevor sie ihren fünften superteuren Wodka kippt, den sie sich garantiert nicht leisten kann. Als ich sie kennenlernte, vertrug sie so gut wie nichts und trank auch kaum, doch jetzt ist sie in der Beziehung komplett verrückt. Mich macht das ein bisschen nervös, und ich überlege ernsthaft, ihr den falschen Ausweis abzunehmen und ihn zu zerschneiden, damit sie ihn nicht mehr benutzen kann. Doch wie heuchlerisch wäre das denn, wenn ich meinen eigenen weiterbenutze?

»Wer soll dich denn dann nach Hause fahren?«, frage

ich laut und schaue zur Tanzfläche. Es sind haufenweise Frauen in kurzen Kleidern oder engen Hosen unterwegs, denen die Titten praktisch aus den Tops quellen. Normalerweise ist das ein netter Anblick, aber jetzt gerade ist mir nicht danach. War es nicht mal vorhin in der Bar mit der Blondine. Während ich sie ansah und sie mich, überlegte ich, ob da was laufen könnte, aber Lila und meine Sorge um sie lenkten mich immer wieder ab, und so ließ ich es schließlich bleiben.

»Wir können ein Taxi nehmen.« Lila lässt ihr leeres Glas auf dem Tresen kreiseln. Ich will widersprechen, als sie mir zuvorkommt. »Du musst nicht. In solchen Klubs bist du nur immer so angespannt, und Alkohol entkrampft dich normalerweise.«

Ich stutze. Gewöhnlich nimmt keiner wahr, wenn ich mich unwohl fühle, und ich frage mich, wieso sie mich so genau beobachtet. Ich erinnere mich an unzählige Male, die London mich in laute Kneipen mitzerrte, und sie hat es entweder nicht gemerkt oder ignoriert, dass ich Krach hasse.

»Was?« Lila greift unsicher in ihr Haar und blickt dann hinunter zu ihrem Kleid, das ihr bis zur Mitte der Schenkel reicht. Über dem Kleid hat sie eine Sweat-Jacke an, was mir unbegreiflich ist, denn draußen ist es mörderisch heiß. Mit dem Perlenarmband und der Diamantenkette schreit quasi alles an ihr »reiche Prinzessin«. Wir sind vollkommen gegensätzlich, trotzdem schaffe ich es nicht, mich von ihr fernzuhalten.

»Nichts«, sage ich und tippe mit der Hand auf die Bar. »Ich trinke ein paar Shots mit dir, aber du musst sie bestellen.«

Sie senkt den Arm, sodass ihre Hand neben meiner auf der Bar liegt. »Warum?«

»Weil der Typ hinter der Bar offensichtlich auf dich steht und dir deine Shots schneller bringt.«

Lila schaut hinüber zu dem Barkeeper, der sich mit einigen Frauen unterhält. »Der ist nicht mein Typ«, sagt sie gelassen und wendet sich wieder zu mir. Die Blinklichter über der Tanzfläche zucken über ihr Gesicht, und es ist sinnlos, leugnen zu wollen, wie schön sie ist – Prinzessin hin oder her.

»Nicht schick genug für dich?«, scherze ich, auch wenn ich merke, dass ich gereizt werde.

Sie stützt einen Ellbogen auf die Bar und betrachtet mich schweigend. Das macht mich nervös. Ich will sie fragen, was sie denkt und wieso sie mich so anstarrt, aber ich lasse es, weil ich mich vor der Antwort fürchte. »Was willst du trinken?«, fragt sie.

Ich zucke mit der Schulter, hole einmal tief Luft und hasse es, wie unsicher ich mich fühle. *Seit wann ist es so kompliziert zwischen uns? Wie konnte ich es dazu kommen lassen?* »Ich denke mal, ich nehme Tequila.«

Sie kichert leise. »*To kill ya,* kommt sofort.«

Dann hebt sie eine Hand, beugt sich über die Bar und winkt dem Barkeeper. Gleichzeitig zieht sie ihre Jacke aus, unter der die dünnen Träger ihres Kleids zum Vorschein kommen. Der tiefe Rückenausschnitt gibt den Blick auf ihre ebenmäßige Haut frei. Ich weiß nicht, ob sie es absichtlich macht, um den Barkeeper auf sich aufmerksam zu machen, jedenfalls wirkt es. Sie bestellt einen Wodka und einen Tequila. Der Barkeeper grinst sie an, verschlingt sie mit seinem Blick, und ich will ihm eine reinhauen. Grundsätzlich halte ich mich nicht für eifersüchtig, deshalb verwirrt mich meine Reaktion.

Sekunden später fängt der Typ auf dem Barhocker neben Lila an, mit ihr zu flirten, stiert auf ihre Lippen, als sie auf einem Strohhalm kaut. Er ist älter, mindestens fünfundzwanzig, hat einen schwarzen Anzug und viel zu blanke Schuhe an. Lila scheint vage an ihm interessiert, lacht nicht über seine Witze, lässt aber zu, dass er seine Hand auf ihren Schenkel legt und sie langsam weiter nach Norden bewegt.

Ich werde stinksauer. Eigentlich bin ich nicht besitzergreifend; dazu habe ich meinen Vater zu oft ausflippen gesehen, wenn meine Mutter auch nur mit dem Postboten redete. Aber jetzt tobt der eifersüchtige Kontrollfreak in mir los. Als der Barkeeper uns die Shots hinstellt, packe ich Lilas Rückenlehne und drehe ihren Hocker zu mir, worauf die Hand des anderen von ihrem Bein rutscht.

Sie reißt die Augen weit auf, während mich der andere Typ böse anfunkelt. »Was soll das, Ethan?«

Meine Hände sind zu beiden Seiten ihrer Hüften aufgestützt, sodass Lila zwischen meinen Armen gefangen ist. Ich neige mich vor, damit sie mich verstehen kann. »Wenn du willst, dass ich hierbleibe und mit dir trinke, will ich deine Aufmerksamkeit.« Bei meinen Worten krümme ich mich innerlich, doch es ist zu spät. Jetzt kann ich sie nicht mehr zurücknehmen.

Lilas Gesichtsausdruck ist ruhig, ihr Blick jedoch interessiert. »Okay«, sagt sie und nimmt ihr Glas. Sie hebt es in die Höhe und kichert: »Auf die Aufmerksamkeit.«

Obwohl ich den Kopf schüttle, weil sie so betrunken ist, muss ich doch lachen, als ich mein Glas aufnehme. »Na gut, Lila, auf die Aufmerksamkeit.«

Ich will mit ihr anstoßen, da zieht sie ihr Glas zurück. »Dasselbe gilt auch für dich«, sagt sie, und als ich verwirrt reagiere, ergänzt sie: »Ich will auch deine ungeteilte Aufmerksamkeit.«

Warum habe ich das ungute Gefühl, dass das hier gründlich schiefläuft? »Okay.« *Ich bin ein Vollidiot.* »Du hast meine hundertprozentige, ungeteilte Aufmerksamkeit, Lila Summers.«

Lächelnd stößt sie mit mir an. Wir setzen beide die Gläser an und kippen die Shots herunter.

»Was jetzt?«, frage ich, nachdem ich mein leeres Glas auf die Bar geknallt habe. Lila würgt – das tut sie immer.

Ihr Grinsen ist beinahe teuflisch. »Noch einen?«

Ich seufze. Mir geht es ein wenig besser, als der Alkohol zu wirken beginnt. »Warum nicht?«

»Was glaubst du, wieso es so schlimm ist, alleine zu sein?«, fragt Lila. Sie hat Mühe, die Augen offenzuhalten, als sie durch das Taxifenster zum Nachthimmel aufsieht.

Ich sitze seitlich auf der Rückbank, ein Bein angewinkelt, Lila zugewandt. Sie jedoch weigert sich, mich anzusehen. Ich habe schon vor Stunden den Überblick verloren, wie viele Shots wir getrunken haben, und ich begreife kaum, wie wir in diesem Taxi gelandet sind – stolpernd, lachend, während Lilas Hand an der Vorderseite meiner Jeans rieb. Nein, das kann doch nicht stimmen, oder?

»Ich finde Alleinsein verflucht klasse … Na ja, vielleicht – manchmal …«, murmle ich und strecke meinen Arm auf der Rücklehne aus. Einen Moment lang starre ich Lila an, genieße den Anblick ihrer nackten Haut im Mondlicht. Ich will sie anfassen, lecken, hineinbeißen.

Mein Körper vibriert vor sexueller Energie, die ich in meinen Fuß auf dem Boden ableite und mit dem Bein wippe. Etwas ist anders heute Nacht; dieser seltsame Drang, Lila immer näher zu kommen, ist ungewöhnlich und verstörend. Es könnte an dem Alkohol liegen. Oder an etwas anderem, aber das werde ich mit meinem Tequila-vernebelten Gehirn sicher nicht herausfinden.

Endlich dreht Lila ihren Kopf zu mir. Ihre Pupillen sind riesig und glänzen. »Wieso starrst du mich so an?«

Ich wippe weiter mit dem Fuß und versuche, mir eine bessere Antwort als die auszudenken, die mir als erste in den Sinn kommt. Leider fällt mir keine ein. »Weil ich über dich nachdenke.«

Sie sieht zu dem Taxifahrer, einem Mann in den Dreißigern mit einer Baseball-Kappe, dann wieder zu mir. Als sie ihre Unterlippe einsaugt, muss ich noch schneller mit dem Knie wippen, damit ich nicht komplett durchdrehe. »Was denkst du über mich?«, fragt sie misstrauisch, neugierig und müde zugleich.

Sag es nicht! »Ich dachte daran, wie es wäre, dich zu lecken – oder zu beißen … Beides, eigentlich.« Ich sollte sofort bereuen, das gesagt zu haben, doch irgendwie gelingt mir das gerade nicht.

Lilas Atem geht schneller, und sie klingt verblüffend schockiert für jemanden, der so viel Sex hat. »Dann tu es doch.«

Ich blinzle und frage mich, ob ich sie richtig verstanden habe oder mir mein besoffener Verstand irgendwelchen Quatsch einredet. »Was?«

Sie weicht meinem Blick nicht aus, obwohl sie merklich nervös ist und ihre Stimme zittert. »Dann beiß mich. Oder leck mich – was immer du willst.«

Jede Faser von mir schreit, dass ich es lassen soll, dass ich gegen meine Regeln verstoße – Regeln, die ich nicht grundlos aufgestellt habe. Aber die aufgeladene Stimmung und der verdammte Tequila zerstören alles, was ich an Vernunft besitze. Ich lehne mich nach vorn, streiche Lila das Haar von der Schulter und schaue ihr in die Augen, während ich ihr Zittern unter meinen Fingern an ihrem Schlüsselbein fühle. Als ich die Wölbung ihrer Brüste erreiche und daran entlangstreiche, beißt sie sich stöhnend auf die Lippe. Das ist viel zu viel! Mir ist, als würde ich gleich platzen. Bevor ich recht begreife, was ich tue, beuge ich mich vor und gleite mit der Zunge von Lilas Schlüsselbein zu ihrer Halsbeuge.

»O Gott … Ethan.« Sie erschauert und ballt die Hände zu Fäusten. »Das fühlt sich so gut an.«

Nun schließe ich die Augen, und meine Atmung beschleunigt sich, wird unregelmäßig, während ich mit mir ringe aufzuhören, meine Hände bei mir zu behalten, weil ich fürchte, wenn ich sie berühre, reiße ich ihr gleich hier die Sachen vom Leib. Was auf keinen Fall passieren darf. Es ist anders als bei irgendeiner Frau, die ich aufreiße, um mit ihr zu schlafen und sie wieder zu vergessen. Mit Lila verbindet mich etwas, und das würde durch Sex zerstört, erst recht, wenn ich mich hinterher zurückziehe.

»Lila …« Ich verstumme, als ihre Hand an meiner Jeans hinaufstreicht. »Ich denke …«

Ich beiße in die empfindliche Stelle direkt unter ihrem Ohr, nicht so fest, dass ich sie verletze, aber doch genug, dass sie zusammenzuckt. Meine Hände gleiten wie von selbst an ihre Taille, krallen sich in den dünnen Kleiderstoff.

»Mach das noch mal«, flüstert sie atemlos und reibt mich mit ihrer Hand. »Bitte!«

Mir fällt ein, dass sie sagte, sie würde niemals betteln, und schlagartig versinken all meine Zweifel in dem Meer aus Alkohol in meinem Schädel. Ich wandere mit meinem Mund zu ihrem Ohrläppchen, hauche heißen Atem auf ihre Haut und kratze leicht mit den Zähnen an ihrem Ohr, schmecke sie mit der Zunge.

»O – mein – Gott …« Beim Ausatmen stößt sie ein schwaches Wimmern aus. Ihre Brust biegt sich nach oben, bis sie an meine gepresst ist.

Ich bin ein bisschen überrascht, wie sehr sie dies hier genießt – und wie sehr ich es genieße. Meine Bewegungen werden von Adrenalin und Lust befeuert. Ehrlich, sämtliche erotische Anspannung in mir bricht sich in diesem Moment Bahn. Ich habe die Kontrolle verloren. Ich lege eine Hand auf ihr nacktes Bein und lasse sie nach oben gleiten, bis sie vollständig unter ihrem Kleid ist. Ihre Haut fühlt sich sengend heiß an, und meine Finger streifen den Rand ihres Slips. Die Wärme und Feuchtigkeit, die ich fühlte, als sie nur das Handtuch trug, spüre ich wieder, und ich will nur noch auf meine Regeln pfeifen, mit den Fingern in sie dringen und sie auf die Rückbank legen.

»Scheiße, Lila …«, fluche ich erstickt, und ich kneife die Augen zusammen, weil ich entscheiden muss, was richtig ist und was falsch – was ich tun muss, und was ich tun will. »Wir sollten …«

Das Taxi bremst ruckartig, und Lila und ich ziehen uns rasch zurück. Wir sind beide ein bisschen verwirrt. Tatsächlich hatte ich sekundenlang total vergessen, dass wir in einem Taxi sind. Wir sind vor dem Eingang ihres Hauses, wo die Straßenlaternen den Parkplatz beleuchten. Es ist spät und alles ruhig auf der Straße. Der Taxifahrer sieht mächtig angefressen aus.

»O Mann«, flüstert Lila, öffnet blinzelnd die Augen und sieht zur Wagentür. Ihre Hand ist noch an meinem Schwanz, meine noch unter ihrem Kleid.

Widerwillig lösen wir uns voneinander. Ich nehme mein Knie vom Sitz, sodass Lila an mir vorbei aus dem Wagen steigen kann, doch sie rührt sich nicht, sondern blickt mich erwartungsvoll an.

»Was?«, frage ich.

»Kommst du nicht mit rein?« Sie klingt selbstbewusst, aber ihre eingesunkenen Schultern und der unsichere Gesichtsausdruck sagen das Gegenteil, und ich zögere.

»Vielleicht sollte ich das lieber nicht«, antworte ich, hin und her gerissen zwischen meiner guten und meiner schlechten Seite, der betrunkenen und der nüchternen. *Regeln. Keine Beziehung. Was soll ich tun?* »Es ist wohl keine gute Idee … Vielleicht …«

»Oh.« Ihr blankes Entsetzen erschreckt mich. So viel, wie sie flirtet und mit unzähligen Typen schläft, hätte ich nie gedacht, dass sie derart verletzt aussehen kann. Das mag der Grund sein, weshalb ich mich entscheide, mit ihr zu gehen. Oder ich bin einfach völlig bescheuert. Was auch immer, ich steige mit ihr aus dem Taxi.

Nachdem wir bezahlt haben, laufen wir schlingernd zum Haus und lachen, ohne zu wissen, worüber. Lila schafft es erst nach mehreren Anläufen, die Wohnungstür aufzuschließen. Sie stolpert über ihre eigenen Füße und lacht, als ich sie in der Taille abfange, ehe sie hinfällt.

»Betrunken wirst du tollpatschig«, sage ich, als sie sich an meinen Schultern festhält.

»Und du bist sexy, wenn du betrunken bist«, erwidert sie und dreht sich zu mir um.

Meine Hände liegen noch an ihrer Taille, wo sich meine Finger in den Stoff drücken, unbedingt mehr fühlen wollen. Trotzdem zögere ich, ob ich das hier wirklich vorantreiben darf. Ich kenne Lila, und zwar im Sinne von *richtig* kennen, und ich müsste sie danach wiedersehen. Würde es mir etwas ausmachen? Plötzlich wird mir klar, dass mir mehr an Lila liegt, als ich mir eingestehen möchte. Sie weiß mehr über mich als irgendjemand sonst. Ich habe ihr von meinen Eltern erzählt, meiner Drogenvergangenheit und meinen Plänen, irgendwann wieder alleine loszufahren; und sie hat mir eine Menge über sich erzählt, über ihren Vater mit seinen ständigen Verbalattacken gegen sie und seinen Affären, die ihre Mom einfach hinnimmt. Wir haben in unserer Freundschaft einen Punkt erreicht, von dem meine Beziehung zu London weit entfernt war.

Lila sieht unsicher und ein wenig ängstlich aus, als sie mein Hemd packt und mich mit sich in den Flur zieht. Keiner von uns spricht ein Wort. Allerdings atmen wir beide hörbar angestrengt, fixieren uns gegenseitig mit unseren Blicken und bewegen uns synchron wie in einem Tanz.

Minuten – es könnten auch Sekunden gewesen sein – später fallen wir auf Lilas Bett. Ich fange mich mit den Armen ab, sodass ich nicht mit meinem vollen Gewicht auf ihr lande, und sie sieht mich stumm an. Bei jedem ihrer Atemzüge streift ihre Brust meine. Ich will sie so dringend, was sie natürlich merkt, denn mein Schwanz drückt an ihre Hüfte. Weil ich die Anspannung nicht mehr aushalten kann, beuge ich den Kopf, um sie zu küssen, doch im letzten Moment dreht sie ihr Gesicht weg, und meine Lippen landen auf ihrer Wange. Zuerst finde ich das merkwürdig, aber dann rutscht Lila weiter nach oben, bis ihr Hals vor meinem Gesicht ist, und ich kapiere, was sie will.

Ich presse meine Lippen auf ihre Haut und streichle sie mit meiner Zunge, während ihre Hand zu meiner Jeans wandert und Knopf und Reißverschluss öffnet. Ein Zittern durchfährt mich, und ich stöhne, als sie meinen Schwanz umfasst und ihn fest reibt. Nun beiße ich sie, möglicherweise ein bisschen zu fest, aber sie zittert mit mir, genießt es, auch wenn sie nicht stöhnt. Das finde ich enttäuschend, weil mich der Klang eben im Taxi fast wahnsinnig gemacht hat. Ich will sie so unbedingt zum Stöhnen bringen, dass ich mich einzig darauf konzentriere. Deshalb bewege ich mich auf ihr nach unten, küsse und beiße sie sanft, knabbere an ihrer Haut, bis ich ihren Ausschnitt erreiche. Dann sauge ich an ihrer Brustwölbung und schiebe zugleich einen der Träger über ihre Schulter.

»Du bist so wunderschön«, murmle ich. Der Anblick ihrer Haut, die ich schmecken darf, macht mich völlig irre, und ich glaube nicht, dass ich jemals dringender in einer Frau sein wollte als jetzt. Als ich schon den anderen Träger herunterreißen will, um ihre Brüste ganz zu sehen, wird mir bewusst, dass sie sich nicht mehr rührt. Im ersten Augenblick denke ich, dass sie eingeschlafen ist, doch als ich aufsehe, liegt sie regungslos da, starrt an die Decke und spielt mit dem Platinring an ihrem Finger.

»Lila?« Ich will nicht darüber nachdenken, was das bedeuten könnte. Dass ich sie womöglich missverstanden habe und sie dies hier gar nicht will. Habe ich sie zu irgendwas gezwungen? Scheiße! Ich kann mich nicht mal erinnern, sie gefragt zu haben.

»Ja«, antwortet sie matt, ohne mich anzusehen.

»Alles okay?«

»Ja, bestens.« Sie klingt genauso leer, wie sie aussieht. »Mach weiter.«

Verwirrt blinzle ich sie an, setze mich auf und löse den Körperkontakt. »Weitermachen? Willst du das hier überhaupt?« So sehr ich mich bemühe, nicht verärgert zu sein, meine Stimme verrät mich.

Sie sieht mich immer noch nicht an, und als sie etwas sagt, klingt es völlig tonlos. »Ja, ich will es.«

»Hey, so wirkt das aber ganz und gar nicht.« Ich steige vom Bett und mache meine Hose wieder zu. »Wie betrunken bist du?«

Endlich sieht sie mich an, und ich erschrecke, als ich in ihre Augen blicke. Diese Leere kann unmöglich nur vom Alkohol kommen. Sie weiß, was hier läuft, dennoch scheint es, als würde sie nichts empfinden. Und so ungern ich es zugebe: Es ist verletzend.

»Ich gehe jetzt lieber«, sage ich und bewege mich rückwärts zur Tür. Ich bin stinkwütend auf mich, weil ich mich in diese Lage gebracht habe. Mir war doch klar, dass ich nicht hier sein dürfte, und jetzt kann ich es nicht wieder rückgängig machen.

Lila setzt sich auf. Mondlicht fällt durch die Jalousien und beleuchtet ihre blasse Haut. Im Schatten wirken ihre Augen schwarz. »Wenn du willst«, erwidert sie ruhig.

Ich habe keinen Schimmer, wie ich hiermit umgehen soll. Natürlich könnte ich ihr Fragen stellen, aber wir sind beide betrunken, und ehrlich gesagt wird der Schmerz in mir beständig größer. »Ich rufe dich morgen an.« Das ist alles, was mir einfällt, denn ich begreife nicht, was los ist, und es nervt mich höllisch, wie sehr mir diese Situation zu schaffen macht.

Ich verlasse das Zimmer, und Lila läuft mir nicht nach. Noch ehe ich draußen auf der Straße stehe, habe ich mich bereits innerlich zerfleischt für meine Blödheit, es so weit kommen zu lassen. Nie mehr wird es zwischen uns wie vorher sein können. Das ist endgültig vorbei.

Kapitel 5

LILA

Der November ist so gut wie um, mein Geld ist fast aufgebraucht, und mir fällt nichts mehr ein, wie ich meinem Vermieter aus dem Weg gehe. Ja, ich muss einen Job finden, nur habe ich noch nie gearbeitet und kann keinerlei Qualifikation für irgendwas vorweisen. Anscheinend habe ich dieses ganze Ding von wegen »Ich schlage mich alleine durch« nicht richtig durchdacht, jedenfalls komme ich mir vor, als stünde ich an einer Weggabelung, und beide Richtungen führen an Orte, an denen ich nicht sein will. Ich könnte zurückgehen, aber das will ich auch nicht. Meine Vergangenheit ist randvoll mit Fehlern, die sich nicht wiedergutmachen lassen. Wer mich ansieht, denkt sicher, Probleme wären ein Fremdwort für mich – zumindest solange die Pillen wirken. Dabei bin ich drauf und dran, aufzugeben und jemanden um Hilfe zu bitten. Ella zu fragen. Sogar meine Schwester, obwohl sie kaum für sich selbst sorgen kann. Sie habe ich immerhin schon mal angerufen, doch sie hat mich abgewimmelt und gesagt, sie muss zur Arbeit. Im Hintergrund konnte ich ihren Sohn weinen hören. Den ich erst ein einziges Mal gesehen habe, weil ich weggezogen bin und seitdem nicht mehr in Kalifornien war. Wir telefonieren nur selten, und wenn, ist es meist kurz und oberflächlich, weil sie dauernd im

Stress ist wegen ihrer Rechnungen oder ihres Jobs als Kellnerin.

Ethan kommt auch nicht infrage, denn ich habe ihn nach dem Klub-Fiasko nicht mehr gesehen. Dabei weiß ich nicht mal genau, was eigentlich passiert war. Ich meine, er war endlich bereit gewesen, mir das zu geben, was ich mir wünsche, hat mich angefasst und geküsst, und trotz des vielen Alkohols fühlte es sich anders, ausnahmsweise gut an, als wäre ich sicher und es wert, so berührt zu werden. Und im nächsten Moment holte mich die Vergangenheit wieder ein. Eigentlich wusste ich in dem Augenblick, in dem wir im Bett waren, was geschehen würde. Er würde mich ficken und dann gehen, und diesmal wäre ich hinterher vollkommen allein, weil Ethan praktisch der einzige Freund ist, den ich noch habe. Oder eben nicht mehr.

Deshalb habe ich alles in mir abgeschaltet und das getan, von dem ich wusste, dass es von mir erwartet wurde. Ich musste meine Gefühle raushalten. Was mich allerdings schockierte, war, dass er wütend wurde. Kein anderer hat sich je darüber aufgeregt. Und dann ist er gegangen, ohne es zu Ende zu bringen, und ich habe seither nicht mehr mit ihm gesprochen. Mir graut davor, was er in jener Nacht in mir sah oder nicht sah.

Die letzte Woche war richtig deprimierend. Die einzigen Kontakte zur Außenwelt waren ein kurzer netter Anruf von meiner Schwester und die Anrufe meiner Mutter, nach denen ich mich noch leerer fühle als vorher. Sie droht mir immer energischer, dass sie mich enterbt, wenn ich meinen Arsch nicht nach Kalifornien zurückbewege. Es ist noch nicht zu spät, sagt sie jedes Mal. Brentford Mansonfield ist von seiner sechsmonatigen Europareise zurück und will heiraten und eine Familie gründen. Ich könnte ihn mir angeln, von vorne anfangen und mich in jemanden verwandeln, der würdig ist, den Namen Summers – bzw. Mansonfield – zu tragen.

Auf meine Frage, ob sie ernsthaft glaubte, Brentford würde eine Frau heiraten wollen, die schon etwas rumgekommen ist, antwortete sie: »Du bist fast einundzwanzig, Lila. Kein Mensch erwartet, dass du noch Jungfrau bist.«

»Stimmt, aber ich bin auch eine Art Hure«, erwiderte ich, weil ich schon einige Gläser Wein intus hatte und beschwipst war.

»Lila Summers, hüte deine Zunge!«, entgegnete sie streng. »So etwas darfst du nie sagen!«

»Wieso nicht? Es ist doch wahr.«

»Das weiß ich. Immerhin war ich die diejenige, die den Mist in New York regeln musste.«

»Wie könnte ich das jemals vergessen, wo du mich ständig daran erinnerst?«

»Lila, sei nicht zickig. So habe ich dich nicht erzogen. Du solltest gelernt haben, deinen Mund zu halten und zu tun, was man dir sagt.«

Ich konnte die Wut nicht bremsen, die in mir hochkochte, und schrie ins Telefon: »So wie du bei Dad und seinen Schlampen!«

Hierauf nannte sie mich ein verzogenes Miststück und sagte, dass sie auflegen würde. Meinetwegen, konterte ich, denn ich hatte sowieso nichts mehr zu sagen. Danach hat sie nicht wieder angerufen.

Heute ist es drückend heiß, und ich kann meinen Ventilator nicht anstellen, weil der meine bereits überfällige Stromrechnung weiter in die Höhe treiben würde. Also ziehe ich meine Candy-Cane/Pillen-Schublade auf und greife nach dem Fläschchen am Boden. Die Candy Canes hatte Ethan mir zu Weihnachten geschenkt, nachdem ich ihm erzählt hatte, dass ich noch nie einen Candy Cane bekommen habe, und es war ehrlich der süßeste Moment, den ich je mit einem Jungen erlebt habe.

»Scheiße, das ist doch nicht dein Ernst!«, hatte er gesagt. Wir saßen in seinem Truck, es war spät, und die eisige Winterluft füllte das Wageninnere und überfror die Scheiben.

»Ähm … Ja … Was ist denn daran so besonders?«, hatte ich gefragt und mich auf dem Beifahrersitz zu ihm gedreht.

»Wir reden hier verdammt noch mal über Candy Canes.« Er hatte mich sehr ernst angesehen. »Das ist *die* Weihnachtssüßigkeit überhaupt! Meine Mom hat die Dinger sogar in den Tannenbaum gehängt.«

»Ach, einen Tannenbaum hatten wir sowieso nicht«, gestand ich, woraufhin er mich erst recht entgeistert ansah. »Was denn? Meine Mutter fand, dass echte Tannen zu viel Unordnung machen und künstliche zu geschmacklos sind.«

Später an dem Abend schenkte er mir eine ganze Schachtel voll. Er hatte sie nicht eingepackt, warf sie mir einfach auf den Schoß, als ich im Wohnzimmer seiner Eltern auf dem Sofa saß.

»Hier«, sagte er und ließ sich auf den Fernsehsessel fallen, doch ich merkte, dass es ihm irgendwie peinlich war.

Ich lächelte, lehnte mich zu ihm und umarmte ihn, bevor ich den ersten Candy Cane auswickelte. Als ich anfing, daran zu lutschen, und ihm sagte, er wäre köstlich, machte er eine anzügliche Bemerkung über meine Lippen. Ich entgegnete, dass sein Hosenschlitz offen wäre und ich sehen könnte, wie seine Familienjuwelen anschwollen. Er hatte die Augen verdreht, aber trotzdem sah er nach. Dann fing ich an zu kichern und ließ den Candy Cane auf mein Bein fallen. Weil ich ein kurzes Kleid trug, klebte das Ding an meinem Schenkel fest.

»Okay, vielleicht mag ich die doch nicht«, hatte ich gesagt, ein angeekeltes Gesicht gezogen und die Süßigkeit von meinem Bein gelöst. Ich versuchte, den klebrigen Zucker mit der Hand wegzuwischen, was es nur noch schlimmer machte.

»Warte, ich helfe dir«, murmelte Ethan, den Blick auf mein Bein gerichtet. Ich dachte, er wollte mir ein Papiertuch geben oder so, doch stattdessen stand er auf und kniete sich vor mich. Sein dunkles Haar hing ihm in die Augen, als er grinsend zu mir aufsah.

»Was machst du da?«, fragte ich fasziniert, aber auch nervös. Ich meine, er war superheiß und alles, aber ich war völlig nüchtern und konnte alles fühlen, was vor sich ging – meinen schnellen Puls und das komische Flattern in meinem Bauch.

Seine Augen wurden dunkler, als er mit der Hand an meinem Bein hinaufstrich, und das löste sofort eine unglaubliche Hitze in mir aus. Es war ein völlig neues Gefühl, denn die Jungen, die ich normalerweise aufriss, verzichteten grundsätzlich auf jede Form von Vorspiel. Mich überwältigte es dermaßen, dass ich wie von selbst die Schenkel ein bisschen spreizte, und dann war auf einmal Ethan der Nervösere von uns. Ich dachte nur, dass ich eine Pille wollte, weil ich viel zu viel spürte, aber dann müsste ich aufstehen und würde diesen Moment kaputt machen.

Ethans Hand verharrte auf meinem Schenkel. Ich malte die Linien seiner Tattoos auf den Armen nach und versuchte, mein Herz zu beruhigen. Sein Atem wurde unregelmäßig, und seine Handfläche begann zu schwitzen, während wir beide stumm und regungslos im Schimmer der blinkenden Weihnachtsbaumbeleuchtung saßen. Dann tat er es. Er beugte sich nach unten, den Mund leicht geöffnet, und leckte meine Haut sauber.

Ich grub die Fingernägel in die Sofaarmlehne und stöhnte laut, was mich ebenso sehr erschreckte wie die Hitzewelle, die mir durch den Körper fuhr. Ethan holte scharf Luft, und ich zitterte unkontrollierbar. Ich wollte meine Finger in seinem Haar vergraben, ihn anfassen, sein Gesicht ein wenig höher schieben und mich von ihm an anderen Stellen ablecken lassen, um in eine Spirale von Euphorie zu geraten. Aber er sog nur kurz an meiner Haut und wich zurück.

Enttäuscht runzelte ich die Stirn. »Echt jetzt?«

Er zuckte mit den Schultern und setzte sich wieder auf den Sessel. »Was?« Dabei musterte er mich, als wartete er darauf, dass ich ihm gestand, wie sehr er mich erregt hatte. »Stimmt was nicht?« Er grinste, als wäre er der witzigste Typ auf Erden. »Ich warte immer noch auf mein Weihnachtsgeschenk.«

Was du kannst, kann ich schon lange. Ich erwiderte sein Grinsen, löste durch mein Top den Frontverschluss des roten Spitzen-BHs und schaffte es, ihn auszuziehen, ohne

Ethan zu viel zu zeigen. Dann schleuderte ich ihm das Teil ins Gesicht. »Fröhliche Weihnachten.«

Die meisten Jungen hätten gegrinst oder irgendeine zweideutige Bemerkung gebracht, aber Ethan schnippte nur gegen die kleine rote Schleife an meinem BH, zuckte mit den Schultern und hängte das Ding über die Sessellehne. »Ich habe schon schärfere gesehen«, sagte er. Wenigstens war in seinen Augen das Grinsen zu erkennen, das er nicht zeigen wollte.

Empört warf ich ihm einen Candy Cane an den Kopf. Ethan hob ihn lachend auf, wickelte ihn aus und steckte ihn sich in den Mund. »Mann, sind die gut«, sagte er und lächelte, als er die gebogene Zuckerstange über seine Zunge rollen ließ.

Ich glaube, da wurde mir klar, wie sehr ich ihn mag. Nicht weil er so ein Arsch war oder weil er mir Candy Canes geschenkt hatte, sondern weil er aufgehört hatte, mein Bein zu küssen. Er wusste genug über mich – wie leicht ich zu haben war –, und ihm war klar, dass er mich dazu hätte bringen können, so ziemlich alles zu tun, was er wollte, aber das tat er nicht. Und selbst wenn er deshalb aufhörte, weil er mich nicht so wollte, fand ich es immer noch gut, so frustriert ich auch war. Ich hatte schon Sex mit Typen, die mir hinterher sagten, dass sie mich nicht einmal mochten, aber trotzdem Sex mit mir gehabt hatten, weil ich eben eine »leichte Nummer« war. Und ich hatte mich gehasst, denn ich wusste ja, dass sie recht hatten. Ich bin nur für eine Sache gut: einen One-Night-Stand, eine schnelle Nummer, eine kurze Ablenkung. Und ich tue ja auch fast alles, was sie wollen, selbst wenn ich nicht will.

Jetzt aber ist das Gute, das ich mit Ethan hatte, dank meinem verkorksten Kopf vorbei. Ich ekle mich noch mehr vor mir selbst, seit ich weiß, was für ein guter Kerl Ethan ist. Er hat aufgehört, hat sich geweigert, mit der betäubten Version von mir zu schlafen. Das erstaunt mich bis heute.

Seufzend zwinge ich mich aus den Erinnerungen und zurück zu dem, was unter dem Stapel Candy Canes wartet. Ich nehme das orange-braune Fläschchen aus der Schublade. Nachdem ich mir ein paar Pillen eingeworfen habe, lege ich mich rücklings aufs Bett, die Arme zu den Seiten ausgestreckt, genauso wie an jenem Tag vor sechs Jahren, als sich mein Leben zum Schlimmsten wandelte, als *er* mich benutzte und fallen ließ. Seit dem Tag bewege ich mich konsequent bergab, wobei das Gute ist, dass ich es kaum merke. Ich fühle die Pillen wirken, den Wein. Die beiden schwächen sich gegenseitig, deshalb drehe ich mich auf die Seite und nehme noch mehr Pillen. Irgendwann zwischen der sechsten und der siebten schmelzen meine Gedanken zusammen. Bis ich leer bin.

Allein.

Und ich möchte so gerne jemanden finden, der diese Leere füllt.

Ich bin viel zu weggetreten, um hier draußen zu sein, aber ich finde den Weg zurück zu meiner Wohnung nicht. Also wandere ich weiter ziellos über den Parkplatz und weiß nicht, wohin. Ich erinnere mich nicht mal mehr, wieso ich überhaupt rausgegangen bin. Vielleicht war es die Angst, von den Wänden in meiner Wohnung zerquetscht zu werden, die mich nach draußen trieb. Sicher bin ich mir nicht.

Dieser ältere Typ kommt auf mich zu, als ich rüber zu einem Carport gehe, und erzählt mir von einer Party ein Stück weiter in der Straße. Ich murmle irgendwas, dass ich lieber nicht mit ihm kommen will, aber er packt meinen Arm und nimmt mich mit, nein, zieht mich mit (manchmal kann ich das nicht richtig unterscheiden).

Er redet von Schwimmen oder Schlagen oder so, aber ich bin so benebelt, dass ich nicht mal die Hälfte von dem verstehe, was er sagt. Seine Lippen bewegen sich, und er hat hübsche, weiche, volle Lippen mit einer Narbe an der unteren. Ich dachte, seine Augen sind grün, aber als wir in das Haus treten, unter das Licht, erkenne ich, dass sie blau sind. Sein Haar ist viel zu lang, und er trägt ein richtig schmuddeliges T-Shirt. Ich rümpfe die Nase.

»Ich glaube, ich muss …« Ich versuche, *gehen* zu sagen, aber meine Lippen sind inzwischen richtig taub. Außerdem stolpere ich über meine Schuhe, weil ich sie nicht zugebunden habe.

»Du siehst heute Abend richtig schön aus«, flüstert er mir ins Ohr, und ich bin froh, dass ich einen ganzen Satz verstanden habe.

»Danke …« Mehr kann ich nicht sagen, weil die Stereoanlage aufgedreht wird, sodass der Boden unter uns vibriert. Alle fangen zu tanzen an, rufen irgendwas, trinken Bier und reiben sich aneinander.

In dem kleinen Wohnzimmer drängeln sich die Leute, und die Möbel sind zur Seite geschoben. Die Küche rechts von mir steht voll mit leeren Bierflaschen, und da ist ein riesiger Eimer mit Eiswürfeln. Drinks stehen auf dem Tisch. Der Lärm und das Chaos erinnern mich irgendwie an Ellas Zuhause, wo jeder einfach tun und lassen konnte, was er wollte. Bei meinem ersten Besuch dort fand ich es vollkommen irrsinnig, aber inzwischen denke ich, dass das immer schon mein Platz gewesen sein könnte.

»Willst du was trinken?«, ruft mir der Kerl über die Musik hinweg zu und hält mich weiter am Arm fest.

Ich nicke und entspanne mich. *So schlimm ist er bestimmt gar nicht.* »Ja, gerne!«

Dann lächelt er, und es ist ein finsteres Lächeln, das etwas anderes maskiert. Ich kenne es, denn genau das sah ich, bevor *er* mich ans Bett gefesselt hat. Auch wenn ich gerade nicht so richtig begreife, was los ist, kann ich mich einfach nicht lange genug konzentrieren, als dass es mich interessiert. Er lässt meinen Arm los, und ich stützte mich an der Wand neben mir ab, damit ich nicht umkippe. Ich möchte tanzen, weil ich so gerne tanze. Aber mir ist schwindlig, und mir ist auch ziemlich schlecht. Ich versuche mich zu erinnern, wie viele Tabletten ich genommen habe. Zwei … nein, mehr, oder? Nachdem mein Vermieter da war? Ja, aber wie viele? Vier … fünf … acht. Gott, ich habe echt den Überblick verloren, und jetzt wird es dunkel und kalt, zumindest in meinem Kopf. Der Song wechselt, und ich will mich auf den Rhythmus konzentrieren. Der Typ, der mich hergebracht hat, ist wieder da. Er gibt mir ein Bier. Ich trinke es. Irgendwie tanze ich danach mit ihm. Er fasst mich grob an, zieht mich an sich und reibt sich an meinen Hüften. Ich weiß nicht, ob ich auf ihn stehe, deshalb weiche ich zurück.

»Wo willst du hin?«, fragt er und zieht mich zurück.

»Ich will …« *Was will ich?*

Er schüttelt den Kopf und bohrt mir seine Fingernägel in den Arm. Sie schneiden mir in die Haut, und der Schmerz fährt mir durch den ganzen Körper. Ich versuche zu schreien, aber das geht in der Musik unter. Sein Grinsen ist gierig und geil, genau wie das von allen anderen Typen auf dem Planeten.

»Komm her, Baby.« Er drückt mich an seine Brust, und seine Hand gleitet zu meinem Hintern. Für einen Moment wünsche ich mir, er wäre Ethan, weil ich mich dann nicht so unsicher fühlen würde. Er packt meinen Hintern, fasst mich an, und in meinem Kopf legt sich ein Schalter um. Wie immer werde ich taub, fließen sämtliche Empfindungen aus mir heraus. Plötzlich ist es, als würde ich dem Kerl zusehen, wie er meinen Hintern und meine Brüste betatscht, wie er meinen Hals küsst und mich an sich presst. Ich fühle nichts, will nichts fühlen. Das verdiene ich nicht. Ich bin wertlos. *Eine Hure*, wie alle sagen.

Er zieht mich durch die Menge zu einem Flur, und ich bin ziemlich sicher, dass er mich in ein Zimmer bringt, wo er dafür sorgt, dass ich alles tue, was er will. Dann verdrehen sich meine Augen, und meine Beine geben nach, während es in meinem Bauch zu brennen anfängt.

»Ich muss kotzen«, sage ich stöhnend. Der Typ weicht blitzschnell zurück und streckt die Arme vor sich aus, als hätte er Angst, mich zu berühren.

Ich laufe los, drängle mich durch das große Zimmer und zur Tür hinaus, die ich offen lasse, als ich nach draußen und die Treppe hinunter stolpere. Mein Schuh verfängt sich in der untersten Stufe, und ich kann ihn nicht herausziehen, also streife ich ihn ab. Dann sinke ich in einem Beet mit Büschen und Tulpen auf die Knie und beuge mich vor. Meine Schultern zucken, als ich würge, doch es kommt nichts. Mein Herz rast, hämmert gegen meine Rippen, und ich bin schweißgebadet. Es fällt mir ungeheuer schwer, die Augen offen zu halten, und ich falle nach hinten in die Büsche, lande auf der feuchten Erde. Jetzt sehe ich die Sterne. Sie sind fantastisch, und ich möchte sie berühren. Es fühlt sich an, als könnte ich es.

Ich liege ewig da, spüre, wie mein Herz schneller schlägt, während sich mein Bauch schmerzhaft zusammenkrampft. Dann fängt mein Hintern an zu klingeln, vielleicht ist es auch mein Kopf … Nein, es ist mein Handy. Ja, definitiv mein Handy. Ich rolle mich auf die Seite und taste in der hinteren Tasche meines Kleids nach dem Telefon. Schwerfällig drücke ich mit dem Daumen auf die Taste und halte das Gerät an mein Ohr.

»Hallo.« Der Klang meiner Stimme tut mir im Kopf weh.

»Ernsthaft?«, fragt Ethan, der sich noch angepisster als sonst anhört. »Schon wieder?«

»Hm …« Ich halte mir den pochenden Schädel.

»Was heißt das, hm? Ich höre doch, dass du schon wieder besoffen bist, was wahrscheinlich bedeutet, dass ich dich von irgendeinem Typen abholen muss.« Er ist eindeutig eifersüchtig, und tief drinnen finde ich es gut.

»Nein, nicht besoffen«, murmle ich. »Ich stehe total neben mir.«

»Ja, das merke ich.«

»Ich glaube … Ich glaube – ich habe zu viel genommen – diesmal.« Meine Brust zieht sich zusammen, und mir ist, als drückte mich ein Gewicht nach unten.

»Zu viel was?«, fragt Ethan. Jetzt hört er sich besorgt an. Aber vielleicht bilde ich mir das nur ein.

»Von dem Zeug …« Ich will mit den Fingern schnippen, doch ich kann gar nicht sagen, ob ich überhaupt noch Finger habe. »Diesen Pillen.«

»Welche Pillen?« Seine Stimme wird komisch hoch und leicht panisch.

»Nichts … Egal – ich bin müde … Ich werde jetzt …« Ich lasse den Arm langsam zur Seite sinken.

»Lila, leg nicht auf!«, schreit er durchs Telefon, und ich höre lautes Poltern im Hintergrund. »Wo bist du? Bist du zu Hause?«

»Nein … In irgendwelchen Büschen – und Tulpen.« Ich schlage mit dem Arm nach einem verschwommenen Flecken über mir, der größer wird. »Hier ist es so kalt, Ethan.«

»Es ist nicht kalt«, sagt er streng, und mir wird noch kälter. »Jetzt sag mir, wo du bist, und halte verdammt noch mal die Augen offen!«

»Okay …« Ich blinzle und strenge mich an, die Augen offen zu halten. »Aber ich weiß nicht, wo ich bin.«

»Was soll das heißen?«, fragt er. Ich kann hören, wie der Motor seines Trucks angeht. »Wieso weißt du nicht, wo du bist?«

»Na – dieser Typ hat mich irgendwohin mitgenommen – und ich erinnere mich nicht, wohin …«

»Kannst du irgendwas erkennen?«

»Sterne – und …« Ich bin so müde. Ethan sagt etwas, aber ich bin viel zu erledigt, um zu antworten.

»Lila!«, brüllt er.

Ich reiße die Augen auf. »Ja …«

»Sag mir, was um dich herum ist.«

»Büsche – und Sterne – und ein Haus …«

»Wie sieht das Haus aus?«

»Wie alle anderen hier …« Mein Kopf kippt zur Seite. »Da ist ein echt komischer rosa Blinkvogel am Eingang … Der kann aber auch in meinem Kopf sein.«

»Gott sei Dank, verflucht.« Er scheint ein bisschen erleichtert. »Ich weiß, wo das ist.« Er sagt noch viel mehr, nur kann ich ihn nicht verstehen, deshalb lasse ich das Handy fallen. Es ist sowieso zu schwer. Dann sehe ich wieder zu den Sternen und sinke in die taube Dunkelheit, die mir so vertraut ist. Ja, sie fühlt sich richtig heimisch an.

»Du bist so schön«, sagt er und gleitet mit seiner Hand an meinem Schenkel nach oben. »Und deine Haut ist so weich.«

Ich ringe mir ein Lächeln ab, obwohl es mir falsch vorkommt, wie er mich anfasst. Alles ist falsch, aber zugleich auch richtig, denn so wie Sean mich ansieht, habe ich das Gefühl, angebetet und geliebt zu werden. »Danke«, sage ich, was ihn zum Grinsen bringt. Dieses wunderbare Grinsen lässt ihn immer jünger wirken.

»Gern geschehen«, sagt er, neigt sich vor und küsst mich auf die Nasenspitze. »Du bist fantastisch«, flüstert er und küsst meine Wange und mein Kinn, während seine Hand unter meinen karierten Schulrock gleitet. »Ich möchte dich überall berühren … überall küssen.«

Ich stemme eine Hand gegen seine Brust, damit ich ihm ins Gesicht sehen kann. »Warum fasst du mich nie an, wenn andere dabei sind? War es gelogen, dass du nicht verheiratet bist?« Ich blicke zu dem Ring an seinem Finger.

Seine Augen werden eiskalt, und er presst den Mund zusammen, als er sich zurücklehnt, ohne die Hand von meinem Schenkel zu nehmen. »Nein, ich habe dir doch gesagt, dass ich nicht verheiratet bin. Der war ein Geschenk, und du weißt, warum wir nicht in der Öffentlichkeit gesehen werden dürfen. Das Alter ist den Leuten wichtig, Lila.«

Ich fahre mit den Fingern durch sein weiches Haar und bekomme Angst, dass ich ihn vergraule. »Du bist gar nicht so viel älter als ich, und mir ist es egal.«

Er sieht mich an, als wäre ich nicht ganz dicht. »Lila, sei nicht blöd. Die würden uns in der Luft zerreißen. Alle.« Dann greift er nach der Autotür. »Ich verschwinde wohl besser.«

»Nein, nicht.« Ich kralle eine Hand in sein Anzugsakko und ziehe ihn zu mir zurück, panisch, dass er mich verlassen könnte. »Es … Es tut mir leid, dass ich das gesagt habe. Bitte, mach einfach weiter.«

So wie er mich ansieht, überlegt er, ob er bleiben oder gehen soll, ob er zu gut für mich ist oder nicht. Ist er. Das weiß ich.

»Du willst, dass ich damit weitermache?«, fragt er, legt den Kopf ein wenig schräg und mustert mich. Etwas an seinem Blick ist aufregend und beängstigend zugleich, und meine Haut kribbelt auf eine Art, die mir völlig fremd ist.

Ich nicke, auch wenn ich unsicher bin. »Ja.«

Seine Hand ist wieder auf meinem Bein. Langsam gleitet sie nach oben zu meinem Rock, wo sie einen Moment am

Saum stockt, ehe er seine Finger unter den Stoff schiebt. Automatisch verkrampfe ich mich, und das gefällt ihm anscheinend. »Bist du sicher, Lila?« Seine Finger erreichen meinen Slip. »Willst du wirklich, dass ich weitermache?«

Ich öffne den Mund, will ihm sagen, dass ich nicht sicher bin und er mir das Gefühl gibt, schmutzig zu sein, aber er beginnt, mit einer groben, fast brutalen Bewegung seine Finger in mich hineinzuschieben. Ich weiß nicht, was ich tun soll, denn es tut weh und ist garantiert falsch. Trotzdem fühlt es sich gut an.

Er beginnt die Finger in mir zu bewegen, und das wundervolle, schreckliche Gefühl von Wonne und Verlangen lässt mich verstummen. Dann packt er mit der anderen Hand mein Haar im Nacken.

»Au, das tut weh«, murmle ich stöhnend, als er meinen Kopf zurückreißt.

»Gut«, sagt er. Seine Augen werden dunkler vor Genuss. Er reißt noch fester an meinem Haar, sodass mich Schmerz und Wonne gleichzeitig durchfluten.

Ich kann nicht recht sagen, was ich empfinde, als ich mich an seine Arme klammere und mir heißer wird. Ich bekomme keine Luft mehr. Als er seine Finger aus mir zieht, weiß ich nicht, ob ich es genossen habe, es bereue oder beides. Ich weiß überhaupt nicht, was ich fühlen soll.

ETHAN

Zuerst denke ich, dass sie bei irgendeinem Typen ist, und obwohl ich mir verbiete, eifersüchtig zu sein, bin ich es. Es nervt mich höllisch, weil es erst eine Woche her ist, seit ich sie angefasst habe, und es großartig war, bis sie auf einmal dichtmachte und es schien, als wollte sie nichts mit mir zu tun haben.

Aber dann fällt mir ihre komische Stimme auf, und alles andere ist egal. Den gleichen benommenen, dumpfen Tonfall habe ich oft bei London wahrgenommen – und mir selbst, als ich mich früher zudröhnte. Sämtliche Alarmglocken schrillen in meinem Kopf, und ich kann an nichts anderes denken als das letzte Mal, dass ich London alleine ließ, direkt nachdem die Nadel in ihren Arm stach. Dann redet Lila von Pillen, und ich erinnere mich an das Medikamentenfläschchen zwischen den Sofapolstern. Das jagt mir eine schreckliche Angst ein. Ich ermahne mich, nicht in Panik zu geraten, während ich herauszubekommen versuche, wo sie ist, aber sie hat offenbar keinen Schimmer. Dann erwähnt sie einen pinken Vogel, und ich bin ein bisschen erleichtert. Das ist nicht weit von mir, nur einige Minuten. Ich rede weiter mit ihr, damit sie wach bleibt, und überlege, ob ich einen Krankenwagen rufen soll oder so.

Ich höre ihre Stimme noch, als ich den rosa Vogel vor dem Wohnblock sehe, der zwischen einem Haus und einer Tankstelle eingeklemmt ist. Doch dann kommt ein dumpfer Knall aus dem Handy, und es wird still. Für einen Sekundenbruchteil denke ich, dass ich sie nie wiedersehen werde, dass sie weg ist, und ich bin fast wie gelähmt. Unmengen Adrenalin fluten meinen Kreislauf, und mein Herz pumpt wie wahnsinnig.

»Scheiße!« Ich schwenke hart nach links und trete fest

auf die Bremse, sodass mein Truck halb auf dem Gehweg zum Stehen kommt. Lila hatte gesagt, dass sie im Gebüsch ist, aber hier sind überall Büsche. Ich springe aus dem Truck und rufe nach ihr. »Lila!« Keine Reaktion. Also laufe ich um die zweigeschossigen Häuser herum, die von einem eingezäunten Parkplatz umgeben sind, rufe weiter ihren Namen und ziehe mein Handy heraus, um den Notruf zu wählen. Unten an einer der Treppen bemerke ich einen Schuh mit hohem Absatz, hebe ihn hoch und frage mich, ob es Lilas sein kann. Nein, so einen Schuh würde sie nicht anziehen. Der sieht eher nach einer der Stripperinnen aus, von denen es in dieser Gegend viele gibt.

Als ich mich umdrehe, sehe ich Füße zwischen zwei Sträuchern herausragen, und nur an einem steckt ein Schuh. Ich laufe hin und falle neben Lila auf die Knie. Sie ist sehr blass und hat glasige Augen. Plötzlich überrollt mich ein Gefühl, rammt in meine Brust, in meinen Bauch, gegen meine Beine. Lila so zu sehen macht es noch realer, dass ich sie verlieren könnte.

»Mir ist schlecht, Ethan«, murmelt sie, rollt sich auf die Seite, schiebt die Hände unter ihren Kopf und schließt die Augen.

Vorsichtig hebe ich sie im Nacken an und gebe ihr behutsam Klapse auf ihre Wangen, damit sie mich ansieht. »Lila, was hast du geschluckt? Weißt du den Namen noch?«

»Was ich immer nehme«, lallt sie blinzelnd. »Das Zeug in meiner Schublade.«

Scheiße. Scheiße. Scheiße! »Und was ist das?«

»Das Zeug … Du weißt schon – diese Pillen, die einen ganz wach machen … Gott, Ethan, ich kann … Ich kann mich nicht erinnern, wie die Dinger heißen. Es ist ein richtig – richtig langer Name.«

Ich blicke mich auf der Erde um. »Hast du gekotzt?«

»Nein.« Sie seufzt gedehnt, wobei sich ihre Brust hebt und senkt. »Mir ist aber schlecht, und mir tut der Bauch furchtbar weh.«

Ich helfe ihr, sich aufzusetzen, halte sie an den Armen fest, an denen rote Striemen sind, als hätte sie dort jemand grob gepackt. »Okay, ich drehe dich jetzt um, und ich will, dass du kotzt, und wenn du dafür den Finger in den Hals stecken musst, verstanden?«

Ihr Kopf wippt auf und ab. »Okay.«

Ich hebe sie halb hoch, sodass sie auf allen vieren ist, und stütze sie mit einem Arm unter dem Bauch. Ungefähr eine Minute lang hockt sie mit offenem Mund da, dann steckt sie sich den Finger in den Hals. Ich blicke zur Seite zum Parkplatz, während sie in die Büsche kotzt. Hinterher zittert sie, ist verschwitzt und blasser denn je.

»Na gut, bringen wir dich ins Krankenhaus«, sage ich, als sie sich hinsetzt und ihren Kopf an meine Brust lehnt.

»Nein, kein Krankenhaus.« Sie schüttelt den Kopf und sieht zu mir auf. Im Licht der Straßenlaterne wirken ihre Augen schwarz, aber das kann auch an ihren geweiteten Pupillen liegen.

»Doch, ins Krankenhaus.« Ich stehe auf und ziehe sie hoch. Schlaff hängt sie in meinen Armen, ihr Gesicht an mich geschmiegt.

Sie jammert weiter, dass sie nicht ins Krankenhaus will, doch nur bis wir beim Truck sind. Auf dem Beifahrersitz entspannt sie sich, und ich schnalle sie an. Ich fahre direkt zur Klinik, denn sie ist in einer miserablen Verfassung. Deshalb habe ich mit den Drogen aufgehört. Und aus demselben Grund habe ich noch einmal über alles nachgedacht, so wenig ich es auch wollte. Ich habe hautnah miterlebt, was passieren, wie ein einziger Schnitzer einen für immer vernichten kann. Und ich denke, dass Lila diesen Punkt erreicht hat, was mir größere Angst macht, als ich gedacht hätte. Die Vorstellung, sie zu verlieren, ist entsetzlich. In diesem Moment begreife ich, dass Lila mehr ist als eine Freundin. Sehr viel mehr.

Kapitel 6

LILA

Ich wache auf und kann mich nicht erinnern, was letzte Nacht war. Eigentlich sollte ich mich inzwischen daran gewöhnt haben, doch irgendwie fühle ich mich noch dreckiger und beschämter als sonst.

Der Duft, der aus der Bettdecke über mir aufsteigt, kommt mir bekannt vor. Den habe ich schon früher gerochen, und er hat etwas Tröstliches. Ich zwinge mich, die Augen zu öffnen, und erkenne die Band-Poster und das Schlagzeug in der Ecke auf Anhieb. Vor Erleichterung stoße ich einen Seufzer aus. Ich bin in Ethans Zimmer, in seinem Bett.

»Gott sei Dank«, flüstere ich und setze mich langsam auf. Meine Bauchmuskeln verkrampfen sich, sodass ich eine Hand auf meinen Bauch presse und bemerke, dass ich eines von Ethans Shirts trage.

Ach du Schande, habe ich mit ihm geschlafen? Ich fahre mir durch das zerwühlte Haar und versuche, mich zu erinnern. Aber die einzigen Sachen, die mir einfallen, sind Sterne, Büsche, piepende Geräte und der Geruch von Reinigungsmitteln.

»Geht es dir besser?« Ethans Stimme erschreckt mich, und ich zucke zusammen. Dabei rebelliert mein Bauch wieder.

»Ah …«, stöhne ich, beuge mich vor und halte mir den

Bauch, wobei ich die Decke vor mir fixiere. »Was ist denn letzte Nacht passiert?«

Ich höre, wie er zum Bett kommt, und dann sinkt die Matratze unter seinem Gewicht ein, als er sich ans Fußende setzt. Offenbar will er Abstand zu mir. »Erinnerst du dich an gar nichts?«

Ich schüttle den Kopf, ohne aufzusehen. Mir ist es furchtbar peinlich, auch wenn ich keine Ahnung habe, warum. Jetzt sehe ich das Krankenhausband an meinem Handgelenk. »Nein ... Ich weiß noch, dass ich in der Wohnanlage herumgewandert bin ... Dann nahm mich dieser Typ irgendwohin mit ...« Ich stocke und blicke zögerlich auf. »Und danach erinnere ich mich bloß an Sterne und den Geruch von Putzmitteln.«

Ethan hat ein schwarz-rotes T-Shirt an und feuchtes Haar, als käme er gerade aus der Dusche. Seine Jeans ist löchrig. »Du hattest dir eine heftige Überdosis eingeworfen«, sagt er und beobachtet mich aufmerksam.

Nachdenklich trommelt er mit den Fingern auf dem Knie. »Also, ich halte eigentlich nichts davon, Leute nach ihren Problemen auszuquetschen. Ich fand's noch nie toll, über meinen eigenen Scheiß zu reden, deshalb vermeide ich es möglichst, dass mir andere Leute was von ihrem erzählen, es sei denn, sie machen richtig blöde Sachen. Und im Moment schreit so gut wie alles in mir, dass ich dich dazu bringen muss, mir zu erzählen, was los ist.« Er macht eine Pause, und ich will etwas sagen, doch er würgt mich sofort ab. »Und komm mir jetzt nicht damit, dass du die Tabletten nimmst, weil der Arzt es gesagt hat. Du hast mir letzte Nacht auf dem Weg ins Krankenhaus erzählt, dass du sie schon schluckst, seit du vierzehn warst. Das hätte ich wahrscheinlich den Ärzten da sagen müssen, aber ich wollte dich nicht in Schwierigkeiten bringen.« Jetzt verstummt er und wartet. Auf ein Dankeschön? Eine Erklärung? Die Wahrheit? Ich habe keine Ahnung, und ich will ihm nichts erzählen.

»Ich weiß nicht, was ich sagen soll.« Ich schließe die Augen, hole tief Luft und ermahne mich still, nicht zu heulen. Aber ich fühle mich wie abgeschnitten von meinen Gefühlen, und mein Bauch benimmt sich, als hätte ich unzählige Sit-ups gemacht. Ich will mich nur hinlegen, schlafen und vergessen, dass das alles passiert ist.

»Wie wäre es mit der Wahrheit?«, fragt Ethan vorsichtig, weniger verärgert, und ich merke, wie er näher zu mir rückt. »Du weißt doch, dass ich mich mit Sucht auskenne.«

Ich reiße die Augen auf, entsetzt von seiner fürchterlichen Unterstellung. »Ich habe kein Suchtproblem!« Wütend schlage ich die Decke zur Seite. »Die Tabletten sind mir verschrieben worden. Von einem Arzt!« Ich schwinge die Beine aus dem Bett und stehe auf. Mit einem Rauschen fließt sämtliches Blut aus meinem Kopf, und meine Knie knicken ein. Ich greife nach dem Metallbettpfosten, als ich zusammensinke, doch Ethan springt auf und fängt mich, bevor ich auf dem Boden aufschlage.

Ich atme aus, sehe die Wand neben mir an und komme mir selten blöd vor. »Lass mich los. Ich kann gehen.«

»Du sollst dich ausruhen.« Er hilft mir zurück zum Bett, und ich setze mich widerwillig. »*Anweisung des Arztes.*«

Ich presse kopfschüttelnd meine Lippen zusammen. »Ethan, bitte, lass es. Ich brauche das jetzt echt nicht.«

»Was lassen? Über das reden, was ich letzte Nacht gesehen habe? Das habe ich nämlich nicht vor. Es hat mir eine Scheißangst eingejagt, Lila – dich derart hinüber zu sehen.« Tatsächlich sind seine Augen groß und panisch, als er sich wieder aufs Bett setzt und sich das Haar rauft. Ethan wirkt gestresst und erschöpft. »Und so ungern ich dich dränge, darüber zu reden, glaube ich, dass ich es muss. Ich kann nicht … Ich will nichts …« Er sucht nach den richtigen Worten, was ihn zu ärgern scheint. Das ist so untypisch für Ethan, dass ich mich unwillkürlich frage, ob noch etwas anderes nicht stimmt.

»Du musst überhaupt nichts tun«, flüstere ich und blicke stirnrunzelnd auf meinen Schoß. »Ich bin nicht deine feste Freundin oder so – du bist mir nichts schuldig. Du hättest im Krankenhaus einfach sagen sollen, dass ich versucht habe, mich umzubringen. Dann hätten die sich mit mir abplagen müssen, nicht du.«

Er überlegt kurz. »Du bist meine Freundin, und das ist genauso wichtig, wenn nicht noch wichtiger. Du bist wichtig …« Er runzelt die Stirn, als er das sagt. Ist er genauso verwirrt wie ich? Dann streckt er eine Hand aus, als wollte er sie an meine Wange legen, zieht sie jedoch wieder zurück.

Ich schüttle den Kopf und halte mir den Mund zu, weil sich Tränen in meinen Augenwinkeln bilden. »Ich kann nicht.«

Ethan sieht mich fragend an. »Was kannst du nicht?«

»Über solche Sachen darf ich nicht reden.«

»Was für Sachen?«

»Wie das hier.« Ich zeige an mir hinab. »Völlig kaputt und neben der Spur sein.«

Er sieht mich an und zieht eine Braue hoch. »Lila, ich habe dir einige von meinen kaputten Geschichten über Drogen und Sex erzählt, und du hast gesehen, wo ich gelebt habe. Du weißt, in was für einem Zuhause ich aufgewachsen bin und was meine Eltern sich gegenseitig angetan haben. Kaputt zu sein ist nichts Neues für mich.«

»Das ist egal«, erwidere ich und raffe mein Haar im Nacken zusammen. »Ich darf so nicht sein, oder wenigstens darf keiner wissen, dass ich so bin.«

»Und wie genau darfst du nicht sein? Ich verstehe nicht, was du meinst.« Er mustert mich aufmerksam, als würde er nach sichtbaren Wunden suchen. Und es gibt einige: an meinen Knöcheln und der Taille und sogar eine sehr blasse an meinem Handgelenk, doch den meisten Leuten fallen sie nie auf. »Soweit ich es beurteilen kann, bist du jemand, der dringend über seine Probleme sprechen muss.« Dass er so nett ist, macht es noch schlimmer.

»Es wäre einfacher, wenn du mich einfach anschreist«, sage ich, lasse mein Haar los und breite die Arme aus. »Oder mich alleine lässt. Das tust du doch sonst.«

»Einfach wird überwertet«, antwortet er. »Und diesmal kann ich dich nicht alleine lassen. Nicht hiermit. Dafür würde ich mich ewig hassen.«

»Ethan, bitte, bring mich nach Hause«, flehe ich und schlinge die Arme um meinen Oberkörper. »Ich muss nach Hause.«

»Nein«, erwidert er stur. »Ich lasse dich nicht heimlaufen und eine Pille einwerfen. Du brauchst Hilfe.«

Mein Körper und mein Verstand sehnen sich nach einer Tablette, und dagegen hilft nun einmal nur die. Ich fahre mir mit den Fingern durchs Haar, versuche die Angst zu unterdrücken, die mich überkommt. Als ich wieder aufschaue, bemühe ich mich, möglichst gelassen zu wirken. »Hör mal, Ethan, ich bin dir dankbar für deine Hilfe und alles letzte Nacht, aber ich bin echt okay. Ich muss bloß nach Hause, was essen und duschen, und dann geht es mir besser.«

»Versuch nicht, mich zu verarschen«, sagt er lässig, verschränkt die Arme vor der Brust und lehnt sich gegen das Fußende. »Ich erzähle selbst viel zu viel Scheiß, um noch welchen zu glauben.«

»Tust du gar nicht«, widerspreche ich, schlage die Hände auf die Decke und will ihn anschreien. »Überhaupt nicht.«

»Habe ich aber«, erinnert er mich. »Wegen genau solchem Zeug. Das machen alle Süchtigen. Man tut alles, was man kann – erzählt jeden Mist –, um sich die nächste Dröhnung zu besorgen.«

Ich verziehe den Mund, falte die Hände vor mir, und meine Verzweiflung ist giftiger als die Pillen. »Ethan, bitte, bitte, bring mich nach Hause und vergiss das Ganze.« Meine Stimme klingt hoch und flehend. »Dann musst du dich damit nicht abgeben.«

Wieder überlegt er, steht auf, und ich denke, dass ich gewonnen habe. »Nein, ich werde es nicht einfach vergessen.« Er geht zur Tür und greift nach dem Knauf. »Du weißt, wo die Dusche ist, wenn du so weit bist, dass du duschen willst.«

»Ich habe nichts anzuziehen!«, schreie ich und werfe ein Kissen nach ihm, denn das wütende Monster in mir kommt an die Oberfläche. Ich stürze in ein dunkles Loch, voll mit allem Negativen, das mein Leben ausmacht, und ich habe keine Pillen, die mir ans Licht zurück helfen. »Wieso tust du mir das an?«

»Weil ich dich mag«, sagt er ruhig und schließt die Tür von außen.

Keiner hat mir je gesagt, dass er mich mag, nicht mal meine Schwester Abby. Bei seinen Worten sollte ich mich eigentlich besser fühlen, aber das tue ich nicht. Wenn überhaupt, wird die Gier nach einer Pille noch stärker, wütet in mir und reißt Wunden, die nur eine Dosis von dem Medikament heilen kann. Weil ich es nicht verdiene, dass er mich mag. Nicht nach allem, was ich getan habe. Alles – wo ich stehe, wer ich bin – ist meine Schuld.

Eine Zeit lang sitze ich auf dem Bett, koche vor Wut und starre aus dem Fenster. Ich wiege mich, um die nervöse Energie in mir zu beruhigen. Es ist ein sonniger Tag, der Himmel blau, klar und atemberaubend. Ich sollte mich draußen am Pool sonnen, aber nein, ich sitze hier drinnen fest und will mir die Haare ausreißen. Und je länger ich dasitze, desto verzweifelter werde ich, bis ich schließlich aufstehe. Ich kämpfe gegen den Schmerz in meinem Bauch, meinen Beinen und meinem Kopf und suche das Zimmer nach meinen Sachen ab, die ich schließlich über dem Hocker hinterm Schlagzeug finde.

»Bingo«, sage ich und gehe um die Drums herum. Als ich mein weißes Kleid hochhebe, stutze ich. Es ist voller Erde und irgendwelchem ekligem grünem Zeug, und es riecht nach Kotze. Ich trommele mit den Fingern gegen meine Beine und überlege, was ich machen soll. Ein Teil von mir schreit, dass ich das schmutzige Kleid nicht anziehen und damit in die Öffentlichkeit gehen darf, aber ein anderer, der mit den Pillen verbunden ist, widerspricht dem, wozu ich erzogen wurde.

Ich balle die Hände zu Fäusten, beiße die Zähne zusammen und ersticke den Schrei in mir, als ich mir Ethans Shirt herunterreiße. Ich ziehe das Kleid an und das T-Shirt darüber. Dann kämme ich mir mit den Fingern durchs Haar und schaue in den Spiegel. Ich sehe wie eine Untote aus: bleiche Haut, blutunterlaufene Augen und überall verschmiertes Make-up. Wieder einmal bin ich hin und her gerissen. Weglaufen zu dem, was ich brauche, oder verstecken, was ich bin?

Ich drehe mich im Kreis und suche auf dem Fußboden nach meinen Schuhen. Unter dem Bett, im Wandschrank, neben der Kommode, überall sehe ich nach, doch sie sind nirgends zu finden. Schließlich gebe ich es auf und gehe zur Tür. Es gibt nur einen Weg, aus Ethans Wohnung zu gelangen, ohne aus einem Fenster oder vom Balkon zu springen, und der führt durch das Wohnzimmer. Ich frage mich, ob er dort ist und wieder mit mir streiten wird. Was keine Rolle spielen würde. Ich bin eine erwachsene Frau und kann gehen, wohin ich will.

Also straffe ich die Schultern, öffne die Tür und trete auf den Flur. Aus der Stereoanlage im Wohnzimmer ist Musik zu hören, deshalb wundere ich mich, als ich ins Zimmer komme und Ethan nicht da ist. In der Küche ist er auch nicht. Eine Sekunde lang frage ich mich, wo er ist, aber dann wird mir klar, dass es unwichtig ist. Entscheidend ist allein, dass ich verschwinden kann, ohne mit ihm reden zu müssen.

Ich öffne die Wohnungstür und blinzle im grellen Sonnenlicht. Mit einer Hand schirme ich meine Augen gegen das Licht ab, renne die Treppe hinunter und zur Bushaltestelle. Mir ist bewusst, dass ich mit dem weiten T-Shirt über meinem Kleid, dem ungekämmten Haar und dem verwischten Make-up absurd aussehe. Doch zum ersten Mal in meinem Leben ist mir mein Aussehen egal. Ich will nur nach Hause, damit ich die rasende Bestie betäuben kann, die in meiner Brust erwacht.

ETHAN

Ich frage mich, ob ich ernsthaft geliefert bin. Mir wurde es klar, als sie letzte Nacht im Krankenhaus, wo sie darauf wartete, sich den Magen auspumpen zu lassen, gestand, dass sie die Pillen schon seit ihrem vierzehnten Lebensjahr nimmt, um ihren Schmerz zu betäuben. Wahrscheinlich hätte ich den Ärzten die Wahrheit sagen müssen, dass sie süchtig und womöglich suizidgefährdet ist, aber ich hatte Angst, dass sie Schwierigkeiten bekommt. Außerdem hatte sie sich einige Male übergeben, bis wir in der Klinik waren, also waren kaum noch Beweise für das vorhanden, was passiert war. Sie musste die Ärzte nur mit ihrem Lächeln blenden und ihnen eine beschissene Lüge auftischen von zu viel Wein mit ein bisschen zu viel Tabletten, und schon ließen die sie gehen. Allerdings bin ich nicht sicher, ob sie ihr wirklich glaubten oder der irre Betrieb in der Notaufnahme ihre schnelle Entlassung erleichterte.

Teils bereue ich, dass ich nichts gesagt habe. Die Ärzte

hätten ihr bei dem Entzug helfen können. Bei meinem Dad war es richtig heftig, als er aufhörte, die Dinger zu schlucken, und weil es bei seinem Mittel viel zu gefährlich war, auf kalten Entzug zu gehen, musste er mit kleinen Dosen entwöhnt werden. Meine Mom half ihm da durch, kämpfte jeden gottverdammten Tag mit ihm, wenn er um mehr bat, und gab ihm nur sehr wenig, sodass er langsam von dem Zeug runterkam. Ich frage mich, ob mir jetzt dasselbe blüht – ob es so wird, wenn Lila aufhört, ihre Pillen zu schlucken. Falls ja, was kann ich dann tun? Kann ich ihr überhaupt helfen? Wenn sie nicht mal will? Fast möchte ich fliehen und das Drama hinter mir lassen; doch meine Gefühle für Lila, die mir in dem Moment klar wurden, in dem ich sie so auf der Erde liegen sah, verbieten es.

Grundsätzlich halte ich nichts davon, mich mit den Problemen anderer Leute abzugeben, zum einen weil es zu anstrengend ist, und zum anderen weil ich Angst habe, komplett zu versagen, so wie bei London. Und Lila ist süchtig. Ich habe das oft genug gesehen, am eigenen Leib erlebt, wie es jede Zelle meines Körpers, meines Verstands und meiner beschissenen Seele verschlang. Ich musste das alleine überwinden, und es war das Härteste, was ich jemals durchgemacht habe. Dabei war ich nur ein Jahr auf Drogen gewesen. Lila schluckt seit über sechs Jahren Pillen. Das ist eine verdammt lange Zeit, in der sich die Sucht quasi verselbstständigt hat. Außerdem weiß ich nicht mal, was hinter der Geschichte steckt, sondern nur, dass die Wunden hinter der Abhängigkeit noch viel schwerer zu überwinden sind als die Abhängigkeit selbst.

Nachdem ich aus dem Zimmer gegangen bin, stelle ich

Musik an und setze mich im Wohnzimmer an meinen Computer. Dort fange ich an, über Opiatabhängigkeit zu recherchieren, und stoße auf den Namen, den Lila mir gesagt hatte, als sie erst halb wach war. Was ich finde, beschreibt so ziemlich genau, was ich bei meinem Dad gesehen habe: Angstzustände, Reizbarkeit, Erbrechen, Zittern, Desorientierung. Die Liste geht noch weiter. Und es heißt, dass nach längerer Abhängigkeit der Entzug entweder medikamentös begleitet werden muss oder eine langsame, schrittweise Entwöhnung stattfinden sollte, wie bei meinem Dad.

Mann, es wäre so viel einfacher, sie in eine Fachklinik zu bringen! Obwohl ich sie dazu erst einmal überreden müsste, und das wäre sicher nicht leicht. Im Moment kommt mir alles kompliziert vor, und ich bin nicht sicher, ob ich das schaffe.

Ich überlege, was ich tun soll, was für ein Mensch ich eigentlich bin: Einer, der in solch einer Situation weggehen kann, oder die Sorte, die das Richtige machen und ihr helfen will, einen heftigen Entzug zu schaffen. Ich denke an das letzte Mal, als ich gegangen bin, und welche Folgen es gehabt hatte. Das will ich garantiert nicht noch einmal. Andererseits will ich auch nicht riskieren, ihr Hilfe anzubieten und es zu vermasseln, weil ich irgendwas falsch mache. Ich brauche Rat von jemandem, der schon mal einen anderen durch eine üble Lebensphase begleitet hat.

Nachdem ich die Musik lauter gedreht habe, gehe ich in Michas altes Zimmer, lege mich auf den Fußboden und hole mein Handy hervor. Ich lösche ungelesen die SMS von Rae aus den letzten drei Tagen. Gute zehn Minuten zögere ich, Micha anzurufen, ehe ich endlich seine Nummer wähle. Es ist schräg, mir von ihm Rat zu holen, denn normalerweise läuft es umgekehrt. Er hat schon Ähnliches mit Ella durchgemacht, die nach dem Selbstmord ihrer Mutter weggelaufen war und ihre Identität völlig umgekrempelt hatte. Ella hatte einen Haufen psychischer Probleme, doch Micha stand zu ihr und gab sie nie auf, nicht mal, als es richtig schlimm wurde.

»Alter, ich glaub's nicht!«, meldet er sich lachend. »Du rufst so gut wie nie an!«

»Ja, weiß ich.« Ich reibe mir die Stirn und fühle mich denkbar unwohl. Gewöhnlich bin ich der, der sich seine Probleme anhört. »Ich habe eine Frage – wegen Ella.«

»Okay«, sagt er verwirrt, was ich ihm nicht verdenken kann. Immerhin benehme ich mich ja auch wie ein Irrer.

»Die ganzen Probleme, die du mit ihr durchgestanden hast – war das hart?«

»Ähm, ja, das haben Probleme meistens so an sich.«

Mir ist klar, dass ich mich nicht sonderlich gut ausdrücke. Mit Stift und Papier bin ich besser. »Ja, weiß ich, aber war es schwer, ihr bei Sachen zu helfen, von denen du wusstest, dass sie übel werden?«

Er braucht eine Sekunde. »Meinst du, ob ich jemals überlegt habe, abzuhauen und es aufzugeben?«

»Ja. Wobei ich weniger das Abhauen meine als die Angst, sich zu sehr auf sie einzulassen, weil du wusstest, dass es hammerhart wird, ihr zu helfen, und du nicht sicher warst, ob du damit umgehen und tatsächlich was für sie tun kannst.«

»Nein, eigentlich nicht«, antwortet er zögerlich. Er redet nicht gerne über Ellas Probleme. »Anfangs war ich nicht sicher, wie weit das gehen darf, aber eher, weil ich wusste, dass sie nicht bereit für mehr als Freundschaft war.«

»Hm, und wie wäre es, wenn du einfach versucht hättest, ihr als Freund zu helfen?«, frage ich. »Also in dem Wissen, dass ihr weiter nur Freunde bleibt? Hättest du ihr dann immer noch geholfen, obwohl du wusstest, dass du es mit einem Haufen Mist zu tun kriegst?«

»Natürlich«, antwortet er prompt. »Ich weiß, dass es sich blöd und schmalzig anhört, aber sind dazu nicht Freunde da? Du warst doch auch immer für mich da.«

Ich lache schnaubend und verdrehe die Augen. »Dir ist bewusst, dass du dich wie ein Comic anhörst, oder? So einer von denen, in denen Kängurus herumhüpfen und trällern, wie wunderbar es ist, einen Freund zu haben.«

»Hüpfende Kängurus?«

»Hey, ich war noch nie ein Comic-Fan! Woher soll ich wissen, was für Figuren die sich gerade aussuchen?«

»Ich bin fast sicher, dass es keine Kängurus sind.«

»Schon gut, ist ja auch egal. Du hättest ihr also trotzdem geholfen?«

»Ganz sicher«, sagt er. »Und ich habe es nie bereut.«

Ich weiß nicht, ob ich mich jetzt besser fühle. »Okay, tja, danke.«

»War wohl nicht das, was du hören wolltest, was?«

»Nein … Offen gesagt weiß ich selbst nicht, was ich hören wollte.« Seufzend setze ich mich auf und fahre mir mit den Fingern durchs Haar. »Aber jetzt lasse ich dich mal in Ruhe.«

»Wie? Willst du mir nicht erklären, wie es zu diesem seltenen Anruf kommt?«

»Kann ich noch nicht.«

»Na gut, dann nicht.« Er verstummt kurz. »Mal ganz was anderes. Du kommst nicht zufällig demnächst nach Kalifornien, oder?«

Ich massiere meine verspannten Nackenmuskeln. »Nein, wieso?«

»Ach nichts«, antwortet er, und ich höre, wie eine Tür geschlossen wird. »Es ist bloß so, dass Ella und ich überlegen, in einem Monat zu heiraten, um Weihnachten herum, und ich dachte, dass du und Lila vielleicht zusammen herkommen könnt.«

»In einem Monat?«, frage ich erstaunt. »Ist das nicht, na ja, ganz schön früh?«

»Für zwei Leute, die sich seit fast siebzehn Jahren kennen?«

»Stimmt auch wieder.« Ich persönlich finde Heiraten schwachsinnig. Man muss sich doch nur meine Eltern ansehen. Die sind das Paradebeispiel dafür, was passiert, wenn sich ein Paar für immer aneinander bindet.

»Also, kommt ihr?«

»Hat Ella schon mit Lila darüber geredet?«, frage ich. »Oder überhaupt in letzter Zeit mit ihr gesprochen?«

»Ich glaube nicht«, antwortet Micha verwirrt. »Warum? Was ist los?«

»Nichts.« Ich stehe auf und gehe zur Tür. »Ich bin jedenfalls dabei, aber Ella soll Lila fragen, ob sie denkt, dass sie kommen kann.«

»Klingt nach einem guten Plan.« Er dreht irgendwelche

Musik auf, die leise im Hintergrund spielt. »Dann bis bald.«

»Ja, bis bald.« Ich lege auf und atme tief durch, ehe ich auf den Flur gehe und nach links zu meinem Zimmer. Sofort sehe ich, dass die Tür offen steht, was nur heißen kann, dass Lila weg ist. Natürlich ist mir klar, wohin sie ist. Ich habe selbst schon erlebt, was sie gerade durchmacht, und ich weiß, wie schlimm es ist, in diesem Teufelskreis gefangen zu sein. Dass sie sich weggeschlichen hat, lässt es so einfach erscheinen, ihr nicht zu helfen, doch ich kann mich nicht von ihr abwenden.

Ich zögere nur kurz, denke an alles, was Lila und ich hatten – die langen Gespräche, das Flirten, die Berührungen, die beinahe zu etwas führten, wie ich mich in ihrer Nähe fühle und die Tatsache, dass ich bereits so viele Male meine Regeln gebrochen habe. Ich denke auch an die fürchterliche Angst, als ich sie in dem Gebüsch fand. Bei diesen Erinnerungen fällt mir die Entscheidung etwas leichter. Ich schnappe mir meine Truckschlüssel von der Kommode und eile aus der Wohnung. Mir ist klar, dass ich sie einholen muss, bevor sie zu Hause ist, denn sonst wird alles noch schwieriger.

Während ich die Treppe hinunterlaufe, versuche ich, mich im Geiste auf das vorzubereiten, was mich erwartet. Ich kann nur hoffen, dass ich damit fertigwerde. Unten an der Treppe nehme ich das Handy aus der Tasche und rufe meine Mom an, weil sie Erfahrungen mit dem Entzug eines Schmerzmittelsüchtigen hat. Und ich bete, dass es bei Lila und mir nicht so läuft wie bei ihnen, mit dem ewigen Brüllen und Kämpfen. Meine Mom hat oft heimlich in ihrem Zimmer geweint wegen Sachen, die mein Dad zu ihr sagte. Auch wenn ich mir nicht vorstellen kann, dass das passiert – jedenfalls nicht das mit dem Weinen –, kann ich nicht alles auslöschen, was ich als Teenager gesehen habe.

In mir toben die unterschiedlichsten Gefühle, als ich endgültig entscheide, für Lila da zu sein, wobei das Unheimlichste ist, dass ich Lila helfen werde, weil ich sie mag – sehr sogar. Das ist an sich schon beschissen angsteinflößend, ungefähr so, wie blind auf eine Hauptverkehrsstraße zu rennen, bloß ein bisschen heftiger. Und schlimmer als in ein Zimmer zu kommen und das Mädchen zu sehen, von dem man dachte, dass man es liebt, und festzustellen, dass es einen nicht mehr erkennt.

Kapitel 7

LILA

Ich schwitze, und das liegt nicht an der Hitze. Eigentlich ist die Luft eher kühl, dennoch fühle ich mich wie schweißgebadet. Ich muss schnellstens in meine Wohnung und eine Pille nehmen. Sofort. Ehe ich mich mitten in diesem Bus auf den Boden lege und sterbe. Gott, so schlecht ging es mir noch nie. Könnten mich meine Eltern so sehen, würden sie mich nie wieder anrufen. Was gar nicht mal schlecht wäre – aber irgendwie doch. Manchmal hasse ich die beiden so sehr, dass ich mir wünsche, sie würden mich für immer in Frieden lassen. Dann jedoch wäre ich erst recht alleine auf der Welt, und das macht mir Angst.

Ich springe aus dem Bus und laufe keuchend zu meiner Wohnanlage auf der anderen Straßenseite. Der Asphalt kratzt an meinen nackten Fußsohlen. Mir ist schlecht, aber sobald ich bei meiner Kommode bin, wird es wieder okay sein.

Ich biege um die Ecke meines Hauses und bleibe ruckartig stehen. »Was willst du hier?«, frage ich wütend und stemme die Hände in die Hüften. »Ethan, verstehst du einen Wink mit dem Zaunpfahl nicht?«

Ethan steht von der obersten Treppenstufe auf, legt eine Hand aufs Geländer, die andere an die Hauswand. »Wie? Hast du allen Ernstes geglaubt, ich würde dich einfach abhauen lassen?«, fragt er. »Nach dem, was letzte Nacht war?«

»Ja«, antworte ich. »Du lässt mich immer gehen, nachdem ich Mist gebaut habe. Wie oft hast du mich schon aufgesammelt und nie ein Wort gesagt? So bist du eben. Du lässt mich in Ruhe und verurteilst mich nicht. Du hast mich sogar in der Nacht alleine gelassen, als wir herumgemacht haben und beinahe miteinander geschlafen hätten. Du gehst immer weg.« Ich kann gar nicht glauben, wie direkt ich bin, und es sollte mir peinlich sein, aber im Moment habe ich ganz andere Sorgen. Ich muss zu meinen verdammten Pillen!

Im ersten Augenblick zuckt Ethan bei meinen Worten zusammen, bleibt aber ruhig. »Ja, aber dies hier ist anders.« Er kommt die Treppe hinunter und sieht mich ernst an. »Hier geht es nicht um Sex, sondern um Drogen.«

»Ich nehme keine *Drogen*«, erwidere ich laut. Ja, ich mache eine Szene, was mir vollkommen egal ist, denn ich muss unbedingt in meine Wohnung. Und Ethan versperrt mir den Weg. »Es ist ein verschriebenes Medikament.«

»Ein Medikament, von dem du abhängig bist.« Er geht noch eine Stufe tiefer, noch eine, kommt auf mich zu, wie es die verdammten Wände so oft tun. »Lila, sieh dich an.« Während er mich mustert, sehe ich nach unten zu seinem T-Shirt, unter dem mein schmutziges Kleid hervorschaut.

»Na und?« Ich ziehe den Kopf ein, denn natürlich ist es mir nicht gleich. Ethan ist unten angekommen und steckt die Hände in die Jeanstaschen. Er wirkt unsicher und sehr ängstlich. »Ich will dir helfen.«

»Ich brauche keine Hilfe«, sage ich und weiche zurück.

Einige Nachbarn sind draußen auf ihren Balkonen oder bei ihren Autos und beobachten uns. »Du hättest mich nie so sehen sollen. So bin ich nicht. Und wenn du mich in meine Wohnung lässt, kann ich duschen und das alles vergessen. Dann bin ich wieder die lächelnde, fröhliche Lila.«

»Nein, bist du nicht«, widerspricht er. »Tut mir leid, aber *die* Lila habe ich schon länger nicht mehr gesehen.«

»Tja, ich kann dir zumindest eine Illusion von ihr bieten«, entgegne ich aufgebracht.

Ethan reibt sich das unrasierte Kinn und sieht mich zweifelnd an. »Nachdem du geduscht und eine Pille eingeworfen hast?«

Ich schüttle mehrmals den Kopf, kann aber irgendwie nicht mit Worten kontern. »Bitte, lass mich einfach durch.«

»Nein«, sagt er, nimmt die Hände aus den Taschen und streckt sie mir entgegen. »Lila, ich will dir …«

Weiter kommt er nicht, weil ich an ihm vorbei und die Treppe hinaufrenne. Ich überspringe Stufen, obwohl mir alles wehtut und die Metallgitter der Stufen brennend in meine Füße schneiden. Zum Glück hatte ich meine Wohnungstür gestern Abend nicht abgeschlossen, sodass ich problemlos hineinkomme. Drinnen renne ich geradewegs in mein Schlafzimmer, ohne mich auch nur umzusehen. Ich brauche eine, eine einzige Pille, und alles ist vergessen. Dann ist es wieder okay, und ich bin die normale, glückliche Lila – der kleine Sonnenschein.

Im Zimmer hechte ich über mein Bett, um zur Kommode zu gelangen. Als ich das Fläschchen in der Hand halte und mich schon ein wenig entspanne, höre ich Ethan kommen.

»Lass den Scheiß, Lila.« Seine Stimme ist wacklig, was richtig seltsam ist. Ethan ist fast immer humorvoll und bewahrt in den nervenaufreibendsten Situationen die Ruhe. »Gib mir die Flasche, und wir können reden.«

Ich schüttle den Kopf und knalle meine flache Hand auf den Deckel, um die Kindersicherung zu lösen. »Nein, bitte geh. Ich habe dich nicht gebeten, hier zu sein oder mich zu verfolgen. Ich will das nicht!«

Seine Arme schlingen sich um mich, und ich stoße ein stockendes Jaulen aus, als sich seine Finger über meinen schließen. Er versucht, mir die Flasche wegzunehmen, aber ich entwinde mich ihm. Als ich schon über das Bett springen will, fängt er mich und zieht mich runter auf die Matratze.

»Ethan, hör auf!«, schreie ich, doch er drückt mich mit seinem Gewicht nach unten. »Du tust mir weh!« Das ist eine Lüge, aber ich bin verzweifelt und will weg, bin völlig besessen von dem, was in dem Fläschchen ist.

»Stell dich nicht so an«, sagt er und klemmt meine Hüften zwischen seinen Knien ein. »Ich belaste dich höchstens mit einem Bruchteil meines Gewichts.«

Ich presse den Pillenbehälter an meine Brust. »Stimmt nicht!«

»O doch.« Er packt meine Hände und hält sie über meinem Kopf fest, während er seine Stirn an meine lehnt. Mit seiner freien Hand zerrt er die Flasche aus meinen Fingern.

»Nein, bitte, Ethan. Hör auf, bitte. Bitte ... Bitte ...« Ich fange an zu weinen und zu hyperventilieren, wofür ich mich verachte, weil ich schon so lächerlich genug aussehe.

Ethan steigt schweigend von mir und steht auf. Ich springe aus dem Bett und flehe ihn an, mir die Pillen zurückzugeben.

»Ich gebe dir alles, was du willst«, verspreche ich und überkreuze die Hände vor mir. »Alles, was du willst. *Alles.*« Es ist erbärmlich, dass ich mich ihm im Tausch gegen ein Fläschchen anbiete, das mir gehört, doch dieses Ding ist mir teurer als irgendein Teil meines benutzten Körpers, wertlosen Verstands oder leeren Herzens.

»Ich will *gar nichts* von dir, Lila«, sagt er und betrachtet unentschlossen die Pillen in seiner Hand. »Außer, dass es dir besser geht.«

Ich mache einen Satz auf ihn zu, doch er dreht sich zur Seite, sodass ich gegen seinen Rücken pralle. Mit einem Arm hält er mich zurück, das Fläschchen in seiner anderen Hand. Je länger die Pillen außer Reichweite sind, desto stärker wird der Wunsch, mir die Haut aufzukratzen. Ich zittere, und mein Blutdruck steigt merklich. »Bitte, bitte, gib sie mir«, murmle ich. Mir bricht der Schweiß aus. »Hilf mir, bitte … Ich will mich nicht so fühlen.«

Plötzlich lässt er mich los, und eine Sekunde lang denke ich, er gibt nach. Dann drückt er den Deckel nach unten und schraubt ihn ab.

»Was machst du?«, frage ich. Mir wird der Mund wässrig, als er eine winzige Pille in seine Hand schüttet.

Ich bemerke sein leichtes Zittern. Er bricht die Pille mit seinen Fingern entzwei und reicht mir eine Hälfte. »Nimm das.«

Kopfschüttelnd sehe ich das winzige Stück an, das mir im Moment einen Dreck helfen wird. »Ich brauche mehr.«

Er verneint stumm. »Mehr gebe ich dir nicht, und das bekommst du auch nur, damit dein Körper unter dem Entzug nicht ausflippt.«

»Die Pillen gehören dir nicht!«, schreie ich und springe wieder auf ihn zu. Er fängt mich mit beiden Armen auf und hält mich, als meine Beine einknicken. »Das sind meine! Nicht deine!« Inzwischen zittere ich von Kopf bis Fuß. Eine Stimme in mir kreischt, dass ich die halbe Pille nehmen soll und dann alles tun, was nötig ist, damit er mir mehr gibt. »Ethan, gib mir bitte die Flasche. Ich tue alles, was du willst …« Ich schließe die Augen und hole tief Luft, ehe ich ihm etwas anbiete, das ich schon anderen Typen für Pillen angeboten habe. »Du darfst mich ficken. Und ich meine, mich ficken, ohne irgendwelche Verpflichtungen oder den Beziehungsmist, den du so hasst.«

Seine Arme legen sich fester um mich. »Lila, hör auf. Ich habe dir schon gesagt, dass ich nichts von dir will, außer dass es dir besser geht.« Dann hält er mir die lachhaft winzige halbe Pille hin.

Jetzt gerade hasse ich ihn so sehr, dass es unerträglich ist. *Ich* bin unerträglich. Überhaupt sind eine Menge Sachen nicht auszuhalten, trotzdem nehme ich die Pillenhälfte, und als sie meine Zunge berührt und sich der bittere Geschmack in mir ausbreitet, fühle ich mich für einen sehr kurzen Augenblick etwas besser. Im nächsten Moment fällt mir ein, dass er noch den Rest in der Hand hat und ich vor Montag keinen Nachschub bekomme, was noch zwei volle Tage sind. Zwei sehr, sehr lange, grauenhafte Tage.

Ein Schalter, von dessen Existenz ich nichts wusste, legt sich in meinem Innern um und setzt ein unerwünschtes

Gefühl frei. »Ich hasse dich!«, schreie ich. Angst und Wut brodeln so mächtig in mir, dass ich Ethan schlagen will. Ich beginne, auf seine Brust einzutrommeln, wieder und wieder, während mir Tränen über die Wangen laufen. Ethan tut gar nichts, was mich noch wütender macht. Würde er mich wenigstens zurückschlagen oder irgendwas tun, das mich von dem wachsenden Schmerz in mir ablenkt! »Ich hasse dich, verdammt!« Das brülle ich, bis meine Arme und Beine so wund sind, dass ich zu Boden sinke. Ich klammere mich an sein Shirt, während jedes denkbare Gefühl einem Messer gleich in mich hineinschneidet.

Ethan hebt mich wortlos hoch und trägt mich zu meinem Bett, meinen energischen Protest ignorierend. Ich drehe mich auf den Rücken und starre durch einen Tränenschleier zu ihm auf.

»Ich hasse dich so sehr«, sage ich, obwohl es nicht stimmt. »Ich hasse dich wirklich.«

»Nein, tust du nicht«, erwidert er ruhig, steht an der Bettkante und sieht auf mich herab.

»Doch, tue ich«, lüge ich und werfe mich auf die andere Seite, damit ich ihn nicht anschauen muss. Ich drehe den Ring an meinem Finger, während ich an die Wand sehe.

Sicher wird er mich hier allein lassen, und ich weiß nicht, ob ich das aushalte. Gleichzeitig will ich nicht, dass er meine ungeheure Wut mit ansieht. Es gibt keine gute Lösung für diese Situation. Ob er geht oder bleibt, die Pillen sind bei ihm, und ich kann mir erst in zwei Tagen Nachschub beschaffen, denn der Kerl, der mir die Rezepte schreibt, ist übers Wochenende weg.

Ethan gibt keinen Laut von sich, steht neben meinem

Bett, als würde er warten, dass ich etwas sage oder mache. Ich schließe die Augen und rede mir ein, dass er nicht da ist. Schließlich bewegt er sich, und ich denke schon, dass er geht, aber dann sinkt die Matratze ein, und einen Moment später ist er neben mir. Er legt einen Arm über mich, die Muskeln angespannt, und rückt näher, bis wir eng aneinandergeschmiegt sind.

»Tut mir leid«, flüstert er in meinem Rücken und schiebt mein Haar zur Seite, um meinen Nacken zu streicheln.

Ich bin nicht sicher, was ihm leidtut, dennoch schluchze ich heftig los, drehe mich um und vergrabe mein Gesicht an seiner Brust. Er streicht mir übers Haar, während ich mir die Seele aus dem Leib heule. Und obwohl jede Faser von mir eingehen und sterben will, fühle ich mich zum ersten Mal in meinem Leben nicht völlig allein auf der Welt. Und das Seltsame ist, dass ich das Gefühl dahinter spüren kann – ich kann alles fühlen.

ETHAN

Ich bewege mich auf völlig fremdem Terrain. Zuneigung zu zeigen war noch nie mein Ding, nicht mal bei London, aber für sie war es das genauso wenig. Sie küsste gerne und hatte gerne Sex, doch Kuscheln und so was gab es in unserer Beziehung nicht. Einige Male hat sie vor mir geweint, mich jedoch weggeschoben oder mit Sex abgelenkt, wenn ich versuchte, sie zu trösten. Und sie verriet mir nie den Grund für ihre Probleme. Manchmal fragte ich mich, ob sie mir nicht genügend vertraute.

Als Lila sich bitterlich weinend an mich klammert, komme ich mir unbeholfener denn je vor. Einige Dinge allerdings machen meine Unbeholfenheit erträglicher. Zum Beispiel das Wissen, dass ich den brennenden Schmerz in ihr ein kleines bisschen mildern kann, und das allein hält mich bei ihr im Bett.

Sie weint die halbe Nacht durch und schläft danach bis zum frühen Nachmittag. Ich stehe gegen zehn auf, als mein Handy eine SMS meldet. Seufzend lösche ich die Nachricht von Rae und stecke das Telefon und die Pillen in meine Tasche. Dann gehe ich raus, um mir etwas zu essen aus dem Kühlschrank zu holen, und bemühe mich, meine wachsenden Gefühle abzuschütteln. Lila hat nur abgelaufene Milch und ein vergammeltes Sandwich, und der Kühlschrank ist nicht einmal eingeschaltet. Ich schließe die Tür wieder und teste die Lichtschalter. Ja, der Strom ist abgeschaltet.

Ich wusste, dass sie Geldprobleme hat, aber es ist eindeutig übler, als ich dachte. Vor allem frage ich mich, warum sie mir nicht erzählt hat, wie schlimm es ist. Dann wird mir bewusst, dass ich es an ihrer Stelle auch nicht getan hätte. Ich hätte eher meinen Kram zusammengepackt und wäre abgehauen, hätte in meinem Wagen gewohnt oder so, was mir im Moment nicht mal so schlecht vorkommt.

Als ich die Küchenschranktür zuklappe, klopft es an der Tür. Ich überlege, ob ich aufmachen soll, als es wieder klopft. Also gehe ich hin. Draußen steht ein alter Typ mit einem T-Shirt, dessen Ärmel abgerissen sind, und Cargoshorts. Er hat einen Zettel in der Hand.

»Ist Lila …« Er sieht auf das Papier. »Summers hier?«

»Nein«, lüge ich und lehne mich an den Türrahmen. »Sie haben sie gerade verpasst.«

»Können Sie ihr das geben?« Er hält mir das Papier hin.

»Ja, mach ich.« Ich nehme das Blatt, und er geht die Treppe runter, während ich die Tür schließe und auf den Zettel sehe. Es ist ein Räumungsbefehl. »Scheiße.«

Als ich beschloss, mit den Drogen aufzuhören, bin ich anfangs wegen allem Möglichen an die Decke gegangen. Ich erinnere mich, dass ich sogar meine Mom anbrüllte, weil ich keine Socken finden konnte. Alles nervte mich höllisch und machte mich stinkwütend, und ein Räumungsbefehl … ehrlich, ich mag mir nicht mal ausmalen, wie ich darauf reagiert hätte.

So gerne ich einfach ihre überfälligen Rechnungen bezahlen würde – weil es die einfachste Lösung ist –, fehlt mir dazu das Geld. Ich könnte ihr vorschlagen, ihre Eltern zu bitten, doch nach dem, was ich über sie gehört habe, werden die ihr nicht helfen. Sie würden eher wollen, dass sie nach Hause kommt, was ich für keine gute Idee halte. Mir fällt nur eine andere Lösung ein, von der ich wenig begeistert bin, weil dabei eine Menge schiefgehen kann. Trotzdem knülle ich den Zettel zusammen und werfe ihn in den Müll.

Als ich mit einem Glas Wasser und einer halben Pille in der Hand zu Lilas Schlafzimmer komme, ist sie wach, liegt zu einer Kugel zusammengerollt und mit einem Kissen in den Armen auf der Seite. Eine Weile bleibe ich an der Tür stehen und überlege, was ich sagen soll. »Also«, beginne ich, was so ziemlich das Dämlichste sein dürfte, doch im Grunde ist egal, was ich sage, weil sie sowieso genervt sein wird.

Stirnrunzelnd sieht sie zu mir. »Wer war das an der Tür?«

Ich gehe ins Zimmer und setze mich ans Fußende des Betts. »Dein Vermieter, nehme ich an.«

Langsam richtet sie sich auf, blinzelt und drückt das Kissen an ihre Brust. »Was wollte er?«

»Er hat einen Räumungsbefehl abgegeben«, sage ich, und sie verzieht das Gesicht. »Dein Strom ist auch abgestellt, wusstest du das?«

Sie schüttelt den Kopf und lehnt das Kinn auf das Kissen. »Gestern Abend ging er noch.«

»Tja, dann müssen sie ihn heute Morgen abgedreht haben«, erwidere ich. Sie kneift die bebenden Lippen zusammen, und ich gebe ihr das Glas und die Pille. Zuerst starrt sie mich nur angewidert an, dann nimmt sie die halbe Tablette mit einem Schluck Wasser. Ungefähr eine Sekunde lang sieht sie erleichtert aus, was schnell verfliegt, und wieder funkelt sie mich böse an. Aber das ist okay. Die halbe Pillendosis soll den Schmerz nicht betäuben, sondern bloß verhindern, dass ihr Körper verrückt spielt.

»Wir machen Folgendes«, sage ich und stelle das Glas auf den Nachttisch, als sie es mir zurückgibt. »Du duschst, ziehst dir was Sauberes an, und dann machen wir uns auf die Suche nach ein paar Kartons. Danach packen wir deine Sachen und schaffen dich aus dieser Wohnung.«

Sie runzelt die Stirn noch mehr. »Wo soll ich denn hin, Ethan? Ich habe so gut wie kein Geld mehr, und selbst wenn ich meinen Ring versetze …«, sie wedelt mit der Hand, »reicht das nicht für die Kaution und die Miete für eine neue Wohnung.«

»Richtig, aber du suchst dir auch keine neue Wohnung«, sage ich und drücke sanft ihr Bein, bevor ich wieder aufstehe. »Du ziehst erst mal zu mir.«

»Was?«, schreit sie und schleudert das Kissen zur Seite. »Wieso?«

»Damit du nicht nach Hause oder auf der Straße leben musst«, antworte ich. Sie presst den Mund zusammen und zupft an ihren Fingernägeln. »Ich will nicht bei dir wohnen.«

Jetzt werde ich sauer. »Und warum nicht?«

»Weil ich nicht will.« Sie dreht sich zur Wand, doch mir entgeht die Wut in ihren blauen Augen nicht. »Dann lebe ich lieber auf der Straße.«

»Du würdest keinen verdammten Tag auf der Straße überleben, wie du genau weißt.« Ich beuge mich vor, sodass sie mich sieht. »Du willst nicht bei mir wohnen, weil du denkst, ich zwinge dich, mit den verdammten Pillen Schluss zu machen.«

»Nein, ich *weiß*, dass du mich zwingst«, entgegnet sie und wendet sich ruckartig wieder zu mir um. »Denn offensichtlich bist du ein Arschloch, das mir höchstens eine halbe Dosis gibt, wo doch klar ist, dass mir die nichts bringt!«

»Stimmt haargenau. Ich bin ein Arschloch. Und diese halbe Dosis hilft dir, den Entzug zu überstehen.« Ich packe sie bei den Armen und ziehe sie auf die Füße. Sobald sie steht, nehme ich sie bei den Schultern und führe sie zum Spiegel. »Sieh dich an, Lila. Im letzten Monat bist du komplett vor die Hunde gegangen. Du bist nicht mehr das Mädchen, das ich vor einem Jahr kennengelernt habe.«

»Doch, bin ich! Ich bin schon seit Jahren ein Wrack, nur

habe ich es früher besser versteckt als in den letzten Wochen«, sagt sie. Auf einmal reißt sie die Augen weit auf und beißt sich fest auf die Unterlippe. »Das war nicht so gemeint. Mir geht es gut, also hör auf, mir irgendwas klarmachen zu wollen, das überhaupt nicht stimmt.« Sie will sich wegdrehen, aber ich ziehe sie zurück.

»Sieh dich an«, wiederhole ich, weil es wichtig ist, dass sie wirklich einsieht, wer sie jetzt ist, da man alles erkennt, was die Drogen mit ihr angestellt haben. »Als ich auf Drogen war, habe ich nie richtig gesehen, zu was ich wurde, bis ich ziemlich weit unten war. Ich war abgemagert, und meine Haut sah scheiße aus. Und ich habe mich so gut wie gar nicht mehr gewaschen. So«, ich zeige auf ihre schmutzigen Sachen und das verfilzte Haar, »siehst du wegen dieser Pillen aus. Kommst du damit klar?«

»Das ist eine Ausnahme«, widerspricht sie und blickt in den Spiegel. Ihr Haar ist total struppig, ihr Make-up verschmiert, und ihre Lippen sind rissig. »Normalerweise sehe ich nicht so aus. Letzte Nacht war eine Ausnahme … ein kleiner Ausrutscher.«

»Nein, so siehst du immer aus, wenn ich dich morgens irgendwo abhole. Ich dachte, du wärst eben verkatert, weil du sonst immer so tadellos gestylt bist, aber jetzt begreife ich, dass du das hier nur gut versteckst und die vielen Morgen, die ich dich aufsammeln musste, nur ›Ausrutscher‹ waren.« Ich atme tief ein. »Und die letzte Nacht aber war kein beschissener Ausrutscher. Du hättest sterben können, hätte ich dich nicht gefunden. Kapierst du das? Wie nahe du an der Kante warst?«

Im ersten Moment scheint sie erschrocken, doch dann

sieht sie wütend mein Spiegelbild an. »Ich hasse dich«, sagt sie. Ihre Schultern zittern unter meinen Händen.

»Nein, tust du nicht.« Ich weiß, dass sie mich nicht hasst. Sie ist rasend wütend, nicht mal auf mich, sondern auf die Tatsache, dass alles, was sonst die Drogen übertünchen, an die Oberfläche kommt. »Und zu deiner Information, das wird allmählich abgedroschen.«

Ihre Augen sprühen förmlich Feuer. »Dann hau ab!«

Ich schüttle den Kopf. »Als dein Freund ist es meine Pflicht, dich nicht alleine zu lassen. Nicht bevor wir dich von einer halben Dosis auf gar keine gebracht haben.«

Sie lacht schrill und verschränkt ihre Arme. »Wie das? Willst du mir auf Schritt und Tritt folgen, bis du mich gründlich leid bist? Hast du den Wink neulich Nacht nicht verstanden, dass ich dich nicht will?«

Es schmerzt wie ein Messer, das mir mit tiefen, brutalen Schnitten in die Haut jagt, aber ich weiß genug, um zu erkennen, dass sie verzweifelt ist und alles sagen würde, um mich loszuwerden. »Wenn es sein muss.« Während ich es ausspreche, wird mir klar, dass ich es vollkommen ernst meine, und dieses Gefühl ist erschreckend real. »Falls es nötig ist, werde ich genau das tun.«

Sie fährt sich mit der Hand übers Gesicht, wobei sie die blau-violetten Blutergüsse an ihren Armen bemerkt. »Wo sind die her?« Vorsichtig berührt sie die Flecken mit ihren Fingerspitzen.

Achselzuckend nehme ich die Hände von ihren Schultern. »Keine Ahnung. Die hattest du, als ich dich im Gebüsch fand. Wenn du mich fragst, war jemand ein bisschen grob zu dir.«

Sie verzieht das Gesicht und sieht wieder zum Spiegel. »Ich gehe duschen.«

Ich setze mich aufs Bett. »Okay, ich bin hier, wenn du wieder rauskommst.«

»Was denn? Willst du nicht mit mir duschen?«, fragt sie verächtlich und reißt ihre Kommodenschublade auf.

Darin liegen Candy Canes, und ich muss im Stillen lächeln, weil mir einfällt, wie ich sie ihr geschenkt habe. Den Gedanken verscheuche ich sofort aus meinem Kopf. »Nein, ich warte hier auf dich.«

Mürrisch nimmt sie einen schwarzen Spitzenslip aus der Schublade. »Meinetwegen, aber woher willst du wissen, dass ich keine Pillen im Badezimmer versteckt habe?«

»Ich schätze, du hast nicht, denn sonst hättest du sie dir garantiert letzte Nacht geholt.«

Ihr Gesicht läuft rot an vor Zorn. »Du kannst mich mal!« Sie stürmt zur Tür, und ich folge ihr in den Flur, um sicherzugehen, dass sie nicht versucht, zur Wohnungstür zu fliehen. Sie knallt mir die Badezimmertür vor der Nase zu, und ich setze mich auf die Couch.

So sehr ich mich auch bemühe, nicht in Panik zu geraten, wenn ich an die nächsten Wochen denke, kann ich nichts dagegen machen. Und dabei klammere ich die Tatsache aus, dass ich zum ersten Mal seit London im Begriff bin, mich richtig auf ein Mädchen einzulassen. Ich werde mit ihr leben! Es war schon hart, mit Micha zusammenzuwohnen. Ich habe gerne meine Ruhe, Raum um mich, und wenn ich davon nicht genug kriege, fühle ich mich gefangen. Ehrlich, ich mag Lila, aber ich bin nicht mal sicher, ob ich die echte Lila bisher überhaupt kenne oder nur die drogenverstärkte

Illusion von ihr. So sind Drogen. Sie verändern die Persönlichkeit. Bei mir hatten sie den Effekt, dass ich innerlich ruhiger wurde und es mir leichter fiel, mit anderen Leuten zu reden. Lila wirkte immer ziemlich zufrieden, ausgenommen die letzten Wochen. Was ist, wenn sie sich in einen völlig anderen Menschen verwandelt, den ich nicht mag? Ich habe die Zeit mit ihr genossen, die kleinen Streitereien, auch das erotische Knistern, die unangebrachten Berührungen, und ich gebe sogar zu, dass ich in der Nacht im Bett, ungeachtet dessen, wie sie endete, Gefühle in mir entdeckte, die ich bis dahin gar nicht gekannt hatte. Was ist, wenn all das hiernach weg ist?

Kapitel 8

LILA

Ich bin eine Bitch. Ich habe Ethan angefahren und gemeine Sachen zu ihm gesagt, obwohl er mir geholfen hat, als er es nicht musste. Er hat mich bei sich einziehen lassen, hat sogar die Sachen in meiner Wohnung mit mir gepackt. Aber ich kann nichts dagegen tun. Es ist, als würde dieses scheußliche Ding in mir leben, dieses ausgehungerte Monster, das dringend gefüttert werden will, und Ethan verweigert ihm sein Fressen, gibt mir nur halbe Pillen und selbst die immer weniger. So beschissen habe ich mich nicht mehr gefühlt, seit meine Mom und ihr Fahrer mich nach dem Zwischenfall im Internat abholten. Sie war allerdings nicht gekommen, um mich zu retten, wie ich gehofft hatte. Sie war dort, um mich energisch zurechtzuweisen.

»Nun, ich muss sagen, dass ich sehr enttäuscht von dir bin«, meinte sie und blickte durch das getönte Fenster, als wir durch die Innenstadt fuhren, wo die hohen Gebäude die Straßen und den Wagen beschatteten. »Obgleich es mich nicht überrascht.« Sie wandte den Kopf zu mir und schob sich die Sonnenbrille ins Haar. »So ungern ich es gestehe, ich hatte nichts anderes von dir erwartet.«

Scham und Elend brannten noch in mir, dennoch konnte ich meinen Mund nicht halten. »Und wie das, Mutter?«

»Hüte deine Zunge«, zischte sie. »Dass dein Vater nicht hier ist, bedeutet nicht, dass du dich mir gegenüber respektlos verhalten kannst.«

»Wieso nicht? Kann er doch auch.« Ich saß am anderen Ende der Rückbank und sah sie feindselig an, weil sie mich in diese Stadt und diese Schule geschickt hatte. Wäre ich in Kalifornien geblieben, hätte ich vielleicht nicht so eine blöde Entscheidung getroffen. Ich wäre nicht so einsam gewesen und hätte nicht nach etwas gesucht, das die Leere in mir füllt. Ich wäre ihm nie begegnet und hätte nicht diese widerlichen, unvorstellbaren Dinge getan, die ich ewig bereuen werde.

Ihre Augen weiten sich, und ehe ich begreife, was geschieht, verpasst sie mir eine Ohrfeige. Hitze und Schmerz blühen in meiner Wange und in meinem Herzen auf. Aber ich weine nicht. Die Befriedigung gönne ich ihr nicht, mich zum Weinen zu bringen.

Ich halte meine Wange und senke den Kopf, damit sie nicht sieht, wie verletzt ich bin. »Du benimmst dich, als wäre das einzig meine Schuld, dabei wusste ich nicht mal, was ich tat. Ich habe es gar nicht verstanden … Ich …« Ich schüttelte den Kopf, schaffte es aber wenigstens, mich gerade hinzusetzen. »Das tut richtig weh.«

»Jammern und heulen wegen etwas, das ein Kerl mit dir gemacht hat, ist erbärmlich, Lila Summers«, sagte sie, und ich musste mir eine Bemerkung verkneifen, dass sie gerade die Richtige wäre, über erbärmliches Verhalten zu reden. »Und es ist deine Schuld. Du hast entschieden, dich mit ihm einzulassen, obwohl du wusstest, dass er älter war, und jetzt müssen wir mit den Folgen fertigwerden.«

»Wir?«, fragte ich.

»Ja, wir«, erwiderte sie ruhig und zog ihre Lederhandschuhe aus. »Was du auch tust, tust du dieser Familie an. Dein Vater hat Verwandte hier, wie du weißt. Du hast Cousins und Cousinen, und einige von seinen Geschäftsfreunden haben Kinder auf der Schule. Was glaubst du denn, wie ich überhaupt von der Sache erfahren habe?« Sie wirft die Handschuhe auf die Rückbank und greift nach ihrer Handtasche. Aus der holt sie ein Medikamentenfläschchen und liest das Etikett. »Und dieser Ausbruch mitten im Unterricht… Du lässt uns dastehen, als hätten wir eine Irre großgezogen.«

Ich ballte die Fäuste. »Die anderen haben mich doch schikaniert. Diese dämlichen Precious Bells haben es der ganzen Schule erzählt, und jetzt sagen alle, dass ich eine Hure bin, die sich jedem an den Hals wirft, und dass Se…« Ich kann seinen Namen nicht über die Lippen bringen. »Und ich konnte nicht schlafen… Ich habe immer Albträume, dass ich unter – unter ihm aufwache.« Ich musste Luft holen und wünschte, sie würde mich in die Arme nehmen oder irgendwas tun, damit ich mich ein wenig besser fühle. Als ich klein war, umarmte sie mich, doch dann legte mein Vater sich eine Geliebte zu, und meine Mutter holte sich ihre Pillen und den Wein. Wenn sie die nahm, was so gut wie immer war, wurden sie ihr am wichtigsten, und alles andere, ich eingeschlossen, war egal.

Sie blickte mich mit einem Funken Mitgefühl an, als sie den Pillenbehälter aufschraubte. »Nimm jeden Tag eine von denen hier, bis es dir besser geht.« Mit diesen Worten packte sie meine Hand und schüttete eine Pille hinein.

»Was ist das?« Misstrauisch hielt ich die winzige weiße Tablette.

»Etwas, das alles besser macht«, sagte sie und schraubte den Behälter wieder zu. »Für jeden – dich, mich und deinen Vater.«

Ich ahnte, dass es falsch war, doch sie beobachtete mich erwartungsvoll, und eigentlich wollte ich nur, dass dieser schwere, beschämende, dreckige und entwürdigende Schmerz in mir aufhört, also schluckte ich die Tablette.

»So ist's brav«, sagte meine Mom, als wäre ich ein Hund, der gerade das Richtige getan hatte und mit einem Leckerli belohnt wurde. Sie gab mir den Behälter, setzte ihre Sonnenbrille wieder auf und überkreuzte die Beine. »Und wenn die aufgebraucht sind, sagst du mir Bescheid. Ich besorge dir mehr.«

Was sie auch tat. Jedes Mal beschaffte sie mir Nachschub. Und manchmal, wenn ich zu Hause war, teilte sie ihren Vorrat mit mir. Wir nahmen die Pillen und gingen shoppen oder so, und von uns war nur noch der materialistische, seichte Schatten unserer selbst übrig.

Ich verbringe viel Zeit in Michas altem Zimmer, das zur Zeit meines ist, und sehe viel in den Spiegel. Aber nicht aus Eitelkeit, sondern weil ich herauszufinden versuche, wer ich ohne die Pillen bin. Die blauen Augen, die mich aus dem Glas anstarren, erkenne ich nicht. Sie sind zu groß und zu verwirrt, nicht mehr leer, wie seit Jahren.

Während ich mit jedem Tag nüchterner werde, frage ich mich, wie ich an diesen Punkt kommen konnte. Immerhin dachte ich noch vor wenigen Tagen, mit mir wäre alles okay. Innerhalb von vier Tagen war es, als würden Tausende

Ziegelsteine auf meine Brust poltern und mich aufs Bett drücken. Und ich habe keine Ahnung, ob ich irgendwann verhindern kann, von ihnen zerquetscht zu werden.

ETHAN

Was mache ich hier eigentlich?

Ich will keine Beziehung. Sie sind hässlich, brutal, schmerzhaft, zerstörerisch. Beziehungen sind etwas, wonach sich bedürftige Leute sehnen, und ich brauche nichts von niemandem. Ich bin völlig zufrieden mit mir allein und verstecke mich gerne an dem verlassenen Ort in mir. Das brauche ich, weil ich nicht glaube, dass ich mit etwas anderem umgehen kann. Schon bei London hielt ich so viel Abstand wie möglich, und darüber bin ich froh. Andernfalls wäre ich sicher an dem Morgen zusammengebrochen, als ich es erfuhr. Stattdessen war ich wie betäubt, empfand kaum irgendwas, als wäre es nie passiert. Und in mir selbst zu ruhen ist großartig. Es ist still und friedlich. In meinem Kopf gibt es kein Gebrüll, keine Aufregung, keine Angst. Ich muss nicht fürchten, dass jemand auf mir herumtrampelt, mich kontrolliert, ich mich verliere oder jemand anderem die Identität nehme, indem ich vorgebe, ihn zu lieben, obwohl ich ihn eigentlich nur besitzen will.

In der Einsamkeit in mir muss ich mich nicht sorgen, dass ich zu jemandem werde, der ich nicht sein will, wie meine Mutter oder mein Vater. Ich bin schlicht Ethan. Und damit kann ich leben. Aber mit Lila … verfluchte Scheiße, ich verwandle mich in einen Menschen, den ich kaum wie-

dererkenne. Einen netten Typen, der sich viel zu sehr reinhängt, seine Regeln bricht.

Ja, ich werde zu allem, von dem ich mir schwor, es nie zu sein, nachdem ich London verlor.

»Deine Couch stinkt nach altem Käse.« Lila kommt mürrisch in mein Zimmer. Diesen Gesichtsausdruck hat sie schon seit vier Tagen, seit ich von ihrer Tablettensucht weiß. »Und in deinem Kühlschrank ist Schimmel.«

»Tja, wenigstens ist er an.« Ich lege meinen Stift weg, klappe das Notizbuch zu und werfe es auf den Nachttisch. Dann setze ich mich auf und lehne mich an das Kopfende. »Er könnte auch aus *und* verschimmelt sein.«

Sie runzelt die Stirn und blickt noch mürrischer drein. Ihr Haar ist ungekämmt, und sie trägt noch die Boxershorts und das Trägertop, in dem sie geschlafen hat. »Was machst du gerade?«, fragt sie mit Blick zu dem Notizbuch. »Schreibst du, was für eine Bitch ich bin?«

Ich verschränke die Arme vor der Brust und strecke die Beine aus. »Warum sollte ich das schreiben, wenn ich es dir direkt sagen kann?«

Ihre blauen Augen werden eisig. »Du bist ein Arschloch.«

»Das hast du in den letzten Tagen an die zwanzigmal gesagt, und es wird öde. Außerdem möchte ich anmerken, dass dich Arschlöcher nicht einfach bei sich einziehen lassen würden.«

Sie schüttelt den Kopf und gibt einen verärgerten Laut von sich. »Ist es nicht Zeit, dass du mir noch ein dämliches Stück von meiner Pille gibst?«

Ich blicke auf die Uhr. »Nein, noch nicht.«

Lila stößt mit zusammengebissenen Zähnen einen Schrei aus und zeigt mir den Stinkefinger, ehe sie mein Zimmer verlässt. Mein Kopf kippt an das Kopfteil zurück, und ich blicke zu dem Riss in der Decke. Ich habe keine Ahnung, ob ich irgendwas richtig mache, ihr helfe oder schade. Sie ist so anders, so verschlossen, stur und zickig. Ich kann sie nicht zum Reden bringen, und sie beschwert sich über alles. Das macht mich wahnsinnig.

Ich reibe mir die Stirn und verfluche die Kopfschmerzen, die ich seit Tagen habe. Schließlich halte ich es nicht mehr aus. Ich muss dringend Stress abbauen, und dafür gibt es nur zwei Arten: mit einer Frau schlafen oder Schlagzeug spielen. Normalerweise würde ich mich für das Erste entscheiden, doch danach ist mir überhaupt nicht.

Also stehe ich auf, ziehe mein T-Shirt aus und setze mich auf den Hocker hinter dem Schlagzeug. Ich hebe die Drumsticks vom Fußboden auf und greife hinüber zur Kommode, wo mein iPod steht. Nachdem ich »Gotta Get Away« von Offspring ausgesucht habe, stelle ich den iPod wieder in die Dockingstation und drehe die Lautstärke hoch, weil ich den Lärm meiner Gedanken und jedes weitere Lila-Drama übertönen will.

Sobald der Song beginnt, schlage ich den Rhythmus sehr viel energischer als sonst mit. Gewöhnlich nehme ich Rücksicht auf die Nachbarn, aber jetzt muss ich Dampf ablassen. Je länger ich spiele, desto mehr gehe ich in der Musik auf. Ungefähr bei der Hälfte schließe ich die Augen, falle in den Beat. Meine Haut ist schweißbedeckt, und mein Puls hämmert. Ich spüre, wie ich von meinem Leben und meinen Problemen fortgezogen werde. Für einen Moment bin ich allein in der Wohnung, auf der Welt, und alle Sorgen um mich herum hören auf zu existieren. Dann endet der Song. Ich öffne die Augen und fliege beinahe vom Hocker.

Lila sitzt auf meiner Bettkante und sieht mich desinteressiert an, aber mit dieser Miene verbirgt sie wahrscheinlich bloß ihre Neugier.

»Gott, Lila!« Ich bin außer Atem und streiche mir mit den Fingern durch das verschwitzte Haar. »Du hast mich zu Tode erschreckt.«

Sie überkreuzt die Beine, und einen Moment lang denke ich, sie will mich wieder nach einer Pille fragen, vielleicht sogar mit mir verhandeln wollen, wie sie es in den letzten Tagen dauernd macht. Aber stattdessen sagt sie: »Was glaubst du, wie es mir geht? Eben sitze ich in einem ruhigen Zimmer, und auf einmal wackelt die ganze Bude!«

Ich rolle die Drumsticks zwischen den Händen und packe sie so fest, dass das Holz grob an meiner Haut reibt. »Entschuldige, aber ich musste, sonst hätte ich etwas richtig Dämliches getan.«

Sie zieht die Brauen hoch. »Was?«

»Das Haus verlassen.«

»Gut, das würde ich mir wünschen.« Sie überlegt kurz. »Warte mal, wieso hättest du gehen müssen, wenn du nicht getrommelt hättest?«

»Weil ich Dampf ablassen musste.« Ich wische mir mit dem Arm den Schweiß von der Stirn. »Und das heißt entweder dies hier oder mich flachlegen lassen.«

Da ist ein winziges Aufflackern von Wut in ihrem ansonsten neutralen Ausdruck. »Wärst du mal lieber losgegangen und hättest dich flachlegen lassen. Das funktioniert um Klassen besser.« Ihr Tonfall ist abgehackt, und sie atmet angestrengt.

Ich beobachte sie. Mir fehlt die lächelnde Lila, die ich erstmals vor anderthalb Jahren traf und von der ich dachte, sie wäre das genaue Gegenteil von mir. Heute bin ich mir weniger sicher. Je besser ich sie kennenlerne, umso mehr erinnert sie mich irgendwie an London, so launisch und voller Geheimnisse, wie sie ist. Ich bildete mir ein, Lila zu kennen, was ein Irrtum war, und jetzt weiß ich weder was ich mit dieser Erkenntnis anfange, noch wie es mir damit geht. »Wie kommst du darauf? Hast du jemals Schlagzeug gespielt?«

»Du weißt genau, dass ich das nicht habe.«

»Nein. Woher soll ich wissen, was du kannst und was nicht? Mir wird nämlich gerade klar, dass unsere ach-so-offenen Gespräch des letzten Jahres gar nicht echt waren.«

»Waren sie wohl«, sagt sie und wirkt gekränkt. Es ist ein gutes Zeichen, dass sie irgendein Gefühl zeigt, selbst wenn es ein trauriges ist. »Was ich dir erzählt habe, war wahr. Ich habe dir nur nicht alles erzählt und du mir sicher auch nicht.«

Ich versuche nicht mal, es zu leugnen. Ja, sie weiß Sachen von mir, zum Beispiel, wie meine Eltern waren und sind; aber sie weiß nichts von meiner Angst, jemandem zu nahe zu sein, oder von dem, was mit London passierte. »Okay, das stimmt.«

Eine Zeit lang sitzen wir stumm da, und Lila starrt auf die Drumsticks in meinem Schoß – oder auf meinen Schwanz.

Schließlich fragt sie: »Ist es wirklich beruhigend?«

»Was?«

Sie sieht mich direkt an und wirkt zum allerersten Mal, seit ich sie kenne, wirklich hilflos. »Das Trommeln. Du hast gesagt, dass es gut ist, um Dampf abzulassen.«

»Es ist sogar noch besser, als auf einen Boxsack einzudreschen.« Ich nehme die Drumsticks auf. »Willst du … Möchtest du es probieren?«

Sie lehnt sich kopfschüttelnd zurück, als hätte sie Angst vor den Sticks oder mir. »Ich kann nicht spielen. Das weißt du doch.«

»Nein, weiß ich nicht, weil ich dich nie gefragt habe.« Ich rücke den Hocker nach hinten. »Aber ich kann es dir zeigen, wenn du willst. Es könnte helfen gegen deine …« – ich muss die Lippen zusammenpressen, um nicht zu grinsen – »… Zickigkeit.«

Ich warte, dass sie ausflippt, aber stattdessen steht sie auf und kommt um das Schlagzeug herum zu mir. Unweigerlich denke ich, *Na, das ist meine Lila.* Sofort verwerfe ich den Gedanken, denn sie ist nicht meine Lila. Sie ist meine *Freundin.*

»Und wie willst du es mir zeigen?«, fragt sie mit Blick auf die Sticks in meiner Hand.

Mir kommen tausend dreckige Bemerkungen in den Sinn, die ich alle hinunterschlucke und noch ein Stück nach hinten rücke, um Platz für Lila zu machen, bevor ich auf die freie Hockerfläche vor mir tippe. »Setz dich.«

Ihr Blick wandert zu der kleinen Sitzfläche, dann streicht sie sich das zerzauste Haar hinter die Ohren und drängt sich zögerlich zwischen meine Knie und die Drums. Sie setzt sich hin, und mir geht auf, wie blöd die Idee war, denn jetzt ist ihr Hintern direkt an meinem Schwanz. Daran versuche ich möglichst nicht zu denken, als ich um Lila herumgreife und ihr die Drumsticks gebe.

»Welchen Song spiele ich?«, fragt sie, als ich meinen iPod aufnehme. »Einen von deinen verrückten Rocksongs?« Sie klingt amüsiert, und ich muss lächeln.

»Nicht zu verrückt.« Ich wähle »1979« von den Smashing Pumpkins, stelle den iPod schnell zurück und presse meine Brust an Lilas Rücken, sodass ich ihre Handgelenke umfassen kann.

»Du bist verschwitzt«, bemerkt sie. »Das ist eklig.«

»Tja, du hast seit, warte mal, vier Tagen nicht geduscht. Hast du eine Ahnung, wie du riechst?«, kontere ich, dabei riecht sie eigentlich gut – fruchtig, nach Wassermelone. Schwungvoll schiebe ich ihr Haar beiseite und neige mich über ihre Schulter, damit ich sehen kann, was ich tue. Der Song beginnt, und ehe ich michs versehe, setzen die Drums ein.

»Wir haben das Intro verpasst«, sagt Lila sinnigerweise. »Und der Song ist sowieso viel zu schnell. Da komme ich nicht mit.«

»Geht nicht gibt's nicht.« Ich hebe ihre Arme an. Sie hält die Sticks, und meine Fingerspitzen liegen an ihrem hämmernden Puls. Dass sie nervös ist, erstaunt mich. Ich hatte erwartet, dass sie eher distanziert und still ist, wie sonst immer. Andererseits ist dies hier eine völlig andere Lila, ohne Drogen. »Bist du bereit?«, frage ich und muss kurz die Augen schließen, als sie unter meinem Atem auf ihrer Schulter erschauert.

Sie nickt, und ich öffne die Augen wieder. »Bereit«, ruft sie über die Musik hinweg.

Ich atme tief durch, denn mir ist nicht besonders wohl. Zum Glück gibt sich das, sobald ich zu spielen anfange. Der erste Refrain kommt gleich, und der ist ideal als Einsatz. Wir warten und warten, atmen ein und aus, bis es sich anfühlt, als würden wir platzen. Endlich ist der Moment gekommen. Ich packe ihre Handgelenke fester und führe ihre Hände hinunter zu den Trommeln. Als die Sticks aufschlagen und leicht neben dem Takt sind, höre ich Lila lachen. So zu spielen ist nicht leicht, doch irgendwie schaffe ich es, zumal es ja nicht darum geht, gut zu sein. Entscheidend ist, dass wir aus dem Bauch heraus spielen und Lila abgelenkt wird, weg von dem überwältigenden Verlangen nach Pillen, das sie natürlich noch hat.

Sie lacht weiter, versucht einige Male, selbst zu übernehmen. Es klingt furchtbar, richtig schrecklich, aber es macht sie froh und locker, befreit sie aus ihrem Kopf, und mir geht es, ehrlich gesagt, nicht anders.

LILA

Kaum sitze ich, wird mir klar, dass ich in Schwierigkeiten stecke. Seine starke, tätowierte Brust ist an meinen Rücken gepresst, strahlt Hitze durch mein dünnes Top und macht mir das Atmen schwer. Etwas an seiner unmittelbaren Nähe schmilzt die Gier in mir weg, und plötzlich schweifen meine Gedanken ab. Ich habe ihn schon vorher ohne Shirt gesehen, als wir einmal Strip-Poker spielten. Aber da war ich betrunken und stand unter den Medikamenten. Wahrscheinlich konnte ich nicht besonders klar sehen, denn er sieht jetzt viel besser aus. Die anderen Jungs, mit denen etwas gehabt zu haben ich mich erinnere, waren ausnahmslos gepflegt mit perfekt sonnengebräunter Haut und gemeißelten Bauchmuskeln. Sie sahen anständig aus und zeigten in der Öffentlichkeit tadellose Manieren. Hinter verschlossenen Türen war es dann normalerweise ganz anders.

Ich war noch nie mit jemandem zusammen, der Schlagzeug spielte, zotteliges Haar hatte, einen Bartschatten oder schmale, tätowierte Arme, deren Muskeln sich wellenartig wölbten, während er auf die Drums einschlug. Ich meine, ich wusste ja, dass Ethan Tattoos hatte, habe aber nie darauf geachtet, wie viele. Und, Gott, die sahen wirklich gut an ihm aus! Besonders eines, das quer über einen Brustmuskel verläuft, fiel mir schon immer auf. Es sieht aus wie pechschwarze Buchstaben aus einer anderen Sprache, die im Kreis gemalt sind. Die einzige Fremdsprache, die ich beherrsche, ist Französisch, also kann ich nicht sagen, welche Sprache das ist. Aber den irren Formen nach kann es keine gängige sein. Ich frage mich, ob ich recht habe und was die Buchstaben bedeuten. Würde er es mir verraten, wenn ich ihn darauf anspreche?

Meine Hände schwitzen an den Drumsticks, und mein Herz schlägt schneller, als seine Finger meine Handgelenke umklammern. Mir ist bewusst, dass er meinen Puls fühlen kann, aber er sagt nichts – entweder um nett zu sein, oder weil er zu sehr auf die Musik konzentriert ist. Ich muss zugeben, dass es befreiend wirkt, mit den Sticks den Rhythmus zu schlagen, und ich lache sogar.

Während Ethan weiter meine Hände führt, riskiere ich einen Blick über die Schulter. Er wirkt so friedlich, in vollkommener Harmonie mit dem Song, als würde er an nichts anderes als den Beat und den Text denken. Seine Augen sind geschlossen, und er hat einen euphorischen Gesichtsausdruck. Es ist faszinierend, ihm zuzusehen, wie er den Takt trifft und meine Hände bewegt. Er geht völlig darin auf, was heiß ist, und ich muss mir auf die Lippe beißen, um keine verräterischen Laute von mir zu geben, denn ich erinnere mich, wie sich seine Zunge und seine Zähne auf meiner Haut anfühlten.

Es ist das Verblüffendste, was ich jemals erlebt habe. Sämtliche negativen Emotionen ihn mir fließen durch das Trommeln weg, und ich wünschte, ich könnte ewig weitermachen. Aber dann endet der Song, und der Moment der Freiheit ist verpufft.

Rasch schaue ich weg von Ethan, ehe er die Augen öffnet und mich ertappt. Ich bin außer Atem, genau wie er, und unsere Oberkörper bewegen sich im Einklang.

»Das hat Spaß gemacht«, sage ich. Meine Haut ist schweißfeucht. Alles in mir brennt, allerdings auf eine gute, verlockende Art, und ausnahmsweise kann ich es fühlen, schmecken, atmen und will es. *Ich will ihn. Guter Gott, ich will ihn!* Ich bin nüchtern, ganz da, und ich will ihn so wie in der Nacht nach den Shots im Klub, bis ich mich in meine übliche Taubheit flüchtete. Diesmal jedoch würde er nicht aufhören und gehen, und ich würde nicht dichtmachen, sondern mir erlauben, alles zu fühlen.

Sein Kinn liegt auf meiner Schulter, und als er den Kopf zur Seite neigt, streichelt sein Atem meinen Hals. »Ich glaube, du bist ein Naturtalent«, meint er amüsiert. »Vielleicht sollten wir dir ein eigenes Set besorgen.«

Ich nage an meiner Lippe, drehe das Gesicht zu ihm und küsse ihn um ein Haar. »Ein pinkes vielleicht?« Ich benetze meine Lippen, spüre die Nähe seines Mundes und diese neue, unbekannte Anziehung, während mir kribbelig wird.

Er lacht und schüttelt den Kopf, wobei sein Atem warm auf meine Wange trifft. »Pink? Warum überrascht mich das nicht?« Er lehnt sich vor, presst seine Brust dichter an meinen Rücken, doch ich bin nicht sicher, ob es ihm bewusst ist.

»Was stimmt denn nicht mit Pink?«, frage ich. Das seltsame Verlangen sickert langsam aus meinem Körper.

»Nichts.« Lächelnd steigt er von dem Hocker und streckt mir die Hände hin. Nun ist nichts mehr von dem Verlangen übrig. »Ich finde es nur witzig, dass du jetzt ein eigenes Schlagzeug willst, wo du dich eben noch über den Krach beschwert hast.«

Ich schlucke den Kloß in meinem Hals herunter, gebe ihm die Drumsticks und stehe auf. »Tut mir leid«, murmle ich, komme mir blöd vor, weil ich mich wirklich wie eine Bitch aufgeführt habe. Normalerweise wäre es mir egal, aber jetzt bin ich den Tränen nahe und viel zu emotional aufgeladen. Ich drehe mich zu schnell zu Ethan, sodass meine Hüfte gegen eines der Becken stößt. »Ich gehe wieder in mein Zimmer.«

»Lila, warte.« Er greift nach meinem Ellbogen. »Entschuldige, es war nur Spaß, und ich sollte mich nicht über dich lustig machen. Nicht hier und jetzt.« Er holt tief Luft und atmet wieder aus. »Ich weiß, wie du dich fühlst, und das Letzte, was du brauchst, ist, dass jemand darüber witzelt.«

Ich schließe die Augen und reinige meinen Geist von jedem erotischen Empfinden für Ethan, bevor ich mich wieder zu ihm umdrehe. »Schon gut. Du musst dich nicht entschuldigen. Es ist alles meine Schuld. Ich hätte dich in der Nacht neulich nie anrufen und in mein Wrack von Leben hereinziehen dürfen.«

Er lässt meinen Arm los und überlegt offensichtlich angestrengt. Ich frage mich, ob er weiß, dass er auf seiner Lippe kaut und wie wahnsinnig es mich macht, wenn er das tut. »Was willst du heute unternehmen?«, fragt er.

Ich starre ihn verdutzt an. »Was meinst du?«

»Ich meine, was möchtest du heute unternehmen?«

»Welche Auswahl habe ich denn?«

»Die freie.«

Ich halte mich am Bettpfosten fest, weil mir grundlos schwindlig wird, als ich darüber nachdenke, was ich tun möchte. »Vielleicht entscheidest du das lieber«, sage ich. »Denn alles, was mir einfällt, hat mit Dingen zu tun, die du mir nicht erlauben würdest.« *Pillen. Alkohol. Du.*

Er presst die Lippen zusammen und sieht seltsam froh aus. Als ich ihn danach fragen will, sagt er: »Geh duschen, und zieh dir was Bequemes an.«

Ich stemme eine Hand in die Hüfte. »Wieso? Wohin wollen wir?«

»Das ist eine Überraschung.« Er greift nach seinem Shirt, das am Bettpfosten hängt, und ich muss zurücktreten, damit sein Arm nicht meine Brust streift. »Und keine Fragen. Die verderben den ganzen Spaß.«

Ich bin skeptisch, aber hinreichend neugierig, dass ich seine Anweisungen befolge und Richtung Bad gehe. Auf dem Flur jedoch bleibe ich stehen, weil ich wieder an das Tattoo auf seiner Brust denken muss.

»Was heißt das?«, frage ich und zeige darauf.

Er sieht hinunter, sein Shirt halb über den Hals gezogen. »Das hier?« Er tippt auf das Tattoo und blickt zu mir auf. »Das ist Griechisch und bedeutet Einsamkeit.«

»Einsamkeit?«

Er nickt und schiebt die Arme in die T-Shirt-Ärmel. »Ist ein Traum von mir.«

»Allein zu sein?«, frage ich. »Wie auf diesem kleinen Road Trip? Ich dachte, du wolltest mich mitnehmen.« Ich bemühe mich, gelassen zu klingen, obwohl es ein Tiefschlag ist.

Ethan zuckt mit den Schultern. »Tja, Träume verändern sich.«

»Dann solltest du sie dir nicht für immer in die Haut schreiben«, scherze ich.

Er grinst. »Jedes meiner Tattoos hat mir zu der Zeit etwas bedeutet, und ich bereue keines von ihnen.«

Ich kaue auf meinen ohnehin schon angebissenen Fingernägeln, als er hinüber zur Kommode geht. »Vielleicht sollte ich mir auch eines machen lassen.«

Ethan blickt sich zu mir um, die Lider halb gesenkt, und mustert mich langsam, wobei ich mir wie nackt vorkomme. »Ja, solltest du vielleicht.«

Es wird richtig still zwischen uns, während wir uns ansehen, und mir wird mit jeder Sekunde, die seine Augen auf mich gerichtet sind, heißer. Schließlich räuspert er sich, und die Spannung löst sich auf.

»Jetzt geh duschen, damit wir los können«, sagt er und nimmt eine Flasche mit Eau de Cologne von seiner Kommode.

Ich nicke und gehe ins Bad. Dabei hoffe ich, dass das Wasser alle ungezähmten Gefühle in mir wegspült. Leider klappt das nicht, denn auch nach der Dusche fühle ich mich noch furchtbar gereizt. Ich bemühe mich, es zu ignorieren, ziehe mir die einzige Jeans an, die ich besitze, und ein pinkes Tank-Top. Dann flechte ich mein feuchtes Haar zu einer Seite, weil ich nicht in der Stimmung bin, mir Locken zu brennen. Danach schlüpfe ich in meine Sandalen und gehe hinaus ins Wohnzimmer, wo Ethan auf der Couch liegt und in einem Buch liest.

»Du liest mehr als jeder andere Junge, den ich kenne«, sage ich und setze mich auf die Armlehne des Sofas. »Das ist schräg.«

Ohne aufzublicken, blättert er eine Seite weiter. »Gut. Ich bin gerne auf originelle Weise schräg.«

Ich überkreuze die Beine und zupfe an meinem Zopf. »Ach ja?«

»Unbedingt.« Er blickt ins Buch, als könnte er sich nicht von der Geschichte lösen. Sein Haar ist zur Seite gekämmt, und er trägt ein graues T-Shirt unter einem schwarz-weißgestreiften Hemd zu schwarzen Cargoshorts. Um seine Handgelenke sind Lederarmbänder gewunden, und er hat Stiefel an.

Eine Weile hocke ich da und warte, dass er das Buch weglegt, werde jedoch bald gelangweilt und rastlos. Endlich legt er das Buch auf den Couchtisch und markiert die Seite, indem er die Ecke umknickt. »Tut mir leid«, entschuldigt er sich beim Aufstehen. »Ich musste noch zum guten Teil kommen.«

Ich blicke zu dem abgegriffenen, verbogenen und teils eingerissenen Cover. »Es sieht aus, als hättest du das Buch schon hundertmal gelesen.«

»Habe ich.« Er nimmt Schlüssel und Brieftasche und hält mir die Wohnungstür auf. »Aber deshalb sind die guten Stellen ja nicht weniger gut.«

Ich verdrehe die Augen und trete hinaus in den Sonnenschein. »Wenn du meinst. Ich habe nie verstanden, was an Lesen so toll sein soll.«

Er zieht die Tür zu, schließt ab und wendet sich zur Treppe. »Sich an einen anderen Ort bringen zu lassen; sich in der Zeit verlieren; zu tun, als würde man ein anderes Leben führen.« Er läuft die Treppe hinunter, und ich folge ihm. »Wie kann man das nicht mögen?«

»Liest du deshalb die ganze Zeit? Und schreibst?«

»Wer hat gesagt, dass ich die ganze Zeit lese und schreibe?«

»Ich«, antworte ich, als wir zum Carport gehen, wo sein Truck steht. »Ich habe dich früher schon ein paarmal lesen und in das Notizbuch schreiben gesehen, aber seit ich bei dir wohne, tust du beides sehr oft.« Ich greife nach dem Türgriff des Trucks.

Er drückt die Fernbedienung, um den Wagen zu entriegeln, und wir steigen ein. Ich brauche ein bisschen länger, weil der Truck so hoch ist und ich kaum durchschnittlich groß bin. Drinnen schlagen wir gleichzeitig die Türen zu, und Ethan startet den Motor, den er einige Male aufdrehen lässt.

»Okay, ich muss das fragen«, sage ich, als ich den Gurt über meine Schulter ziehe. »Was haben Jungs eigentlich immer mit ihren Autos oder Trucks, im Grunde allem, was einen Motor hat?«

Achselzuckend legt er den Rückwärtsgang ein. »Ich bin mit Autos aufgewachsen, daher war es praktisch vorprogrammiert, dass ich sie liebe.« Er fährt aus der Parklücke und schlägt das Lenkrad nach rechts ein. »Was die anderen Kerle angeht, musst du die fragen.«

Ich lehne mich mit dem Ellbogen auf die Mittelkonsole. »Wie jetzt? Redet ihr etwa nie über euer Faible für Motoren oder so?«

Er runzelt die Stirn, schaltet in den Vorwärtsgang und fährt auf die Ausfahrt zu. »Denkst du, wir sitzen herum und forschen in den hintersten Winkeln unserer finsteren Seelen nach dem Grund, weshalb uns Motorenstärke so anmacht?« Seine Augen funkeln amüsiert.

Ich werfe ihm einen genervten Blick zu, doch als er lächelt, kann ich mir ein Grinsen nicht verkneifen. »Finstere Seelen?«

»O ja«, sagt er und biegt auf die Hauptstraße vor seinem Haus. »Wir Männer haben sehr finstere Seelen. Redet ihr Frauen nicht immerzu darüber?«

»Kann sein.« Ich setze mich gerade hin und sehe zu den aufragenden Kasinotürmen in der Innenstadt, die ein gutes Stück vor uns liegt. Die Lichter sind dennoch so strahlend, dass ich die Neonschriften bis hierher lesen kann. Die Sonne scheint, und der Himmel ist makellos blau, als wir in Richtung Freeway fahren. »Manche haben tatsächlich sehr finstere Seelen.«

Er zieht eine Braue hoch. »Was meinst du?«

»Eben das, was ich sage«, antworte ich kopfschüttelnd. »Dass einige Männer finstere Seelen haben … und einige Frauen auch.«

Als er an einer roten Ampel hält, sieht es aus, als wollte er mehr sagen, doch ich blicke abweisend zum Seitenfenster hinaus. Ich habe ihm nicht versprochen, mit den Pillen aufzuhören, sondern nur bisher den Typen nicht kontaktiert, der mir die Rezepte schreibt. Das könnte ich jederzeit, doch irgendwie fühle ich mich Ethan gegenüber verpflichtet, weil er mich bei sich wohnen lässt. Aber dieses Gerede über finstere Seelen weckt den Wunsch in mir, dahin zu rennen, wo ich sicher Pillen bekomme – und nicht bloß eine halbe. Ich will eine volle Dosis, vielleicht sogar zwei oder drei, damit sich meine eigene Seele nicht mehr ganz so finster anfühlt.

Kapitel 9

ETHAN

Mir ist klar, dass eine Geländefahrt im Truck nicht ihr Ding ist, aber eventuell tut es ihr gerade darum gut. Vielleicht hilft ihr etwas völlig Untypisches, sich besser zu fühlen, und macht es ein bisschen leichter für sie, wenn ich meine Regeln für das Zusammenleben anspreche. Die nämlich werden nicht einfach zu vermitteln sein, doch sie müssen diskutiert werden, wenn das hier nicht in einer Katastrophe enden soll.

»Die Wüste?« Sie starrt mich entsetzt an, völlig schockiert davon, wohin ich uns gebracht habe. Dann zeigt sie auf die Sandhügel vor uns, die von Reifenspuren überzogen sind. »Hier wolltest du mit mir hin? Mitten in die Wüste? Wieso stehst du so auf Dreck?«

»Das ist kein Dreck. Es ist Sand.« Ich löse meinen Gurt und drehe die Musik leiser. »Und ich verstehe nicht, wieso du so überrascht bist. Immerhin war ich schon mit dir hier.«

Sie verschränkt die Arme und klopft mit dem Fuß auf den Boden. »Ja, trotzdem ist es komisch, dass du es wieder machst.«

Ich stelle den Motor aus. »Warum?«

»Weil wir hier jenseits von Gut und Böse sind und man nichts anderes tun kann als reden.«

»Hier kann man jede Menge machen«, widerspreche ich. »Und jenseits von Gut und Böse ist es am schönsten.« Ich muss grinsen. »Erinnerst du dich, dass wir darüber schon gesprochen haben? Du, ich, die Berge und die Stille.«

Ihre Mundwinkel biegen sich ein wenig nach oben. »Oh ja, du und dein Bergefimmel.«

»Du bist voreingenommen«, sage ich. »Bloß weil ich ein weniger konsumorientiertes Leben mag, bin ich noch lange nicht schwachsinnig.«

Sie nimmt ihre Arme herunter und lehnt beide Ellbogen auf die Mittelkonsole, sodass sich ihre Brüste in dem Top nach oben wölben. »Ich habe nie behauptet, dass du schwachsinnig bist. Ich verstehe nur nicht, warum du mich hier rauskarrst, um mich auf andere Gedanken zu bringen.«

Blinzelnd lenke ich meinen Blick von ihren Titten weg. »Weil es der ideale Ort ist.«

Sie schmunzelt. »Genießt du die Aussicht?« Sie presst ihre Brüste noch ein wenig fester zusammen, und ich weiß, dass sie sich nun weiter aus dem Top wölben, sehe jedoch nicht hin, egal wie verdammt nett der Anblick sein mag. Natürlich will ich es. Das zu leugnen wäre wirklich schwachsinnig.

Stattdessen blicke ich durch die Windschutzscheibe und zeige hinaus. »Klar, was kann man daran nicht genießen?«

Lila dreht sich nach vorn und zappelt ein bisschen. »Na gut, dann zeig mir, was an der Wüste so faszinierend ist.«

Ich steige aus dem Truck und gehe um die Kühlerhaube herum, wohlwissend, dass Lila völlig verwirrt ist. Als ich ihre Tür öffne, sieht sie mich prompt verwundert an.

»Was machst du denn?«, fragt sie und starrt mit verschränkten Armen zu mir herab.

Ich bedeute ihr, dass sie rüberrutschen soll. »Ich zeige dir, was wirklich Spaß macht«, sage ich. Unsicher mustert sie mich, wobei es in ihrem Mund arbeitet und sie ein bisschen aussieht, als wollte sie mir die Kleider vom Leib reißen. Offenbar hat sie mich missverstanden. »Rutsch rüber auf den Fahrersitz, Lila«, kläre ich sie behutsam auf und ermahne mich, dass dies nicht der geeignete Zeitpunkt ist, etwas mit ihr anzufangen. Sie ist viel zu verletzlich, und ich habe bereits entschieden, dass ich das nicht will.

Sie wird rot vor Verlegenheit, schwingt ihr Bein über die Mittelkonsole und setzt sich hinters Lenkrad. Als sie das andere Bein hinüberzieht, bemerke ich eine Narbe, die um ihren Knöchel verläuft.

»Woher hast du die Narbe?«, frage ich, hüpfe auf den Beifahrersitz und schließe die Tür. »Die ist mir noch nie aufgefallen.«

Seufzend legt sie ihre Hände aufs Lenkrad. »Die ist von etwas Blödem, was ich vor langer Zeit gemacht habe.« Sie senkt das Lenkrad und stellt ihren Sitz weiter nach vorn, obwohl ich ihr noch gar nicht gesagt habe, dass sie fahren soll.

»Willst du irgendwohin?«, scherze ich und schnalle mich an.

Stirnrunzelnd atmet sie aus. »Sollte ich nicht deshalb rüberrutschen?«

Ich nicke und beschließe, das Witzeln sein zu lassen. »Ja, aber schnall dich an.«

Sie greift nach dem Gurt. »Ich verstehe nicht, warum

ich fahren soll«, erwidert sie und tut, was ich ihr gesagt habe.

»Weil es therapeutisch wertvoll ist.«

Aus dem Augenwinkel blickt sie zu mir. »Wie das Schlagzeug?«

»War es das etwa nicht?«, frage ich. »Mir kam es vor, als hätte es dich entspannt.«

Wieder betrachtet sie mich von oben bis unten, und ich erwische mich dabei, wie ich nervös werde. Ich bin ein verdammter Idiot! »Ethan, wieso machst du das?«

»Was? Dich meinen Truck fahren lassen?«

Sie schüttelt den Kopf. »Nein, mir helfen. Mir ist … Wir haben uns schon oft genug getroffen und miteinander geredet, dass ich weiß, wie sehr es dich in den Wahnsinn treibt, mich in deiner Wohnung zu haben. Du brauchst deinen Raum und Zeit für dich allein.«

»Ja, stimmt, aber wie es aussieht, mache ich für dich eine Ausnahme.«

»Wieso? Ich meine, alles, was ich in den letzten Tagen getan habe, war, dich anzuzicken. Ja, ich weiß, du hast mit Micha zusammengewohnt und so, aber mit einem Mädchen zusammenzuleben ist was vollkommen anderes.«

»Willst du mein Geschlecht beleidigen?«, scherze ich schon wieder.

Sie zupft an ihren Fingernägeln. »Nicht beleidigen. Ich weise lediglich auf das Offensichtliche hin. Wir sind nun mal anders. Wir wollen reden, kitschige Filme gucken, lassen unsere BHs, Slips und Strumpfhosen im Badezimmer hängen, weil die nicht in den Trockner dürfen … solche Sachen.«

Mir wird beständig mulmiger, und ich überlege, was ich sagen soll. »Na ja, du und ich reden sowieso viel, und ab und zu einen kitschigen Film sehen, solange er halbwegs poetisch ist, ist okay. Und die BHs und Höschen …« Ich schüttle den Kopf. »Warum sollten die mich wohl stören?«

Ihre Wangen röten sich ein wenig, und ich frage mich, woran sie denkt. »Du hast noch nicht beantwortet, wieso du das machst.«

»Weil – ich dich mag, Lila. Du bist eine gute Freundin und brauchst Hilfe.« *Freundin.* Das muss ich mir merken.

Sie grübelt über das nach, was ich gesagt habe – und was nichts als die Wahrheit war. »Poetische kitschige Filme, hm? Gibt es die überhaupt?«

»Das wirst du schon rausfinden müssen«, antworte ich grinsend. »Sonst werden eben keine Filme geguckt.«

Sie saugt ihre Unterlippe ein, und ihre blauen Augen strahlen, wie ich es seit Langem nicht gesehen habe. Prompt schlägt mein Herz schneller. »Dann muss ich wohl ohne die Filme leben.« Ihr Gesicht ist nach vorn gewandt, hin zur verblassenden Sonne. Sie scheint auf Lilas glatte Haut und ihre vollen Lippen. Lila trägt kein Make-up, was sehr selten vorkommt, und ehrlich gesagt mag ich sie lieber ohne, weil sie gerade jetzt auf die realste Weise verflucht umwerfend aussieht. »Also, was genau soll ich hier?« Sie zeigt auf die sandige Landschaft vor uns.

Ihr Tonfall reißt mich aus meinen Gedanken und lenkt sie zurück zur Windschutzscheibe. »Du fährst.«

»Fahren?« Sie zögert. »Zurück zur Wohnung?«

»Am Ende, ja.« Ich greife über die Mittelkonsole und drücke den Knopf für den Vierradantrieb. Der Truck schaltet kreischend um und rastet ein. Als ich mich wieder zurücklehne, streift mein Arm ihre Brust, und es bedarf einiger Kraft, mich nicht hinüberzubeugen und Lila wieder zu berühren. »Aber zuerst will ich, dass du hier herumfährst.«

Sie sieht mich verwundert an. »Machst du Witze?«

»Sehe ich so aus?« Ich blicke ernst nach vorn.

Sie schüttelt den Kopf und wirkt ernstlich entsetzt. »Nein, und ich frage mich, ob du den Verstand verloren hast. Hast du dir vielleicht eine Gehirnerschütterung eingefangen, als du auf dem Weg hierher über diese Bremsschwelle gebrettert und gegen das Fenster geknallt bist? Was übrigens eine lächerliche Verletzung ist, verglichen mit dem, was dir blüht, wenn ich fahre!«

»Keine Bange, du schaffst das locker«, versichere ich ihr und lehne mich zurück.

Sie sieht mich fassungslos an. »Ist das dein Ernst? Du bist doch schon mit mir gefahren.«

»Ja, ich erinnere mich.« Ich lache leise, als ich daran denke, welche Angst ich ausstand, weil sie sich gnadenlos durch den Verkehr fädelte. »Da dachte ich echt, ich muss sterben.«

Sie boxt mich leicht in den Arm, lacht aber. »Ah, *jetzt* will das Arschloch seinen großen Auftritt hinlegen!«

Ich unterdrücke ein Grinsen und reibe die Stelle an meinem Arm. »Ich sage es nur, wie es ist.« Dann greife ich hinüber, drehe den Zündschlüssel und lehne mich wieder zurück. »Und nun fahr los. Solange du geradeaus fährst und ordentlich Gas gibst, kann nichts passieren.«

»Und wenn ich nicht schnell genug fahre?«

»Dann bleiben wir stecken.«

Sie sieht besorgt aus, und auch wenn ich es mir nicht anmerken lasse, bin ich es ebenfalls. Hierbei kann so vieles schiefgehen; andererseits macht es Spaß und sorgt für einen Adrenalinschub. Guter, aufregender Spaß ohne Pillen, den braucht sie. Sie soll den Kitzel des Waghalsigen spüren, denn ich bin nicht sicher, wann sie zuletzt wirklich etwas gespürt hat – außer der Gier nach der nächsten Pille.

Ihre Schultern heben und senken sich, als sie sich zu beruhigen versucht. Endlich legt sie den Schalthebel auf »Drive« und tritt aufs Gas. Ich bemühe mich, ruhig zu bleiben, doch als der Truck nach vorn schießt, verkrampfe ich mich und greife nach dem Haltebügel über meinem Kopf.

»Ganz ruhig«, sage ich zähneknirschend. »Geh es langsam an.«

Sie atmet frustriert aus und nimmt Gas weg. Der Truck bewegt sich im Schritttempo vorwärts, wobei der Motor leicht stottert. Ein Lächeln breitet sich auf Lilas Gesicht aus, als sie den Wagen einen Sandhügel hinauflenkt, verschwindet jedoch gleich wieder, weil die Räder nicht fassen und der Truck zurückrollt.

»Mehr Gas geben«, erkläre ich und bedeute ihr winkend, vorwärtszufahren.

»Du hast doch eben gesagt, ich soll nicht so viel Gas geben«, erwidert sie und legt eine Hand auf den Schalthebel.

»Bergauf schon.«

Lila runzelt die Stirn, dann tritt sie das Gaspedal viel zu weit durch, und wir machen einen Satz nach vorn. Mein Kopf prallt gegen die Kopfstütze, und ich höre, wie auf ihrer Seite etwas hart aufschlägt. Als ich aufblicke, presst Lila die Hand an ihre Stirn.

»Alles okay?«, frage ich, während ich mir den Kopf reibe.

Sie nickt. »Ja, ich glaube schon.«

Mir gefällt nicht, wie der Motor rumpelt. »Lila, fahr, ehe wir feststecken.«

Sie wirft die Hände in die Luft. »Ich verstehe nicht, wieso du mich hierzu zwingst.«

»Zum Spaß«, erkläre ich. »Du sollst mal ein bisschen Spaß im Leben haben.«

Das müssen die Zauberworte gewesen sein, denn sie legt die Hände oben ans Lenkrad und tritt viel zu hart aufs Gas, sodass wir wieder nach vorn schießen. Diesmal bin ich vorbereitet und halte mich am Türgriff fest. Lila heult genervt auf, fährt aber weiter. Und je länger sie fährt, desto entspannter wird sie. Auch ich werde lockerer, sogar als sie die niedrigen Erhebungen nimmt. Bei einem besonders großen Sandhügel rumpelt und hüpft der Truck, und Lila beginnt zu lachen.

Zurück auf dem flachen Sand lacht sie noch mehr, und der Truck wird langsamer. Schließlich hält sie am Rand einer felsigen Piste an und lehnt den Kopf auf das Lenkrad. Ihre Schultern beben, während sie prustend lacht. Ich versuche, nichts zu sagen, doch irgendwann kann ich einfach nicht mehr.

»Verrätst du mir, was so witzig ist?«, frage ich und klappe die Sonnenblende nach unten.

Sie schüttelt den Kopf, ohne mich anzusehen. »Es ist nichts.«

»Komm schon, sag's mir. Das macht mich irre.«

»Nein, wenn ich es dir sage, hältst du mich für bekloppt.«

»Wenn nicht, tue ich das erst recht«, scherze ich, obwohl ich es irgendwie ernst meine.

Sie seufzt und hebt den Kopf. Tränen glänzen in ihren blauen Augen, von denen ich nicht sagen kann, ob sie vom Lachen kommen oder ob Lila geweint hat. Sie tupft sich die Augenwinkel mit den Fingern und blinzelt die Tränen fort.

»Es ist bloß ... So viel Spaß hatte ich schon richtig lange nicht mehr.« Sie schüttelt den Kopf, als wäre sie von sich selbst enttäuscht. »Und das ist so albern.«

»Ist es nicht«, entgegne ich und widerstehe dem Wunsch, ihre Tränen wegzuwischen. »Ich finde es auch spaßig, und, glaub mir, ich bin überhaupt nicht albern.« Ich grinse sie an.

Sie sieht mich direkt an. »Doch, bist du wohl, aber auf eine gute Art.«

Wie ich darauf reagieren soll, weiß ich nicht, weil sie so ernst ist – was meine Albernheit angeht. »Lila, es gibt einen Grund, weshalb ich dich hierhergeschleppt habe.«

Sie stellt den Ganghebel auf »Parken« und zieht die Handbremse an, bevor sie sich auf dem Sitz zu mir dreht. »Ja, das dachte ich mir.«

»Ich würde gerne wissen, welche Pläne du hast«, sage ich und blicke zum Himmel. Die Sonne geht unter, und die Lichter der Stadt beleuchten die Skyline in der Ferne.

»Pläne wofür?«, fragt sie verwirrt.

»Generell.«

»Du hast mich schon satt, oder? Hör mal, Ethan, ich

kann echt bei dir ausziehen. Ich habe einige Freunde, bei denen ich bleiben kann, bis ich etwas anderes gefunden habe.«

»Und wie willst du eine andere Wohnung bezahlen?«, frage ich. »Und wer sind diese Freunde, bei denen du bleiben würdest? Typen?« *Wieso zur Hölle frage ich das?*

»Hey, ich habe noch andere Freunde!« Beleidigt drückt sie eine Hand auf ihre Brust. »Dich mag ich nur am liebsten.« Es ist kein Scherz, und aus unerfindlichen Gründen macht es mich glücklich, was ich wiederum ganz schön bescheuert von mir finde.

»Das beantwortet meine Frage nicht, wie du eine eigene Wohnung bezahlen willst«, sage ich und löse meinen Gurt.

Sie senkt den Kopf und dreht an ihrem Platinring. »Ich habe keinen Schimmer.«

Ich strecke den Arm aus und hebe ihr Kinn mit einem Finger an, sodass sie mich ansieht. »Hey, du verstehst mich völlig falsch. Ich will bloß darüber reden, was unsere Pläne sind.«

»*Unsere* Pläne?«, fragt sie misstrauisch.

»Ja, was dich, mich und die Bude betrifft, die derzeit unser Zuhause ist«, erkläre ich und nehme meinen Finger von ihrem Kinn.

»Ach, du willst, dass ich Miete bezahle.« Sie atmet auf.

»Ja und nein … Mir ist klar, dass du noch einige Zeit brauchst, um dich zu erholen und so, aber wir sollten trotzdem darüber reden, wie es danach weitergeht.« Ich spiele am Türhebel, weil ich ungern sage, was gesagt werden muss. »Zum Beispiel, dass du dir einen Job suchst, wenn es dir besser geht, und dich an den Kosten beteiligst.« Ich versuche ja, es vorsichtig anzugehen, aber das ist schwierig. »Ich denke, dass du vielleicht ein kleines bisschen mehr tun könntest, wie arbeiten und dir ein Hobby suchen. Dadurch könnte alles ein bisschen einfacher werden.«

»Das weiß ich«, erwidert sie leise und starrt mit gerunzelter Stirn auf die Narben an ihrem Handgelenk. Ich hatte sie mal danach gefragt, und sie antwortete, dass sie von etwas richtig Blödem stammten, das sie gemacht hatte. Jetzt frage ich mich, ob die Ursache dieselbe war wie bei der Narbe an ihrem Knöchel. »Aber ich habe keinen Schimmer, wie ich das anfange.«

»Ich helfe dir«, verspreche ich und drücke sanft ihr Knie. »Du musst das nicht alleine angehen. Und wenn du so weit bist, reden wir weiter … über alles, was du willst. Ich bin ein super Zuhörer.«

»Weiß ich.« Eine halbe Ewigkeit starrt sie mich verwundert an, als könnte sie nicht glauben, dass ich real bin. Schließlich öffnet sie den Mund, und ich habe ein wenig Angst vor dem, was herauskommt. »Danke.« Sie löst ihren Gurt, lehnt sich zu mir herüber und küsst mich auf die Wange.

Ich bin sprachlos. Trotz allem, was wir schon an Körperkontakt hatten, fühlt sich dies hier anders an – vertrauter, persönlicher. Und mir wird klar, dass wir uns zwar schon an Stellen berührt haben, an denen sich die meisten Freunde nicht anfassen, jedoch noch nie richtig geküsst. Und auf einmal möchte ich sie so dringend küssen, dass ich meine gesamte Willenskraft aufbieten muss, um die Finger von ihr zu lassen. Mein Instinkt schreit mich an, ich soll aus dem Wagen springen und durch die Wüste zu Fuß zurück zur Wohnung laufen, weit, weit weg von ihr. Einzig mein fester Wille, ihr zu helfen, hält mich davon ab. Ich muss ihr helfen, weil ich London nicht geholfen habe. Dies ist meine zweite Chance, richtig zu handeln, und bei Lila will ich alles richtig machen. Es ist ein mächtiges, fesselndes, elektrisierendes Gefühl, mit dem ich nichts anderes anzufangen weiß, als weiterzumachen.

Lila lehnt sich auf den Fahrersitz zurück, mit einem Gesichtsausdruck, den ich nicht entschlüsseln kann. »Was machen wir jetzt?«

Ich zucke mit den Schultern. Dann muss ich grinsen. »Wie wäre es, wenn wir nach Hause fahren und uns einen poetischen kitschigen Film ansehen?«

»Nach Hause?«, fragt sie, als gäbe es so etwas wie ein Zuhause gar nicht. »Ja, fahren wir nach Hause.« Sie öffnet die Tür und springt in den Sand. Dann dreht sie sich um und zielt mit dem Finger auf mich. »Aber du fährst. Ich habe eine verfluchte Angst, dass ich dir den Truck zu Schrott fahre.« Sie gibt mir einen Luftkuss und schlägt die Autotür zu. Ganz wie die Lila, die ich vor einem guten Jahr kennenlernte, und auch wieder nicht, denn jene Lila hat nie wirklich existiert. Sie war eine von Pillen aufrechterhaltene Illusion.

Merkwürdigerweise bin ich auch nicht mehr derselbe, der ich vor einem Jahr war, denn was ich jetzt gerade tue – was ich in diesem Moment fühle –, hätte ich nie für möglich gehalten. Abhängigkeit hasse ich. Ich habe erlebt, was sie anrichtet, seien es Drogen oder Beziehungen; wie die Abhängigkeit meiner Mom von meinem Dad. Trotzdem lasse ich zu, dass Lila von mir abhängig ist, und so schräg es ist, verlasse ich mich irgendwie darauf, dass sie sich von mir helfen lässt und die Sucht überwindet.

Obwohl sie die letzten paar Tage extrem anstrengend war, stört mich der Gedanke massiv, dass sie ausziehen und bei jemand anderem wohnen könnte. Ich will, dass sie bei mir bleibt, und das verwirrt mich, denn zum ersten Mal seit London möchte ich jemanden in meinem Leben. Ich möchte Lila – mehr als jemals irgendwen zuvor.

Kapitel 10

LILA

Seit zwei Wochen wohne ich bei Ethan, und seit zwei Tagen bin ich pillenfrei. Ich nehme nicht mal mehr halbe Pillen. Es ist ein komisches Gefühl, an das ich mich noch gewöhnen muss. Mir war nie klar, wie sehr die Pillen alles veränderten. Selbst die Sonnenwärme fühlt sich viel intensiver an. Außerdem habe ich mit niemandem geschlafen. Ich schätze, das ist ein Rekord für mich. Auch in flüchtigen Beziehungen, wie der mit Parker im letzten Jahr, drehte sich im Grunde alles nur um Sex, bei dem ich nichts empfand und an den ich mich hinterher kaum erinnerte. So war es immer, seit ich zum ersten Mal Sex hatte. Auch damals hatte ich keinen Schimmer, worauf ich mich einlasse, bis es zu spät war. Was dann geschah, hat für immer verändert, wer ich war und wie ich die Dinge wahrnahm. Ich sah Jungen mit völlig anderen Augen, ausgenommen Ethan. Er ist ein wirklich netter Kerl, und die sind verdammt rar. Was wiederum unsere Situation kompliziert macht. Ethan und ich haben von je her eine spannende Beziehung, in der die Grenzen der Freundschaft gedehnt, jedoch nie überschritten werden. Jetzt, da wir so viel Zeit zusammen verbringen, berühren wir uns kaum noch, obwohl wir die Freundschaftsgrenzen dauernd ausreizen. Heute Morgen zum Beispiel, als Ethan ins Bad kam, während ich duschte.

»Was soll das denn?«, brüllte ich, als ich hörte, wie die Tür geöffnet und wieder geschlossen wurde.

»Ganz ruhig, ich hole bloß meine Zahnbürste«, antwortete er, und dann hörte ich, wie er im Spiegelschrank wühlte.

»Wenn du nicht verschwindest, ziehe ich den Vorhang zurück!«, warnte ich, wobei mir nicht wohl war, denn der Duschvorhang ist sehr dünn und fast durchsichtig.

Das Wasser wurde aufgedreht, und Ethan fing an zu lachen. »Okay, das ist die beste Strafe aller Zeiten.«

Schmetterlinge flatterten in meinem Bauch, als ich mein nasses Haar nach hinten strich und den Vorhang einen Spalt zurückzog, um nach draußen zu linsen. »Du weißt genauso gut wie ich, dass du mich nicht nackt sehen willst.« Warum ich das sagte, weiß ich nicht – ob ich ihn herausfordern wollte, etwas zuzugeben, von dem ich hoffe, dass es existiert, oder ob ich wirklich glaube, dass er mich so nicht will.

Er trug nur eine karierte Pyjamahose, hatte eine Zahnbürste in der Hand und war über das Waschbecken gebeugt, starrte allerdings auf den Vorhang. »Kennst du mich echt so schlecht?« Er zog eine Braue hoch und schob sich die mit Zahnpasta beschmierte Zahnbürste in den Mund. »Ich sehe unglaublich gerne nackte Frauen.« Seine Stimme klang komisch, und er wippte völlig cool mit den Augenbrauen.

Ich kniff die Augen ein wenig zusammen und fragte mich, wie viel von mir er durch den Vorhang sehen konnte. »Klar, aber du hast die Freundschaftsgrenze zwischen uns aus einem Grund gezogen.« Ich weiß nicht, warum ich so direkt war. Ich gab den Entzugserscheinungen die Schuld, denn ich hatte schnell begriffen, dass sie mich in ein verrücktes, emotionales Chaos stürzen können. »Und du …« Beinahe hätte ich jene Nacht angesprochen, als wir uns sehr nahe gekommen waren, aber davor hatte ich dann doch zu viel Angst.

Er runzelte die Stirn, beugte sich tiefer über das Waschbecken und spuckte einen Mundvoll Zahnpasta aus. »Nein, ich glaube, wir haben uns beide auf diese Grenze geeinigt.« Er spülte seine Zahnbürste ab und steckte sie zurück in den Halter neben dem Waschbecken. Dann drehte er sich um, lehnte sich an den Waschtisch und überkreuzte die Arme. »Oder irre ich mich? Willst du … willst du … Was willst du?«

Wieso fragt er mich das? Was soll das heißen? Warum stelle ich mir selbst so viele Fragen?

Wasser lief mir in die Augen und übers Gesicht, während ich ihn verstohlen betrachtete. Er ist auf eine Weise schön, an die ich nicht gewöhnt bin. Es ist eine raue Schönheit, die Substanz hat, echt ist, nicht maskiert von lückenloser Sonnenbräune, perfekt gemeißelten Formen, eleganten Anzügen und Krawatten. Ethan ist Kunst, schlicht und ergreifend: feines Haar, das ihm immerzu in die dunklen, funkelnden Augen fällt, sodass es für den vollkommenen Look sorgt, und diese Tattoos … guter Gott, die Tattoos! Er ist die Sorte Kunst, die man richtig ansehen muss, um sie zu verstehen – zu verstehen, was er denkt.

Plötzlich wurde mir bewusst, wie untypisch ich mich verhielt. Ich nahm Ethan viel intensiver wahr als sonst, und in jeder Faser meines Seins pulsierte das Verlangen, den Duschvorhang zurückzureißen und ihn anzuflehen, mich auf der Stelle zu nehmen. Ihn anflehen! Das tue ich nie beim Sex. Normalerweise holen sich die Typen einfach, was sie von mir wollen, und ich schalte meine Gefühle aus. Dennoch dachte ich darüber nach, es mit ihm zu tun, ihn zu fragen – und das nüchtern. Das warf die Frage auf, ob ich eigentlich weiß, wer ich bin. All die Jahre war ich die Lila, die ich durch die Pillen geworden war, mit diesem verrückten Wunsch, geliebt zu werden.

Wir starrten uns eine Weile lang an, bis Ethan sich räusperte und zur Tür ging. »Wenn du willst, können wir deine restlichen Klamotten packen, runter zu diesem Second-Hand-Laden fahren und fragen, ob die sie verkaufen können.« Seine Stimme hörte sich ein bisschen unsicher an, aber er sah vollkommen ruhig aus.

Ich nickte, blieb regungslos unter dem Wasserstrahl stehen, während Hitze an meinen Innenschenkeln nach oben stieg. »Klingt gut.«

Er lächelte und zwinkerte mir zu, als sein Blick über den Vorhang huschte. Dann ging er hinaus und schloss die Tür hinter sich. Ich ließ den Vorhang los, stellte mich wieder direkt unter den Duschkopf und wartete, dass das Wasser die Hitze und das Verlangen wegspülte. Dabei sagte ich mir, dass ich darüber hinwegkommen würde – über Ethan. Doch aus irgendeinem Grund schien es mir sehr unwahrscheinlich.

»Also, was meinst du, wie viel ich für den ganzen Kram bekomme?«, frage ich Ethan, als er die Kartons mit meinen Sachen hinten in seinen Truck lädt. Meine wunderschönen Kleider, die ich nie weggeben wollte, aber muss, um wichtige Dinge zu kaufen, wie beispielsweise Essen. Ich hatte gedacht, dass es sich furchtbar anfühlen würde, und das tut es irgendwie auch, aber zugleich fällt es mir leicht, als würde ich noch mal von vorne anfangen, was natürlich nicht stimmt; trotzdem fühlt sich im Moment alles real an. Wie die Hitze und die Kleider, die an meiner verschwitzten Haut kleben. Wie mein Haar, das zu einem unordentlichen Pferdeschwanz gebunden ist. Noch nie war mein Haar so unfrisiert oder meine Nagelhaut so trocken. Aber ich bin im Reich der einfachen Dinge, in dem es keine BMWs, Designer-Handtaschen oder Platinringe gibt, und ich versuche herauszufinden, was für ein Mensch ich bin und wie ich in das alles hineinpasse. Kann ich damit umgehen, arm zu sein? Für mich selbst zu sorgen? Wer will ich sein? Wer ist Lila Summers?

Ethan hievt den letzten Karton in den Wagen und knallt die Heckklappe zu. »Woher soll ich das denn wissen?« Er wischt sich mit dem Arm den Schweiß von der Stirn. Er hat ein grünes T-Shirt und schwarze Shorts an, die von einem Nietengürtel gehalten werden, sowie mehrere Lederbänder am Handgelenk. Er ist verschwitzt und mies gelaunt, doch im Sonnenschein sieht er verdammt scharf aus, und ich bin auf ihn fixiert.

»Was?«, fragt er, als er meinen Blick bemerkt.

Kopfschüttelnd presse ich die Lippen zusammen. »Nichts.«

»Irgendwas muss sein, sonst würdest du nicht so albern lächeln.«

Verlegen wische ich mir über den Mund, als könnte ich so mein Lächeln abstellen. »Tue ich doch gar nicht.«

Nun grinst er, und für einen Moment verschwindet seine schlechte Laune. »Ja, du hast recht. Verrätst du mir, woher dieses wunderschöne Lächeln auf deinem Gesicht kommt?«

»Es ist nichts.« Ich bemühe mich, nicht noch breiter zu strahlen, weil er mein Lächeln »wunderschön« genannt hat. »Mir hat nur gefallen, wie nett du heute aussiehst«, antworte ich ehrlich und so lässig wie möglich.

Er sieht hinunter zu seinem durchgeschwitzten T-Shirt, dann zu mir. »Du findest, dass ich gut aussehe?«

»Klar.« Ich zucke mit den Schultern, denn ich möchte nicht näher auf die Tatsache eingehen, dass ich ihn irrsinnig scharf finde und mir wünsche, dass er mich anfasst. Dieses Gefühl hat sich im Laufe der letzten Woche beständig gesteigert. Das Zusammenleben mit ihm scheint es regelrecht zum Aufblühen gebracht zu haben. Was nervt, und ich wünschte, dass es weggehen würde, denn anscheinend bin ich ohne die Pillen völlig sexbesessen. Außerdem hat Ethan gesehen, was unter dem Make-up, dem Schmuck und den Designer-Klamotten ist – er hat *mich* in meinen hässlichsten Momenten gesehen. Entsprechend fürchte ich, dass der Sex mit ihm anders wäre, mit tiefen Gefühlen. Und was wäre, wenn unsere Beziehung endet? Ich würde wohl wieder da landen, wo ich nach Sean war, dem ersten und letzten Jungen, den ich wirklich mochte. Er hat mich benutzt und weggeworfen.

Ethan neigt den Kopf zur Seite und sieht mich prüfend an. »Echt?«

»Ja. Wieso benimmst du dich so seltsam?« Ich schirme mein Gesicht mit einer Hand gegen die Sonne ab.

Er sagt nichts, breitet die Arme aus und tritt einige Schritte vor. »Denkst du wirklich, ehrlich, dass ich gerade jetzt gut aussehe? So gut, dass du mich anfassen willst?« Er macht diesen komischen Hüftschwung, der meine Aufmerksamkeit auf seinen Schritt lenkt.

Ich verdrehe die Augen, auch wenn ich innerlich erschaure. »Du bist manchmal so schräg.«

»Schräg, hm?« Er kommt ohne Vorwarnung auf mich zu.

Ich versuche, ihm elegant auszuweichen, trete mir aber leider selbst auf den Fuß und stolpere zur Seite. Ethan fängt mich in seinen Armen auf, lacht leise und reibt absichtlich seinen verschwitzten Körper an meinem.

»O mein Gott!«, quietsche ich zappelnd und will mich von ihm losreißen. »Du bist total nass und eklig.«

»Du warst diejenige, die gesagt hat, dass ich gut aussehe.« Er hebt mich hoch, und ich bleibe steif wie ein Brett, um möglichst viel Abstand zu seinem verschwitzten Körper zu halten. Mit mir auf den Armen geht er um den Truck herum zur Beifahrerseite und schafft es, die Tür zu öffnen, ohne mich loszulassen.

»Was machst du denn?«, brülle ich, wobei ich bemüht bin, angewidert zu klingen, aber das klappt nicht. Es ist unüberhörbar, dass ich es genieße.

Er lässt mich auf den Sitz fallen und greift nach dem Gurt. Als er ihn mir über die Schulter zieht, beugt er sich dicht zu mir.

»Findest du immer noch, dass ich gut aussehe?«, fragt er mit einem Funkeln in den Augen. Sein Gesicht ist so nahe, dass ich die blassen Sommersprossen auf seiner Nase sehe.

Ich nicke langsam und schlucke, weil ich einen Kloß im Hals habe. »Ja, aber ich finde auch, dass du riechst.«

»Ich rieche wie ein Mann«, sagt er grinsend und neigt seine Brust weiter zu mir, damit ich seinen »Männerduft« richtig abbekomme.

»Igitt!« Ich rümpfe die Nase und wende das Gesicht ab, auch wenn der Geruch gar nicht so schlimm ist. Eigentlich riecht er nach Eau de Cologne, Schweiß und Wärme. Sehr nett. Sehr männlich. Heimlich atme ich ihn tief ein, doch Ethan muss es bemerkt haben, denn er richtet sich halb auf und sieht mir erstaunt in die Augen.

»Offensichtlich magst du Schweißgeruch.« Es soll ein Scherz sein, aber seine Stimme kippt leicht, und ich frage mich, warum. Ethan ist nie nervös. Ich habe schon unzählige Male miterlebt, wie er Frauen ansprach, und jede geht mit ihm nach Hause.

Ich sage nichts, sehe ihm einfach nur stumm in die Augen. Es fühlt sich anders an als früher. Ich fühle mich anders: euphorisch, lebendig, ausnahmsweise kein bisschen betäubt. Dieser Schalter in mir, der sonst in solchen Situationen umkippt, bleibt, wo er ist. Ob mir das Gefühl gefällt, kann ich nicht sagen, denn es ist ein Wirrwarr aus hilflosen, unangebrachten Empfindungen.

Unbewusst schlinge ich meine Beine um Ethan. Das Bedürfnis, jemanden zu fühlen, mit jemandem verbunden zu sein, berührt zu werden, übertönt alles andere in mir. Ich bin schon länger nicht mehr angefasst worden, und es fühlt sich gut an. Nein, mehr als gut.

Ethan stockt der Atem, und das erschreckt mich. Ja, er ist eindeutig nervös. Ich bin es ebenfalls. Etwas zwischen uns ist anders, intensiver, und ich werde ganz kribbelig. Plötzlich bin ich ein völlig anderer Mensch, nicht gebrochen, verloren, taub, verwirrt. Ich bin ein Mädchen, das einen spannenden Moment mit einem Jungen genießt, den es sehr, sehr gerne mag.

Ich schließe die Augen, als er sich erneut zu mir beugt. Er wird mich küssen, das weiß ich. Und ich meine: richtig küssen, nicht nur beinahe. Hierauf habe ich sehnsüchtiger gewartet, als mir klar war – trotz aller Bedenken, was diese neuen Gefühle betrifft. Sicher gab es die schon früher, nur war ich zu sehr mit Medikamenten vollgepumpt, um irgendwas zu empfinden. Jedenfalls will ich Ethan jetzt so dringend, dass es alles von mir einnimmt. Deutlich spüre ich die überwältigende Hitze, atme seinen köstlichen Duft ein, schmecke die Vorfreude. *Küss mich. Bitte, küss mich. Mach jetzt keinen Rückzieher!*

Ich stöhne unter der Wärme seines Atems und gleite mit den Händen seinen Rücken hinauf, während ich mich ihm entgegenbiege. Ich warte auf den Kuss. Seine Wange ist an meiner, und ich weiß, dass als Nächstes seine Lippen auf meinen sein werden. Ich warte weiter, als er leise meinen Namen raunt. Und warte. Sekunden später ist seine Wange fort. *Brich mich. Wirf mich fort. Du willst mich nicht. Natürlich nicht. Das will keiner.*

Widerwillig öffne ich die Augen, bin wütend und gekränkt. Ethan beobachtet mich. Das ist neu für mich. Wenn ich sonst mit einem Typen an diesen Punkt komme, starrt er auf meine Brüste, bereit, mir die Kleider vom Leib zu reißen, als wäre ich ein Ding, das er benutzen will.

»Fahren wir«, ist alles, was Ethan sagt.

Ich bin schockiert. Sprachlos. Und fühle mich ungeliebter und weniger begehrt denn je. »Ja, okay.« Ich ringe mir ein Lächeln ab, während ich innerlich zittere vor Wut und Enttäuschung. Mir brennen sogar Tränen in den Augen, was mir noch nie passiert ist. Ich weiß nicht, wie ich damit umgehen soll, blinzle die Tränen weg und drehe den Ring an meinem Finger, während mir durch den Kopf geht, was ich früher war.

»Bist du sicher?« Er tritt von der Tür zurück, weiter weg von mir, die Sonne scheint ihm ins Gesicht. Ethan sieht traurig und gequält aus, als wäre auch er den Tränen nahe, was überhaupt nicht zu ihm passt.

Ich nicke, zupfe mein pinkes Top zurecht und komme mir unerwünscht vor. Ehrlich, ich hatte keinen Schimmer, was ich fühle, und das macht mir Angst. Mein Leben lang war ich immer nur mit den gleichen Typen zusammen, denen, die in der Öffentlichkeit nett sind, mir hübsche Sachen kaufen, schicke Autos fahren und mir immer sagen, was ich hören will, zumindest bis wir ins Bett gehen. Und ich habe nie das Geringste für sie empfunden. Doch jetzt gibt es Ethan. Er ist arm, fährt einen Truck, und ich bin ziemlich sicher, dass jedes Wort von ihm ehrlich gemeint ist. Er lässt mich nicht hängen, nicht einmal wenn es richtig hart wird. Ja, er hat versucht, mir zu helfen, was bisher noch keiner für mich getan hat. Was heißt das? Dass ich die ganze Zeit auf der Suche nach dem Falschen gewesen bin? Nach dem Jungen, von dem ich glaubte, ich sollte ihn für mich finden? Dem, den ich laut meiner Mutter brauche? War es das, was ich jahrelang gemacht habe?

Am liebsten würde ich in Tränen ausbrechen, und das

nicht bloß wegen Ethans Zurückweisung oder meiner Unsicherheit, sondern weil ich fürchte, dass ich über Jahre getan haben könnte, was meine Mutter wollte, ohne mir dessen bewusst zu sein. Ich möchte mir nur noch eine Pille einwerfen und all die Gefühle verschwinden lassen. Ich will mein Selbstvertrauen zurück, so künstlich es auch war. Ich will diese selige Taubheit zurück, in der ich nie Scham empfinden muss, denn die ist leichter zu ertragen als die Realität.

Zum Glück geht Ethan um den Truck herum und steigt auf der Fahrerseite ein. Damit scheint dieses seltsame, deprimierende Knistern um uns herum gebrochen.

»Dann zum Laden, ja?«, fragt er und dreht den Schlüssel im Zündschloss.

»Wohin sonst?«, entgegne ich leise, als wäre es egal, was es eigentlich nicht ist.

Wieder nickt Ethan und setzt zurück. Die Leichtigkeit, die ich vor Kurzem noch verspürt habe, ist verpufft, und zurück bleibt eine gigantische Leere in meiner Brust, die nur mit einer winzigen, verbotenen Pille gefüllt werden kann.

ETHAN

Es wird komisch zwischen uns, genau wie ich geahnt hatte. Ich bin nicht mal sicher, was das verdammte Problem ist. Ich meine, erst duscht sie, und ich gehe aus irgendeinem bescheuerten Grund rein, tue so, als müsste ich mir die Zähne putzen, dabei will ich bloß mit ihr flirten. Und dann die Nummer am Truck. Was soll der Scheiß? Ich hätte sie ernsthaft fast geküsst, und danach war mir zum Heulen vor lauter blöden Gefühlen, die in mir aufwallen und die ich seit London nicht mehr gehabt habe. Ja, ich habe starke Gefühle für Lila; da mache ich mir nichts vor. Es wird allerdings beständig schwerer, mit ihnen umzugehen. Und wir wohnen zusammen, was die Sache kompliziert macht. Was passiert, wenn wir etwas miteinander anfangen? Leben wir einfach zusammen? Mit Küssen, Anfassen und Vögeln? Und wenn alle Beziehungen so ablaufen, wie ich sie kenne, gehen wir am Ende aufeinander los?

Trotzdem verwerfe ich für einen Sekundenbruchteil den Gedanken, wie meine Eltern zu werden, und finde die Vorstellung, dass Lila und ich uns überall in der Wohnung küssen, überall miteinander schlafen, eine Beziehung haben, richtig gut.

Nein, darauf darf ich mich nicht einlassen. Ja, ich will ihr helfen, aber als Freund, weil wir das jetzt gerade beide brauchen. Ich brauche eine Pause von dem hier, von meinen Gefühlen für sie und meinem ewigen Gegrübel. Also sollte ich mich dringend wieder auf das verlegen, was mir verlässlich einen klaren Kopf beschert, nämlich mich flachlegen lassen. Nur meldet sich schon allein bei der Idee mein schlechtes Gewissen, und nicht wegen London. Ich würde mir Lila gegenüber wie ein Schwein vorkommen, dabei gehöre ich ihr nicht und sie nicht mir. Ich bin frei, kann tun und lassen, was ich will, und dennoch fühlt es sich aus irgendeinem blöden Grund an, als würde ich sie betrügen, wenn ich eine andere aufreiße.

Dieses Zusammenwohnen schlägt mir echt aufs Hirn.

Nachdem wir all ihre Sachen verkauft haben, wandern

wir in dem Second-Hand-Laden herum, weil wir beide vermeiden wollen, alleine im Truck und dann in der Wohnung zu sein.

»Ethan, was denkst du?« Lila hält einen abscheulichen plüschigen Läufer in Pink mit Blumenmuster in die Höhe. Dabei grinst sie bemüht. Es ist unübersehbar, dass sie versucht, den merkwürdigen Moment im Truck hinter sich zu lassen.

Ich ziehe eine Grimasse, bin aber in Gedanken immer noch bei der Szene vorhin und wünsche mir, ich hätte sie geküsst. Zugleich wünsche ich mir, ich könnte London wieder küssen. Was ist denn bloß mit mir los? »Der sieht wie ein Siebzigerjahre-Flokati aus, auf dem eine Menge Leute Sex hatten.«

Schon wird es wieder komisch zwischen uns. Lila tritt unsicher von einem Fuß auf den anderen, und ich räuspere mich.

»Wollen wir dann wieder?«, frage ich und gehe zur Seite, als ein Mann den Gang entlangkommt. Ich werde unruhig und muss schnellstens hier raus.

Lila atmet langsam aus und legt den Läufer zurück ins Regal, sichtlich niedergeschlagen. »Ja, fahren wir.«

Ich komme mir wie ein Arsch vor. Das kann sie jetzt echt nicht gebrauchen. *Wieso kann ich nicht die Finger von ihr lassen? Warum kann ich nicht einfach ihr Freund sein?* Die Antwort, die mir als Erstes in den Sinn kommt, jagt mir eine Scheißangst ein: Weil ich Lila will, und nicht bloß als One-Night-Stand.

Ich versuche, die Stimmung aufzulockern. »Wir können uns vorher noch Eis holen.«

Lila schlurft achselzuckend zum Gangende. »Schon gut. Ich bin sowieso müde«, sagt sie und geht mit gesenktem Kopf zur Tür. Sie ist eine gebrochene Version der Lila, die ich kennengelernt hatte, obwohl sie heute wohl weniger kaputt ist als vor einem Jahr. Das Gebrochene wird nicht mehr von den Pillen verschleiert.

Auf dem Rückweg ist es kein bisschen besser. Wir schweigen; Lila zupft an ihren Fingernägeln, ohne mich ein einziges Mal anzusehen. Ich bin drauf und dran, sie vor dem Haus abzusetzen und den Abend wegzufahren, um mich aus dem Tief und weg von den Gedanken an sie zu holen. Die Sonne versinkt schon hinter den sandigen Hügeln, und der Technicolor-Himmel sieht wunderschön unwirklich aus, wie ein Aquarell.

»Steigst du nicht aus?«, fragt sie, als sie ihre Tür schon geöffnet hat und aus dem Truck klettern will. Ihr blondes Haar löst sich aus dem Pferdeschwanz, ihr enges pinkes Top und die Shorts zeigen all ihre Kurven, und ihre blauen Augen blicken traurig.

Ich schüttle den Kopf. Mein Fuß steht auf der Bremse, bereit, aufs Gas zu wechseln. »Nein, ich habe heute Abend was vor.«

Ein Schatten legt sich über ihr Gesicht. »Du meinst, du willst dir jemanden zum Ficken suchen?« Ihre Stimme ist schneidend, und sie ballt die Fäuste so fest, dass ich fürchte, ihre Finger könnten brechen.

Jetzt komme ich mir erst recht wie das größte Arschloch aller Zeiten vor, bin aber auch komplett durcheinander. Wegen allem. Weil ich an dem Punkt bin, an dem ich jede meiner Regeln breche. An dem ich London und meine

Schuld hinter mir lassen und mit Lila zusammen sein will. »Ja, wahrscheinlich.«

Sie nickt energisch, springt aus dem Wagen und wirft mir einen zornigen Blick zu, ehe sie die Tür zuknallt. Ich setze ein Stück zurück, und noch bevor Lila beim Gehweg ist, gebe ich Gas, dass die Reifen quietschen. Ich fahre direkt zum Strip, parke möglichst nahe und steige aus. Dann gehe ich zum belebtesten Teil der Stadt, wo die Lichter die Gesichter der Passanten in bunten Farben beleuchten und es auf den Gehwegen von Bildern halbnackter Frauen wimmelt. Ich suche die Menge auf der Straße nach einem infrage kommenden One-Night-Stand ab, denn ich muss dringend jemanden vögeln. Sofort.

Nur sind heute Abend zu viele Leute unterwegs, also lande ich in einem der Kasinos, wo ich mich bei den Spielautomaten umsehe, bis ich eine Gruppe von lachenden Frauen ungefähr in meinem Alter entdecke. Ich gehe auf sie zu. Zwar ist es nicht die beste Ausgangslage, weil sie in einer Gruppe sind, aber ich muss meinen verfluchten Kopf freibekommen, und Sex ist nun mal das beste Ablenkungsmittel. Nicht einmal völlige Ruhe würde mir jetzt helfen.

Eine kleinere, kurvenreiche Frau, deren Titten sich aus dem Leopardenprint-Kleid wölben, sieht mich an, als ich mich ihnen nähere. Sie flüstert ihrer Freundin etwas ins Ohr und kichert. Ich überlege, ob sie wirklich mein Typ ist, ob ich überhaupt einen Typ habe, als sie mir schon entgegenkommt.

»Hey«, sagt sie lächelnd. Sie hat pinken Lippenstift an den Zähnen, und ihre Wimpern sind ein bisschen zu lang, aber sie dürfte es tun. Jedenfalls glaube ich es.

Doch kaum sage ich mir das, schweifen meine Gedanken zurück zur Wohnung, in der schon eine wunderschöne Blondine ist. Ich frage mich, was sie gerade macht. Ob es ihr gut geht. Warum habe ich sie allein gelassen?

»Hallo, hörst du mir zu?«, fragt die Blonde vor mir, und ich blinzle benommen.

»Nein, tut mir leid, bei dem Lärm verstehe ich dich nicht.« Ich zeige zu den blinkenden Spielautomaten um uns herum.

Sie nickt und beißt sich auf die Unterlippe. »Wollen wir vielleicht wo hingehen, wo es ruhiger ist?«

Ich will ja, kann jedoch an nichts anderes denken, als dass ich Lila im Stich gelassen habe, weil mir meine Gefühle zu viel wurden. Weil ich sie in dem Truck küssen, nach oben bringen und mit ihr schlafen wollte. Ich will mit ihr zusammen sein, und das nicht nur für eine Nacht. Für sie will ich meine Regeln brechen. Allerdings war London der letzte Mensch, für den ich das getan habe, und sie sollte der letzte bleiben. Das wünschte ich mir jedenfalls an einem bestimmten Punkt in meinem Leben; jetzt bin ich mir nicht mehr so sicher.

Der Krach der Spielautomaten macht mich wahnsinnig, von der Musik ganz zu schweigen. Natürlich könnte ich mit dieser Frau irgendwo hingehen, wo es ruhiger ist. In ein Hotelzimmer zum Beispiel. Dort könnte ich einige Stunden mit ihr bleiben, bis ich durchgeschwitzt und vorerst befriedigt bin. Ja, das könnte ich.

»Klar, wir könnten woanders hingehen.« Ich lächle sie an, auch wenn ich mich kein bisschen froh fühle.

Sie sagt ihren Freundinnen, dass sie später wiederkommt,

und wir gehen den Strip hinauf durch die Menge. Sie fängt an, mir von ihrem Leben zu erzählen, doch ich höre ihr kaum zu, sondern nicke einfach, während ich an Lila denke. Ich überlege, wie ich für sie empfinde, und es läuft immer auf dasselbe hinaus: Dass ich derzeit nicht darüber nachdenken kann, richtig mit ihr zusammen zu sein, ohne gleichzeitig London im Kopf zu haben.

Ich war schon immer gut darin, mein Handeln und meine Gefühle zu kontrollieren. Im Moment sind leider beide außer Kontrolle, und in mir scheint ein Tornado zu wüten. Ich habe keinen Schimmer, was ich will. Die Wahrheit ist – ob ich sie mir nun eingestehe oder nicht –, dass ich mich komplett von meinem Bild Londons abhängig gemacht habe, mich regelrecht an sie und meine Schuldgefühle klammerte, weil ich sie an jenem Tag zurückließ. Egal, was ich mir vormache, wie viel Sex und bedeutungslose Zerstreuung ich mir suche, ich vertusche es damit lediglich, werde es aber nicht los. Und jetzt versuche ich dasselbe bei Lila, weil ich mich wegen meiner Gefühle für sie schuldig fühle.

Immerhin ist das eine Erleuchtung. Eine große, schmerzliche Einsicht, und ich weiß ums Verrecken nicht, was ich mit ihr anfangen soll, auch wenn mein erster Impuls ist, diese Frau vor mir zu vögeln und für einen Moment alles zu vergessen.

Plötzlich bleibe ich mitten auf dem Strip stehen, sodass Leute in mich hineinlaufen.

Die Frau neben mir sieht mich verwirrt an. »Was ist?«

Ich fahre mir mit den Fingern durchs Haar. Zu gerne würde ich sie benutzen, um mich vorübergehend besser zu fühlen. Doch Lila sitzt wahrscheinlich zu Hause und würde zu gerne Pillen nehmen, zumal sie so traurig aussah, als ich sie an der Straße stehen ließ. »Ich muss weg«, sage ich zu der Frau und sehe in die Menge, statt zu ihr. Vielleicht kann ich jetzt keine Beziehung mit Lila haben, aber ich kann ihr Freund sein, statt mit dieser Frau ins Bett zu steigen, die ich eigentlich nicht will.

»Was soll das heißen, du musst weg?«, ruft sie, läuft mir aber nicht nach, als ich gehe. Sicher ist es ihr nicht wichtig genug. Wir waren einfach zwei Leute, die am falschen Ort nach etwas gesucht haben, und es interessierte uns nicht einmal genug, dass wir uns gegenseitig nach dem Namen gefragt haben.

Als ich wieder beim Truck bin, versuche ich, Lila anzurufen, doch sie geht nicht ran. Mit Vollgas biege ich auf die Straße ein und reize die Höchstgeschwindigkeit aus, bis ich bei der Wohnung bin. Ich habe Angst vor dem, was mich erwartet, und ein furchtbar schlechtes Gewissen, weil ich *schon wieder* ein Mädchen im Stich gelassen habe.

Beim Öffnen der Wohnungstür schlägt mir der Geruch von Farbverdünner entgegen. Oder Nagellack. Lila sieht von der Couch auf. Ihr Haar bildet einen feuchten Schleier um ihr gerötetes Gesicht. Sie hat einen Fuß auf den Couchtisch gestützt und lackiert sich die Zehennägel. Im Hintergrund spielt Musik. Sofort wandert mein Blick zu dem halbleeren Bier auf dem Tisch.

»Es ist bloß ein Bier!«, sagt sie und pinselt ihren Zehennagel weiter an.

»Ist es das einzige?« Ich hasse es, das zu fragen, aber ich muss.

Sie atmet genervt aus. »Was denkst du denn?«

Ich schließe die Tür und werfe die Truckschlüssel neben die Lampe.

»Ich denke, dass ich dir glaube, was du sagst.« Und ich hoffe, dass sie, wie ich, sich von dem einen fernhalten konnte, das ihr hilft, Dinge zu betäuben, die sie nicht fühlen will. Idiot, der ich bin, hoffe ich zugleich, dass sie diese Gefühle genauso wenig betäubt hat wie ich. Denn sie hier sitzen zu sehen macht mir klar, dass ich noch eine Menge Mist aufzuarbeiten haben mag, es aber richtig war, mit der Frau vom Strip nicht ins Hotel zu gehen.

Lila steckt den Pinsel in die winzige Flasche und schraubt diese fest zu. Dann lehnt sie sich auf dem Sofa zurück und sieht mich mit einem Gesichtsausdruck an, den ich nicht deuten kann. »Ich habe nichts eingeworfen, falls du darauf hinauswillst.«

Ich hocke mich auf die Armlehne, und der Geruch von Nagellack und Lilas Shampoo überwältigt mich. »Ich will auf gar nichts hinaus, Lila. Ich bin bloß in meine Wohnung gekommen.«

»Ja, aber deshalb bist du doch zurückgekommen, oder nicht? Weil du dachtest, dass ich etwas Bescheuertes mache.«

»Hör mal, ich weiß, dass es zwischen uns komisch ist, aber ...«

»Komisch!«, unterbricht sie mich und wirft genervt die Hände in die Höhe. »Ethan, du hast mich in dem Truck beinahe geküsst, und dann die Nacht ... die Nacht, über die wir nicht reden ...« Sie schüttelt den Kopf. »Ich weiß gar nicht mehr, was das zwischen uns ist.«

»Ich …« Mir fällt nichts ein, was ich sagen kann, weil ich viel zu überrascht bin, dass sie es so offen ausspricht. Das bringt mich durcheinander, und ich habe Mühe, die Fassung wiederzufinden. Mit dieser Situation bin ich nicht vertraut, und ich bräuchte Zeit, mich darauf einzustellen, ehe ich irgendetwas Drastisches tue. »Ich weiß nicht, was du von mir hören willst.«

»Ich auch nicht«, erwidert sie. »Und es macht mich verrückt, weil ich keine Ahnung habe, was ich will oder was du denkst. Es macht mich so verrückt, dass ich ernsthaft darüber nachdachte, wieder Pillen zu nehmen. Alles macht mich verrückt!« Sie ballt die Fäuste und ist kurz vorm Losschreien. »Ich halte das nicht mehr aus. Ich drehe durch, und ich glaube echt, dass ich den Verstand verliere. Ich meine, vielleicht muss ich auf Tabletten sein. Vielleicht sind die das Einzige, was mich halbwegs bei Verstand hält, und jetzt kommt mein gebündelter Wahnsinn ans Tageslicht.«

Sie muss mir nichts erklären, denn ich weiß, was sie meint. Ich trommle mit den Fingern gegen mein Bein und zermartere mir das Hirn nach etwas, das ich sagen kann, um ihr die Panik zu nehmen, sie zu beruhigen und ihr klarzumachen, dass sie nicht allein ist. »Habe ich dir schon mal erzählt, wie ich meinen Truck in den Graben gesetzt habe?«, beginne ich, habe allerdings nur eine vage Vorstellung, was ich damit erreichen will. Ehrlich gesagt, rede ich einfach nur drauflos.

»Was?« Sie sieht mich verdutzt an. »Was hat das mit dem zu tun, was ich eben gesagt habe?«

Ich rutsche von der Armlehne aufs Sofa, lasse aber etwas Abstand zwischen uns und lege die Füße auf den Couchtisch. »Das war zwei Tage nach meinem Entschluss, mein Leben in Ordnung zu bringen. Ich war ziemlich von der Rolle, dachte den wirrsten Kram und war fest überzeugt, dass ich wahnsinnig werde.« Ich lasse aus, dass es mit London zu tun hatte, denn ich bin nach wie vor nicht bereit, mit Lila über sie zu reden. »Ich bin am Steuer eingenickt und mit dem Truck im Graben gelandet. Ich war völlig nüchtern, und das alleine ist schon schwieriger, als high zu sein. Es lenkt einen ab.«

Sie tippt mit einem Fuß auf den Boden und weigert sich, mich anzusehen. »Wieso erzählst du mir das?«

»Weil ...« Ich lehne mich näher zu ihr und schließe fast die Augen, als ich ihr Parfüm einatme, reiße sie aber gleich wieder auf. »Weil du wissen sollst, dass ich verstehe, wie du dich fühlst, und dass sich manchmal Dinge völlig wahnsinnig anfühlen. Aber das wird besser.«

Sie seufzt wehmütig. »Wann?«

»Wann was?«

»Wann ist das vorbei?«

Ich starre an die gegenüberliegende Wand. »Ich bin nicht sicher, ob es jemals ganz vorbei ist. Irgendwie ist es immer da, so wie eine schlafende Bestie in einem oder so, aber die Gier danach wird weniger.«

Sie dreht den Kopf zu mir. »Ist die Bestie bei dir je wieder wach geworden? Ich meine, bist du mal rückfällig geworden?«

Ich nicke. »Einmal. Ungefähr ein Jahr nachdem ich mit den Drogen Schluss gemacht hatte.« An dem Tag, als ich London wiedersah. Es war zu viel gewesen, sie als Hülle ihrer selbst zu sehen.

»Und was dann?«, fragt Lila. »Du hast dich einfach selbst wieder auf Entzug gebracht?«

»So ungefähr«, antworte ich und lasse mal wieder die Wahrheit aus. Dass ich Angst vor mir selbst hatte, wenn ich auf Drogen war. Angst vor dem, zu dem ich werden könnte. Angst davor, restlos den Verstand zu verlieren und irgendwann aus dem Fenster zu springen und wie London zu enden. Die Leute in dem Haus hatten gesagt, sie wüssten nicht, wieso sie nach oben gegangen war. Dass sie nichts gesehen hätten. Weil sie alle völlig weggetreten waren, und ich hätte für London dort sein sollen. Sie hätte sich überhaupt nicht erst den Schuss setzen lassen sollen. Was mich allerdings richtig fertigmacht und ich einfach nicht kapiere, ist: Warum ist sie gesprungen? War es wegen der Drogen oder aus einem anderen Grund? Wollte sie springen? Hätte ich sie nicht zurückgelassen, würde ich es wissen. Hätte ich sie nicht zurückgelassen, wäre sie eventuell nicht gesprungen. Oder vielleicht doch. Das werde ich nie wissen.

Lila saugt meine Worte auf wie ein Schwamm, und ich bete zu Gott, dass ich das Richtige sage. Sie sieht mich mit ihren großen blauen Augen an. »Bist du Mr. Miyagi?«

Meine Brauen schießen nach oben, und die dunkle Abendstimmung wird etwas entspannter. »Spielst du allen Ernstes auf *Karate Kid* an?«

»Was denn?«, antwortet sie schulterzuckend. »Das ist doch nur ein alter Film darüber, wie einer allen in den Arsch tritt.«

»Schon, aber …« Ich schüttle den Kopf. »Ich hätte nicht gedacht, dass du den gesehen hast.«

»Tja, ich stecke voller Überraschungen.« Sie verdreht die Augen, als wäre es das Lächerlichste, was sie je gesagt hat, dabei stimmt es. Auf gute wie schlechte Art überrascht mich Lila immer wieder, und ich frage mich, wie viele Überraschungen mich noch erwarten – und ob es gute oder schlechte sein werden.

»Ja, tust du«, sage ich. »Und wie.«

Kapitel 11

LILA

Ethan bringt mir bei, für mich selbst zu sorgen, etwa im Supermarkt billig einzukaufen und insgesamt so wenig Geld wie möglich auszugeben. Bizarr daran ist nicht bloß, dass ich es mit zwanzig Jahren noch lernen muss, sondern dass es gegen alles geht, was ich bisher gelehrt wurde. Ich wuchs in einem Haushalt mit Dienstmädchen, Nannys, Wäschereiservice und Chauffeuren auf, wo immer Geld da war. Als ich dann mit Ella zusammenwohnte und keinen bezahlen konnte, um diese Dinge für mich zu erledigen, übernahm Ella sie. Im Nachhinein habe ich deshalb ein schlechtes Gewissen. Ich hätte sie nie hinter mir herräumen lassen dürfen. Jetzt bin ich pleite und mache meine Wäsche selbst. Das ist seltsam und nervt auch irgendwie, aber es hat durchaus etwas merkwürdig Befriedigendes, mich um mich selbst kümmern zu können. Als wäre ich endlich nicht mehr komplett nutzlos.

»Morgen früh habe ich ein Vorstellungsgespräch«, verkünde ich, als ich in die Wohnung komme und die Tür hinter mir schließe. Ich bin ein bisschen stolz auf mich, egal wie banal der Job ist, für den ich mich vorstelle.

Ethan blickt von dem Notizbuch auf, in das er am Küchentisch schreibt. Er hat sich das Haar aus dem Gesicht gestrichen, sodass es in alle Richtungen absteht. »Ah, Gott sei Dank. Endlich! Ich dachte schon, ich muss dich auf die Straße werfen.« Er grinst, aber da ist ein unterschwelliger Schmerz in seinem Blick, fast als würde er witzeln, um etwas anderes zu überspielen.

Ich würde ihn darauf ansprechen, aber nach dem Truck-Fiasko halte ich es für besser, wenn wir ein wenig Distanz halten, bis ich begreife, wo wir stehen.

»Ganz schön frech.« Ich werfe meine Handtasche auf die Couch und schmeiße die Schlüssel nach ihm. Lachend duckt er sich. »Und ich weiß, dass du mich nie vor die Tür setzen würdest«, sage ich schmunzelnd und gehe in die Küche. »Du magst mich viel zu sehr.«

»Tue ich das?« Er setzt sich auf. Seine Augen funkeln amüsiert. »Aber ich bin froh, dass du dich vorstellen sollst. Inzwischen hast du dich ja für an die hundert Jobs beworben.«

»Ja, ich weiß.« Seufzend öffne ich den Kühlschrank. »Leider will einen keiner, wenn man zwanzig ist und noch nie gearbeitet hat.« Ich nehme mir eine Limo heraus und schubse die Kühlschranktür mit der Hüfte zu. »Die haben mich alle angesehen, als wäre ich für nichts zu gebrauchen, und das stimmt gar nicht.« Ich tippe mit dem Finger auf die Limo-Dose und setze mich auf den Stuhl. »Ich habe nämlich sehr wohl Fähigkeiten.«

»Irre Fingerfertigkeit?«, scherzt er und blickt zu meiner Hand.

Ich zeige ihm den Stinkefinger. »Du wärst erstaunt, was ich mit meinen Fingern anstellen kann.«

Er ballt eine Faust und hält sie sich vor den Mund. »Oh, das wäre ich sicher!«

Wir verstummen. Ich kann das laute Röhren eines Motors draußen und das sirrende Brummen des Kühlschranks hören. Es ist ein komisches Schweigen, an das ich mich jedoch immer mehr gewöhne, je länger ich hier wohne. Ich weiß nicht genau, was es verursacht. Sexuelle Spannung? Vielleicht meinerseits, aber ich nehme an, dass Ethan seinen Playboy-Stil beibehalten hat, sich spätnachts Frauen mit nach Hause bringt und sie hinterher wegschickt, wie er es immer getan hat. Einige von ihnen habe ich sogar gesehen, und keine blieb länger im Spiel. Ich fände das ekelhaft, hätte ich nicht ab und zu dasselbe getan, mit dem einzigen Unterschied, dass ich diejenige war, die im Morgengrauen irgendeine Wohnung verließ.

Ethan räuspert sich, klappt sein Notizbuch zu und stemmt sich vom Tisch weg. »Also, wollen wir feiern?«

»Was feiern?« Ich trinke einen Schluck Limo.

Er nimmt die Schlüssel auf, ohne den Blick von mir abzuwenden. »Das Vorstellungsgespräch.« Er steht auf. »Wo ist es eigentlich?«

Ich stelle die Limo-Dose auf den Tisch. »In so einer Bar.« Die Einzelheiten spare ich absichtlich aus, weil ich nicht sicher bin, wie er reagiert.

»In welcher?« Er schiebt den Stuhl unter den Tisch und steckt die Schlüssel in seine Gesäßtasche.

»Die am Ende der Straße beim alten Viertel von Vegas«, antworte ich ausweichend und stehe ebenfalls auf. Ich nehme die Dose und gehe zum Flur. »Ich will lieber früh ins Bett, damit ich morgen fit bin.« Ich drehe den Kopf zu ihm. »Kann ich auf den Vorschlag zurückkommen? Ich möchte erst feiern, wenn ich den Job habe.«

Er mustert mich prüfend. »Wo ist das Vorstellungsgespräch, Lila?«

»Unwichtig.« Ich gehe schnell zu meinem Zimmer, um weitere Fragen zu vermeiden. Sobald ich drinnen bin, mache ich die Tür zu und atme auf. Doch dann kommt Ethan herein.

»Wo ist das Vorstellungsgespräch, Lila?«, wiederholt er.

Ich stelle die Limo-Dose auf einen der Kartons, die ich noch nicht ausgepackt habe, und verschränke die Arme vor der Brust. »Was interessiert dich das so brennend? Ich dachte, du freust dich, dass ich endlich ein Bewerbungsgespräch habe.«

Er verlagert sein Gewicht von einem Fuß auf den anderen und streicht sich das Haar aus der Stirn. »Weil …« Er ringt um Worte, was ich irgendwie lustig finde. »Du bewirbst dich nicht als Stripperin, oder?« Nun fixiert er mich, Zorn funkelt in seinen Augen.

Ich setze mich auf die Bettkante, ohne seinem Blick auszuweichen. »Und wenn schon? Ich dachte, du *liebst* Stripperinnen?«

Achselzuckend lehnt er sich in den Türrahmen. »Mag sein, trotzdem ist das kein Job für dich. Du bist zu …« Er mustert mich, und auf einmal fühlt sich die kühle Klimaanlagenluft stickig an.

»Zu was?«

Sein Blick verharrt auf meiner Brust, dann blinzelt er und sieht mir wieder ins Gesicht. »Ach, nichts, du passt nur einfach nicht in so eine Bar.«

Ich löse die Riemen meiner Sandale und streife sie ab. »Da würden dir eine Menge Leute widersprechen.« Ich schüttle meine Brüste und verdrehe die Augen. »Wozu soll ich sonst gut sein?«

Er umklammert den Türknauf mit einer Hand. »Du bist für viele Sachen gut. Das erkennst du bloß nicht.«

Okay, das war jetzt irgendwie süß. »Für was genau?« Ich werfe die Sandale in den Wandschrank. »Ich kann gar nichts alleine. Du musstest mir sogar beibringen, wie man einen Geschirrspüler bedient!«

Er setzt sich neben mich aufs Bett, während ich die zweite Sandale ausziehe. »Na und? Jeder muss mal irgendwas lernen. Du bist nur ein bisschen später dran als die meisten anderen Leute.«

»Weil ich ein verwöhntes Gör bin, das ein Dienstmädchen hatte.«

»Hast du aber nicht mehr. Du wirst gerade eine unabhängige, starke Lila.« Er zwinkert mir grinsend zu. »Und diese Lila gehört nicht in einen Stripklub.«

Ich glaube, ich habe mich soeben in ihn verliebt. Keiner hat je so etwas Nettes zu mir gesagt oder solches Vertrauen in meinen Charakter gesteckt. Vielmehr höre ich mir mein Leben lang schon das exakte Gegenteil an: *Du schaffst das nie, Lila. Du bist nutzlos, Lila. Lila, du ruinierst diese Familie. Keiner wird dich jemals lieben, wenn du dich nicht änderst. Sei perfekt, sei hübsch, denn keiner will dich, wenn du es nicht bist.*

»Auch wenn du es garantiert nicht hören willst«, sage ich und ziehe meinen Fuß aus der Sandale, »du bist echt süß, wenn du willst.«

Er runzelt die Stirn. »Ich bin nicht süß. Tatsächlich bin ich echt fies.«

»Und schrecklich eingebildet bist du auch.« Nachdem ich die zweite Sandale abgestreift habe, lasse ich mich auf das Bett fallen. Mein Shirt rutscht ein bisschen hoch, doch ich ziehe es nicht nach unten. »Ich muss morgen noch mehr Sachen in dem Second-Hand-Laden verkaufen, weil mir das Geld ausgeht. Kannst du mich hinfahren oder mir deinen Truck leihen?«

Ich erschrecke ein bisschen, als er sich neben mich legt und den Kopf zu mir dreht. »Du klingst, als wäre es das Schlimmste, was dir jemals passiert ist.«

»Ist es irgendwie auch.« Ich überkreuze die Arme auf meinem Bauch und sehe schmollend zur Zimmerdecke. »Es mag sich hohl anhören, aber ich liebe meine Sachen.«

»Du kommst drüber weg.« Er streicht mit dem Finger über meinen entblößten Bauch, direkt oberhalb der Narbe, die vom Bund meiner Shorts verborgen wird. Es kostet mich einiges, nicht stöhnend zu erschauern. »Außerdem ziehst du dich gar nicht mehr so todschick an.« Er stützt sich auf einen Ellbogen, wobei seine Finger auf meinem Bauch bleiben, obwohl ich nicht sicher bin, dass es ihm klar ist. Dann sieht er hinunter zu dem engen lila T-Shirt, das Ella zurückgelassen hatte, und den Jeansshorts, die ich heute zum ersten Mal trage. »Und du siehst verdammt gut aus.«

»Ich habe mich wegen des Jobs so angezogen.« Nur mit Mühe kann ich weiteratmen, denn seine Finger streichen immer noch auf meinem Bauch vor und zurück. Meine Schenkel beginnen zu beben, wie sie nie zuvor bei einer Berührung von einem Jungen gebebt haben. »Das gehört zur Rolle.«

»Und welche Rolle wäre das?« Er hebt eine Braue und zwickt mich spielerisch in den Bauch, gleich oberhalb des Nabels, und ein Hitzestrahl durchschießt mich. »Komm schon, verrate mir, wo du dich bewirbst. Ich kriege es sowieso heraus.«

Ich seufze. »Na gut – Danny's Happenin' Bar and Entertainment.«

Seine Finger erstarren, und er sieht mich entgeistert an. »Die auf dem alten Strip?«

Ich nicke und meide seinen Blick. »Ja, genau die.«

Ethans Hand bleibt eine Ewigkeit auf meinem Bauch, macht mich ganz benommen vor Hitze. Ich bin unsagbar froh, als er sie schließlich wegnimmt, denn ich schwöre, dass ich kurz vor einem Orgasmus war. »Du tanzt?«

Jetzt sehe ich ihn doch an. »Wieso wundert dich das so?«

Er zögert unsicher. »Es fällt mir nur schwer, mir dich vorzustellen, wie du – so tanzt.«

»Wie? Nuttig? Ich verstehe nicht, wieso dich das überrascht.«

»Es ist nicht nuttig«, sagt er. Nach wie vor wirkt er verwundert und betrachtet mich von Kopf bis Fuß. »Es ist – sexy und irgendwie erotisch, wenigstens soweit ich mich erinnere. Ist eine Weile her, seit ich da unten war.«

»So sexy ist es nicht. Ich meine, ich ziehe mich nicht aus oder so«, erkläre ich. »Es ist bloß Tanzen an einer Bar und manchmal auf der Bar, je nachdem. Ich trage normale Sachen – na ja, normale enge Sachen. Und sie wollen mir beibringen, an der Bar zu bedienen.«

»Ich weiß, was es ist, Lila.« Seine Hand gleitet wieder über meinen Körper, und in der Hitze, die seine Augen abstrahlen, drohe ich zu schmelzen. Dann fällt sein Blick auf seine Finger an meinem Bauch, und blinzelnd zieht er sie weg.

Ich setze mich auf, denn ich kann nicht mit ihm auf dem Bett bleiben, weil ich drauf und dran bin, mich rittlings auf ihn zu hocken. »Okay, ich muss jetzt ehrlich schlafen.« Ich steige vom Bett und gehe rückwärts zur Tür, um sie weiter zu öffnen. Es soll ein Wink für ihn sein, zu gehen und mich mit meiner Sehnsucht nach ihm alleine zu lassen.

Doch Ethan steht nicht auf. »Willst du, dass ich verschwinde?«, fragt er mit einem übertriebenen Schmollen, das sicher witzig gedacht ist, aber leider auch extrem sexy ausfällt. »Ich hatte gehofft, dass du mir zeigst, mit welcher Tanznummer du dich beworben hast.«

Ich lege eine Hand an meine Hüfte und sehe ihn so verärgert wie möglich an. »Ethan, im Ernst, hör auf, dich über mich lustig zu machen! Bisher habe ich nur ein Formular ausgefüllt. Außerdem will ich nicht, dass du mich tanzen siehst. Du würdest höchstens versuchen, mich zum Rotwerden zu bringen.«

»Warum sollte ich das wollen?«

»Weil … Keine Ahnung. Sag du's mir.«

Er setzt sich hin und verschränkt die Arme, sodass sich seine Muskeln wölben. »Ich denke eben, dass du an mir üben könntest«, antwortet er grinsend. »Immerhin kenne ich mich aus.«

»Ja, das tust du bestimmt.«

Er lacht leise, rundum zufrieden mit sich, und steht auf. »Bist du sicher, dass ich gehen soll? Ich meine, deshalb stehst du an der Tür und siehst ganz erhitzt aus, oder?«

Ich will sagen, dass er verschwinden soll, doch es kommt kein Pieps aus meinem Mund. Im Grunde will ich nie, dass er geht, was gar nicht gut ist. Ich könnte behaupten, dass ich gerne mit ihm zusammen bin, aber Tatsache ist, dass ich ihn brauche. »Willst du einen Film sehen oder so?«

Er lächelt breit. »Einen kitschig-poetischen vielleicht?«

Ich zeige mit dem Finger auf ihn. »Du weißt, dass es so was nicht gibt. Wir haben doch schon versucht, so einen auf Netflix zu finden.«

»Ganz sicher gibt es einen, und wir haben nur nicht gründlich gesucht – aber wir können einen Film anschauen.«

»Welchen?«, frage ich.

»Welchen willst du sehen?«

»Was ist, wenn ich den kitschigsten Mädchenfilm aller Zeiten sehen will?«

Er gähnt, streckt die Arme über den Kopf, sodass seine steinharten Bauchmuskeln und die Tattoos entblößt sind. »Dann kann ich ein bisschen schlafen. Das wollte ich schon den ganzen Tag.«

Obwohl ich die Augen verdrehe, muss ich lächeln. »Ich glaube, dass du insgeheim Mädchenfilme magst«, erwidere ich, als wir ins Wohnzimmer gehen.

Er schüttelt den Kopf, doch ich höre ihn leise lachen. »Nicht die Filme, nur die Gesellschaft.«

Hierauf fällt mir nichts ein. Ich war noch nie mit Jungen zusammen, die mir zu etwas anderem als meinen Titten und meinem Arsch Komplimente gemacht haben. Also setze ich mich auf die Couch, während Ethan die Xbox anschließt, um Netflix zu starten. Dann nimmt er die Fernbedienung und setzt sich neben mich auf die Couch. Er ist näher, als ich erwartet hätte; sein Knie lehnt an meinem, und es fühlt sich fast schmerzlich gut an, so gut, dass ich fürchte, vor Anspannung und Hitze zu explodieren. Und so sehr ich das hasse, liebe ich dieses Gefühl auch, weil ich es noch niemals erlebt habe. Es ist verrückt und seltsam, als wäre ich wieder Jungfrau, und es verändert mein gesamtes Denken. Zum ersten Mal in meinem Leben male ich mir aus, dass ich in zehn Jahren genauso mit ihm hier sitzen könnte. Wir würden in demselben Loch wohnen, Ethan hätte noch seinen Job auf dem Bau, weil er das College nie abgeschlossen hat und eigentlich gar nicht mehr aus seinem Leben machen will. Und ich wäre keinen Schritt weiter, da ich nur mit Ach und Krach einen Job als Tänzerin in einer versifften Bar ergattern konnte. Ich würde immer noch Sachen vom Ausverkaufsständer tragen, und wir hätten dieselben schäbigen Möbel, weil Ethan elegante Dinge nicht leiden kann und wir uns von unseren mageren Löhnen gar keine leisten könnten. Aber trotz der Armut wäre alles okay. Ja, ich kann mir sogar vorstellen, glücklich zu sein, selbst wenn ich arm bin. Ich hatte vorher genug, zumindest materiell, und wozu hat es mich gemacht? Tablettensüchtig, unfähig, für mich zu sorgen, und emotional traumatisiert, weil man mir beigebracht hatte, dass es falsch war, Gefühle zu zeigen, die nicht perfekt und hübsch waren. Jetzt gerade fühle ich mich so zufrieden, und das möchte ich weiter. Wirklich zufrieden sein.

Ethan legt seinen Arm auf die Sofalehne und streicht mir das Haar aus dem Nacken. Er beginnt, die Filme durchzugehen, fragt mich, welcher wie ist, und ich antworte nur einsilbig, denn ich bin viel zu überwältigt von dem, was mit meinem Körper und meinem Verstand geschieht. Ich erlebe alles extrem bewusst, angefangen von der Art, wie Ethans Lippe anschwillt, wo er auf sie beißt, bis hin zu seinem berauschenden Duft. Ich kann sogar seine Körperwärme fühlen, die meine Haut verbrennt, und dabei berührt er mich nicht einmal. Es ist verblüffend. Klar. Unverfälscht. Ist es das, was mir all die Jahre gefehlt hat? Soll sich alles so anfühlen? Wärme und Herzklopfen anstatt Kälte und Schweigen? Doch falls es das ist, was zur Hölle fange ich damit an?

Der Film ist erst ein Stück gelaufen, als Ethan einschläft und zur Seite kippt, sodass sein Kopf an meiner Schulter landet. Ich bin ziemlich sicher, dass er keinen Schimmer hat, was er macht, und frage mich, was er denken wird, wenn er aufwacht. Ich streiche mit den Fingern durch sein Haar, über seine Nase, sein Kinn, die Lippen. Es ist ein wenig unheimlich, jemanden im Schlaf anzufassen, dennoch kann ich nicht anders. Er hat so weiche Haut und so faszinierende Lippen. Ich würde gerne wissen, wie sie schmecken, sollten sich unsere Münder endlich richtig begegnen.

Bei dem Gedanken lächle ich. Dann auf einmal murmelt Ethan im Schlaf. Zuerst ist es ganz leise und hört sich fast an, als würde er »Lila« sagen. Aber bald wird er lauter, und ich verstehe: »London, verlass mich nicht … Bitte, bleib … Ich brauche dich …«

London? Ist das eine Person? Falls ja, hat Ethan sie noch nie erwähnt. Wer könnte das sein? Eine Freundin? Aber wenn sie seine Freundin ist, warum habe ich sie nie gesehen? Eine endlose Liste von Fragen rauscht durch meinen Kopf, und mir wird klar, dass es mir zwar wenig ausmacht, wenn Ethan herumvögelt, der Gedanke jedoch, dass er eine Freundin hat, wie ein Messerstich mitten in mein Herz ist. Sex ist bedeutungslos; eine Freundin nicht.

Womöglich liebt er sie.

ETHAN

»Oh, Ethan!«, ruft London, als sie vor mir über das Feld hüpft. Weiter hinten brennt ein großes Lagerfeuer, von dem Rauch in den Sternenhimmel aufsteigt. Dort ist eine Party im Gange, und Leute lachen, rufen, trinken und haben Sex, und London hüpft auf dem Feld herum, weil sie nun einmal so ist.

»Was machst du denn?«, frage ich und trinke mein Bier, während ich langsam hinter ihr hergehe und zusehe, wie sie sich durch das hohe Gras und Unkraut bewegt. »Wir verlaufen uns noch!«

Sie wirbelt herum, den Kopf nach hinten geneigt, und ihr schwarzes Haar verschmilzt mit dem Nachthimmel. »Ich amüsiere mich.« Sie dreht sich wieder um sich selbst und bleibt stehen, als ich bei ihr bin. »Was ist mit dir?«, fragt sie atemlos.

Ich stürze den Rest meines Biers herunter, zerdrücke den Plastikbecher und werfe ihn auf die Erde. »Was soll mit mir sein?«

Sie grinst und kommt hüftenschwingend auf mich zu. »Amüsierst du dich?«

»Wie verrückt«, antworte ich matt und lege meine Hände an ihre Hüften.

London runzelt die Stirn. »Na, das klang mal überzeugend.«

Seufzend lehne ich meinen Kopf gegen ihren. »Entschuldige, ich bin bloß müde. Und bei der Party drüben sind für meinen Geschmack zu viele Leute.«

»Du kannst ein solcher Spielverderber sein«, sagt sie. »Aber manchmal machst du auch richtig mit.«

»Ich mache richtig mit, wenn ich betrunken oder stoned bin«, gestehe ich. »Aber nüchtern macht mich das irre.«

Sie hakt ihren Finger in meine Gürtelschlaufe. »Manchmal denke ich, eines Tages packst du deine Sachen zusammen und ziehst alleine los.«

Ich löse meine Stirn von ihrer, damit ich sie ansehen kann, und sage: »Manchmal ist mir auch danach, einfach einzupacken und abzuhauen.«

»Würdest du mich mitnehmen?«

»Würdest du denn mitkommen?«

»Kann sein … Weiß ich nicht.« Sie sieht nicht aus, als würde sie es wollen. »Würdest du wollen, dass ich mitkomme?«

»Vielleicht«, sage ich, bin aber nicht sicher. Ich mag sie wirklich, mehr als irgendein anderes Mädchen, doch es gibt Momente, in denen ich darüber nachdenke, nicht nur mein Leben hinter mir zu lassen, sondern auch jeden, der dazugehört.

»Du bist so ein Arsch«, antwortet sie. »Ich fasse es nicht, dass du mich nicht mitnehmen willst!«

»Das habe ich nie gesagt.«

»Aber du leugnest es auch nicht«, kontert sie.

Es wird still um uns, während sie die Arme um meine

Mitte schlingt und mich festhält. »Okay, ich nehme mein ›kann sein‹ zurück. Ich möchte mit dir gehen, aber nur, weil ich weg von hier will, von meinem Leben.« Ihre Stimme ist traurig und vollkommen gefühllos. So wird London ab und zu, wenn sie über ihr Leben redet.

Ich küsse sie auf die Stirn. »Was ist so schlimm an deinem Leben?«

»Was ist so schlimm an deinem?«, weicht sie der Frage wie immer aus.

»Nichts, außer dass ich es nicht will«, antworte ich und ziehe sie dichter an mich. »London, wenn du mitkommen willst, nehme ich dich mit.«

»Okay, du müsstest mir allerdings vorher Bescheid sagen«, scherzt sie, und die Traurigkeit verschwindet aus ihrer Stimme. »Und ich müsste in meinen Kalender sehen. Diesen Sommer bin ich sehr beschäftigt.«

Ich kneife sie fest in den Hintern, und sie weicht kreischend von mir zurück. Dann rennt sie wieder los über das Feld, und ich jage ihr nach. Doch irgendwann verliere ich sie in der Dunkelheit aus den Augen.

»London!«, rufe ich, aber sie antwortet nicht. Ich kann sie lachen hören, jedoch nicht einschätzen, woher es kommt. »London …«

Jemand rüttelt mich an der Schulter, und ich schrecke aus meinem Traum hoch. Mir ist furchtbar heiß, als hätte ich Fieber, und mein Herz rast.

»Du bist echt ein Loser«, sagt Lila, als ich die Augen öffne. Ich liege auf dem Rücken, den Kopf in ihrem Schoß und die Füße auf der Armlehne.

Äußerlich geht es mir wunderbar, während ich innerlich

ein Wrack bin, weil mir Erinnerungen an London durch den Kopf spuken. Wieder einmal stecke ich zwischen ihr und Lila fest und weiß nicht, wie ich über London hinwegkommen soll, um ganz bei Lila zu sein.

Sie beugt sich über mich, und ich sehe ihren Augen an, dass sie gekränkt ist. »Ungefähr zehn Minuten nach Filmstart warst du weg.«

»Was, ich habe zehn Minuten durchgehalten?« Sofort verlege ich mich aufs Scherzen und versuche, die Gedanken an London zu verdrängen. »Dafür habe ich einen Orden verdient.«

Lila lehnt sich zurück, sodass ich mich aufsetzen kann. »So schlecht war er gar nicht.«

»Nein, er war furchtbar.« Ich strecke gähnend die Arme nach oben und nehme die Füße von der Couch.

Lila beobachtet mich mit einem seltsamen, rätselnden Gesichtsausdruck. »Wer … Wer ist London?«

Mir fällt das Herz fast in die Hose vor Schreck. »*Was?*«

»London«, wiederholt sie und sieht mich aufmerksam an. »Den Namen hast du im Schlaf gemurmelt.« Sie grinst, was allerdings ein bisschen gezwungen aussieht. »Zuerst habe ich geglaubt, du sagst meinen Namen, und ich dachte, igitt, er hat einen feuchten Traum von mir. Aber dann konnte ich verstehen, dass du ›London‹ sagst. Und jetzt frage ich mich, ob du eine heimliche Freundin hast.«

»Sie ist niemand«, sage ich schärfer als beabsichtigt. Ich rede nie mit anderen über London, weil dadurch alles real würde. »Also mach dir keine Gedanken.«

Lila schüttelt den Kopf. »Jetzt werde nicht gleich schnippisch. Du weißt eine Menge über mich – vieles, von dem mir lieber wäre, du würdest es nicht wissen –, und da finde ich es nur fair, dass ich auch ein paar Sachen über dich weiß.«

»Du weißt schon einiges über mich«, erwidere ich und bemühe mich, nicht zu barsch zu sein, weil das für uns beide schlecht wäre. »Jetzt lass es gut sein.«

Sie überlegt. Dann verdunkeln sich ihre Züge auf eine sehr untypische Art. »Nein, das ist Schwachsinn.« Sie rückt näher zu mir. »Du hast in den letzten Wochen praktisch in meinen Kopf hineingesehen, und es ist unfair, dass ich so wenig über dich weiß.«

»Du weißt genug.« Meine Stimme ist angespannt.

»Offenbar nicht, denn ich habe noch nie von dieser London gehört, obwohl sie dir wichtig zu sein scheint.«

»Lila, hör auf«, warne ich sie. »Das willst du nicht hören.«

»Doch, will ich.« Ich kapiere nicht, wieso, doch sie scheint auf einen Streit aus.

Wut brodelt in mir auf, erbarmungslos wie Lava, die alles vernichtet, was sich ihr in den Weg stellt. Ich bin ein sehr beherrschter Mensch, ausgenommen das eine Mal, gleich nachdem ich von London erfuhr. Das eine Mal verlor ich völlig die Kontrolle, wurde zu meinem Vater, brüllte jeden an, machte Sachen kaputt, zeigte meinen Zorn. »Halt verdammt noch mal die Klappe«, sage ich gefährlich leise.

Lilas Augen beginnen zu glänzen, als würde sie gleich weinen. »Halt du deine Klappe! Ich habe dir bloß eine verdammte Frage gestellt.«

Ich hole einige Male tief Luft und stehe auf. »Ich gehe in mein Zimmer.« Sie sieht mir nach, wirkt wütend, verwirrt und ein klein wenig verletzt, genauso wie London aussah, als ich das letzte Mal von ihr wegging.

Aber ich schaffe es nicht, zu ihr zurückzugehen. Ich bin viel zu aufgebracht, und die Gefühle, die in mir hochkochen, wecken den Wunsch in mir, wegzulaufen und mir eine Frau für eine bedeutungslose Nummer zu suchen. Aber das kann ich nicht. Gott, ich kann es schon seit dem Abend auf dem Strip nicht mehr, und ehrlich gesagt war ich damit auch ganz zufrieden. Bis jetzt.

Mir schwirrt der Kopf von dem Traum. Ich versuche, nicht an London zu denken, doch sie holt mich immer wieder ein, egal ob ich wach bin oder schlafe. Zudem hört Rae nicht auf, mir SMS zu schicken, was wenig hilfreich ist. Drei- bis viermal täglich schreibt sie mir oder spricht auf meine Mailbox. Und ich weigere mich, ihr zu antworten, ehe ich nicht sicher bin, was ich tun soll.

Ich schließe mich in meinem Zimmer ein und mache das Einzige, was ich kann, um meine Gedanken zu sortieren: Ich schreibe.

Ich habe Angst. Mehr, als ich zugeben möchte. Mit Angst konnte ich noch nie umgehen. Ich habe mir eine künstlich ruhige, kontrollierte Haltung zugelegt, weil niemand wissen darf, was in mir los ist. Zum Beispiel, dass ich mich immer noch zerrissen fühle, meine Seele gebrochen ist, seit das einzige Mädchen, von dem ich jemals dachte, dass ich mit ihm zusammen sein will, eine leere Hülle ist. Äußerlich ist sie noch da, bis hin zu dem Muttermal über ihrer Lippe, ihren braunen Augen und der Narbe oberhalb ihres Munds. Ihre Haut ist nach wie vor makellos glatt. Sie sieht aus, als gäbe es sie noch, doch das tut es nicht. Die

London, die ich kannte, existiert nicht mehr. Sie hat ihr Leben vergessen, ist nur noch auf die Zukunft gerichtet. Alles andere ist weg.

Mich belastet die Vorstellung, dass ich zu ihr fahre und sie endgültig loslasse. Für immer. Daran macht mir die größte Angst, dass ich es will und auch wieder nicht. Ich will nach vorn sehen, vielleicht mit Lila, und dennoch will ich an London festhalten, weil das leichter ist als alles, was mit dem Loslassen einherginge. Im Grunde ist mir klar, dass ich mich verabschieden muss.

Kapitel 12

LILA

Es ist etwas über eine Woche her, seit ich diese London angesprochen habe, und Ethan redet immer noch so gut wie nicht mit mir. Die meiste Zeit meidet er mich, und wenn wir uns begegnen, bleibt er oberflächlich, als wären wir eine Zweck-WG und sonst nichts. Wer diese mysteriöse London auch sein mag, sie bedeutet ihm offensichtlich etwas. Zuerst dachte ich, sie wäre bloß eine heimliche Freundin, so wie er ihren Namen im Schlaf wimmerte. Für mich war es immer okay, wenn er mit anderen schlief – wenigstens konnte ich damit leben. Aber eine Freundin? Die Idee reißt in meinem Innern wie spitz gefeilte Fingernägel.

Auf meine Frage hin blitzten solche Wut und solcher Schmerz in seinen Augen auf, dass ich glaube, er könnte sie geliebt haben. Was ich wohl nie erfahren werde, solange er nur »Hallo« zu mir sagt. Es nervt, denn er weiß so viel über mich. Wenn ich es genau bedenke, hat Ethan immer schon eher zugehört als selbst geredet, und er behält eine Menge für sich.

Ich habe den Job bei Danny's bekommen und bin mir nicht sicher, ob es mir gefällt oder nicht. Besonders schlimm ist es eigentlich nicht, allerdings musste ich auch noch nicht auf der Bar tanzen. Angeblich soll heute der große Tag sein.

Nachdem ich mich eine Ewigkeit im Spiegel angesehen habe, gehe ich endlich aus meinem Zimmer. Ethan sitzt auf der Couch und hat die Nachrichten eingeschaltet. Seinem glasigen Gesichtsausdruck nach träumt er allerdings, anstatt den Wetterbericht zu sehen. Er trägt nur Cargoshorts. Sein Haar ist zerzaust, und seine Augen sind gerötet, als wäre er high; aber ich kenne Ethan gut genug, um zu wissen, dass er es nicht ist.

Als ich meine Tasche und eine Jacke vom Tisch nehme, wandern seine Augen hinüber zu mir. Normalerweise sieht er gleich wieder weg, doch heute Abend schreckt ihn mein Outfit aus der Lethargie, wie ich schon erwartet hatte.

»Was hast du denn an?« Er setzt sich auf und mustert verärgert mein enges weißes Trägershirt, das meinen Bauch, meine Brüste und den Leopardenprint-BH darunter betont. Meine ultrakurzen Shorts geben den unteren Teil meines Hinterns frei, wenn ich mich bücke; und das werde ich viel tun, denn wie mir eine der Kellnerinnen erzählte, regnet es dann Trinkgelder.

»Dasselbe könnte ich dich fragen«, kontere ich und schwinge mir den Handtaschenhenkel über die Schulter. »Es gibt so was wie Shirts, falls du es nicht weißt.«

Seine Augen verengen sich. »Habe ich dir irgendwas getan?«

»Außer mich seit Tagen zu ignorieren?«, frage ich und reiße die Wohnungstür auf. »Nein, nichts.«

»Ich ignoriere dich nicht!«, ruft er. »Ich verbringe lediglich weniger Zeit mit dir. Das ist bei Mitbewohnern normal.«

Ich stecke meinen Kopf wieder zur Tür herein. »Du bist

ein Arschloch, und ich weiß auch, warum. Ich habe dir nichts getan, außer eine verdammte Frage zu stellen.«

Der Ausdruck seiner Augen wird weicher, und ich rechne damit, dass er sich entschuldigt. Da steht er auf, kommt zur Tür und sagt: »Du siehst wie eine Hure aus.«

Damit trifft er mich so sehr, dass meine Beziehung zu ihm einen empfindlichen Riss bekommt. Ich hebe eine Hand – um ihn zu ohrfeigen oder wegzustoßen. Doch ich tue nichts, sondern gehe, bebend vor Wut, die Treppe hinunter. »Ich kapiere nicht mal, was ich dir getan habe!«, schreie ich. Mir ist egal, dass ich eine Szene mache. Mein Leben lang versuchte ich, kein Theater zu machen, und ich habe es gründlich satt. Nichts fühlt sich mehr richtig an.

»Du hast gar nichts getan … Es ist alles meine Schuld … Tut mir leid«, ruft Ethan mir nach, aber ich laufe schon über den Parkplatz.

Mir bleibt nur, den Bus zu nehmen oder zu Fuß zu gehen. Da der Weg weit ist, steige ich in den ekligen, stinkenden Bus. Ich setze mich nach hinten, koche vor Wut und schließe die Jacke über meinen nuttigen Kleidern. Früher hat es mir nichts ausgemacht, eine Schlampe zu sein. So werde ich schon genannt, seit ich vierzehn bin. Aber dieses gottverdammte Wort – Hure – katapultiert mich in eine Zeit zurück, die ich vergessen will.

»Leg dich einfach aufs Bett«, sagt Sean mit dieser rauchigen Stimme, bei der mir so warm wird. »Ich verspreche dir, dass es sich gut anfühlt.«

Er hat mir gerade den Platinring angesteckt und gesagt, dass er darauf gewartet hatte, ihn jemand Besonderem zu geben. Ich bin ein wenig benommen von den Shots, die ich getrunken habe, bevor ich zu ihm kam. Ich hasse Trinken, aber meine Freundinnen haben gesagt, dass ich es heute muss, vor allem wenn ich meine Jungfräulichkeit verlieren will. Der Nebel verschwindet, als ich zu ihm aufblinzle, und ich erkenne die Liebe in seinen grünen Augen, obwohl er sie mir bisher nicht gestanden hat. Ich weiß, dass er mich liebt, denn niemand hat mich je so angesehen – als würde er mich wollen.

»Zieh dich aus«, flüstert er und beugt sich vor, um mich sanft auf den Mund zu küssen.

Ich nicke, während er sich wieder aufrichtet, und beginne, meine weiße Bluse aufzuknöpfen, die ich jeden Tag zur Schule trage. Dabei sehe ich weiter ihn an. Dieser gierige Blick in seinen Augen macht mir ein bisschen Angst, und zugleich mag ich ihn.

»Du hast so fantastische Wimpern«, sage ich, als ich die Bluse auf den Boden fallen lasse. Jetzt habe ich nur noch meinen schlichten weißen BH, den karierten Schulrock und die Strümpfe an, die zum Outfit der New York Reform School gehören. Ich war noch nie vor einem Jungen oben ohne, aber Sean ist ja nicht irgendein Junge. Langsam gehe ich auf ihn zu, wobei ich versuche, sexy und selbstbewusst auszusehen, auch wenn ich innerlich vor Angst zittere. Ich gleite mit den Fingern sein Hemd hinauf, fühle seine steinharte Brust unter dem Stoff und tue so, als hätte ich keine blanke Panik vor dem, was geschehen wird. Er soll mich für erfahrener halten, als ich bin.

Seine Muskeln zucken, als ich an seinem Kragen ankomme, und für einen Sekundenbruchteil wird die liebevolle Sanftheit, die ich immer in seinen Augen sehe, zu Eis.

Aber dieser seltsam kalte Blick verschwindet gleich wieder, und er legt seine große Hand über meine. »Männer wollen nicht hören, dass sie schöne Wimpern haben, Lila«, sagt er tonlos. »Denk dir was Besseres aus.«

Ich schlucke und sorge mich, dass ich ihn abgeschreckt haben könnte. Ich zermartere mir das Hirn nach etwas anderem, das ich sagen könnte – irgendwas, damit er mich nicht mehr ansieht wie ein ahnungsloses, naives Mädchen. Aber mir fällt absolut nichts Witziges oder Verführerisches ein, schon gar nicht mit diesem Alkoholnebel im Kopf.

Er muss meine Panik spüren, denn er umfasst meine Hände. »Entspann dich, Lila. Ich tue dir nicht weh.«

»Das habe ich auch nicht behauptet.« Meine Stimme klingt erstickt, und ich weiß, dass er den Pulsschlag an meinen Handgelenken spüren kann, die er mit seinen Händen umschlingt.

Lächelnd sieht er sich in dem dämmrig beleuchteten Schlafzimmer um. Auf dem Nachttisch und dem Fensterbrett brennen Kerzen, die für genau den richtigen Schimmer und Lavendelduft sorgen, um Liebe zu machen. Das Bett ist mit Rosenblättern verziert, und Chiffon-Vorhänge hängen um das elegante Himmelbett. Im Hintergrund spielt leise Musik. Alles ist perfekt. Perfektion. Ich kann sie fühlen, was bedeutet, dass das hier richtig ist. Es ist das, was ich erreichen soll: den idealen Jungen, älter und reifer, mit stoppeligem, kantigem Kinn, und er trägt einen hübschen Anzug. Auf diese Dinge soll ich laut meiner Mutter immer achten. Ja, er ist manchmal ein bisschen grob mit mir, und wenn wir unter Leuten sind, ignoriert er mich, aber doch nur, weil er muss.

Er streicht mir mit dem Finger über die Wange, und meine Bedenken schmelzen dahin wie das Wachs der Kerzen im Zimmer. »Du vertraust mir doch, nicht?«

Nickend sehe ich zu ihm auf. »Natürlich.«

Sein Mund verzieht sich zu einem Lächeln. »Schön.« Dann neigt er sich vor, bis seine Lippen an meinem Ohr sind und sein Atem über meine Haut streicht. Ich bemühe mich vergeblich, nicht zu erschauern, weil das unreif wirkt, und unwillkürlich ziehe ich die Schultern nach oben. »Leg dich aufs Bett für mich«, sagt er leise und beißt mich sanft ins Ohr.

»O-okay«, hauche ich atemlos.

Er weicht zurück, und seine Augen sehen in dem schwachen Licht fast schwarz aus, als ich rückwärts zum Bett gehe und er mich betrachtet. Meine Knie zittern, als ich mich auf die Bettkante setze.

»Willst du … Soll ich den Rock anbehalten?« Ich höre mich so nervös an, aber er ist so erfahren, und ich bin miserabel darin, meine Unerfahrenheit zu überspielen.

Er geht vor dem Fußende des Betts auf und ab und gleitet mit dem Finger über den Holzrahmen. »Lass ihn erst mal an.« Dann wickelt er ein ausgefranstes Band von einem Pfosten ab, das ich vorher nicht bemerkt hatte.

Mein Blick ist auf das Band gerichtet, und ich werde schrecklich unsicher, als er es um meine Hand windet. »Du siehst nervös aus«, raunt er und kommt um das Bett herum zu mir. »Ich dachte, du vertraust mir.«

»T-tue ich«, stammle ich und kann nicht aufhören, das Band anzustarren. »Du kommst mir heute Abend nur so anders vor.«

Er legt einen Finger unter mein Kinn und zwingt mich, ihn anzusehen. »Lila Summers, hör mir zu. Ich würde dir nie wehtun, verstanden?« Er wartet, dass ich nicke, was ich auch mache, und beinahe bin ich mir sicher, dass es ehrlich ist. Sean lächelt. »Gut, jetzt leg dich bitte hin.«

Ich gehorche und sage mir, dass ich ihn liebe, auch wenn er mich Sekunden später seine kleine Hure nennt und nicht auf mein Flehen achtet, er möge aufhören. Er bindet mich ans Bett …

Ich springe von meinem Sitz auf, obwohl der Bus nicht mal in der Nähe meiner Haltestelle ist. Die Türen öffnen sich, und ich eile hinaus in die Hitze und den Staub, um die Erinnerungen an Lavendel und Schmerzen loszuwerden. Statt nach links, biege ich nach rechts zu einem Haus, zu dem ich nicht gehen dürfte, doch das ist schwer – zu schwer. Mich an die Dinge zu erinnern, die ich getan habe – die dunklen Dinge –, verursacht ein widerliches Gefühl in meinem Bauch.

Das Haus liegt einige Straßen weiter. Es ist eine nette Gegend mit weißen, zweigeschossigen Häusern, die von sattgrünen Rasenflächen, Blumenbeeten und kleinen Bäumen umgeben sind. In den Einfahrten stehen mittelgroße Wagen, hübsch, aber nicht zu protzig. Dieser Gegend haftet etwas von Mittelklasse-Vollkommenheit an, während sich hinter den verschlossenen Türen Finsteres abspielt.

Am Ende der Straße gehe ich die Einfahrt hinauf und klopfe an die Haustür mit dem Schmuckkranz und der »Willkommen«-Matte davor. Unruhig warte ich. Mein Handy teilt mir piepend mit, dass ich eine SMS bekommen habe, doch ich greife in die Tasche und stelle es aus. Jetzt gerade will ich nur eines, und genau das sage ich, als die Tür aufgeht.

»Ich brauche sofort eine.« Mir ist bewusst, dass ich panisch klinge, und das gibt Parker alle Macht über mich. Was mir im Moment egal ist. Ich will mich schnellstens besser fühlen.

Er lehnt sich in den Türrahmen. Parker sieht gut aus. Sein mittelblondes Haar ist gekämmt, die Ärmel seines schwarzen Hemds sind bis zu den Ellbogen aufgekrempelt. Er hat Grübchen und ein charmantes Lächeln. Mit seinem Charme und seinem Doktortitel scheint er perfekt. Perfekt. Perfekt. *Ist es nicht das, was meine Mutter sich für mich gewünscht hat?*

»Prompte Lieferung kostet mehr als einen Blowjob«, sagt er lässig. »Aber ich schätze, das weißt du. Unsere ganze Beziehung über warst du eine kleine Hure.«

Ich will ihm tausend Dinge sagen. Zum Beispiel, wie sehr ich jede einzelne Sekunde verabscheut habe, die wir zusammen waren. Oder wie gerne ich es gleich nach dem ersten Date beendet hätte, unzählige Male darüber nachdachte, und mich einzig die Tatsache abhielt, dass er Rezepte schreiben darf. Doch das jetzt zu sagen würde ihn sauer machen, und ich brauche ihn gut gelaunt.

»Mir ist klar, was es kostet«, erwidere ich und lasse mich von dem fauligen Gefühl überschwemmen, weil ich weiß, dass es bald vorbei ist. »Können wir bitte schnell machen? Ich bin in Eile.«

Er grinst wie ein irrer, gieriger, widerwärtiger Dieb, und ich hasse und liebe ihn dafür. Ich hasse ihn für das, was er von mir verlangt, und liebe ihn für das, was er mir im Tausch gibt.

ETHAN

Ja, ich habe es versaut. Ich habe sie angebrüllt, doch ich wollte sie weder erniedrigen noch willentlich verletzen. Ich habe ihr gesagt, dass sie wie eine Hure aussieht, was sie auch tat, und ich hasste es, sie so angezogen zu sehen, egal wie unglaublich scharf sie in den Sachen war. Ich hasse die Vorstellung, dass jeder Kerl in dieser Bar dasselbe denkt wie ich.

In den letzten Tagen habe ich mir alle Mühe gegeben, Abstand zu ihr zu halten. Ich rede nie über London, und plötzlich wollte Lila, dass ich es tue. Das hat mir Angst gemacht, weil ich mich vor dem fürchtete, was ich sagen würde – dass ich sie vermisse und eigentlich auch nicht; dass ich mich schuldig fühle, weil ich weggegangen bin, und das nicht will; dass ich sie loslassen und in die Zukunft blicken will. Mit Lila.

Als sie wegrennt, weil ich sie eine Hure genannt habe, wird mir bewusst, wie schlimm ich mich die letzte Woche verhalten habe. Lilas Gesichtsausdruck ist tödlich. Gefährlich. Ich muss es wiedergutmachen, darf nicht noch einmal versagen. Zunächst schicke ich ihr ein paar SMS, und nach einer Weile beschließe ich, zu der Bar zu fahren, in der sie arbeitet. Hoffentlich muss ich nicht zusehen, wie sie auf der Theke tanzt. So oder so muss ich mich bei ihr entschuldigen.

Als ich ankomme, kann ich Lila nirgends entdecken. Der Laden ist gerammelt voll mit gaffenden, sabbernden

Typen, die zu den halbnackten Tänzerinnen auf der Theke glotzen. Zum ersten Mal bin ich in so einer Bar, ohne es auf die Unterhaltung abgesehen zu haben, und es ist komisch, diese Szene quasi als Außenstehender zu betrachten. Auf einmal verachte ich mich, weil ich solche Läden durchaus schon besucht habe und weil ich zulasse, dass Lila hier arbeitet. Warum habe ich sie nicht davon abgehalten? Natürlich braucht sie einen Job, aber doch nicht so einen!

Ich fange eine der Kellnerinnen ab, die in einem durchsichtigen Kleid und mit einem Tablett voller Drinks an mir vorbeieilt. »Hey, hier arbeitet doch eine Lila. Hast du sie gesehen?« Ich höre mich eindeutig panisch an.

Die Kellnerin sieht mich von oben bis unten an und grinst. »Nein, aber was du auch suchst, ich kann es dir ganz bestimmt geben.«

»Nein danke«, sage ich. Es ist ein unmissverständliches Angebot, und ich hatte schon keinen Sex mehr, seit Lila vor zweiundzwanzig Tagen bei mir eingezogen ist. Mann, meine Eier platzen bald!

Ich mache mich auf den Weg zum Tresen, als das Handy in meiner Tasche vibriert. Eilig hole ich es hervor und sehe nach der SMS.

Lila: Ich hab Mist gebaut.

Scheiße!

Ich: Was ist passiert?
Lila: Ich habe was Übles gemacht … Ich glaube, ich brauche deine Hilfe.

Ich: Wo bist du?
Lila: Bei der Arbeit.

Ich blicke mich zu den vollbesetzten Tischen, den Tänzerinnen und dem Barbereich um.

Ich: Wo?
Lila: Im Klo.

Wieder sehe ich mich um, bis ich das »Toiletten«-Schild entdecke, und dränge mich durch die Leute, schubse jeden aus dem Weg. Als ich endlich in dem kleinen Korridor bin, wo die Stimmen und die Musik etwas gedämpft sind, schreibe ich Lila zurück.

Ich: Ich bin vor der Tür.
Lila: Wieso???
Ich: Weil ich nach dir sehen wollte.
Lila: Okay ... Dann komm rein ... Ich brauche dich ...

Brauche. Ein sehr starkes Wort. Ich hole tief Luft und stoße die Tür auf. Zwei Frauen stehen vor dem Spiegel und faseln etwas über ihr Aussehen. Als sie mich sehen, reißen sie die Augen weit auf.

»Meine Damen.« Ich grinse ihnen zu.

Sie scheinen nicht beeindruckt von meinem charismatischen Lächeln und gehen zur Tür. Die eine nennt mich einen Perversling, doch ich ignoriere es und blicke zu den Kabinentüren. Sie sind alle geschlossen.

»Lila!«, rufe ich.

Es vergeht eine Sekunde, bevor ich ihre erstickte Stimme höre. »Ich bin hier drin.«

Dem Klang nach ist sie in der letzten Kabine. Als ich meine Hand auf die Klinke lege, schwingt die Tür auf. Lila hockt auf dem versifften Fußboden, hat die angewinkelten Beine mit beiden Armen umschlungen und das Kinn auf die Knie gestützt. Sie trägt noch die Sachen von vorhin, hat aber eine Jacke übergehängt.

»Was machst du hier?«, frage ich und gehe zögernd in die Kabine.

»Ich habe Mist gebaut«, murmelt sie und sieht stirnrunzelnd auf den Boden.

Ich schließe die Tür hinter mir und schiebe den Riegel vor. »Hast du … hast du eine Pille genommen?« Mir hämmert das Herz im Brustkorb, während ich auf die Antwort warte.

Sie blickt zu mir auf. Ihre Augen sind rot und geschwollen, als hätte sie geweint. »Würdest du mich hassen, wenn?«

Ich hocke mich neben sie, streiche ihr das Haar aus dem Gesicht und versuche, ihre Pupillen zu sehen, damit ich besser einschätzen kann, in welcher Verfassung sie ist. »Ich könnte dich nie hassen, Lila. Ich … Ich habe dir doch erzählt, dass ich auch Mist gebaut habe, als ich loszukommen versuchte. Aber es ist wichtig, dass du mir die Wahrheit sagst, damit ich dir helfen kann.«

Sie atmet stockend ein, und ihre Hand zittert, als Lila sie vor sich ausstreckt. In der Handfläche liegt eine winzige weiße Pille.

»Scheiße.« Ich fahre mir mit den Fingern durchs Haar

und bin so unendlich froh, dass ich mich kaum noch gerade halten kann. »Hast du … Hast du schon eine genommen?« Mir graut davor, dass sie ja sagt und wir wieder bei null anfangen müssen.

Lila schüttelt den Kopf. Sie zittert am ganzen Leib. »N-nein, aber ich wollte die hier nehmen, so unbedingt, Ethan. Ich kann nicht mal …« Sie ringt angestrengt nach Luft. »Es macht mich wahnsinnig, sie nur in der Hand zu haben.«

Ich atme aus, nehme die Tablette und richte mich auf. Lila nestelt schweigend an ihrem Ring, während ich vor die Kloschüssel trete, und sieht mich an.

Eigentlich rechne ich damit, dass sie mich anbrüllt, als ich die Hand über die Schüssel halte, doch sie beobachtet mich nur entsetzt und erleichtert zugleich, als ich die Hand öffne und die Pille ins Klo fallen lasse. Sobald sie im Wasser landet, drücke ich die Spülung, wende mich wieder zu Lila und kann endlich richtig Luft holen.

»Alles okay?«, frage ich.

Sie nickt, die Augen voller Tränen. »Es tut mir so leid.«

Ich hocke mich wieder vor sie, weil ich ihr nahe sein muss. Es ist, als würde mich eine kräftige Strömung zu ihr treiben. Mich überwältigt, wie dringend ich ihr nahe sein will und wie sehr ich bereue, sie hierhergetrieben zu haben. Denn es ist meine Schuld, wie mir sehr wohl bewusst ist. Ich habe es vermasselt, und nun muss ich es wieder hinbiegen.

Ich blicke Lila in die Augen, sodass ich sehe, was in ihr vorgeht, und sie sieht, was ich fühle. »Was tut dir leid? Du hast nichts getan. Ich war es, der dich angebrüllt hat.«

Sie lacht verbittert auf, und Tränen rollen ihr über die Wangen. »Nichts getan? Ich bin zu meinem Rezepte-Dealer gegangen, oder wie immer man den nennen will, und war bereit, ihm das Hirn rauszuvögeln, damit ich eine einzige Pille bekomme!«

Meine Brust krampft sich zusammen, und mir ist, als würde sich ein knotiger, dorniger Ast durch meinen Körper winden und alles in mir zerreißen. Etwas Derartiges habe ich noch nie empfunden, und ich verstehe nicht recht, was es bedeutet. »Ist schon okay«, sage ich, obwohl es das nicht ist. Sie hat für Drogen mit einem anderen gevögelt. Sie hat ihn gefickt. *Gefickt!* Ich atme zittrig aus.

»Nein, es ist nicht okay«, schnieft sie. »Ich habe es versaut. Richtig, richtig übel.«

Ich hebe ihr Kinn behutsam mit einem Finger an, bis sie mich ansieht. »Nein, hast du nicht. Du hast die Pille nicht genommen, und das ist gut. Ja, wirklich, das ist verdammt erstaunlich.«

»Weiß ich«, sagt sie und atmet langsam aus. »Deshalb bin ich nicht so fertig.«

»Warum dann?«, frage ich verwirrt. »Ist es … ist es wegen dem, was ich vorhin gesagt habe? Denn das tut mir ehrlich leid. Ich war bloß …« Ich sehe zu ihrer spärlichen Kleidung. »Ich mag es nicht, wenn du dich so anziehst. Überhaupt nicht.«

Ihre Schultern heben und senken sich, bevor sie beschämt nach unten blickt. »Ich habe Parker die Pille geklaut, als er im Bad war. Ich habe nicht mit ihm geschlafen, wie ich versprochen hatte.«

»Parker?« Ich bin verblüfft. »Dieser Lackaffe, mit dem

du früher zusammen warst? Von dem bekommst du die Pillen?«

Sie nickt. »Und die Rezepte.« Auf einmal wirkt sie panisch, steht schnell auf und wäre fast mit ihrem Kopf gegen meinen geprallt, hätte ich mich nicht rechtzeitig nach hinten gelehnt. »Egal, das spielt jetzt keine Rolle. Er wird stinksauer sein, Ethan. Dann kommt er, sucht nach mir und wird wiederhaben wollen, was ich ihm weggenommen habe. Und ich muss mit ihm schlafen.« Sie tritt unruhig von einem Fuß auf den anderen, während ich mich aufrichte. »Normalerweise war das nie ein Problem, aber da stand ich auch unter Medikamenten.« Ängstlich kaut sie an ihren Fingernägeln. »Es fühlte sich so falsch an, mich nur von ihm küssen zu lassen. Ich fühlte …« Sie schüttelt den Kopf und staunt, als ihr irgendwas klar wird. »Ich konnte *alles* fühlen.«

»Das ist doch gut.« Ich lehne mich an die Kabinenwand. Mich befremdet, wie unendlich froh ich bin, dass sie nicht mit Parker geschlafen hat. Zugleich bin ich wahnsinnig wütend, dass dieses Arschloch ihr Pillenlieferant ist, und würde ihn liebend gerne zusammenschlagen. »Sachen zu fühlen ist gut.«

Sie seufzt, während sie weiter unruhig von einem Bein aufs andere wechselt. »Ich weiß, aber das habe ich nie. Für mich war der viele Sex immer wie ein notwendiges Übel.« Sie breitet die Arme zur Seite aus und bleibt ruhig vor mir stehen. »Ich meine, ich mag ihn nicht mal.«

»Du magst keinen Sex?« Okay, dieser Gedanke ist mir völlig fremd, und ich frage mich, was sie empfand, als wir beinahe miteinander geschlafen hätten. War das ganze Knistern einseitig? Hat sie deshalb nur dagelegen?

Sie nickt. Ihre blauen Augen mit der verschmierten Mascara sind so riesig, dass sie ihr fast aus dem Kopf quellen. »Nein, es ist bloß etwas, das ich eben tue, und nicht weil ich es wirklich will. Es fühlt sich nicht mal gut an.«

Mir kommen eine Menge unpassende Gedanken in den Sinn, und es braucht einiges an Kraft, sie zurückzuhalten. »Wir sollten nach Hause fahren«, sage ich und will ihre Hand nehmen.

Sie verneint stumm, dreht sich von mir weg und senkt den Kopf, sodass ihr das Haar vors Gesicht fällt. »Ich glaube, ich habe meinen Job verloren.«

»Das freut mich«, sage ich ehrlich, trete vor und streiche ihr Haar nach hinten, weil ich ihr Gesicht sehen will. »Hier solltest du nicht arbeiten.«

»Aber ich muss Miete bezahlen.«

»Uns fällt schon etwas ein. Hier gibt es tonnenweise Jobs.«

Wieder schüttelt sie den Kopf und schlingt die Arme um ihren Oberkörper, während ihr noch mehr Tränen übers Gesicht strömen. »Du bist zu nett zu mir. Das muss aufhören. Ich verdiene es nicht.«

Glaubt sie, dass sie es nicht wert ist, nett behandelt zu werden? Ich würde das gerne fragen, will sie aber nicht wieder aufregen. Sie muss sich beruhigen.

Also versuche ich zu scherzen. »Das ist witzig, denn vor wenigen Wochen noch konntest du mich gar nicht oft genug als Arschloch beschimpfen.« Ich lächle, um die Stimmung zu entkrampfen.

»Hör auf«, erwidert sie und wischt sich die Tränen und die verschmierte Wimperntusche mit dem Shirt von den

Wangen. Dabei kann ich ihren Bauch sehen – perfekt, glatt und beinahe makellos, bis auf die Narbe, die einmal um die Mitte verläuft. »Lass die Witze. Du bist schon wieder nett, und ich bin so kaputt.«

»Jeder ist kaputt.« Mit den Fingern wische ich die Tränen ab, die ihr über die Wangen rollen. »Jeder auf seine eigene, verkorkste Art. Die meisten geben es nur nicht laut zu oder wollen daran etwas ändern.« Ich trete ein Stück näher zu ihr und lege eine Hand auf ihren Arm. »Aber du hast beides getan, was dich verflucht stark macht, Lila. Ich wünschte, du würdest das erkennen. Du bist stark, fantastisch und wunderschön, und du verdienst so viel mehr, als auf dem Kloboden in einer abgewrackten Bar zu hocken. Du verdienst ein fantastisches Leben.« Jedes Wort davon ist mein voller Ernst, und auch wenn ich furchtbar emotional klinge, bereue ich nichts von dem, was ich sage.

Lila wischt weiter gegen ihre Tränen an, doch es kommen immer mehr. Sie fängt an zu schluchzen, stürzt auf mich zu und schlingt die Arme um mich. Im ersten Moment werde ich stocksteif, aber dann nehme ich sie in die Arme und halte sie fest, während sie ihr Gesicht an meiner Brust vergräbt. Eine merkwürdige Ruhe überkommt mich. Ich fühle mich vollkommen wohl damit, sie in den Armen zu halten und auf jede mir mögliche Art zu trösten. Es dauert einen Augenblick, ehe ich begreife, was das heißen könnte. Ich verliebe mich womöglich in Lila. Und kaum wird mir das klar, erkenne ich, dass ich nicht sicher bin, ob ich London je wirklich geliebt habe. In sie verknallt war ich wohl. Aber habe ich sie geliebt? Nein, ich denke nicht. Denn was ich jetzt empfinde, ist beängstigend wie ein

Sprung von einer Klippe, bringt meine Gedanken wie mein Herz zum Rasen und fühlt sich an, als würde ich mich in etwas Unbekanntes stürzen. All das ist weit von dem entfernt, was ich jemals für London empfunden habe.

Lila weint eine halbe Ewigkeit in mein T-Shirt, während ich ihr über den Rücken streiche und ihr sage, dass alles gut wird, sie sogar immer wieder aufs Haar küsse und spüre, dass sich mein Leben verändert – dass ich mich verändere. Je länger sie in meinen Armen ist, umso weniger will ich sie loslassen. Ich will sie festhalten. Ihr Haar riechen. Ihre Wangen küssen, bis ich meine Lippen nicht mehr spüre. Nur sie. Überhaupt möchte ich vieles mit ihr tun, langsam und bewusst, sodass ich alles ganz genau fühle.

Aber dann zieht sie sich zurück und sieht mich mit blutunterlaufenen Augen an. »Was mache ich wegen Parker?«

»Was meinst du damit?« Ich halte sie an den Schultern fest, weil ich sie immer noch nicht freigeben will. »Wenn er in deine Nähe kommt, schlage ich ihn zu Brei.«

»Ich will nicht, dass du verletzt wirst«, flüstert sie. »Du musst gegen keinen kämpfen, nicht meinetwegen.«

Ich lache, bis mir die Seite wehtut. »Ich bin ziemlich sicher, dass ich mit Parker fertigwerde. Ja, ich würde sogar behaupten, dass er nur mit Ohrfeigen und Haareausreißen kämpft.«

Sie muss ein Grinsen unterdrücken. »So ein Schlappschwanz ist er gar nicht.«

Ich schüttle den Kopf, als wäre es zu absurd. »Wir reden doch über denselben Typen, oder? Diesen Arsch, mit dem du eine Zeit lang zusammen warst?«

Sie nickt, und ich bemerke ein amüsiertes Funkeln in

ihren Augen. »Und du warst so froh, als ich mit ihm Schluss gemacht habe.«

»Da war ich besoffen.«

»Und wir haben Strippoker gespielt. Daran erinnere ich mich noch.«

Ich lächle, denn es war der vollkommene Moment. Ein Licht nach einer Phase voller Dunkelheit. »Ah, Strippoker«, sage ich und führe eine verirrte Haarsträhne hinter ihr Ohr. »Wenn ich mich recht erinnere, hast du nie deinen BH ausgezogen, obwohl ich gewonnen hatte.«

»Nur weil ich wusste, dass du damit nicht umgehen konntest.« Sie schüttelt ihren Oberkörper, sodass ihre Titten an meiner Brust wippen. Dann senkt sie den Kopf, bis ihre Wange an meiner Brust lehnt, und atmet ruhig ein. »Danke, Ethan – für alles.«

Ich könnte sagen, dass sie mir nicht danken muss. Dass ich es gerne tue. Dass ich ihr gerne helfe. Aber das sage ich nicht. Denn ich wünsche mir, dass es nie nötig gewesen wäre. Dass sie das alles nie durchgemacht hätte.

»Gern geschehen«, murmle ich, ergreife ihre Hand so, dass sich unsere Finger verschränken, und ziehe sie zur Tür, um sie weg von hier zu bringen. Nach Hause.

In *unser* Zuhause.

Kapitel 13

LILA

Vier Tage sind seit dem Zwischenfall vergangen, und größtenteils verlief das Leben seither normal, sieht man mal von meiner bescheuerten Fixierung auf Ethan ab. Seit er mich in der Toilettenkabine fand, denke ich ununterbrochen an ihn. Es ist schlimmer als vorher, wird zu einer Obsession. Ich bin nicht einmal sicher, was es ist. Die Art, wie er mich ansah, mich berührte, mit mir redete, scherzte, mir vergab und mich nach Hause brachte. Es sind Kleinigkeiten, und doch bedeuten sie so viel. Er mag grob, unverblümt, irgendwie schräg und nach den Maßstäben meiner Mutter völlig unperfekt sein, aber ich würde ihn nicht anders wollen. Den angeblich perfekten Jungen hatte ich ja schon, der mir Ringe schenkte, mir erzählte, dass ich schön bin, dass er mich liebt, dass mir seine Seele gehört und er alles für mich tun würde. Und das war ein Haufen Scheiße. Unwirklich. Perfekt gibt es nicht. Echtheit gibt es. Die brauche ich. Und Ethan ist echter als jeder, den ich sonst kenne.

Ich überlege, welche Schlüsse das auf meine Gefühle für ihn zulässt. Früher dachte ich, ich würde Liebe verstehen. Wie sich herausstellte, lag ich falsch. Könnten die Gefühle, die ich für Ethan habe, Liebe sein? Ich habe keine Ahnung, aber das muss ich herausfinden, statt weiter alles zu analysieren.

Außerdem suche ich wieder nach einem Job – einem, mit dem Ethan einverstanden ist –, und daran muss ich mich erst noch gewöhnen. Nie zuvor hat mir jemand gesagt, ich verdiente etwas Besseres als das, was ich habe. Natürlich wäre meine Mutter über den Job bei Danny's auch nicht glücklich gewesen, allerdings nicht, weil sie denken würde, dass ich etwas Besseres verdiene. Sie würde lediglich fürchten, dass der Name Summers zu gut dafür ist, nicht ich. Ja, wenn es ausschließlich um meinen Charakter ginge, würde sie wohl eher sagen, dass ich genau dorthin gehöre, wie sie mir bei einem ihrer Anrufe zu verstehen gab.

»Du hast was gemacht?«, schreit sie ins Telefon, sodass ich den Hörer von meinem Ohr weghalten muss. »Du bist mit einem Jungen zusammengezogen?«

Ich halte das Telefon wieder ans Ohr und klemme es zwischen Kopf und Schulter ein. »Ja, das sagte ich gerade.«

»Das weiß ich. Aber was ich nicht begreife, ist, warum zum Teufel du das getan hast.«

Ich spüle gerade Teller und lade sie in den Geschirrspüler. Vorher habe ich schon staubgesaugt, gefegt und das Bad geputzt. Zwar macht Toilettenschrubben nicht direkt Spaß, aber ich bin auch irgendwie stolz auf mich. »Weil ich eine Wohnung brauche.«

»Ist dieser Junge reich?«

»Nein, er ist normal.«

»Normal ist inakzeptabel, Lila Summers. Normal bringt dir nichts als eine Schwangerschaft und ein Leben in einer Bruchbude, in der du dich nach etwas Besserem sehnst.«

»Normal ist völlig akzeptabel.« Ich lächle vor mich hin,

als ich es laut ausspreche, während ich irgendwas Grünes vom Teller spüle. »Und seit wann bist du eine Expertin für Normales? Du kennst überhaupt niemanden, der normal situiert ist.«

»Doch, deine Tante Jennabelle.«

»Ich wusste gar nicht, dass ich eine Tante Jennabelle habe.«

»Sie ist meine Schwester, und du kennst sie nicht, weil sie mit ihren drei Kindern in einer Einzimmerwohnung haust und einen Job als Sekretärin annehmen musste, nachdem sie ihren Mann verlassen hat, weil der sie mit einer Kollegin betrog. Und keiner will eine verarmte, alleinerziehende Verwandte besuchen, die in einer schäbigen Bude wohnt. Wäre sie einfach bei ihrem Mann geblieben und hätte über diesen einen Fehler hinweggesehen, dann müsste sie jetzt nicht alleine unter Drogensüchtigen und Kriminellen hausen.«

»Nur weil sie in einem heruntergekommenen Viertel wohnen, sind die Leute nicht gleich alle drogensüchtig und kriminell«, antworte ich. »Und ich würde sie gerne besuchen.« Ich spüle ein Glas aus. »Sie hört sich wie eine starke Frau an, die mutig genug war, einen Mann zu verlassen, der sie offensichtlich nicht ausreichend liebte, um sie gut zu behandeln. Und sie ist imstande, für sich selbst zu sorgen.«

»Sie ist arm, Lila!«, kontert meine Mutter scharf, als wäre schon das Wort »arm« etwas Schmutziges. »Sie kann sich nie einen neuen Wagen leisten.«

»Kann ich auch nicht.« Ich halte ein Besteckbündel unter den Wasserhahn und wische die angeklebten Essensreste mit den Fingern ab.

»Tja, das ist deine Schuld, weil du so verflucht trotzig bist. Du könntest alles haben, was du willst, Lila. Das perfekte Leben. Aber du verdirbst es dir ja selbst immer wieder. Statt zu tun, was ich dir sage, und nach Hause zu uns zu kommen, bis du dich selbst sortiert hast und einen netten, wohlhabenden Jungen kennenlernst, der für dich sorgt, lebst du in Armut. Wahrscheinlich fährst du sogar Bus!«

»Ich lebe nicht in Armut«, erwidere ich. »Jedenfalls noch nicht. Dank meinem normalen Freund, der mich hier wohnen lässt, weil er nett ist. Geld, Autos und schicke Klamotten sind nicht alles, Mutter. Und ich bin nicht bereit, Menschen aufzugeben, die ich mag, nur um ein Leben voller Glamour zu führen.« Wow, seit wann denke ich denn so? »Ich will mit Leuten zusammen sein, die ich mag und die mich mögen. Das ist es, was ich mir wirklich vom Leben wünsche.« Gott, ich mag Ethan. Ehrlich, das tue ich.

»Tja, das ist ja eine rührende Einstellung. Vielleicht solltest du tatsächlich mal deine Tante Jennabelle besuchen und dir ansehen, wie sich das echte Leben anfühlt.« Nach einer kurzen Pause fügt sie hinzu: »Was ist das für ein Geräusch? Dieses Wasserrauschen im Hintergrund?«

»Wasser.« Ich stelle noch einen Teller in die Maschine.

»Ja, das weiß ich, aber wo kommt es her?«

Ich drehe den Hahn ab und klappe den Geschirrspüler zu. »Aus der Spüle.« Nachdem ich den Startknopf gedrückt habe, wische ich mir die Hände in einem Geschirrtuch ab. »Ich habe das Geschirr abgespült und in die Maschine geräumt.«

»Du hast was?«, schreit sie so laut ins Telefon, dass mir

das Ohr klingelt. »Das reicht, Lila. Dieses Verhalten ist nicht hinnehmbar!«

»Warum? Weil ich meinen eigenen Dreck wegräume?« Ich gehe ins Wohnzimmer und lasse mich auf die Couch fallen. Eine Kerze mit Vanilleduft brennt, und die ganze Wohnung sieht blitzblank aus. Es ist hübsch, und ich hoffe, dass Ethan es zu schätzen weiß, wenn er von der Arbeit kommt.

»Summers' räumen nicht auf«, sagt sie scharf. »Dafür haben sie Personal.«

»Tja, da ich pleite bin, kann ich mir kein Personal leisten.« Ich lehne mich zurück und kämme mir mit den Fingern durchs Haar. Es ist immer noch lang und perfekt frisiert, wie ich es gelernt habe. »Echt, bei deiner Reaktion könnte man glauben, ich hätte dir eben gebeichtet, dass ich Drogen nehme oder so.«

Meine Mutter lacht ins Telefon. »Hör auf, zickig zu sein, und sei dankbar für alles, was ich für dich getan und dir gegeben habe. Ohne mich wärst du noch viel schlechter dran als jetzt. Und das endet umgehend, denn ich komme und hole dich.«

»Viel Spaß beim Suchen«, sage ich und betrachte meine Haarspitzen, die geschnitten werden müssten. Ich sollte mir die Haare einfach kurz schneiden, so wie ich es früher schon wollte. »Vegas ist eine sehr große Stadt.«

»Was ist nur mit dir los?«, ruft sie. »Wie kannst du so unverschämt und rücksichtslos sein? Ich verstehe das nicht. Wie ich überhaupt nie verstanden habe, warum du nach Vegas wolltest.«

»Weil es die erste Stadt war, auf der mein Finger auf der Karte landete«, murmle ich.

»Was redest du da? Hörst du mir eigentlich zu?«, fragt sie wütend.

»Nein, eigentlich nicht.«

»Tja, das musst du aber! Wenn du nur einmal auf mich hören und dir dein Leben nicht vermasseln würdest! Mit einem Jungen zusammen zu sein, weil er dich *mag*, bringt dir gar nichts, vor allem nicht, wenn es einer von diesen armen Schluckern ist, mit denen sich deine Schwester rumtreibt. Der vergnügt sich mit dir, bis er genug hat, und dann bist du allein, wahrscheinlich schwanger und arm.«

»Das wird nicht passieren, und du übertreibst gnadenlos.«

»Tue ich nicht. Wart's nur ab. Du wirst schwanger von einem Typen, der garantiert nicht für dich sorgt. Und glaub ja nicht, du kannst dann bei mir ankommen!«

»Ich will deine Hilfe nicht«, sage ich wütend. »Ich will genau da sein, wo ich bin, bei Ethan und sonst keinem. Nie.« Wow, dieses Gespräch mit meiner Mom fördert Ungeahntes und ziemlich Beängstigendes zutage!

»Allmählich reicht es mir mit dir!«, schimpft meine Mutter.

»Und mir mit dir!« Ich lege auf und werfe das Telefon auf den Couchtisch. Mir ist ganz seltsam: irgendwie leicht, was nach Gesprächen mit ihr ungewöhnlich ist. Es liegt wohl an dem, was ich bei diesem Telefonat erkannt habe. Ich will hier sein. Bei Ethan. Und ich will nie weg, jedenfalls nicht in absehbarer Zukunft.

»Ich möchte etwas Aufregendes machen«, murmle ich und wickle gedankenverloren eine Haarsträhne mit dem Finger auf. Mein Haar trage ich seit Jahren so wie heute, und ich habe es noch nie gefärbt, obwohl ich es schon oft wollte. »Ich möchte eine Veränderung.«

Ich will ändern, wer ich bin, besser sein. Ich möchte ein Mensch sein, den ich lieben kann, nicht hasse und verachte. Lächelnd stehe ich auf, schnappe mir meine Handtasche und gehe. Mir ist klar, dass ich den Bus nehmen muss, aber heute fühlt es sich okay an, und das ist an sich schon eine große Veränderung. Ich frage mich, wie viele noch folgen.

Ich werde richtig wagemutig, nun ja, für meine Verhältnisse zumindest. In einem Billigsalon habe ich mir die Haare schneiden lassen, nicht bloß die Spitzen. Jetzt ist es schulterlang, mit schwarzen Strähnen. Früher hatte ich immer denselben Haarschnitt, den ich bei diesem teuren Salon in der Innenstadt machen ließ, wo man einen Termin braucht. Wie sich herausstellte, sind die billigen Friseure gar nicht schlecht. Sheila, die mir das Haar schnitt, war richtig nett. Sie erzählte mir, wie sie zum Haareschneiden kam, nachdem sie zuvor Jura studiert hatte, um Anwältin zu werden, wie es ihre Eltern wollten. Aber eines Tages saß sie in einer Vorlesung und hörte den Professor endlos über Gesetze schwadronieren, als ihr klar wurde, dass es ihr völlig am Arsch vorbeiging und sie lieber einige Gesetze brechen würde, statt sie auswendig zu lernen. Sie warf das Studium hin, tauschte ihren fast neuen Wagen gegen ein Motorrad ein und fuhr quer durchs Land. Einfach so. Als sie zurückkam, entschied sie, es mit der Kosmetikschule zu versuchen, weil es das erste Institut war, an dem sie in der Stadt vorbeikam. Ihre Eltern verziehen ihr nie, dass sie ein angeblich ideales Leben weggeworfen hatte, doch das kümmerte sie nicht. Sie war glücklich und ist es noch. Und das allein zählt.

Ich fand ihre Geschichte klasse, und sie machte mir Hoffnung, dass ich eines Tages auch wissen werde, was ich will. Bisher weiß ich nur eines, was ich will: meinen sehr sexy Mitbewohner/Drummer/Retter. Auch wenn er es nie zugeben würde, Ethan hat mich gerettet, und das viele Male. Könnte ich ihn doch jetzt haben, dann wäre das Leben schön. Denn ich will ihn. *Will ihn.* Wirklich, ehrlich, sehr.

Mein Kopf fühlt sich an, als würde er gleich platzen, deshalb rufe ich Ella an, um mich abzulenken und vielleicht ein paar Tipps zu meinem Jungenproblem zu bekommen.

»Hey«, meldet Ella sich, nachdem es einige Male geklingelt hat. »Ich wollte dich auch gerade anrufen.«

»Ach ja?« Ich blicke durchs Busfenster auf die Straße. Aus der Tüte auf meinem Schoß steigt der Geruch von Fast Food auf. »Dann kannst du wohl Gedanken lesen.«

»Gut möglich.« Sie verstummt kurz. »Okay, ich weiß nicht, wie ich es diplomatisch anstellen soll, denn jedes Mal, wenn ich auf dich und Ethan zu sprechen komme, leugnest du, dass zwischen euch irgendwas läuft. Also frage ich direkt. Wohnst du bei ihm? Das hat Micha nämlich gesagt.«

»Ähm …« Ich weiß selbst nicht, warum es mir so schwer fällt, über meine Beziehung zu Ethan zu reden. »Ja, seit einiger Zeit.«

»Warum hast du mir nichts davon erzählt?«, fragt sie mit einem amüsierten Unterton. »Seid ihr … Seid ihr zwei zusammen?«

»Nicht so, wie du meinst«, erwidere ich schnell. »Und

ich habe dir nichts erzählt, weil ich wegen etwas zu ihm gezogen bin, über das ich nicht gerne rede.«

»Schon klar. Trotzdem hättest du mich wenigstens warnen können.«

»Warnen?«, antworte ich scherzhaft, und sie lacht. »Tut mir wirklich leid. Die nächste große Neuigkeit erfährst du als Erste.«

»Gut.« Sie räuspert sich und klingt auf einmal nervös. »Und jetzt habe ich Neuigkeiten.«

»O mein Gott, bist du schwanger?« Ich setze mich auf und versuche, nicht über meinen Witz zu lachen.

»Was? Nein!« Sie macht eine längere Pause. »Wie kommst du auf die Idee?«

»Wie soll ich nicht? Micha und du, ihr macht praktisch nie Pause, nicht mal, wenn ihr voneinander getrennt seid. Die Wände in unserer Wohnung waren dünn, und diese endlosen nächtlichen Chats, als er auf Tour war, waren sehr laut.«

»O mein Gott!«, stöhnt sie verlegen. »Du hättest etwas sagen sollen.«

»Was? Lass den lauten Telefonsex mit deinem Freund?« Ich lache und lehne mich näher an die Buswand, wobei ich mit einer Hand meine Augen gegen das Sonnenlicht abschirme. »Egal, was ist die große Neuigkeit?«

Ella holt tief Luft. »Micha und ich heiraten.«

»Das wusste ich schon.«

»Ja, klar, aber – in einer Woche.«

Mir steht der Mund offen vor Staunen. »Bist du sicher, dass du nicht schwanger bist?« Jetzt werde ich doch ein wenig ernster.

»Hör auf damit! Du machst mir richtig Angst.« Sie muss wieder Luft holen. »Ich bin nicht schwanger. Wir wollen bloß heiraten und dachten uns, wieso nicht, wo wir sowieso schon zusammenleben. Wir leben quasi schon zusammen, seit ich vier war.«

Ich lächle, denn auch wenn ich ein bisschen neidisch bin, sind die zwei so süß, dass es den Neid wert ist. »Hat Micha dir das eingeredet?«

Sie lacht. »Ist es so offensichtlich?«

»Ähm, ja. Ist es bei ihm immer.« Ich drehe eine Strähne von meinem sehr viel kürzeren Haar auf und überlege. Zwar habe ich ihre Beziehung von Anfang an angefeuert, doch als Ellas beste Freundin muss ich dennoch sicher sein. »Willst du das wirklich?«

»Ja, will ich.« Sie klingt so glücklich, und ich werde noch neidischer.

»Na gut, dann komme ich rüber. Aber ich möchte gleich darauf hinweisen, dass ich Kalifornien hasse, also darfst du dir einiges darauf einbilden, dass ich trotzdem anreise.«

Eine Weile lang ist sie still, was bei Ella bedeutet, dass sie ernsthaft nachdenkt. »Danke, Lila«, sagt sie schließlich. »Für alles.«

»Ach was. Ich habe doch gar nichts gemacht.«

»Doch, irgendwie schon«, widerspricht sie. »Ohne deine zarten Tritte und den Hinweis, dass ich eine Liebe aufgeben würde, die es nicht mal geben sollte – und dass ich mich unsagbar glücklich schätzen kann –, wäre ich eventuell nicht hier. Und ich würde wohl kaum alles vorbereiten, um die Liebe meines Lebens zu heiraten.«

»Das stimmt nicht ganz«, sage ich. »Ihr wärt sicher auch so zusammengekommen.«

»Das bezweifle ich, aber vielleicht … vielleicht wäre ich irgendwann allein zur Vernunft gekommen und hätte aufgehört, mich selbst unglücklich zu machen.« Jetzt hört es sich an, als wäre sie den Tränen nahe, was ungewöhnlich für Ella ist. Sie räuspert sich. »Du kommst doch, nicht? Wirst du meine Trauzeugin?«

»Natürlich! Ich wollte schon immer mal eine sein.« Ich überlege, ob ich die Frage stellen soll, die mir auf der Zunge liegt, denn ihre Familie ist ein heikles Thema. »Wer kommt sonst noch?«

»Du und Ethan.«

»Und dein Dad?«

Sie zögert. »Na ja, zwischen meinem Dad und mir und sogar meinem Bruder läuft es schon ziemlich gut, aber dies hier möchte ich gerne einfach halten. Nur Micha und ich und ihr zwei. Dann gibt es kein Drama.«

Ich seufze. Es tut mir leid, dass sie so empfindet. Andererseits, sollte ich jemals heiraten, bin ich nicht sicher, ob ich meine Familie dabeihaben wollte, denn die würde mir wahrscheinlich alles ruinieren, vor allem wenn der Bräutigam nicht ihren Vorstellungen entspricht. »Tja, ich bin auf jeden Fall dabei, aber Ethan müsst ihr noch fragen.«

»Das hat Micha schon.«

»Wann?«

»Vor ein paar Tagen«, antwortet Ella verlegen. »Er hat gesagt, dass er kommt.«

Ich bin ein bisschen gekränkt. Warum hat er mir nichts davon erzählt? »Okay, dann kommen wir wohl zusammen.«

Normalerweise kann ich problemlos fröhlich klingen, wenn ich es nicht bin, aber jetzt gelingt mir das nicht.

»Alles okay?«, fragt Ella prompt. »Ich meine, mit Ethan – ist bei euch beiden alles okay?«

»Warum sollte es das nicht sein?« Ich stehe auf, als der Bus sich meiner Haltestelle nähert. Mich macht der Gedanke nervös, dass Ethan etwas über uns gesagt haben könnte.

»Ich weiß nicht – weil ihr beide eine komische Beziehung habt.«

Ich greife nach dem Haltegriff, als der Bus ruckelnd anhält. »Hat Ethan das zu Micha gesagt?«

»Nein.« Sie lügt, das kann ich hören.

»Ella, bitte, erzähl mir einfach, ob er irgendwas gesagt hat.« Ich steige aus und bin auf einmal sehr unsicher.

»Schon gut, Lila, entspann dich«, bittet sie, und ich höre jemanden im Hintergrund rufen. »Ich muss jetzt los. Ruf mich an, wenn du mit Ethan geredet hast, und sag mir Bescheid, wann ihr kommt, ja?«

»Mach ich.« Ich sehe nach rechts und links, bevor ich über die Straße zur Wohnung laufe. »Warte mit dem Kleiderkauf, bis ich bei dir bin.«

»Okay, aber ich sage dir gleich, dass ich auf keinen Fall ein weißes Rüschenkleid anziehe. Es muss schon rockstarmäßig sein.«

»Oh, wir finden garantiert etwas sehr Ella-Kompatibles.« Ich betrete die Wohnanlage, deren Eingang zwischen einem kaputten Zaun und einem verlassenen, sandigen Grundstück liegt. Die Sonne geht unter, sodass es nicht mehr so heiß wie mittags ist, aber immer noch warm genug, dass ich zu schwitzen anfange. »Ich bin eine hervorragende Einkäuferin.«

»Abgemacht«, sagt Ella munter. »Bis später.«

»Okay, bye.« Ich lege auf, und erst Sekunden später wird mir bewusst, dass ich gar nicht dazu gekommen bin, den Grund meines Anrufs anzusprechen.

Seufzend hole ich meinen Hausschlüssel hervor. Ich bin frustriert, denn ich hätte wahrlich ein bisschen Rat zu Ethan gebrauchen können und was ich tun soll, und wahrscheinlich hätte Ella mir den auch gegeben. Leider war mein antrainierter Instinkt, den Mund zu halten, wieder mal stärker als ich. Andererseits erinnere ich mich auch zu gut, wohin mich der Rat anderer Mädchen in der Highschool gebracht hatte: Schlaf mit ihm; das ist toll, und dann macht er nicht so schnell Schluss mit dir. Sex bedeutet Verpflichtung. Sex macht einen älter. Sex. Sex. Sex. Ich bin nicht mal sicher, ob die anderen das jemals ernst meinten oder ein böses Spiel mit mir trieben.

Ethan ist noch nicht von der Arbeit zurück. Ich setze mich auf die Couch, die Tüte mit dem Essen vor mir auf dem Tisch, und versuche, nicht zu viel an die Vergangenheit zu denken, denn ich weiß ja, wie das enden kann. Also stelle ich Ethans Musik an, an die ich mich immer noch gewöhnen muss. Aus irgendeinem Grund bin ich nervös, ahne beinahe, dass ich im Begriff bin, etwas richtig Blödes zu sagen oder zu tun. Denn ich überlege ernsthaft, Ethan zu erzählen, dass ich ihn *mag*. Es ist Zeit, ihn wissen zu lassen, wie ich empfinde. Dass ich ihn mag, vielleicht sogar liebe. Bei diesem Gedanken erschrecke ich, erst recht, als ich mir unwillkürlich durch mein jetzt kinnlanges Haar streiche, das im Nacken noch kürzer ist. Und als wäre die Veränderung nicht schon genug, ist es auch noch schwarz gesträhnt.

»Wer bin ich?«, flüstere ich. Das weiß ich wirklich nicht mehr. Das Mädchen, das sich ihr Haar schneidet? Das Gefühle für Ethan hat? Das ihm von diesen Gefühlen erzählen will? Das ist alles sehr angsteinflößend.

Ich überlege noch, ob ich fliehen oder bleiben und mich meinen Ängsten stellen soll, endlich mutig sein, als es an der Tür klopft. Ich stehe auf, öffne und weiche sofort zurück. »Parker?«

Er mustert mich und verzieht angeekelt das Gesicht. »Was hast du denn mit deinem Haar gemacht?«

»Abgeschnitten«, antworte ich und bete im Stillen, dass er nicht wegen der Pillen hier ist, auch wenn mir vollkommen klar ist, dass es keinen anderen Grund geben kann. »Was willst du hier?«

Er trägt ein marineblaues Polohemd, eine Baumwollhose und eine Rolex. »Tu nicht so, als wärst du überrascht, mich zu sehen.« Sein Tonfall ist scharf, seine Körperhaltung bedrohlich.

Plötzlich wird mir nur zu deutlich bewusst, dass ich alleine in der Wohnung bin. »Woher weißt du, wo ich wohne?«, frage ich und umfasse den Türknauf fester.

»Ich habe rumgefragt.« Er tritt einen Schritt auf mich zu. »Du hast mir von meinem Vorrat geklaut, verdammt. *Meinem* Vorrat! Auch wenn du dich daran gewöhnt hast, mit mir zu machen, was du willst, das geht zu weit. Hier geht es ums Geschäft!«

Ich weiche weiter zurück und will die Tür schließen,

aber er knallt seine Hand dagegen. »Tut mir leid, Parker«, sage ich und bemühe mich, ruhig zu bleiben, obwohl meine Handflächen schwitzen und mein Herz wie verrückt pocht. »Das wollte ich nicht. Ehrlich. Ich hatte nur einen miesen Tag und habe Mist gebaut.«

Er kommt näher, tritt über die Schwelle und auf das rissige Linoleum im engen Eingangsbereich. »Erspar mir deine Rührgeschichten. Du wolltest das nicht? Ernsthaft?« Beim Sprechen schwenkt er die Hände, und ich zucke zusammen. »Hast du rein zufällig das Fläschchen geöffnet, das in meiner Nachttischschublade versteckt war, und dir aus Versehen eine Pille rausgeholt? Ich habe nachgesehen, als du weg warst, Lila, und es fehlte eine Tablette. Und du weißt, dass ich meinen Stoff kontrolliere. Du hast selbst schon gesehen, wie ich die Pillen nach jedem Deal zähle. Allerdings bin ich erstaunt, dass du nur eine genommen hast, denn sonst wirfst du dir doch gerne mal vier auf einmal ein.«

Kopfschüttelnd stolpere ich ins Wohnzimmer zurück und um den Couchtisch herum. Ich stecke in ernsten Schwierigkeiten. »Was soll ich denn noch sagen? Es tut mir leid, okay? Ich habe Scheiße gebaut. Aber ich habe die Pille nicht mehr. Ich kann dir das Geld dafür geben.« Ich greife zu meinem Portemonnaie neben dem Fernseher.

Parker lacht und kommt weiter in die Wohnung. »Du wirst mich für die beschissene Pille bezahlen, Lila«, sagt er und kickt die Tür hinter sich zu. »Aber nicht mit Geld. Wie dir bekannt ist, nehme ich für Pillen kein Bargeld.«

Ich sehe zum Flur, überlege, ins Bad zu rennen und mich einzuschließen. Das hier ist übel. Sehr, sehr schlimm. Ich spüre, dass etwas Furchtbares passieren wird, und habe keinen Schimmer, wie ich es verhindern will.

»Denk nicht mal dran«, sagt er und öffnet den Reißverschluss seiner Hose. »Also, du kannst mich entweder ficken oder mir den Schwanz lutschen, aber ich will was von dieser Nummer haben. Du klaust mir nicht einfach eine Pille, ohne eine Gegenleistung zu bringen. Das müsstest du eigentlich wissen.«

»Stimmt, weiß ich«, sage ich zittrig und blicke mich nach meinem Handy um. Wo habe ich es hingelegt?

Gleich zeigt sich das hässliche Monster in ihm. Das weiß ich, weil ich es schon bei jedem Typen gesehen habe. Verweigert man ihnen irgendwas, brechen sie einen. Gibt man ihnen, was sie wollen, nehmen sie sich alles und lassen einen im Dreck liegen.

Ich presse die Lippen zusammen, merke ein leichtes Flattern in der Brust, doch ich weiß, dass ich das schaffe, wenn ich muss. Ihn einfach vögeln, es hinter mich bringen, wie ich es schon unzählige Male getan habe. Nur fühlte ich da nichts. Jetzt hingegen kommt es mir schlimmer als falsch vor: eklig und pervers. Ich habe Angst, genauso wie damals, als Sean mich ans Bett fesselte, mir Handgelenke und Knöchel festband und sogar meinen Bauch einschnürte. Ich wollte das nicht, sagte ihm auch, dass ich es nicht will. Einmal. Aber das reichte nicht, und er nahm sich, was er wollte.

»Ich glaube, ich …«, beginne ich, als meine Hüfte gegen die Ecke des Fernsehers stößt, weil ich versuche, weiter zurückzuweichen.

Parker stürzt mit offener Hose auf mich zu, und ehe ich mich rühren kann, hat er mein Haar gepackt und reißt brutal daran. »Knie dich hin. Ich und jeder Kerl da draußen wissen, dass du eine Hure bist, also benimm dich auch wie eine.«

Ich will nach ihm schlagen, aber er fängt mein Handgelenk grob ab, bohrt die Finger in meine Haut, während er mir mit der anderen Hand eine Ohrfeige versetzt. Tränen schießen mir in die Augen, und in meinem Ohr fiept es, als er mich auf den Fußboden stößt, meine Schultern nach unten drückt, bis ich vor ihm knie. Ich wimmere erbärmlich. Der grobe Teppich scheuert an meinen Knien, und mein Hals ist in einem schmerzhaften Winkel gebogen. »Hör auf, Parker … Du tust mir weh.«

»Gut.« Er greift wieder in mein Haar und drückt meinen Kopf auf seinen Hosenschlitz zu. »Mach den Mund auf, wie es sich für eine Hure gehört!«

Ich erinnere mich, dass ich in der Zeit mit Parker nie etwas empfunden habe. Mein Kopf und mein Körper waren leer gewesen, so wie bei fast allen anderen. Diese Leere wünsche ich mir jetzt wieder, ja, ich sehne mich nach ihr. Aber sie stellt sich nicht ein. Der Schalter, der sich früher verlässlich in mir umlegte, rührt sich nicht. Stattdessen werde ich von Scham und Furcht überwältigt. Ich weine richtig, denn dies hier ist real. Ich bin nicht betrunken, stehe nicht unter Medikamenten, und ich will nichts mit Parker tun, so wie ich es eigentlich auch nie mit Sean wollte. Nur war ich zu ängstlich, um es zuzugeben, und hatte Angst, wenn ich weggehe, würde er mich nicht lieben. Dabei wollte ich doch – will ich noch – endlich mal geliebt werden.

Trotzdem habe ich nie Nein gesagt. All die Jahre, und

kein einziges Mal verweigerte ich mich irgendwem, der mich wollte. Ich fürchtete, dass kein Junge mir je zuhören würde, und im Grunde glaubte ich auch, ich wäre nicht gut genug, um Nein zu sagen. Auf eine kranke, perverse Art fühlte ich mich für keinen gut genug. Deshalb warf ich die Pillen ein und tat Sachen, von denen ich dachte, andere würden sie von mir erwarten, damit sie mich akzeptieren, mich lieben. Nur passierte das nie. Ich hatte geglaubt, dass Sean mich liebt, doch er verletzte mich, und jetzt bin ich innerlich und äußerlich vernarbt, was ich nicht sein will. Ich möchte mich wieder wie ein ganzer Mensch fühlen. Ich will wieder vierzehn sein und keine dummen Entscheidungen treffen, keinen Sex mit einem älteren Mann haben, der mich so grob nimmt, dass die Bänder in meine Haut schneiden und ich das Bett vollblute. Und mich hinterher schuldig fühle, weil ich es so weit kommen ließ. Immer wieder gab ich mir die Schuld, denn ich hatte mich nicht gewehrt. Aber ich war hilflos und verwirrt.

Meine Vergangenheit stürzt in einer schmerzhaften Welle auf mich ein. Ich will nicht mehr dieses hohle, einsame Mädchen sein. Ich möchte das Gefühl haben, Dinge zu verdienen, und mich nicht so sehr hassen. Während ich noch überlege, ob ich schreien oder fest zubeißen soll, geht die Tür auf, und Ethan kommt herein. Er hat seinen Werkzeuggürtel um.

»Oh, Gott sei Dank!«, sage ich erleichtert und bemerke, dass ich am ganzen Leib zittere.

Parker sieht sich über die Schulter um. Sofort lässt er mein Haar los, und ich sinke mit dem Hintern auf meine Fersen, wobei ich mir die schmerzende Wange halte.

»Alter, sie wollte das«, sagt er zu Ethan und hebt beide Hände.

Ich rapple mich auf, halte mir weiter die Wange, während Ethan die Situation einschätzt. Er sieht zu Parker, dessen Hose offen steht, dann zu mir mit meiner geschwollenen Wange, und zurück zu Parker. Er hat noch seine Arbeitssachen an: zerrissene Cargoshorts, ein schmutziges schwarzes T-Shirt und feste Sicherheitsstiefel. In diesem Aufzug ist er der personifizierte Bad Boy, der Leuten wie Parker aus Spaß in den Arsch tritt. Und ich liebe es.

»Stimmt das, Lila?« Ethan blickt zu mir und zieht langsam den Hammer aus seinem Gürtel, als wollte er damit auf Parker einschlagen. Mir ist klar, dass er es nicht tun wird. Ebenso wenig wird er Parker glauben, doch der soll ruhig zappeln. »Wolltest du, dass dieser Loser seine Hose aufmacht und dich auf die Knie runterdrückt?«

Parker zieht den Kopf ein und beäugt den Hammer in Ethans Hand, sagt aber kein Wort, sondern weicht langsam an die Wand zurück, um sich zur Tür zu schleichen.

Ich wische mir die Tränen ab und schüttle den Kopf. »Nein, das wollte ich nicht.« Es hat etwas enorm Befreiendes, das auszusprechen, als wäre es ein Geheimnis, das ich schon ewig mit mir herumschleppe.

»Sie ist eine verlogene Schlampe«, widerspricht Parker mit wütendem Blick zu mir, ehe er unsicher wieder zu Ethan sieht. »Komm schon, Kumpel. Du kennst sie und musst doch wissen, wie sie ist.«

Ethan schüttelt den Kopf, wirft seinen Werkzeuggürtel auf die Couch und behält den Hammer in der Hand. »Die Lila, die ich kenne, ist keine Schlampe.«

Parker reißt die Augen weit auf, ehe er die Arme vor der Brust verschränkt. »Tja, die, die ich kenne, ist eine.«

»Na, was für ein Jammer für dich.« Ethan wirft seine Schlüssel auf den Couchtisch, bleibt aber in der Tür stehen.

Ich liebe Ethan. Im Ernst. Meine mutige Seite regt sich, und ich trete einen kleinen Schritt vor. »Parker, so gerne ich auch hier stehen und deinen kleinen Penis anschauen würde, will Ethan das ganz sicher nicht, also mach bitte die Hose zu.«

Er sieht nach unten, steckt seinen Schwanz hastig wieder weg und zieht den Reißverschluss nach oben. »Na gut«, sagt er, fährt sich durchs Haar und versucht, sich wieder ordentlich herzurichten. »Ich gehe jetzt. Ihr zwei könnt zur Hölle fahren.« Er will an Ethan vorbeigehen, doch der versperrt ihm den Weg.

»Du verlässt dieses Haus nicht, ehe Lila gesagt hat, was mit dir passieren soll.« Er sieht mich an und stützt die Hände in den Türrahmen. »Möchtest du, dass ich ihn verprügle oder die Cops rufe?« Dann hebt er den Hammer in Parkers Richtung.

»Fick dich«, antwortet dieser, wagt jedoch nicht, sich zu bewegen. Es ist offensichtlich, dass Ethan ihn mit Leichtigkeit zusammenschlagen könnte, auch ohne Hammer. Er ist größer, stärker, muskulöser und sieht aus, als hätte er schon ganz anderes mitgemacht, was ja auch stimmt. Er ist echt. Und ich will etwas Echtes, nicht die Täuschung, die so oft mit Wohlstand und Geld einhergeht. Ich werde mein Leben nicht opfern wie meine Mutter, nur um hübsche Kleider und ein Dach über dem Kopf zu haben. Mir gefällt das Brüchige jetzt gerade verdammt gut.

Unwillkürlich muss ich lächeln, vor allem als Parker einen Laut wie eine gewürgte Katze von sich gibt. »Ich weiß nicht genau.«

Ethan zwinkert mir zu. »Liegt ganz bei dir, Schönheit.«

Ich kann mir nur ungefähr vorstellen, wie mein strahlendes Lächeln in diesem Moment aussehen muss, denn zum allerersten Mal fühle ich mich … beschützt. Noch nie hat sich jemand für mich stark gemacht und mir gesagt, dass es okay ist, dass Menschen Fehler machen und es nicht heißt, dass man ewig für sie leiden muss. Ich sehe hinüber zu Parker, der eindeutig erwartet, dass ich ihm seinen Arsch rette. Eine ganze Weile betrachte ich ihn vollkommen ruhig, bis er sich windet und aussieht, als würde er sich in die Hosen machen.

»Lila, hilf mir hier raus«, fleht er schließlich.

»Warum?«, frage ich und verschränke die Arme. »Warst du nicht eben noch der harte Kerl, der leicht mit mir fertigwird?«

Er blickt zu dem Hammer in Ethans Hand und zurück zu mir. »Du weißt, dass ich Prügeleien hasse.«

Ich verdrehe die Augen. »Es sei denn, du darfst ein Mädchen schlagen, stimmt's?«

Mein »Verrat« entsetzt ihn. »Verdammt noch mal, Lila, ich schwöre bei Gott …« Er verstummt, denn Ethan tritt vor und klopft mit dem Hammerkopf in seine Handfläche.

Seufzend schüttle ich den Kopf. Natürlich lasse ich nicht zu, dass Parker verprügelt wird, aber um Ethans willen. Parker ist der Typ, der ihn hinterher anzeigen oder mit einer ganzen Truppe wiederkommen würde, die Ethan zusammenschlägt. Und wenn ich die Polizei rufe, holt Parkers Daddy, der Anwalt, ihn sowieso gleich wieder raus. »Na gut, meinetwegen. Lass ihn gehen, Ethan.«

Ethan rührt sich nicht. Erst als Parker erneut an ihm vorbeiwill, breitet er die Arme aus. »Bist du sicher?«

Ich nicke. »Ja. Er ist es nicht wert.«

Ethan hält meinen Blick, während er zur Seite tritt, sodass ein schmaler Spalt frei wird. »Okay, aber du gehst nur ihretwegen unversehrt hier raus«, sagt er zu Parker.

Der sieht ihn wütend an, sagt jedoch kein Wort und drängt sich an Ethan vorbei zur Tür. Jeder Muskel Ethans spannt sich an, und seine Fingerknöchel werden weiß, so fest umklammert er den Hammer. Es ist nicht zu übersehen, wie schwer es ihm fällt, Parker nichts zu tun.

Kaum ist er draußen, rennt Parker los, und Ethan tritt die Tür hinter ihm zu, als würde er damit alles Schlechte aussperren. Dann dreht er sich zu mir, wirft den Hammer beiseite und lehnt sich von innen gegen die Tür.

»Also, was war los?« Er beobachtet mich aufmerksam, und mir wird heiß. Sein Blick verharrt auf meiner Wange, und ich weiß, was er sich fragt. *Hat er dich geschlagen?* Mir wird noch heißer, weil ich ihm ansehe, dass es ihm nicht gleich ist.

Es ist kein sonderlich intensives Gefühl, bloß ein wenig Wärme an allen richtigen Stellen, reicht aber aus, um mir bewusst zu machen, wie anders ich mich in Ethans Gegenwart fühle. Bei Parker war mir immer eiskalt, und ich war wie betäubt – wie bei den meisten Jungen, mit denen ich etwas anfing.

»Es ist eine lange, blöde Geschichte, wie fast mein ganzes Leben.« Ich sinke auf die Couchtischkante und lege die Hände in den Schoß. Statt Ethan anzusehen, blicke ich hinunter zu meinen Händen, weil ich mich für das schäme, was eben passiert ist – was er gesehen hat. Immerhin war ich nicht zum ersten Mal in solch einer Situation, und dass es dazu kam, war meine Schuld. »Er wollte die Schulden für die gestohlene Pille eintreiben. Ich habe ihm gesagt, dass ich ihn bezahle, aber weil ich ihm versprochen hatte, mit ihm ins Bett zu gehen, als ich bei ihm war, wollte er jetzt so eine Bezahlung. Deshalb hat er … Na, du hast es ja gesehen.«

Ich studiere meine Fingernägel, weil es mir wieder einmal vorkommt, als könnte Ethan die wahre Lila sehen, die ich so angestrengt vor anderen verberge. »Es ist nichts, womit ich nicht schon früher klarkommen musste. Du weißt, dass du weißt, wie ich bin.«

Kopfschüttelnd kommt Ethan zu mir, kniet sich hin und legt eine Hand auf mein Bein. Seine Berührung ist warm und beruhigend. »Hörst du bitte auf, so von dir zu denken? Dann hast du eben mit einigen Typen geschlafen. Na und? Sex zu haben macht keine Frau gleich zur Schlampe. Und es ist auf keinen Fall eine Entschuldigung für reiche Arschlöcher, dich zu vergewaltigen oder dich zu Sachen zu zwingen, die du nicht willst.«

»Er hätte mich nicht vergewaltigt«, sage ich mit gesenktem Kopf. »Ich hätte nachgegeben, bevor es dazu gekommen wäre.«

Er runzelt die Stirn und wird rot vor Wut. Dann atmet er aus und vergräbt das Gesicht in den Händen. »Sag das nie wieder. Wenn ein Mädchen auch bloß ein einziges Mal

Nein sagt, muss der Kerl sofort aufhören. Du solltest nie, niemals Sex mit einem Typen haben, wenn du nicht willst.«

Sag das mal den Typen, mit denen ich schon zusammen war! »Okay.«

Jetzt runzelt er erst recht die Stirn. »Lila Summers, wo ist das freche Mädchen, das ich kennengelernt habe?«

»Ich glaube, die Lila ist irgendwann gestorben.«

»Dann hol sie zurück.«

Ich seufze. »Kann ich nicht. Sie kostet zu viel Kraft und Pillen. Und, ehrlich, ich bin nicht sicher, dass ich noch wie sie sein will.«

»Was völlig in Ordnung ist. Sei, wer immer du willst, aber bitte, bitte hör auf, so schlecht von dir zu denken. Du lächelst kaum noch, und ich … Mir fehlt das, verdammt.« Er schenkt mir ein wundervolles Grinsen. »Du hast nämlich ein sehr hübsches Lächeln.«

Ich weiß nicht, was mich so überwältigt, ob es seine Worte sind, dieser schöne, reale Moment oder einfach er. Was es auch ist, ich lehne mich vor, lasse mich von meinen Gefühlen zu ihm treiben, was etwas gänzlich Neues für mich ist. Und ich presse meine Lippen auf seine. Es ist verblüffend. Ich fühle alles, angefangen von meinem schnelleren Herzschlag, über das Rauschen des Bluts in meinem Kopf, bis hin zu der Hitze der Berührung.

Ich habe schon mehr Jungen geküsst, als ich zählen kann, doch die Emotionen, die dieser Kuss freisetzt, sind neu, weil sie *echt* sind. Auch wenn es mir bisher schwerfiel, das zu entziffern, was in mir vorging, bin ich mir jetzt ziemlich sicher, dass ich noch nie zuvor Liebe für jemanden empfunden habe, geschweige denn mich geliebt fühlte. Und das hier ist es.

Liebe. Ich bin komplett, zu hundert Prozent in Ethan verliebt.

ETHAN

Es kostete eine Menge Kraft, Parker nicht die Faust ins Gesicht zu schmettern. Das hätte ich wirklich zu gerne getan. Ich erinnere mich an ein paar Male, als ich meinen Dad dabei überraschte, wie er meine Mom verprügelte. Mein Dad ist ein stämmiger Kerl mit dicken Armen und einem Stiernacken, dennoch sah er erbärmlich aus, als er meine Mom zu Boden warf und ihr mit dem Handrücken ins Gesicht schlug.

Ein Moment ist mir ganz besonders im Gedächtnis geblieben, weil es der Tag war, an dem ich begriff, wie übel es zwischen ihnen war.

Ich war gerade aus der Schule gekommen, etwas früher als sonst, und ließ meine Tasche auf den Küchenboden fallen, als ich meine Mom auf dem Boden kauern sah und mein Dad mit der Hand ausholte. »Dad, hör auf!«, schrie ich, und ohne nachzudenken, lief ich zu meiner Mom, um sie zu beschützen.

»Ethan, nicht!«, rief sie, während mein Dad schon den Arm schwang und mich ins Gesicht traf.

Er hatte mich nicht mehr geschlagen, seit ich acht war, daher erwischte es mich eiskalt, auch wenn ich nicht direkt überrascht war. Das ist das Komische daran, wenn man von jemandem verprügelt wird, der einen eigentlich lieben soll. Es ist schwierig, das Falsche daran zu erkennen, denn die vermeintliche Liebe kann vieles überblenden. So erging es meiner Mutter.

Sie stand vom Fußboden auf und kam zu mir, als ich mir die Wange hielt. »Ethan, was machst du hier? Die Schule ist doch noch nicht aus.«

Ich sah zu ihr auf, dann kurz zu meinem Dad, der sich die Hand rieb. »Heute war früher Schluss. Ich hatte dir den Zettel am Montag gegeben.«

»Ach ja.« Tränen liefen ihr übers Gesicht, und ihre Wangen waren knallrot. Für einen Moment wirkte sie ratlos, dann tätschelte sie mir die Schulter. »Geh auf dein Zimmer und mach Hausaufgaben.«

Wieder sah ich zu meinem Vater, der zerknirscht wirkte. Das tat er immer. Es war, als würde er sich von einer absurden Stimmung überwältigen lassen und zu einem Monster mit vor Zorn glasigen Augen werden. Danach tat es ihm jedes Mal leid, wie er wieder und wieder sagte.

»Ich sollte lieber hier bei dir bleiben«, sagte ich zu meiner Mom und wünschte mir, ich wäre groß genug, um meinen Dad ernstlich zu verletzen, so wie er es mit ihr getan hatte.

Meine Mom schüttelte den Kopf und zerzauste mir das Haar, als wäre alles bestens. Als wäre nichts hieran verkehrt. Als würde ihr Gesicht nicht anschwellen, wären nicht sämtliche Küchenstühle umgeworfen oder die Adern am Hals meines Vaters vorgewölbt. »Ethan, geh in dein Zimmer und mach Hausaufgaben. Alles ist gut.«

Ich schluckte den Kloß in meinem Hals herunter, nahm

meinen Rucksack auf und schwang ihn über die Schulter. Beide beobachteten mich, als ich zur Tür ging, und die ganze Situation kam mir grundfalsch vor. Ich war verwirrt, ängstlich, verstand aber nicht, warum.

An der Tür sah ich mich zu ihnen um. »Bist du sicher, Mom?« Wegzugehen schien mir verkehrt; leider fiel mir auch nichts anderes ein.

»Ethan, deiner Mutter geht es gut«, antwortete mein Vater. »Und mir tut es leid, dass ich dich aus Versehen geschlagen habe … Ich hatte nicht gemerkt, dass du da bist.«

Tut mir leid. Tut mir leid. Tut mir leid. Immer dasselbe. Ich nickte, ging in mein Zimmer und schloss mich ein. Wenige Minuten später brüllten sie sich gegenseitig an, und ich drehte die Musik lauter.

Lila und Parker so vorzufinden weckte dieselbe Angst und Wut in mir, die ich aus jener Zeit kenne. Dieser Anblick – er, der die totale Kontrolle über sie ausübt – traf mich wie ein Hammerschlag in den Magen. Doch jetzt war ich kein Kind mehr. Ich wusste, dass ich Parker mühelos überwältigen konnte, was ich auch zu gern getan hätte. Ich spürte, wie der Wunsch in mir brodelte, ihn zusammenzuschlagen, bis er nicht mehr geradeaus gucken konnte. Ein Schwall von Emotionen durchflutete mich: Ich war nicht bloß wahnsinnig wütend, dass er ein Mädchen zu etwas zwang, das es offensichtlich nicht wollte, sondern dass er *meine Lila* nötigte. Und kaum sah ich es – fühlte es –, wusste ich, dass ich mir noch so viel vorlügen könnte; vor dem, was zwischen uns war, konnte ich nicht weglaufen. Dennoch mache ich mir Sorgen, denn diese unbändige Wut, die ich empfand, ähnelte der, die ich bei meinem Vater gesehen hatte.

Und sie wird immer stärker, schwillt zu einem Brennen in meiner Brust an, bis mich Lila völlig unerwartet küsst. Dieser Kuss, diese eine Berührung unserer Lippen, die leichte Erhitzung meines Körpers, zusammen mit einer Welle unterschiedlichster Empfindungen, löscht meine Wut aus und verändert mein Leben – ungeachtet der Tatsache, dass ich nicht sicher bin, ob ich es will.

Ich reagiere nicht gleich, teils vor Schreck, teils weil ich Angst habe. Die turbulente Beziehung meiner Eltern ist mir zu frisch im Gedächtnis und mit ihr die Furcht, so wie sie zu werden. Hier geht es nicht bloß um Sex. Es ist viel mehr im Spiel. Uns verbindet etwas; das tat es schon seit dem Tag, als wir uns zum ersten Mal begegneten. Ich hatte mich lediglich geweigert, es zu fühlen, doch jetzt nimmt es mich ein, beherrscht mich – sie beherrscht mich –, was bedeutet, dass ich von ihr abhängig bin.

Es macht mich irre, doch kaum beginnt sie, sich zurückzuziehen, wird mir klar, dass ich das nicht will. Deshalb öffne ich den Mund und dränge meine Zunge zu ihrer, während ich Lilas Kopf mit meiner Hand näher zu mir ziehe. Meine Sorgen und Ängste verpuffen vorübergehend.

Verfluchte Scheiße! Dies hier ist so anders als alles, was ich kenne. Ich bin neugierig und verschreckt, will mehr davon und es sofort beenden. Letztlich gewinnt mein Interesse – und ich will sie so unbedingt –, sodass ich ihr mit den Fingern durch das Haar mit den schwarzen Strähnen streiche. »Du hast dein Haar verändert«, murmle ich. »Gefällt mir.« Sanft zupfe ich es nach hinten, bevor ich sie wieder küsse und mit ihrer Zunge spiele.

Lila kneift die Augen fest zu. »Ethan«, sagt sie und klammert sich so fest an meine Schultern, dass ihre Nägel durch den Stoff meines T-Shirts stechen. Mich überrascht diese Grobheit, befeuert allerdings auch meinen überhitzten Körper. Ehe ich begreife, was ich tue, stehe ich auf.

Lila stockt der Atem. Sie wird rot, als wäre sie verlegen, und öffnet die Augen. Ich gebe ihr keine Chance, etwas zu sagen, packe sie in den Hüften und hebe sie hoch. Eigentlich trage ich keine Mädchen durch die Gegend, aber bei ihr ist das anders. Ich will sie halten, sie so dicht an mir fühlen, dass ich nicht weiß, wo ich aufhöre und sie anfängt. Jeder Millimeter von mir steht in Flammen, und mein Adrenalinschub sorgt dafür, dass ich Lila mehr will, als ich jemals ein Mädchen gewollt habe. Ich werde beherrscht von Gefühlen, von deren Existenz ich zwar wusste, die ich aber bisher nie wirklich zu empfinden wagte. Bevor einer von uns etwas sagen kann – oder ich anfange, zu analysieren, was das alles bedeutet –, küsse ich Lila wieder.

Ich küsse sie leidenschaftlich, während ich sie in mein Zimmer trage. Den Weg durch den Flur finde ich blind, was nicht heißt, dass wir nicht mehrmals gegen Wände und Türrahmen stoßen. Meine Finger sind unter ihrem Hintern verschränkt, und sie hat ihre Knöchel um meinen Rücken geschlungen, stöhnt, als ihre Zunge mit meiner spielt, jagt meine Libido in ungekannte Höhen und aktiviert eine Sehnsucht in mir, die mich einzusehen zwingt, dass ich Lila will, nicht London. Nicht mehr. Ich will Lila dringender als alles andere auf der Welt. In meinem Zimmer stolpere ich über irgendwas auf dem Fußboden und stoße mit der Hüfte gegen eine meiner Trommeln. Dann ramme ich gegen das Bett. Wir landen so schwungvoll auf der Matratze, dass wir beide abprallen und nach oben gefedert werden. Lila lacht an meinen Lippen, ohne die Augen zu öffnen.

Ich weiche ein wenig zurück. Erst jetzt schlägt sie flatternd die Lider auf. Sie sieht verwundert und unsicher aus … unter anderem, denn in ihrem Blick spiegelt sich eine Vielzahl von Gefühlen, wie wohl auch in meinem.

»Was?«, fragt sie verlegen. Ihre Arme und Beine sind noch um mich geschlungen. »Ist … Stimmt was nicht?«

Tausend Sachen stimmen nicht, will ich sagen. Ich empfinde so viel für dich, Lila. Ich kann das hier nicht. Ich verrenne mich viel zu sehr in diese Geschichte, und wenn ich so weitermache, werden wir uns gegenseitig hassen. Ich werde dich zerbrechen, dich … uns zerstören. Aber meine Stimme will nicht, und ich küsse sie stattdessen, intensiv und kraftvoll. Hitze, Verlangen und Gier ersticken uns beide, während wir in unseren Gefühlen ertrinken. Unsere Körper sind fest aneinandergepresst, als ich Lila mit all der Energie küsse, die sich seit dem Tag in mir aufgestaut hat, an dem wir uns kennenlernten. Ich habe jede Kontrolle über mein Handeln verloren. Regeln existieren nicht mehr. Vergangenheit und Zukunft lösen sich auf, bis nur noch dieser Moment existiert.

Zwischen feuchten Küssen und kehligem Stöhnen gelingt es mir, mein schmutziges Arbeitsshirt auszuziehen und auf den Boden zu werfen. Lila reißt die Augen auf, als ich mich auf sie lege, und holt hörbar Luft. Ihre Finger gleiten zitternd an meiner Brust hinauf. Erst jetzt bemerke ich, wie nervös sie ist. Vielleicht will sie das hier nicht.

Vielleicht tut sie es nur, weil sie Angst hat, Nein zu sagen. Ich fürchte, dass sie wieder dichtmachen wird wie beim letzten Mal, als wir zusammen im Bett landeten.

»Lila«, beginne ich unsicher, denn wenn sie mich zurückweist, wird das wehtun. »Ist das okay für dich? Ich meine, du … Willst du das?«

Ihr Mund öffnet sich, und sie biegt sich mir entgegen. In ihren Augen spiegelt sich ein Meer von Gefühlen. »Will ich … Aber wenn du … Wenn du das nicht willst, kannst du aufhören.« Sie scheint mit den Worten zu ringen und sich in dem zu verlieren, was immer sie empfindet.

Es ist nicht die Antwort, die ich erwartet hatte. Und Lila sieht so verflucht nervös aus, beinahe als hätte sie zum ersten Mal Sex. Ich weiß nicht, was ich tun soll. Dann stützt sie sich auf die Ellbogen und drückt ihren Mund auf meinen, während sie die Augen schließt und ich spüre, wie sie unter mir am ganzen Leib erzittert.

»Scheiße … Lila …«, stöhne ich, als ihre Zähne sanft über meine Lippe schaben. Unwillkürlich schließe ich die Augen und senke den Kopf, sodass unsere Münder grob kollidieren und ich mich frage, ob wir beide Blutergüsse davontragen.

Ich stemme meine Arme seitlich von ihrem Kopf auf, um mein Gewicht abzustützen, während Lila ihre Brust an meine presst, als wäre sie ausgehungert – schon sehr lange. Unsere Zungen schlingen sich umeinander, und ich schiebe mein Knie zwischen ihre Beine, worauf sie sich an meine Oberarme klammert. Ihre Fingernägel stechen in meine Haut, und Lila rutscht ein bisschen nach unten, bis ihr Schritt auf meinem Bein ist. Sie reibt sich an mir. Ihre

Augen werden glasig, und ihr Gesichtsausdruck bekommt etwas Euphorisches. Ich verliere vollends die Beherrschung und schiebe meine Hand unter ihre Bluse und in ihren BH. Mit dem Daumen reibe ich ihren Nippel, der sofort hart wird, während Lila wimmert, zittert und sich weiter an meinem Bein reibt. Ich bin fasziniert, denn noch nie habe ich es so genossen, ein Mädchen derart auf meine Berührung reagieren zu sehen. Aber vielleicht liegt es auch daran, dass ich für Lila vollkommen anders empfinde. Ja, es ist anders. Wir sind anders.

Ich mache weiter, und sie neigt den Kopf nach hinten. Sie ist kurz vorm Orgasmus. Das bin ich auch. Mist. Ich bin sogar sehr dicht dran.

»Fester«, haucht sie, während ich sie beobachte.

Ich gebe ihr, was sie will, und reibe ihren Nippel fester. Lila stöhnt laut und biegt sich mir entgegen. Vor Ekstase ringt sie nach Luft. Ich bin selbst fast hinüber und kämpfe darum, nicht die Kontrolle zu verlieren. Nach einem Moment wird Lila wieder ruhiger. Ihre Haut glänzt vor Schweiß, und mit diesem zufriedenen Gesichtsausdruck ist sie schöner denn je. Ihr Haar ist zerzaust, ihr Atem abgehackt.

»Das war gut«, sagt sie und atmet tief ein. »Gott, das war richtig gut.«

»Das Beste, was du bisher hattest?« Ich versuche zu scherzen, dabei klinge ich atemlos, denn ich bin so hart, dass es schon wehtut.

Sie wirft den Kopf von einer Seite zur anderen. »Ich kann das gar nicht vergleichen … So etwas habe ich noch nie gefühlt.«

Ich halte nach wie vor ihre Brust, spüre ihr rasendes Herz und zähle die Schläge, um mich zu beruhigen. »Ich verstehe nicht, was du meinst.«

Wieder schüttelt sie den Kopf. »Ich auch nicht, und das macht nichts.« Sie neigt sich vor, um mich zu küssen, und fängt schon am ganzen Leib zu zittern an, ehe ihre Lippen meine berühren.

Jetzt mache ich mir Sorgen, dass sie wegen der Sache mit Parker eben unter Schock steht oder so. Deshalb nehme ich die Hand aus ihrem BH und lege sie an ihre Wange. »Vielleicht sollten wir aufhören«, sage ich und blicke ihr in die Augen, weil ich wissen will, was sie denkt.

Lila sieht mich entsetzt an. »O mein Gott, du willst das nicht!« Sie will sich zur Seite rollen, doch mein Arm neben ihr hält sie auf.

»Das meine ich nicht«, erwidere ich, als sie mich wieder ansieht. »Ich will es wohl, Lila … Mann, du merkst sicher, wie sehr ich das will.«

Sie wird ein bisschen rot, was mich erstaunt. »Ja, irgendwie schon.«

Ich verkneife mir ein Grinsen. »Ich habe nur Angst, dass du unter Schock stehst wegen dem eben und nicht klar denken kannst.«

»Ich denke klarer als jemals zuvor«, versichert sie mir. »Ich will das hier. Ich will dich.«

»Ganz sicher? Denn ich …«

Sie unterbricht mich, indem sie mit der Hand an meiner Brust nach oben gleitet. »Ja … Gott, ja, ich bin sicher«, sagt sie. Allerdings kippt ihre Stimme verdächtig. »Bitte, zwing mich nicht zu betteln, Ethan. Bitte. Ich kann nicht … Ich will nicht … Ich habe noch nie irgendwas so sehr gewollt. Nie!«

Langsam atme ich aus und muss mich beherrschen, ihr nicht die Kleider vom Leib zu reißen. Zuerst muss ich wissen, wo sie steht. Und wo ich stehe. Wo zur Hölle stehen wir? »Ich versuche hier nur, nett zu sein, Lila, aber du machst es mir echt …« Ich verstumme, als Lilas Finger meinen Jeansbund erreichen. »Echt schwer.«

»Schön«, meint sie, stützt sich auf die Ellbogen und presst ihren Mund auf meinen. Ihr Kuss wirkt sehr unerfahren und fahrig, als hätte sie noch Zweifel. Sie bietet sich mir an, und obwohl ich eine Riesenangst davor habe, was dies hier für uns bedeuten könnte, erwidere ich ihren Kuss mit derselben, wenn nicht noch mehr Leidenschaft.

Wir küssen uns, bis unsere Lippen geschwollen und wir beide schweißbedeckt sind. Dann setze ich mich auf, um ihr die Bluse und den BH auszuziehen. Ich betrachte sie. Lila ist wunderschön, faszinierend und annähernd perfekt, bis auf die Narben an ihrem Körper. Und zugleich machen die sie noch vollkommener, weil sie zeigen, dass sie real ist. Ich würde gerne wissen, woher sie die Narben hat, sie gerne besser verstehen.

Mit dem Finger male ich den Verlauf der Narbe am Bauch nach, worauf Lila die Augen schließt und aussieht, als hätte sie Schmerzen. Meine Hand wandert höher zu ihrer Brust und streicht ihren Nippel. Sie holt angestrengt Luft.

»Das fühlt sich so gut an«, flüstert sie und legt ihre Hände auf meine Schultern. Dann zieht sie mich nach unten, bis unsere Oberkörper aneinandergepresst sind. So wie Lila ein- und ausatmet, scheint sie den Augenblick auskosten zu wollen. Ich beuge mich nach unten und küsse ihren Hals zunächst sanft, werde jedoch wilder, je erregter und atemloser Lila wird. Ich küsse ihr Schlüsselbein, dann ihre Brust und sauge den Nippel in meinen Mund, sodass ich ihn mit der Zunge umkreisen kann. Lila schreit meinen Namen, was meinen Adrenalinpegel nach oben schnellen lässt. Ich kann mich nicht mehr zurückhalten. Lila macht mich völlig verrückt. Ich richte mich halb auf, ziehe meine Shorts und die Boxershorts darunter aus, die ich zur Seite schleudere, ehe ich Lilas Shorts aufknöpfe und sie ihr buchstäblich herunterreiße. Dann hole ich ein Kondom aus meinem Nachttisch, während sich dieses neue Gefühl in mir aufbaut.

Ich will Lila. Nur sie. Sonst keine. Ich möchte mit ihr zusammen sein.

Sekunden später gleite ich in sie. Mir ist bewusst, dass das, was bisher zwischen uns war, für immer verändert wird. Ich weiß, wenn das hier vorbei ist, wird sie mir mehr bedeuten als irgendein anderes Mädchen zuvor. Und das Erstaunliche ist, dass es mich nicht stört. Nein, im Gegenteil: Ich bin froh darüber.

Kapitel 14

LILA

Ich bin nicht sicher, ob es an der Erkenntnis liegt, dass ich ihn liebe, oder daran, dass ich nüchtern bin. Jedenfalls ist jede Berührung, jeder Kuss, jeder Hautkontakt unvorstellbar intensiv. Ich platze beinahe und habe das Gefühl, an einen wunderbaren, himmlischen Ort katapultiert zu werden. Zugleich frage ich mich, ob ich überhaupt schon einmal einen richtigen Orgasmus hatte. Wahrscheinlich, nur war ich viel zu weggetreten, um es richtig zu merken.

Ich kann kaum noch atmen, und jeder einzelne Nerv in meinem Körper pulsiert vor Angst, Verlangen und Entzücken. Ich habe mich nie so entblößt, nicht seit Sean, und selbst da kannte ich mich viel zu wenig, als dass ich hätte zeigen können, wer ich wirklich bin. Heute beginne ich, mich besser zu verstehen – wer ich bin, was ich will, was ich brauche. Und alles endet mit Ethan.

Klares Denken ist so gut wie ausgeschlossen, als er in meine Nippel kneift, an ihnen saugt, mich überall berührt, innen wie außen, von Kopf bis Fuß. Er badet mich in Küssen. Ich weiß nicht, wie viel ich noch aushalte, bevor ich explodiere, und ihm muss es ähnlich gehen, denn plötzlich reißt er uns beiden die restliche Kleidung herunter und wirft sie auf den Fußboden. Als er in mich dringt, schreie ich seinen Namen. Hitze jagt mir durch den Körper, und ich warte, dass mein Verstand abschaltet, auch wenn ich es nicht will. Zum Glück geschieht es nicht.

Ethans Muskeln sind straff. Seine Arme sind neben meinem Kopf abgestützt, als er sich in mir wiegt, und ich biege mich ihm entgegen, weil ich mehr will, mehr brauche. Ich schwöre bei Gott, dass es sich anfühlt, als könnte ich nicht genug bekommen, während wir beide uns im völligen Einklang bewegen. Die Art, wie er mich ansieht, wann immer ich vor Wonne stöhne, gibt mir das Gefühl, schön zu sein, nicht schmutzig, begehrt, nicht benutzt. Ich wünschte, es würde ewig weitergehen, und gleichzeitig sehne ich das Ende herbei, denn ich fürchte, mich nicht länger beherrschen zu können. Als Ethan ein letztes Mal fest zustößt, lasse ich alles los: die Vergangenheit, die Scham, die Sorge. Es ist so überwältigend, so intensiv, dass ich meine Finger in seine Schulterblätter bohre, um diese unbändige Energie abzuleiten. Meine Nägel schneiden ihm in die Haut, was bedeutet, dass meine raue Seite zum Vorschein kommt, doch ausnahmsweise genieße ich sie, genieße einfach, wer ich bin. *Das bin ich.*

Er stöhnt kehlig, und sein Gesicht verzieht sich vor Schmerz und Freude. Zu sehen, welche Wirkung ich auf ihn habe, steigert mein Gefühl, bis ich jeden Bezug zur Realität verliere. Als ich schließlich wieder zu mir komme, ist er noch in mir. Er liegt zwischen meinen Beinen; sein Kopf ruht neben meinem, und ich fühle seinen Puls in mir.

Eine halbe Ewigkeit rührt er sich nicht, und je länger es dauert, desto nervöser und unsicherer werde ich, weil ich nicht weiß, wohin das hier führt. Wird er mich verlassen, so wie Sean? Soll ich aufstehen und gehen, bevor er es tut? Das will ich nicht. Ich will bei ihm sein. Möglichst für immer.

Als Ethan den Kopf hebt, nehme ich etwas in seinen Augen wahr, das ich noch nie zuvor bei einem Jungen gesehen habe. Ethan mag mich, und er wirkt genauso nervös wie ich.

»Das war …« Er streicht mir das verschwitzte Haar aus der Stirn. »Erstaunlich.«

Ich nicke, weil ich sprachlos und viel zu sehr außer Atem bin. Lächelnd küsst er mich zart auf die Lippen, gleitet aus mir und rollt sich auf den Rücken, sodass er neben mir liegt und mein Kopf auf seinem Arm ist.

»Bist du sicher, dass es dir gut geht?«, fragt er, dreht sich auf die Seite und legt eine Hand auf meinen Bauch. »Wegen der Geschichte mit Parker?«

Ich sehe ihn an: seine feste Brust, seine glänzende, bunt tätowierte Haut, seine dunkelbraunen Augen, die mich tatsächlich ansehen, anstatt durch mich hindurch. »Ja, es ist wirklich okay, denke ich. Du hast dafür gesorgt, dass ich mich besser fühle. Viel, viel besser.«

Er grinst ein wenig unsicher, und ich überlege, wie der Sex unsere Beziehung verändern wird. Es könnte hässlich enden. Oder wunderschön. So gerne ich optimistisch wäre, habe ich bisher nur die hässliche Variante erlebt, sei es bei meinen Eltern oder mit anderen Jungen. Die einzige Ausnahme bilden Micha und Ella. Ich wünsche mir, was die beiden haben, doch kann jemand wie ich ernsthaft auf solch eine schöne, reine Liebe hoffen?

»Woran denkst du?«, flüstert Ethan und fährt mir liebevoll mit den Fingern durchs Haar.

»Was wird jetzt aus uns?«, frage ich ehrlich. Ethan legt eine Hand um mein Handgelenk, sodass er meinen Puls gleich unter der Narbe dort spüren kann.

Er sieht mich prüfend an, wobei ich nicht sicher bin, was er in meinen Augen zu erkennen hofft. »Was möchtest du denn, was aus uns wird?«

Ich schlucke, weil ich Angst habe, mich verwundbar zu machen und zurückgewiesen zu werden. »Weiß ich nicht. Was willst du?«

Ethan holt langsam Luft. »Du kennst die Geschichte von meinen Eltern, wie sie waren, nicht? Ich habe es dir erzählt.«

»Ja, hast du. Ehrlich, die klingen ziemlich ähnlich wie meine. Mein Dad hat meine Mom zwar nicht geschlagen, aber er betrügt sie dauernd und brüllt sie viel an.«

Er schließt die Augen für einen Moment, ehe er mich wieder ansieht. »Ich will nicht, dass wir so werden wie sie. Ich bin unheimlich gerne mit dir zusammen, sogar wenn du echt nervst.« Es gelingt ihm nicht recht, Scherze zu machen. »Was ist, wenn eine Beziehung das kaputt macht, was wir haben? Wenn wir uns gegenseitig fertigmachen?«

Mir wird die Brust so eng, dass das Atmen schwerfällt. Es kommt mir vor, als würde die Narbe an meinem Bauch deutlicher, und ich frage mich, ob sie ihm stärker auffällt. »Und was, wenn nicht? Was ist, wenn …« *Mann, Lila, atme!* »Was ist, wenn es eine richtig gute Beziehung wird, so wie die von Ella und Micha?«

Ethan presst die Lippen zusammen. »Aber was, wenn sie uns ruiniert? Was dann? Gehen wir einfach auseinander? Ich möchte nicht, dass du aus meinem Leben verschwindest.

Und … Und ich sorge mich um dich. Das, was du durchgemacht hast … Es ist alles noch so frisch. Da können Beziehungen gefährlich sein.«

Tränen brennen in meinen Augen, während sich die Furcht vor Zurückweisung in mir aufbaut. Ich könnte ruhig bleiben, sie einfach kommen lassen wie beim letzten Mal. Doch im Gegensatz zu Sean scheint Ethan es wert, um ihn zu kämpfen. »Ich will nicht, dass das, was ich jetzt fühle, aufhört.« Seine Lippen öffnen sich, als wollte er etwas sagen, doch ich komme ihm zuvor, denn er muss endlich wissen, wer ich wirklich bin, ohne die Pillen, die Bacardi-Shots, das Make-up und die schicken Klamotten.

»Als ich vierzehn war und aufs Internat kam, lernte ich diesen Jungen kennen«, erzähle ich, all meinen Mut zusammennehmend. »Na ja, ich sorgte dafür, dass wir uns kennenlernen. Ich war sehr einsam, und diese Mädchenclique – die Precious Bells« – ich verdrehe die Augen, weil es so lächerlich klingt – »sagte, dass ich zu ihnen gehören darf, wenn ich mir einen der älteren reichen Jungen angeln kann, die gerne in der Bibliothek herumhingen.« Der Ring an meinem Finger wiegt auf einmal hundert Pfund. Sean hat ihn mir gegeben, mir gesagt, dass er mich liebt und mir leere Versprechen zugeflüstert. Plötzlich will ich ihn nicht mehr an meinem Finger, denn er brandmarkt mich und das, was wir damals getan haben. Ich will mich nicht mehr an seine angebliche Liebe erinnern. Oder an ihn. Oder daran, wer ich mit ihm war. Ich will nach vorn sehen, jemand anders werden, stärker. Also nehme ich den Ring ab und werfe ihn auf den Nachttisch neben mir.

Ethan beobachtet mich neugierig und streicht mit seinen Fingern über meinen Bauch. »Alles okay?«

Nickend lege ich meinen Unterarm wieder in seine Hand und erzähle weiter: »Ich fand ihn toll, und er schien interessiert. Anfangs ließ es sich zögerlich an, einige SMS und E-Mails; aber dann trafen wir uns, und alles wurde anders. Wir küssten uns, und zum ersten Mal im Leben – fühlte ich mich geliebt.« Wieder mache ich eine Pause, um Luft zu holen. Ethan sieht mich an, als wollte er etwas sagen, doch vorher muss ich alles loswerden. »Jedenfalls war ich unsagbar blöd und hätte so ziemlich alles getan, was er wollte, nur damit ich mir einbilden konnte, dass er mich liebt. Das erste und einzige Mal, dass wir im Bett waren …« Hier halte ich meine freie Hand hoch, an der das Gegenstück zu der Narbe an der anderen prangt. »Er hat mich ans Bett gefesselt, obwohl ich nie auf so etwas stand.« Ich nicke zu meinem Bauch, und Ethan folgt meinem Blick zu der blassen Narbe unterhalb meines Nabels. »Und dann … Tja, du kannst dir wohl denken, was als Nächstes passierte.«

Er wird kreidebleich, als er die Narbe an meinem Bauch ansieht und dann wieder in mein Gesicht. »Die stammen von *Seilen*, weil dich ein Scheißtyp ans Bett gefesselt hat?«

Ich nicke achselzuckend. »Es war meine Schuld. Ich hatte nur einmal Nein gesagt, und er meinte, es wäre gut, also glaubte ich ihm.« Tränen steigen mir in die Augen, weil mir wieder einfällt, wie durcheinander ich war, wie verloren ich mich fühlte, und wie sehr mich alles ekelte, während ich mich zugleich geliebt glaubte. »Und erst war es auch ganz okay, aber dann, als er …« Ich rede schneller weiter, um es hinter mich zu bringen. »Na ja, er wurde richtig grob, und ich hatte zu viel Angst, dass er mich nicht mehr mag, wenn ich sage, dass er aufhören soll.« Ich zwinge meine Tränen zurück. Auf keinen Fall will ich die Scham zeigen, die ich bis heute empfinde. *Reiß dich zusammen!* »Hinterher hat er mich verlassen, und ich habe ihn nie wiedergesehen. Ich schätze, seine Freundin, von der ich nicht mal wusste, hatte das mit mir herausgefunden. Und überhaupt denke ich, dass er danach mit mir fertig war … Ich konnte es an seinem Blick sehen, nachdem er gekommen war.« Wieder ringe ich nach Luft. »Das Schlimmste war, dass alle andere davon erfuhren und mich zur Hure stempelten.« Ich gebe Ethan einen Moment, denn er sieht aus, als würde er gleich durchdrehen. »Soll ich aufhören? Das ist zu viel, oder?« Ich will mich aufsetzen und aus dem Zimmer gehen, damit er sich von meiner deprimierenden Schlampengeschichte erholen kann.

»Wie alt war er?«, fragt er und drückt mich sanft aufs Bett zurück. »Dieser Typ?«

»Zweiundzwanzig«, antworte ich und merke, wie er zusammenzuckt. »So oder so ist es lange her, und er hat mich bestimmt längst vergessen. Ich erzähle dir das nur, damit du verstehst, wieso ich so bin, wie ich bin. Sechs Jahre lang habe ich Pillen eingeworfen und wahllos mit Typen geschlafen, weil ich fest überzeugt war, dass ich es nicht besser verdiene.« Ich bin kurz vorm Heulen und hasse mich deshalb. In diesem Moment komme ich mir so hässlich vor. Trotzdem muss Ethan wissen, wer ich bin, worauf er sich einlässt, wenn er mit mir zusammen sein will. »Ich bin völlig im Eimer, Ethan. Ich habe mich nie geliebt gefühlt, und dauernd bin ich auf der Suche danach.«

Unendlich lange sieht er mich an. »Der Typ, der zweiundzwanzig war, war im Eimer. Er hätte nie mit dir schlafen dürfen, geschweige denn dich beim ersten Mal ans Bett fesseln.«

»Aber ich wollte ihn mir angeln … Es war nicht allein seine Schuld.«

»Das ist völlig egal! Du warst vierzehn und total unerfahren!«

Ich verdrehe die Augen, was eher meine Tränen vertreiben soll, denn Ethan sagt exakt die Dinge, die ich damals von meiner Mutter hören wollte. Stattdessen erzählte sie mir, dass es meine Schuld war, und gab mir erst recht das Gefühl, die Hure zu sein, die mich alle nannten. »Ich hatte mich ja nicht richtig gewehrt, als er mich festband.«

Ethan rückt näher und legt eine Hand auf meinen Brustkorb, direkt unterhalb meines Busens. »Lila, alles an dieser Geschichte war falsch von ihm. Er war viel zu alt, um mit einer Vierzehnjährigen herumzumachen. Es ist pervers, falsch und strafbar.«

»Das fand meine Mutter nicht«, sage ich und blicke zu dem Riss an der Decke, der von der Wand bis zum Deckenventilator verläuft. Ich sehe immer noch verschwommen, doch zum Glück beginnen die Tränen zu versiegen. »Sie hat gesagt, dass sie nichts anderes von mir erwartet hätte, und dann gab sie mir eine Pille, damit ich mich nicht ganz so schmutzig und widerlich fühle.«

Ethan rollt sich auf mich, sodass sein Gesicht direkt über meinem ist. »Ist das dein Ernst?«, fragt er. Wut blitzt in seinen Augen. »Deine Mutter hat dich auf die Pillen gebracht?«

Mich erschreckt, wie zornig er ist. »S-sie hat gedacht, dass ich mich dann besser fühle.«

»Dann ist sie schwachsinnig«, sagt Ethan kopfschüttelnd. »Lila, im Ernst, das ist echt nicht normal. Gott, ich fasse es nicht! Ich hasse es, dass sich Eltern, die eigentlich die Erwachsenen sein sollen, wie Kinder benehmen und ihre Kinder mit sich runterziehen. Das ist zum Kotzen!«

Ich weiß nicht, was ich tun soll. Jetzt bekomme ich Angst, dass er mich wegen meiner verkorksten Familie verlässt. »Ich ... Es war mein Fehler, dass ich die Dinger genommen habe.«

Wieder schüttelt er energisch den Kopf und streichelt meinen Wangenknochen mit dem Daumen, während er mir direkt in die Augen sieht. »Nein, war es nicht. Nichts von dem, was passiert ist, war deine Schuld oder dein Fehler.« Wieder sieht er mich lange an, und ich habe keinen Schimmer, was er denkt, ob er mich verlassen will oder was er sagen wird. Dann wandert seine Hand nach unten bis zu meiner Taille, er zieht mich an sich und nimmt mich fest in die Arme. Es fühlt sich fantastisch an, einfach gehalten zu werden, zu wissen, dass sich jemand für mich interessiert, dass er nicht wegläuft.

»Du verdienst so viel Besseres«, flüstert er in mein Haar. »Das tust du wirklich.«

Jetzt weine ich doch ein bisschen, und das nicht nur wegen meiner Mutter oder dem, was Sean mit mir gemacht hat. Nicht einmal darüber, wie ich die letzten sechs Jahre verbracht habe. Ich weine, weil Ethan mich hält und ich zum ersten Mal im Leben das Gefühl habe, dass jemand genauso gern an mir festhalten will wie ich an ihm.

Kapitel 15

ETHAN

Darauf wäre ich nie gekommen. Lange Zeit war Lila für mich das schöne Mädchen, das ich für gnadenlos verwöhnt hielt. Sie schien immer zu bekommen, was sie wollte, und zu tun, wonach ihr war. Es hatte zwar einige kurze Momente gegeben, in denen ich etwas Trauriges in ihren Augen erkannte, aber nie, niemals hätte ich mir den Grund derart finster ausgemalt.

Ich hasse ihre Mutter, die sie auf die Pillen gebracht hat, und erst recht hasse ich das perverse Schwein, das diesen ganzen Scheiß losgetreten hat. In mir brodelt eine Menge Hass, was mich beunruhigt, denn der Hass, den mein Vater mit sich herumschleppte, hat meine Mom beinahe gebrochen. Doch in dem Moment, in dem Lila und ich uns küssten, wurde mir klar, dass es mir fast unmöglich sein würde, sie gehen zu lassen. Und beim Sex wusste ich, dass ich hinüber war. Endgültig geliefert war ich, als sie mir ihre Geschichte erzählte, ich den Schmerz in ihren Augen sah und die Angst, ungeliebt und ungewollt zu sein. In dem Moment wusste ich, dass ich ihr diesen Schmerz nehmen will. Ich glaube, ich verstehe jetzt, wovon Micha sprach, als ich ihn fragte, wieso er Ella nicht aufgab, trotz ihrer Probleme. Und ich glaube, es liegt daran, dass ich mich in Lila verliebe. So richtig.

Eines allerdings muss ich noch erledigen, bevor ich mich ernsthaft auf Lila einlasse. Ich muss London besuchen – nicht, um sie zurückzuholen oder an ihr festzuhalten, sondern um mich zu verabschieden. Das hätte ich schon vor Jahren tun sollen. Doch ich klammerte mich an mein Bild von ihr, an meine Schuld und die bloße Tatsache, dass ich sie mal wollte, ihretwegen meine Regeln brach und sie doch nie richtig verstanden habe, egal wie sehr ich mich bemühte. Jetzt bin ich bereit, mich vollständig von London und Rae zu verabschieden. Ich bin bereit, mich in meinem Leben weiterzubewegen, statt auf der Stelle zu treten. Und ich will mich mit Lila weiterbewegen.

Eigentlich soll ich einen Flug nach San Diego zu Ellas und Michas Hochzeit buchen, aber während ich nach Flügen suche, ändere ich die Zieleingabe von Kalifornien nach Virginia. Als ich die Suchergebnisse durchgehe, bildet sich ein Kloß in meinem Hals, der noch größer wird, als ich einen der Billigflüge anklicke.

Jetzt mache ich Ernst. Ich lasse sie gehen.

Und kann mich hoffentlich mit Lila vorwärtsbewegen.

LILA

Es ist Zeit, den Ring loszuwerden. Ich habe ihn nicht wieder angesteckt, nachdem ich ihn abnahm, als ich mit Ethan im Bett lag. Das wollte ich nicht. Und jetzt muss er weg. Für immer.

Ich beschließe, zur nächsten Pfandleihe zu gehen, die in Fußnähe von unserer Wohnung ist. Beim Betreten des heruntergekommenen Ladens zittere ich, aber nicht, weil ich Angst habe, den Ring auf den Tresen zu legen, sondern weil es aufregend ist, ihn und alles loszuwerden, was damit verbunden ist.

Mein offenes Haar reicht mir knapp bis zu den Schultern, und ich trage ein Trägertop und ausgefranste Shorts. Ich sehe so anders aus als das Mädchen, dem der Ring geschenkt wurde, was nicht allein daran liegt, dass ich älter bin. Heute bin ich stärker. Ich bin nicht mehr irgendein Mädchen, das an den falschen Orten nach Liebe sucht. Nein, ich habe sie an der richtigen Stelle gefunden.

Als ich den Ring auf die Glasplatte des Tresens lege, sieht mich der Pfandleiher an, als wäre ich eine Cracksüchtige, aber das ist okay. Hauptsache, ich bin den verfluchten Ring los.

»Wie viel geben Sie mir hierfür?«, frage ich und wische mir die verschwitzten Hände an meinen Shorts ab.

Er nimmt den Ring und sieht ihn übertrieben desinteressiert an. Offen gesagt würde ich mich schon mit einem Dollar zufriedengeben, obwohl ich das Geld brauche. Zum Glück gibt er mir genug, dass ich mir einen Teil der Miete, Essen und ein Flugticket nach San Diego leisten kann.

Ich stecke das Geld ein und gehe lächelnd zur Tür. Draußen in der Sonne wird mein Lächeln breiter, und es ist das echteste, das ich jemals hatte, weil ich endlich von meiner Vergangenheit befreit bin.

ETHAN

An dem Nachmittag, als Lila und ich nach San Diego fliegen sollen, komme ich von der Arbeit nach Hause und will Lila erzählen, wer London ist und dass ich nach Virginia fliege, ehe ich nach Kalifornien nachkomme. Normalerweise packe ich in solchen Situationen einfach meinen Kram und verschwinde. Ich bin es nicht gewöhnt, jemandem zu sagen, was ich mache. Doch Lila einfach im Stich zu lassen kommt nicht in Frage. Ich will sie nicht verletzen. Vielmehr möchte ich, dass sie es versteht und weiß, dass ich mit ihr zusammen sein will.

»Hey!«, sagt Lila, als ich verschwitzt von dem Tag in der Wüstensonne in ihr Zimmer komme. Lilas Koffer liegt offen auf ihrem Bett, und sie packt gerade. Ihr Haar hat sie hochgebunden, und sie trägt ein dünnes Trägertop, das ihre Kurven umspielt. Für einen Moment starre ich sie stumm an, fasziniert von ihrer Schönheit. »Dusch lieber gleich und pack dann. Unser Flug geht in ungefähr fünf Stunden.«

Ich stehe unten am Fußende des Betts und beobachte, wie sie hin- und herläuft. Sie ist umwerfend, wenn auch immer noch traurig, was jedoch jedes Mal ein bisschen besser wird, wenn ich sie in den Armen halte und sie küsse. Es ist verdammt lange her, seit ich so viel Zeit mit demselben Mädchen verbracht habe – mit überhaupt jemandem, genau genommen –, und es ist nett, neu und beunruhigend.

»Ich muss dir etwas erzählen«, sage ich vorsichtig.

Sofort bekommen ihre Augen einen panischen Ausdruck, und ich nehme ihre Hand. »Es ist nichts Schlimmes. Eigentlich sogar etwas Gutes, denke ich. Aber du musst mir vertrauen.«

»Okay.« Das klingt misstrauisch, doch sie setzt sich mit mir hin und hält meine Hand. »Was?«

»Ich habe den Flug nach San Diego nicht gebucht.«

Lila ist entsetzt. »Wie bitte? Warum nicht? Konntest du es dir nicht leisten? Ich habe nämlich noch Geld von dem Schmuck übrig, den ich verkauft habe.«

»Nein, das ist es nicht. Ich habe genug gespart.« Ich reibe mir mit der freien Hand übers Gesicht. »Erinnerst du dich, dass ich dir erzählt habe, ich hätte sehr abrupt mit den Drogen Schluss gemacht?«

Sie nickt und sieht mich unsicher an. »Ja?«

»Tja, der Grund war, weil etwas mit dem Mädchen passierte, mit dem ich damals zusammen war«, sage ich und massiere mir den verspannten Nacken. »Das mit uns war ziemlich ernst. Eigentlich war sie die Einzige außer dir, die ich je als meine Freundin betrachtet habe.« Ich bemerke, dass sie ein Grinsen unterdrückt, begreife aber zuerst gar nicht, wieso. Dann kapiere ich es: Ich habe sie eben zu meiner Freundin erklärt, und nicht einmal absichtlich. Natürlich könnte ich es jetzt zurücknehmen, aber das wäre total blöd, und ich will es auch gar nicht.

»Sie war auf Drogen«, fahre ich fort. »Auf heftigen, wie Heroin.« Beklemmende Bilder laufen in meinem Kopf ab – von Nadeln, von Flehen, von mir, wie ich weggehe. »Das letzte Mal, als ich sie sah, ließ sie sich einen Schuss setzen … Ich hatte versucht, es ihr auszureden, aber wenn

London sich etwas in den Kopf gesetzt hatte, war es schwer, sie davon abzubringen.« Ich atme einige Male tief durch, bevor ich weiterrede, weil alle aufgestauten Gefühle in mir rauswollen. »Am nächsten Morgen rief mich ihre Mutter an und sagte, dass London aus dem Fenster eines zweistöckigen Hauses gestürzt war. Angeblich wusste keiner in dem Haus, warum oder ob sie gesprungen oder gefallen war. Sie hatte ein schweres Schädeltrauma – mit Amnesie, um genau zu sein, aber ihre Mom hoffte, dass die nur vorübergehend ist.« Ich erinnere mich, wie es sich anfühlte, zu wissen, dass London zwar am Leben war, jedoch mich … uns vergessen hatte. Es war schmerzlicher, als geschlagen oder angebrüllt zu werden, als mit anzusehen, wie meine Mutter Schreckliches ertrug, nur um bei meinem Dad zu bleiben. Mir kam es vor, als wäre London gestorben, ihr Geist würde mich aber weiter verfolgen. »Die Amnesie war nicht vorübergehend, und sie hat sich nie mehr erinnert, wer ich war. Sie weiß ja von sich selbst kaum noch etwas.«

Lila schluckt, und ihre blauen Augen sind noch größer als sonst, als sie meine Hand drückt. »Ist sie noch … Ist sie immer noch so?«

Ich nicke. »Du erinnerst dich sicher noch, dass ich ihren Namen im Schlaf gemurmelt habe. Rae, ihre Mutter, bittet mich dauernd, zu ihr zu fahren. Sie hofft, dass ich selbst nach vier Jahren noch London helfen kann, sich zu erinnern, obwohl die Ärzte ihr gesagt haben, dass es so gut wie ausgeschlossen ist. Die Schäden sind irreparabel.«

Lila starrt mich an, und es macht mich irre, dass sie nichts sagt, weil ich wissen muss, was sie denkt und wie es ihr mit dieser Geschichte geht. Denn ehrlich gesagt verwirren mich meine Gefühle derzeit völlig. Ich bin beinahe befreit, endlich alles herausgelassen zu haben.

»Sie muss dir viel bedeutet haben«, antwortet Lila schließlich, ohne den Blick von mir abzuwenden.

»Hat sie«, gestehe ich und streiche mit dem Finger über die Innenseite ihres Handgelenks. »Sie war das erste Mädchen, bei dem ich wirklich dachte, ich könnte es lieben.«

Wieder schluckt Lila und beißt sich auf die Lippe. Ich möchte ihr sagen, dass ich denke, ich bin in sie verliebt. Sie soll wissen, dass sie mir alles bedeutet. Vor allem will ich nicht, dass sie weint oder verletzt ist. Sie soll glücklich sein, so wie die Lila, die ich kennengelernt habe, nur diesmal soll ihr Glück echt sein.

»Willst du sie besuchen?«, fragt Lila nervös, und ich merke, wie sich ihre Hand in meiner verkrampft.

Ich nicke. »Ich glaube, das muss ich, aus diversen Gründen. Einer ist, dass ich ihr nie wirklich Lebwohl gesagt habe. Davor hatte ich immer Angst.«

Lila presst die Lippen so fest zusammen, dass sie violett werden. »Okay«, haucht sie. »Das verstehe ich.«

Kopfschüttelnd hebe ich meine freie Hand und streiche ihr das Haar aus dem Gesicht. »Lila, es ist nicht, wie du denkst. Ich muss es nur eben tun. Ich muss mich endlich von ihr verabschieden, denn sonst halte ich weiter an ihr fest. Wegen ihr habe ich das Gefühl, in meinem Leben festzustecken. Wenn ich hinfliege, kann ich hoffentlich aufhören, in der Vergangenheit zu leben und nach vorn blicken – mit dir.« Da ist sie, die Wahrheit.

Lila wirkt unsicher, ob sie froh oder traurig sein soll. Sie neigt den Kopf nach hinten und gibt sich Mühe, nicht zu weinen. »Aber du bist doch zu Ellas und Michas Hochzeit da, oder? Denn die ist schon in wenigen Tagen.«

»Natürlich. Micha würde mich grün und blau schlagen, wenn ich nicht aufkreuze«, sage ich und wünsche, sie würde mich ansehen. Ich wüsste so gerne, was sie denkt. »Außerdem ist es teils mein Verdienst, dass die zwei tatsächlich heiraten. Ohne mich würden sie bis heute um den heißen Brei herumschleichen, statt sich zu erzählen, was sie fühlen.«

Jetzt sieht sie mich an und lacht. Der Klang ist so fantastisch, dass ich garantiert tausend Seiten damit füllen könnte, ihn zu beschreiben. »Da hast du sicher recht. Die sind beide dermaßen stur!«

»Genau wie wir«, sage ich. Man bedenke, wie lange ich gegen meine Gefühle für Lila angekämpft habe.

Sie nickt. »Ja, stimmt.«

»Und ob.« Ich beuge mich vor, um sie zu küssen. Am liebsten würde ich sie wieder lecken und beißen, in ihr sein, so wie neulich Nacht. Danach hatten wir keinen Sex mehr, und nicht, weil ich nicht wollte. Ich möchte sie so dringend vögeln, dass ich schon bei dem Gedanken daran hart werde. Doch nach dem, was Lila mir erzählte, will ich sie nicht drängen, solange ich nicht sicher weiß, dass sie es will. Zudem möchte ich mich vorher von London verabschieden, sodass ich hoffentlich einen vollkommen klaren Kopf bekomme.

Lila neigt sich mir entgegen, streift meine Lippen mit ihren und klammert sich stöhnend an mich. Bald liegen wir auf ihrem Bett, mein Körper auf ihren gepresst, und ich bin noch verschwitzter als vorher. »Ich gehe jetzt duschen und packen«, erkläre ich, während mein Mund über ihrem verharrt. Ich knabbere an ihrer Unterlippe, bevor ich mich zwinge, vom Bett zu steigen.

»Bist du sicher?«, fragt Lila und klimpert mit den Wimpern, als sie an meinen Armen zieht. »Wir könnten uns auch weiterküssen und sehen, wohin es führt.«

»Oh, das kann ich dir auch so sagen«, versichere ich. »Aber ich weiß auch, dass ich packen muss, und wenn ich dich wieder küsse, kann ich nicht aufhören. Dann will ich wahrscheinlich die ganze Nacht weitermachen.« Meine Stimme fällt zu einem rauchigen Knurren ab, und Lila wird rot.

Sie versucht, sich nichts anmerken zu lassen, steht auf und dreht sich wieder zu ihrem Koffer. »Fliegst du heute nach Virginia?«, fragt sie, faltet Shorts zusammen und legt sie in den Koffer.

Ich nicke von der Tür aus, die Hände in den Rahmen gestemmt. »Ich fliege ungefähr zur gleichen Zeit wie du, und am Freitag komme ich nach San Diego nach.«

»Dann bleibst du drei Tage in Virginia?«, fragt sie und muss offenbar ein Stirnrunzeln unterdrücken, während sie ein Shirt zusammenlegt.

»Ja.«

Ihr ist eindeutig nicht wohl dabei, und ich fühle mich mies. Aber ich muss das machen. Ich weiß, dass es hart wird, mit London und meinen über Jahre gehegten Schuldgefühlen abzuschließen. Aber mir ist auch klar, dass ich es schaffe, weil ich Lila will, weil ich ihr geben will, was sie verdient und braucht – mehr, als ich jemals etwas im Leben wollte.

LILA

Ich bemühe mich, stark zu sein, aber das ist schwierig. Endlich habe ich mich jemandem geöffnet, und dann erzählt er mir von seiner einen und einzigen Freundin, die anscheinend unter Amnesie leidet. An seinen Augen erkenne ich, dass sie ihm bis heute viel bedeutet, und frage mich, ob er sie noch liebt. Mir bricht das Herz, bis er mich als seine Freundin bezeichnet. Das hilft ein bisschen. So gerne ich mir auch sicher wäre, was unsere Beziehung betrifft, kämpfe ich nach wie vor gegen meine inneren Selbstzweifeldämonen. Ich versuche immer noch herauszufinden, wer ich bin und wer ich sein will. Alles, was ich bisher weiß, ist, dass ich Ethan liebe und es ihm noch nicht gesagt habe. Und jetzt fliegt er zu seiner Ex-Freundin.

Bis wir am Flughafen ankommen, bin ich komplett am Boden. Es ist nicht besonders voll, und wir kommen schnell durch die Sicherheitskontrolle. Ethans Flug geht eine halbe Stunde vor meinem, deshalb bringt er mich zu meinem Gate und verabschiedet sich.

»Okay. Du kannst mich jederzeit anrufen«, sagt er und hängt sich seine Tasche über die Schulter.

Ich bemühe mich, nicht gekränkt zu wirken, als ich mit meinem Koffer beim Wartebereich stehe. »Ich weiß.«

Ethan geht rückwärts und weicht dabei anderen Leuten aus. »Vor allem, wenn du meinst, dass du es brauchst.«

Ich ringe mir ein Lächeln ab. Er soll denken, dass es okay für mich ist – was es nicht ist. »Hör auf, dir meinetwegen Sorgen zu machen. Ich komme klar.«

Er erwidert mein Lächeln, ist aber eindeutig besorgt. Das sehe ich ihm an. »Na gut. Wir sehen uns in drei Tagen.« Er dreht sich um und geht weg. Mich macht noch trauriger, dass er mich nicht mal zum Abschied geküsst hat.

Ich blicke ihm stirnrunzelnd nach. Er hat eine ausgeblichene Jeans an, die von einem Nietengürtel gehalten wird, und ein dunkles, kariertes Hemd. Lederbänder sind um seine Handgelenke gewickelt. Sein dunkles Haar ist völlig zerzaust, weil er zu lange geduscht hatte und wir aus dem Haus mussten, ehe er es kämmen konnte. Aber wahrscheinlich stört es ihn nicht. Er ist so umwerfend, und ich würde mir wünschen, dass ich mir dieser Beziehung sicher sein kann, aber das bin ich nicht. Solche Sachen brauchen wohl mehr Zeit.

Sobald er außer Sicht ist, drehe ich mich mit meinem Ticket in der Hand zu dem Bereich um, in dem ich warten soll. Früher bin ich ausschließlich erster Klasse geflogen, doch das kann ich mir nicht mehr leisten.

Ich bin den Tränen nahe, als jemand mich von hinten packt. Als ich schon um Hilfe schreien will, legen sich Arme um meine Taille, und ich nehme einen vertrauten Duft wahr. Sofort entspanne ich mich.

»Ich hatte was vergessen«, flüstert Ethan mir ins Ohr und dreht mich zu sich. Seine Augen sind dunkel, das Haar hängt ihm ins Gesicht, und sein Blick verschlingt mich förmlich. Ich vergesse zu atmen, als er sich nach unten beugt und mich küsst. Und ich meine *richtig* küsst, auf die Art, die mir den Atem raubt und mich vergessen lässt, wer oder wo ich bin. Unsere Zungen begegnen sich, und das allein ist jeden der Kämpfe wert, die ich mit mir durchgestanden habe, denn sie haben mich zu diesem Moment geführt – zu ihm.

Ethans Hände streichen durch mein Haar, und ich atme seinen Duft ein, während ich mich an ihn klammere und mir wünsche, er würde nie gehen. Hinterher sind wir beide außer Atem. Mein Herz hämmert wie verrückt, und alle starren uns mit diesem versonnenen Grinsen an, das auf meinem Gesicht ebenfalls zu sehen sein dürfte.

»Wir sehen uns bald.« Er küsst mich auf die Wange und geht rückwärts.

Ich nicke atemlos und weiß, dass ich feuerrot bin. »Okay.«

Ethan lächelt, nimmt seine Tasche auf und geht weg. Ich bin immer noch traurig, aber mir ist zwanzigmal leichter als vorher, denn jetzt weiß ich, dass ich die drei Tage überstehe.

»Ich liebe dich, ganz ehrlich«, flüstere ich so leise, dass es niemand hört. Ich möchte es ihm sagen, und das aus einem völlig anderen Grund, aus dem ich es vor Jahren zu Sean gesagt hatte. Aber so weit bin ich noch nicht. Immerhin fühle ich, dass ich mich in die richtige Richtung bewege, und das muss doch etwas heißen. Auf jeden Fall macht es mir Hoffnung, dass es, wenn ich endlich so weit bin, anders sein wird, weil Ethan anders ist.

Und ich bin es auch.

Kapitel 16

LILA

Ellas und Michas Haus ist bezaubernd. Ich hatte erwartet, dass es mir überhaupt nicht gefällt, weil es so klein ist und ganz am Ende einer furchtbar holprigen Straße liegt, in der alle Häuser unterschiedlich aussehen. Aber dieses ist hübsch, hebt sich mit den gelben Fensterläden und den vielen Blumen, die aus dem Rasen aufragen, von allen anderen ab. Die Blumen passen nicht zusammen, was den Anblick bunt und lebendig macht. Es ist Donnerstagmorgen, und die Sonne brennt warm herunter, jedoch auf erträgliche Art. Hier herrscht keine stickige Wüstenluft wie in Vegas.

»Ich finde euer Haus echt schön«, sage ich mindestens zum dritten Mal zu Ella, die mit mir auf der hinteren Veranda in der Sonne sitzt. Wir haben Shorts und Trägertops an. Mein Haar hängt offen herunter, und ich habe mich noch nicht geschminkt, aber das macht nichts, weil sowieso keiner da ist.

»Danke.« Ella streckt ihre Beine aus. »Wir haben es spottbillig bekommen, dank Michas Mom«, erwidert sie, und als ich sie fragend ansehe, erklärt sie: »Ein alter Freund von ihr arbeitet hier als Makler, und sie hat uns von ihm das Haus vermitteln lassen. Die Frau, der es gehörte, ist richtig alt und hat es wahrscheinlich in den 1940ern gekauft, also hat sie nicht viel dafür verlangt. Wir hatten echt Glück.«

»Das freut mich«, sage ich. »Ihr zwei habt ein bisschen Glück verdient.«

»Ach ja?« Sie zieht eine Braue hoch.

»Ich glaube, das hat jeder«, antworte ich und hoffe, dass ich auch bald ein bisschen Glück habe und endlich den Mut aufbringe, Ethan zu sagen, was ich für ihn empfinde. Das wäre das größte Glück von allen. »Also«, wechsle ich das Thema, »du willst echt am Samstag heiraten.«

Ella nickt, nippt an ihrem Kaffee und blickt zum Zaun, der ihren Garten von dem der Nachbarn trennt. Die mögen offenbar Windspiele, denn sie haben gleich eine ganze Sammlung davon an der gesamten Rückseite des Hauses.

»Will ich. Völlig irre, hm?«, fragt sie. Sie wirkt ein wenig nervös, aber so ist Ella. Als ich nicke, ergänzt sie mit einem flüchtigen Seitenblick zu mir. »Ungefähr so irre wie deine neue Frisur.«

Ich berühre meine Haarspitzen und rümpfe die Nase. »So schlimm sieht sie doch nicht aus, oder?«

Sie schüttelt den Kopf und stellt ihren Kaffeebecher auf den Boden. »Nein, mir gefällt's.« Ihre grünen Augen mustern mich, während sie das Gummiband in ihrem rotbraunen Haar festzurrt. »Sieht nur anders aus … *Du* siehst anders aus.«

Ich blicke betont blasiert auf meine Fingernägel. »Wie das?«

Ella zuckt mit den Schultern und sieht mich fragend an. »Du ziehst dich anders an – weniger schick und mehr wie ich. Und, ich weiß nicht … Du siehst einfach anders aus. Glücklicher oder so.«

Das bringt mich ein bisschen durcheinander. »Glücklicher? Das ist verrückt, denn eine Menge Leute behaupten, dass ich der glücklichste Mensch bin, den sie kennen.«

Sie greift wieder nach ihrem Kaffee und winkelt die Beine unter sich an, ehe sie den Glasbecher an ihre Lippen hebt. »Ich verstehe ja, wieso die das sagen, aber ich weiß nicht …« Sie trinkt einen Schluck, ehe sie den Kopf schüttelt. »Du siehst trotzdem irgendwie anders aus, ich kann nur nicht sagen, wie.« Sie dreht den Becher in der Hand, presst die Lippen zusammen, und es sieht aus, als müsste sie ein Lachen unterdrücken.

»Was?«, frage ich schließlich und nehme meinen Kaffeebecher auf. Ich muss selbst kurz lachen, weil Ella so amüsiert aussieht und ich keine Ahnung habe, was los ist. »Wieso schaust du mich so komisch an?«

»Möchtest du mir irgendwas erzählen?«

Ich trinke einen zu großen Schluck von meinem Kaffee und muss angestrengt schlucken, um nicht zu husten. »Dass ihr ein schönes Haus habt.«

»Lila!«

Zwar muss ich wieder ein Lächeln unterdrücken, aber ich weiß immer noch nicht, was sie meint. »Ella!«

Sie grinst kopfschüttelnd, dann lacht sie. »Na gut, wenn du nicht damit rausrücken willst, sage ich es eben.« Sie umfasst den Henkel ihres Bechers. »Ich habe Gerüchte gehört, dass endlich etwas zwischen dir und Ethan läuft.«

Ich halte meinen Becher in einer Hand und trommle mit den Fingern der anderen auf der Armlehne des Korbstuhls. Seit wir uns am Flughafen verabschiedeten, habe ich nicht mehr mit Ethan gesprochen. Ich habe ihm einige SMS geschickt, doch er antwortete einsilbig, weshalb ich es für besser hielt, ihm etwas Raum zu geben. Wahrscheinlich war er mit London beschäftigt. Gott, allein daran zu denken tut weh! »Mit Gerüchten meinst du, dass Micha dir von uns erzählt hat.«

Sie zuckt grinsend mit den Schultern. »Kann sein.«

»Was genau hat er gesagt?«, frage ich neugierig und ein wenig ängstlich. Aber die Tatsache, dass er überhaupt etwas erzählt hat, muss doch schon etwas heißen, oder nicht? Dass es ihm genug bedeutet, um Micha davon zu erzählen, zumindest. »Oder sollte ich fragen, was Ethan ihm gesagt hat?«

Ella dreht den Kopf zu mir und grinst, ja, hinterhältig! »Wieso erzählst du mir nicht deine Version, und dann kann ich vergleichen?«

Ich stelle meinen Kaffeebecher ab. »Na gut, wir haben gefickt.«

Sie ringt nach Luft und hält rasch ihre Tasse, aus der sie eben getrunken hat, weg von sich, bevor sie den Kaffee quer über die Veranda prustet. »Oh, verdammt, Lila!« Sie drückt eine Hand auf ihre Brust und keucht ziemlich beängstigend. »Ich hätte nie gedacht, dass du so etwas sagen kannst!«

Gegen das dämliche Grinsen in meinem Gesicht bin ich machtlos. »Ich auch nicht. Aber es kommt neuerdings häufiger vor, weil es richtig Spaß macht.«

Sie wischt sich Kaffeespritzer vom Gesicht. »Du hörst dich allmählich wie ich an.«

»Wie die neue, witzige Ella oder die alte, langweilige, die ich zuerst kennengelernt habe?«, scherze ich. »Ich brauche mehr Klarheit.«

Sie schirmt ihre Augen mit einer Hand gegen die Sonne ab. »Die neue, die besser ist. Glaub mir.«

»Ich glaube dir«, antworte ich. »Aber die Ella, die ich kannte, die neue wie die alte, war immer ein großartiger Mensch, und es ist super, mit ihr verglichen zu werden.«

Ella schüttelt ungläubig den Kopf. »Haben wir hier jetzt gerade einen tiefen Moment oder so was?«

»Kann gut sein. Wir hatten in den ganzen zwei Jahren, die wir uns kennen, keinen einzigen. Vielleicht wird es Zeit für einen. Wir können uns jetzt in die Arme fallen, losheulen und uns gegenseitig sagen, wie sehr wir uns lieben.«

»Für Losheulen bin ich nicht zu haben.« Sie senkt die Hand auf ihren Schoß. »Genauso wenig fürs wilde Rumwerfen mit dem L-Wort.«

»Ich weiß, und ehrlich gesagt versuche ich gerade, mich zurückzuhalten. Wir könnten trotzdem einen Verschwesterungsmoment haben, und du fragst mich, wie der Sex mit Ethan war, während wir Popcorn futtern und einen richtig schmalzigen Film sehen.«

Ella macht eine Kotzgeste. »Ich möchte gar nichts über den Sex mit ihm hören. Nie!« Sie schüttelt sich. »Wie eklig!«

Wir kichern beide eine Weile und reden dann über anderes. Darüber, wie es Micha und ihr in den letzten Monaten ging. Sie horcht mich nach mehr Ethan-Details aus, fragt mich, warum er nicht freibekommen und mit mir herfliegen konnte. Offensichtlich hatte Ethan nie jemandem von London erzählt, und ich beschließe, es für mich zu behalten. Ethan muss seine Gründe haben, es nicht zu sagen. Ansonsten habe ich nicht viel zu erzählen, außer dass es faszinierend ist, Ethan zu küssen, und werde darüber ganz sehnsüchtig. Ella versteht, dass ich vage bleibe, denn sie ist so ziemlich der verschlossenste Mensch, den ich kenne, und hakt nicht nach. Das macht mich umso froher, sie zur besten Freundin zu haben. Mir war vorher nicht mal bewusst, wie sehr ich sie vermisst habe, und ich bin glücklich, so eine Freundschaft zu haben, aber auch irgendwie traurig, denn ich werde sie wieder vermissen, wenn ich zurück nach Vegas fliege.

»Also, was ist mit deinem Kleid?«, frage ich, als wir in die Küche zurückgehen. Ich muss unbedingt über etwas anderes, Heiteres reden, und da sind Kleider immer gut.

Sie stellt unsere Becher ins Spülbecken und wäscht sie ab. »Willst du es sehen?«, fragt sie, während sie den Wasserhahn zudreht.

Ich nicke begeistert und klatsche in die Hände. »Selbstverständlich! Ich liebe Hochzeitskram, und das Kleid ist das Beste von allem.«

»Weiß ich.« Stirnrunzelnd kommt sie um die Kücheninsel herum. »Weshalb ich es dir lieber nicht zeigen würde.«

»Wieso nicht? Ella, was hast du getan?«

»Ich habe nichts *getan*.« Sie seufzt. »Und deshalb wird es dir nicht gefallen.«

Ich starre sie verständnislos an, und sie bedeutet mir, ihr zu folgen, als sie zum Flur geht. Sie führt mich in ein kleines Schlafzimmer weiter hinten im Haus. Die blauen Wände hängen über und über voller Bilder, und auf dem Eisenrohrbett stapeln sich Blätter mit handgeschriebenen Liedtexten.

Ich nehme eines davon auf. »Wie jetzt? Sitzt ihr zwei den ganzen Tag zusammen und zeichnet und textet?«

»Irgendwie ja«, sagt sie und öffnet die Wandschranktür. »Na, ich bin ja gerade nicht auf dem College, und ich arbeite nur Teilzeit in der Galerie, also muss ich den Tag irgendwie füllen.«

Ich nicke und lege das Blatt auf die Kommode. »Ich versuche, einen Job zu finden. Aber bisher habe ich kein Glück.«

Sie unterbricht ihre Suche im Schrank und sieht mich an. »Ach ja?«

»Ja, ehrlich.« Ich setze mich auf die Bettkante und überkreuze die Beine. Dann rümpfe ich die Nase und lege beide Hände in den Schoß. »Warte mal, kann ich hier sitzen?«

Sie wühlt wieder durch die Kleider. »Auf meinem Bett? Warum nicht?«

»Weil … Gott weiß, was ihr zwei hier macht!«

Sie verdreht die Augen. »Schon gut, aber lass die Hände im Schoß.«

Lachend beuge ich mich über die Blätter auf dem Bett. »Und arbeitet Micha jeden Tag?«

»Manchmal«, antwortet sie. »Mal hat er eine ganze Woche frei, mal ist er eine ganze Woche unterwegs. Im Moment hat er Aufnahmen in einem Studio in der Stadt.«

»Ist das nicht hart für dich, von ihm getrennt zu sein? Ich erinnere mich, wie schlimm es für euch zwei bei seiner ersten Tour war.«

»Tja, es wäre gelogen, würde ich sagen, dass es das nicht ist, aber ich bin bei seinen Auftritten so oft wie möglich dabei, und in den Zeiten, in denen wir nicht arbeiten, sind wir immer zusammen.«

Ich setze mich auf. »Mich überrascht nicht, dass es euch gut geht.«

Sie nimmt einen Bügel von der Kleiderstange und dreht sich zu mir. »Nein? Echt nicht? Mich irgendwie schon.«

»Ich habe dir doch schon gesagt, dass ihr beide die beste Beziehung aller Zeiten habt, und auch wenn du ein bisschen verrückt bist, bist du nicht blöd, deshalb wusste ich, dass ihr es am Ende packt.« Ich verdrehe die Augen, neige den Kopf zur Seite und halte mir die Hand an die Stirn, als würde ich dramatisch in Ohnmacht fallen. »Ihr seid so traumhaft zusammen.«

Ella zieht eine Grimasse. »Schon gut. Vielleicht sollte ich dich mal nerven.«

Ich nehme meine Hand herunter. »Womit?«

»Mit der Frage, ob du in Ethan verliebt bist oder nicht.« Sie sieht mich an und wartet auf eine Antwort.

Bin ich!, will ich schreien, aber ich habe es Ethan noch nicht gesagt, und es kommt mir falsch vor, dass Ella es vor ihm erfährt. »Also, was ist jetzt mit dem Kleid?«, wechsle ich das Thema und strecke den Arm aus. »Zeig schon her.«

Sie lässt mein Ablenkungsmanöver durchgehen und zieht langsam ein schlichtes schwarzes Trägerkleid von der Stange. »Ich hasse Weiß«, sagt sie und hält sich das Kleid an, »deshalb habe ich mich für das hier entschieden.«

Das Kleid ist knielang und vollkommen schlicht. Außerdem ist es hoch geschlossen, und die Träger sehen zerschlissen aus.

»Willst du zu einer Beerdigung?«, frage ich naserümpfend. »Oder doch zu einer Hochzeit?«

Seufzend nimmt sie das Kleid herunter. »Ich mag keine schicken Sachen, okay? Und schicke Kleider sind teuer.«

»Es muss ja kein elegantes sein.« Ich stehe auf. »Aber das …« Ich berühre den Stoff und zucke zusammen. Er ist total rau, als wäre das Kleid schon tausendmal gewaschen worden. »Ella, du kannst unmöglich in dem Ding heiraten. Es ist widerlich.«

»Tja, und was schlägst du vor? Ich habe wenig Geld und keinen, der mir hilft, außer dir.«

Eine Minute lang überlege ich, ob ich wirklich tun will, was mir in den Sinn kommt. Wie viel bedeutet Ella mir? Eine Menge offenbar, wenn ich auch nur erwäge, was mir durch den Kopf geht. Andererseits ist sie meine beste Freundin und hat ein richtig hübsches Kleid verdient. »Ich habe eine Idee, aber du musst mir vertrauen. Und ich meine, wirklich vertrauen.«

»Warum?«, fragt sie misstrauisch. »Was hast du vor?«

»Ich habe gar nichts vor«, antworte ich und gehe zur Tür. »Ich will nur nicht, dass du einen Schock bekommst.«

Sie folgt mir wenig begeistert. »Okay, ich vertraue dir, aber ich muss ein paar Regeln festlegen. Keine Rüschen, kein Weiß, nichts Bauschiges.«

Lachend laufe ich nach draußen.

ETHAN

Es ist Donnerstagmorgen und erst ungefähr zwölf Stunden her, seit ich Las Vegas und Lila hinter mir ließ. Ich stelle fest, dass ich Lila weit mehr vermisse, als ich gedacht hätte.

Sie hat mir einige SMS geschrieben, und ich möchte sie anrufen, mit ihr reden, doch ich habe mir geschworen, damit zu warten, bis ich mit London gesprochen habe. Erst dann werde ich einen klaren Kopf haben. Vielleicht. Hoffentlich.

Ich bin bei Londons Tante zu Hause, wo London meistens wohnt, weil es näher bei ihrem Arzt ist. Etwa eine Stunde lang sitze ich schon in dem Wohnzimmer, wo es nach Katzenfutter riecht, und zähle das Ticken der Wanduhr mit, während ich Eistee trinke und Rae zuhöre, die über Hoffnung redet und mit mir wartet, dass London von ihrem Arzttermin zurückkommt. Ich werde ein bisschen unruhig. Ich frage mich, wie London jetzt aussieht, und der Blödmann in mir hält es für vage möglich, dass sie hereinkommt und mich erkennt. Bei dem Gedanken bereue ich, hergeflogen zu sein, und möchte am liebsten in den nächsten Flieger zu Lila steigen und sie einfach in den Armen halten.

Ich will gerade Rae sagen, dass ich das hier nicht kann, als die Haustür aufgeht und London ins Haus tritt. Es ist extrem befremdlich, sie wiederzusehen. Sie sieht älter und doch genauso aus wie früher. Ihr schwarzes Haar ist nach wie vor kinnlang und lila gesträhnt; die Narbe an ihrer Lippe ist immer noch da, und ihre Nase ist gepierct. Neu ist eine blasse Narbe an der Stirn, wo sie beim Sturz aus dem Fenster auf den Stein aufschlug. Dieser Schlag war die Ursache für den Hirnschaden. Ehrlich, wüsste ich es nicht besser, würde ich glauben, dass ich vier Jahre in der Zeit zurückgereist bin.

Für einen flüchtigen Moment bilde ich mir ein, dass ihre

Augen aufleuchten wie früher, wenn sie mich ansah, doch es ist sofort wieder weg. Sie blickt zu ihrer Mutter, die sie erkennt, wenn auch nicht aus ihrer Kindheit. Sie erinnert sich an gar nichts aus der Vergangenheit, ausgenommen die Grundfertigkeiten wie Gehen, Sprechen und Atmen.

»Wer ist das?«, fragt sie ihre Mutter mit roboterhafter Stimme.

Rae sieht genauso aus wie beim letzten Mal, als ich sie sah, direkt nach Londons Unfall: wie eine zwanzig Jahre ältere Version ihrer Tochter. Sie steht auf. »Er ist ein alter Freund von dir.«

London sieht mich an, und ich muss daran denken, wie sie mich früher manchmal mit diesem nachdenklichen Blick betrachtete, als wollte sie sich mein Gesicht einprägen. Jetzt jedoch wirkt sie nur ratlos, wie jemand, der sich in einem Wald verlaufen hat.

»Ich erinnere mich nicht an ihn«, erklärt sie und tritt zurück in Richtung Tür. »Warum ist er hier?«

Rae läuft um das Sofa herum und packt Londons Arm, um sie am Weglaufen zu hindern. »Er ist hergekommen, um mit dir zu reden. Von weit her, übrigens, also kannst du dich wenigstens hinsetzen und dir anhören, was er zu sagen hat.«

London sieht wieder zu mir, und ich ringe mir ein Lächeln ab. Es ist zu schräg. Ich denke an die viele Zeit, die wir gemeinsam verbracht haben und an die nur ich mich erinnere. Für London bin ich ein Fremder, und plötzlich wird mir klar, dass sie mir eigentlich immer fremd blieb, als wir zusammen waren.

»Wie heißt du?«, fragt sie schließlich.

»Ethan.« Ich stehe vom Sofa auf und gehe auf sie zu, die Hände in den Jeanstaschen vergraben. »Ethan Gregory.«

Sie überlegt kurz. »Ich habe keine Ahnung, wer du bist«, erwidert sie achselzuckend. Offenbar fällt ihr nichts anderes ein, was sie sagen soll. »Tut mir leid.«

»Mir auch«, antworte ich, obwohl ich nicht recht weiß, was mir leidtut: dass ich an dem Tag weggegangen bin, ihr nicht die Nadel weggerissen habe, als sie sich einen Schuss setzen wollte, oder schlicht die Tatsache, dass ich sie nicht dazu bringen kann, sich an mich zu erinnern. Oder tut es mir leid, dass ich hier vor ihr stehe und nicht aufhören kann, an Lila zu denken, an ihr Lächeln, ihre Traurigkeit, und dass ich unbedingt bei ihr sein will?

»Warum setzt ihr zwei euch nicht?« Rae zeigt auf das Sofa. »Und ich hole euch Eistee.« Sie lächelt mir hoffnungsvoll zu und geht in die Küche, sodass ich allein mit London zurückbleibe.

London schüttelnd seufzend den Kopf und setzt sich. »Ich verstehe nicht, warum sie sich so anstrengt.« Sie schiebt die Hände unter ihre Beine. »Ich kann mich kaum an sie erinnern, und sie ist meine Mutter.«

»Du bist ihr wichtig«, sage ich und setze mich auf den Sessel ihr gegenüber. »Das ist doch gut.«

»Oder blöd, je nachdem, wie man es betrachtet.« Sie mustert mich und lehnt sich zurück. »Wie heißt du noch mal?«

»Ethan.« Ich nehme das Glas mit Eistee, das Rae mir hinstellt. Sie verschwindet wieder in der Küche, und ich wünsche mir, ebenfalls zu fliehen. »Ethan Gregory.«

»Und wir waren zusammen?«

»Ja, ziemlich oft.«

»Und wir hatten Sex.«

Ich trinke gerade und spucke fast den Eistee aus. »Ja, das könnte man so sagen«, antworte ich und stelle das Glas ab.

»War ich gut?«, fragt sie neugierig und lehnt sich wieder vor. »Na ja, muss ich wohl gewesen sein, wenn du mich besuchst.« Diese Direktheit ähnelt der London von früher so sehr, dass es schwer zu ertragen ist.

»Warst du«, gestehe ich und wische mir mit dem Handrücken den Mund ab.

Sie zieht eine Braue hoch. »Die Beste, die du je hattest.«

Ich will etwas erwidern, schließe den Mund jedoch gleich wieder, weil die Antwort Nein wäre. Die Beste, die ich je hatte, ist in San Diego, wo sie weiß Gott was macht und hoffentlich froh dabei ist.

»Ah«, sagt London und lehnt sich wieder nach hinten. »Es gibt eine andere.«

Ich nicke langsam. »Ja, irgendwie schon.«

Es scheint sie zu amüsieren, denn ihre Mundwinkel zucken. »Bist du in sie verliebt?«

Ich beuge mich vor und verschränke die Hände auf den Knien. »Du stellst ganz schön viele Fragen.«

»Nur zu Dingen, an die ich mich nicht erinnern kann«, entgegnet sie. »Es ist nämlich irre nervig, sich nicht an jeden zu erinnern, vor allem wenn die Leute dich immer ansehen, als müsste man es können.«

»Weißt du gar nichts mehr?« Ich kenne die Antwort, muss aber trotzdem fragen.

»Nein, eigentlich nicht.«

»Dafür wirkst du recht gelassen.«

»Nicht gelassen. Ich habe es eben akzeptiert. Ich kann mich an die letzten vier Jahre erinnern, was immerhin etwas ist. Ich bin nicht völlig matschig, und nach dem, was ich inzwischen weiß – dass ich mich auf Heroin aus einem Fenster geschmissen habe –, brauchte ich das vielleicht.«

»So weit würde ich nicht unbedingt gehen«, sage ich nervös. »Die Vergangenheit zu vergessen ist ein ziemlicher Hammer.«

»Kann sein.« Sie verschränkt die Arme vor der Brust.

Ich hole tief Luft und wappne mich für das, was ich sagen wollte – weshalb ich hergekommen bin. »Was den Tag betrifft … den Tag, an dem du …«

»An dem ich mich aus dem Fenster geschmissen habe«, beendet sie den Satz für mich.

»Ja … Ich wollte sagen …« Ich zupfe an meiner Ärmelmanschette. »Ich möchte sagen, dass es mir leidtut. Ich hätte dich nie in dem Haus zurücklassen dürfen.«

»Du hast mich zurückgelassen? Warum?«

Ich zucke mit den Schultern. »Du hast mich wütend gemacht, weil du offensichtlich wegen irgendetwas traurig warst, aber nicht darüber reden wolltest – das hast du nie. Stattdessen wolltest du dir Heroin spritzen, und ich war dagegen.«

Sie streicht sich das Haar hinters Ohr und sieht mich aufmerksam an. »Hast du mir gesagt, dass ich es lassen soll?«

Ich nicke. »Mehrmals, aber ich hätte hartnäckiger sein müssen. Ich hätte dich davon abhalten sollen.«

»Wie hättest du das angestellt?«

»Weiß ich nicht – dir die Nadel aus der Hand gerissen oder so.«

Sie trommelt mit den Fingern auf der Armlehne und überlegt. »Weißt du, wenn ich eines aus dieser ganzen Nummer gelernt habe, dann ist es, dass man manche Dinge nicht erreichen kann, egal, wie sehr man es will. Man kann bestimmte Sachen nicht ändern oder Leute dazu bringen, Dinge zu tun, die sie nicht wollen oder können.«

Ich schlucke. Mir ist klar, was sie sagt. »Aber ich hätte nicht aufgeben dürfen.«

»Sicher hätte ich mir den Schuss so oder so gesetzt. Und wäre wahrscheinlich aus dem Fenster gesprungen.«

»Vielleicht auch nicht.«

»Vielleicht aber doch.« Sie verstummt kurz. »Aber das werden wir nie erfahren. Und du brauchst dich nicht schuldig zu fühlen, wo ich mich nicht mal an dich erinnere.«

Ich schüttle den Kopf. Sie ist immer noch so sehr London, und das ist verrückt. »Ja, vermutlich.« Ehrlich, ich begreife, was sie mir sagen will, dennoch ist es schwer hinzunehmen, weil wir nie wissen werden, was passiert oder nicht passiert wäre, hätte ich sie dazu bringen können, die Nadel wegzulegen.

»Ich will nicht mehr über mich reden«, sagt sie. »Das mache ich immerzu – mit meiner Mom, den Ärzten und jedem, den ich sehe und der mich von früher kennt. Das nervt höllisch.«

»Worüber willst du dann reden?«, frage ich und lehne mich zurück. Ich bin etwas erleichtert, gleichzeitig aber auch ein bisschen trauriger, weil ich weiß, dass es das war. So wird es ab jetzt zwischen uns sein, und ich kann es nicht ändern.

»Über dich.« Sie schlägt die Beine übereinander und

sieht mich so eindringlich an, als wollte sie mir ein Loch in den Kopf starren. »Erzähl mir, Ethan Gregory, liebst du dieses Mädchen, das das beste von allen ist?«

»Lieben? Du willst über Liebe reden?«

»Ja, will ich.«

Mir ist nicht wohl dabei. Was ist Liebe denn überhaupt? Jemandem sein Herz zu Füßen legen? Sagen: Hier, nimm es, ich bin dein? Sich vom anderen lieben, umarmen, besitzen lassen? Sich anbrüllen und als wertlos beschimpfen lassen? Sich festhalten und sagen lassen, man wäre wichtig? Was ist die Definition von Liebe? Woran erkennt man sie?

Ich öffne den Mund und beschließe, auf Risiko zu gehen und zu antworten, was mir als Erstes in den Sinn kommt. »Ich glaube, ja.« Es ist schwer, meine Gedanken zu sortieren, vor allem weil ich es zum ersten Mal gegenüber meiner Ex-Freundin ausgesprochen habe, die an Amnesie leidet.

Sie neigt den Kopf zur Seite. »Hast du mich geliebt?«

Ich denke nach. Auch wenn ich die Antwort kenne, gebe ich es ungern zu. »Ich glaube, ja, aber auf andere Art.«

»Was meinst du?«

»Unsere Liebe war chaotisch und sorglos, und wir kannten uns nicht gut genug, um uns tatsächlich zu lieben.« Ich greife in meine Tasche und hole das Armband mit unseren verschlungenen Initialen heraus, das London mir geschenkt hatte. »Aber ich denke, in gewisser Weise haben wir uns geliebt.« Ich beuge mich über den Tisch und halte ihr das Armband hin.

»Wenn auch nicht so sehr, wie du dieses andere Mädchen liebst?«, fragt sie und nimmt den Schmuck. »Was ist das?«

»Das hast du für mich gemacht«, erkläre ich und lehne mich zurück. »Du hast gesagt, es würde mich immer an unsere gemeinsame Zeit erinnern.«

Sie streicht mit dem Finger über das Leder. »Wollte ich mit dir Schluss machen, als ich es dir gegeben habe? Denn so hört es sich an.«

Ich zucke mit der Schulter, dann schüttle ich den Kopf. »Vielleicht hast du daran gedacht, aber das weiß ich nicht. Die meiste Zeit hatte ich keine Ahnung, was du denkst.«

Grinsend sieht sie das Armband an. »Und jetzt wirst du es nie erfahren.« Klar passt das zu Londons merkwürdigem Humor. Trotzdem hat sie recht. Ich werde nie wissen, was sie dachte, wie sie wirklich fühlte, wie ich wirklich fühlte, weil wir nie darüber gesprochen haben. Ich hatte solche Angst vor meinen Gefühlen, dass ich sie für mich behielt, und jetzt gibt es keine Chance mehr, es ihr zu sagen. Sie wird nie erfahren, ob ich sie geliebt habe oder nicht. Wie sehr ich sie mochte. Ich werde nie erfahren, ob sie genauso empfand, ob sie mich so sehr liebte, dass sie zu mir gehalten hätte, wäre mir etwas passiert und ich kein Teil ihres Lebens mehr. Ich werde eine Menge über unsere Beziehung nie wissen, und das lässt sich nicht ändern. Es ist vorbei. Endgültig.

»Nein, wohl nicht.« Ich lächle ein wenig.

Sie starrt weiter auf das Armband und wirkt immer trauriger. Schließlich seufzt sie und legt es auf den Tisch. »Also, erzähl mir etwas Nettes«, sagt sie. Binnen einer Sekunde schlägt ihre Stimmung um. »Und nichts über meine Vergangenheit.«

Ich fange an, ihr von den letzten paar Jahren in meinem

Leben zu erzählen, die weder glücklich noch traurig waren, einfach neutral, weil ich feststeckte und nur über die Vergangenheit nachdachte. Bis jetzt. Denn jetzt will ich mich vorwärtsbewegen, auf die andere Seite des Landes, um bei jemand anderem zu sein. Bis wir aufhören zu reden, ist es Nachmittag. Mein Flug geht erst am nächsten Morgen, doch so lange kann ich unmöglich warten. Ich muss Lila jetzt sehen und ihr sagen, was ich empfinde. Ich will nicht noch einmal meine Chance verpassen.

Kapitel 17

LILA

»Wie es aussieht, habe ich einen sehr schlechten Einfluss auf dich«, stellt Ella fest, während sie durch mein altes Zimmer in der dreigeschossigen Villa meiner Eltern schlendert. Die Villa liegt auf der grüneren, teureren Seite der Stadt. Vorm Fenster rauscht der Ozean an den Strand, und die Sonne strahlt hell auf die blassrosa Wände.

»Scheint so.« Ich öffne den Wandschrank und gehe hinein. Der enorme Platz haut mich fast um, denn es ist lange her, seit ich zuletzt hier war. Unzählige Erinnerungen holen mich ein, solche voller Abscheu vor meinen Eltern und vor mir selbst. Für einen Moment könnte ich schwören, dass die Wände wieder auf mich zukommen.

Ich gleite mit den Fingern über die Stoffe der Kleider und Blusen, denke daran, wie es war, Unmengen an Zeug, Geld und allem anderen Materiellen zu haben. Ich wurde mit Sachen überhäuft, anstelle von Zuneigung und Liebe. Und ich hätte das alles gegeben, in einem nassen Pappkarton auf der Straße gelebt, wenn meine Eltern mich nur wirklich geliebt hätten.

Ella kommt hinter mich und inspiziert den Wandschrank. »Bist du sicher, dass das Hausmädchen deinen Eltern nicht verrät, dass wir uns hier reingeschlichen haben?«

Ich zucke mit der Schulter und gehe weiter die Kleider

durch. Bei dem Anblick wird mir schlecht, denn jedes einzelne von ihnen bringt die Erinnerung an eine Zeit zurück, die ich am liebsten vergessen würde. All die schrecklichen Dinge, die ich in ihnen getan habe, die ich empfand, als ich sie trug. Ich bezweifle, dass das Mädchen etwas sagt. Sie hasst meine Eltern beinahe so sehr wie ich. Und im Grunde ist es so oder so egal. Weiter hinten nehme ich ein bodenlanges Kleid heraus. »Und was sollen sie dann machen? Mich rauswerfen?«

»Oder dich zwingen hierzubleiben«, sagt Ella. »Und du willst nicht hier sein.«

»Stimmt.« Ich sehe mich zu ihr um und lächle verkrampft. »Tja, da schuldest du mir wohl einiges hierfür.«

»Das hängt unter anderem davon ab, warum du mich hergebracht hast.« Sie wandert mit großen Augen umher und betrachtet die gigantische Schuhauswahl an der Wand. »Denn ich bin echt verwirrt.«

Ich halte ihr das Kleid hin. »Wir sind deshalb hier.«

Ella mustert es misstrauisch. »Was ist das?«

»Manchmal bist du echt bescheuert.« Ich schleudere ihr das Kleid entgegen. »Es ist für dich. Ich dachte, dass du es zur Hochzeit anziehen kannst.«

Sie starrt es an. Das Kleid ist oben aus schimmernder schwarzer Seide, die hinten von einem roten Band gehalten wird, und hat einen fließenden weißen Rockteil, der von mehreren roten und schwarzen aufgestickten Rosen gerafft wird. Zögernd streckt Ella die Hand aus und berührt eine der schwarzen Blumen.

»Woher hast du das?«, fragt sie und betastet das Seidenoberteil.

»Ich hatte es in einem Jahr zu … zu Halloween an«, sage ich und ersticke beinahe an den Bildern von dem, was ich in diesem Kleid tat. An jenem Abend habe ich einen Drink nach dem anderen gekippt und dazu Pillen geschluckt. Mich wundert, dass ich nicht im Krankenhaus gelandet bin, obwohl das wahrscheinlich besser gewesen wäre, als mit zwei Typen in einer Nacht zu schlafen und mich hinterher allein im Bad zu übergeben. Bei dem Gedanken könnte ich sofort wieder kotzen.

Ella sieht mich an. »Du hast *das* zu Halloween angezogen?«

Ich nicke. »Aber eigentlich war es nur ein Kleid, das ich in einem Laden gekauft und dann in ein viktorianisches umgestylt habe.«

»Ja, dachte ich mir.« Sie lässt die Arme heruntersinken. »Aber es sieht so – anders als deine anderen Kleider aus.«

Ich muss lachen, weil sie recht hat. Dennoch stehe ich jetzt in alten Shorts und einem Band-T-Shirt neben ihr, das ich mir aus Ethans Zimmer genommen habe. »Kann sein, aber es war ja auch Halloween, also musste ich mich untypisch anziehen.«

»Auch wieder richtig.« Sie sieht zu dem Kleid und verkneift sich ein Grinsen. »Darf ich es anprobieren?«

»Selbstverständlich.« Ich gebe es ihr und gehe zur Tür, damit sie sich im Wandschrank umziehen kann. »Du bist doch nicht beleidigt, dass ich dir ein altes Kostüm anbiete, oder?«, frage ich, während ich die Tür schließe.

Sie zieht die Kleiderträger vom Bügel. »Machst du Witze? Es ist das perfekte Kleid, Lila. Im Ernst!«

Ich lächle. »Ja, das dachte ich auch.«

»Lila?«

»Ja?«

Jetzt strahlt sie richtig, und mir wird ganz warm, als hätte ich etwas Gutes getan. »Danke.«

Ich erwidere ihr Lächeln. »Gern geschehen.«

Dann schließe ich die Tür und sinke auf das Himmelbett. Es hat noch denselben weißen Satinüberwurf mit der Spitzenverzierung, auf dem lauter bauschige Kissen liegen. Vor den bodenlangen Flügelfenstern hängen die alten Vorhänge. Alles ist sauber und ordentlich. Alles sieht makellos aus. Meine Mutter hat mir die Umgestaltung des Zimmers zum dreizehnten Geburtstag geschenkt. Ich hatte ihr gesagt, dass ich mir eine Pool-Party mit meinen Freundinnen wünsche. Das Zimmer fühlte sich immer leer und ungemütlich an. Dies hier war mal mein Leben, und selbst damals gefiel es mir nicht besonders. Dennoch verhielt ich mich, wie es von mir erwartet wurde. Diese Art Leben, die nach außen toll wirkt, aber keinerlei Substanz hat, war mir seit meiner Geburt eingeimpft worden. Ich war mehr oder minder dazu verdammt, entweder wie meine Mom oder wie meine Schwester zu werden, und sicher wäre ich auch wie eine von ihnen geendet, hätte ich nicht das Glück gehabt, Ethan kennenzulernen. Er hat mich nicht nur aus der Sucht, sondern auch vor mir selbst gerettet, indem er mir zeigte, dass ich es wert bin, clean zu sein. Dass ich mehr wert bin als Leere und Selbstzerstörung.

Könnte ich doch nur jetzt mit ihm reden! Ich würde so gerne seine Stimme hören. Gott, ich möchte ihn küssen, seine Arme um mich spüren, ihn in mir fühlen, wie er Empfindungen in meinem Körper weckt, die ich nie für möglich gehalten hätte. Er sagte, dass ich ihn jederzeit anrufen könnte, wenn ich ihn brauche. Jetzt brauche ich ihn, denn dieses verfluchte Haus macht mir zu schaffen, und ich merke, dass ich mich nach einer Pille sehne. Mich holen zu viele Empfindungen ein an diesem Ort, an dem mein Vater mir immer wieder gesagt hat, dass ich zu nichts tauge. Hier hat alles angefangen, dieser idiotische Zwang, perfekt zu sein, obwohl so etwas wie Perfektion gar nicht existiert. Ich habe mich so angestrengt, und sie doch nie erreicht, weil sie eben nicht real ist. Mein jetziges Leben mit Ethan und Ella aber, das ist real.

Ich beschließe, Ethans Angebot anzunehmen, ziehe das Handy aus meiner Tasche und wähle seine Nummer.

»Ja?«, meldet er sich nach dem vierten Klingeln.

»Hi, ich bin's, Lila«, sage ich blöderweise und möchte mir in den Hintern treten. Wir haben schon Tausende Male telefoniert! Trotzdem ist es anders, seit wir miteinander geschlafen haben, und ich bin irgendwie nervös.

»Ja, ich weiß.« Er klingt gehetzt. »Dein Name erscheint auf dem Display.«

»Ach ja, hm.« Ich weiß nicht, wie ich auf seine abweisende Art reagieren soll. »Entschuldige, ich klinge ein bisschen ferngesteuert, oder?«

Er antwortet nicht gleich, und ich höre jemanden im Hintergrund reden. Eine Frau. Wahrscheinlich London. »Wolltest du etwas Bestimmtes?«, fragt er merklich abgelenkt.

»Eigentlich nicht«, sage ich und zwirble an meinem Haar. »Ich sitze nur gerade in meinem alten Zimmer und musste an dich denken.«

»Du bist in deinem alten Zimmer? Warum?«

»Weil«, beginne ich, als ein lautes Krachen im Hintergrund ertönt, und dann sind mehr Stimmen und Geraschel zu hören. »Tut mir leid. Du klingst beschäftigt. Ich rufe dich später wieder an.«

Ich rechne eigentlich damit, dass er widerspricht; stattdessen sagt er hastig: »Okay, bis bald.« Dann legt er auf.

Ich versuche, nicht gekränkt zu sein, denn ich bin es ja gewöhnt, von Jungs abgewiesen zu werden. Nur habe ich die anderen nicht geliebt. Und ich hatte meine Pillen. Ethans abweisende Art aber bringt mich fast zum Heulen, und ich bin kurz davor, nach einem der Pillenvorräte meiner Mutter zu suchen, die sie überall im Haus versteckt hat.

»Mann, Lila«, ruft Ella aus dem Wandschrank. »Gibt es einen Trick, wie man das Kleid anzieht? Ich komme mit diesem Band nicht klar.«

»Soll ich dir helfen?«, frage ich und stehe auf, als die Tür zum Schrankzimmer aufgeht und Ella herauskommt. Das Kleid raschelt leise bei jedem ihrer Schritte. Es ist nicht zugeschnürt, sodass es vorn lose hängt, dennoch sieht Ella bezaubernd aus. Ich halte mir eine Hand vor den Mund, schüttle den Kopf und merke, wie mir Tränen in die Augen steigen. »O mein Gott, siehst du schön aus!«

Ella schluckt, sieht an sich herab und greift in den Stoff. »Ja, ich schätze schon.«

Ich nehme die Hand vom Mund. »Besonders froh klingt das nicht. Magst du das Kleid nicht?«

»Doch, ich mag es.« Sie sieht mich verwirrt an. »Es kommt mir nur vor, als würde etwas fehlen.«

Ich gehe zu ihr und zupfe an ihrem Haar. »Sicher liegt es daran, dass du ungeschminkt und nicht frisiert bist. Aber das machen wir zur Hochzeit noch.«

Wieder schüttelt sie den Kopf, dreht sich zur Seite und betrachtet sich in dem großen Wandspiegel neben der Frisierkommode. Eine halbe Ewigkeit starrt sie sich an, und ich erkenne, dass sie den Tränen nahe ist. Dann atmet sie tief ein und dreht sich zum Schrankzimmer um.

»Ich ziehe das mal wieder aus«, murmelt sie und verschwindet.

Ich bleibe einen Moment stehen und überlege, ob ich ihr nachgehen und sie fragen soll, was los ist. Offensichtlich bedrückt sie etwas, und ich frage mich, ob es mit Micha oder ihrer Familie zu tun hat. Ich tippe eher auf ihre Familie, weil die früher immer der Grund für ihre Probleme war.

Als ich schon auf die Tür zugehe, die Ella hinter sich geschlossen hat, betritt meine Mom das Zimmer.

Sie trägt einen vollkommen knitterfreien, cremeweißen Bleistiftrock und eine silberne Seidenbluse. Ihre hohen Schuhe passen zur Bluse und der Handtasche an ihrer Schulter, von der ich weiß, dass sie ein Pillenfläschchen enthält. Ihr blondes Haar ist zu einem Knoten aufgesteckt. Ich habe sie länger nicht gesehen, aber ihr vollkommen glattes Gesicht muss wohl bedeuten, dass sie kürzlich wieder eine Botox-Behandlung hatte.

»Mein Gott!« Sie stolpert rückwärts vor Schreck, wobei ihr Absatz einen Streifen auf dem glänzenden schwarzweißen Marmor hinterlässt. »Wie bist du hier reingekommen?«

Ich umklammere das Handy in meiner Hand und erinnere mich an das letzte Mal, dass ich sie und meinen Vater sah. Da sagten sie mir beide, wie dämlich ich wäre, nach Vegas zu ziehen. Dass aus mir nichts werden würde und ich schon jetzt eine einzige gewaltige Enttäuschung für meinen Vater wäre, ein wertloses Nichts, weshalb er wünschte, ich wäre nie geboren. Er wolle keinen Dreck wie mich in seinem Haus, waren seine Worte. Da sprang ich in meinen Wagen, fuhr zurück zu Ella und entschied, die beiden nie wiederzusehen. Diesem Vorsatz bin ich bis heute treu geblieben.

»Durch die Haustür«, sage ich und bereue, dass ich hergekommen bin. Aber Ella brauchte ein Kleid. Sie verdient ein richtig schönes Kleid, etwas Besonderes für ihren Hochzeitstag. Denn ob sie es zugibt oder nicht, jedes Mädchen will an dem Tag das perfekte Kleid.

Meine Mutter steht in der Tür, hält den Knauf und mustert mich. »Du siehst furchtbar aus, Lila. Dieses T-Shirt …« Sie zieht eine angewiderte Grimasse. »Und diese scheußliche Frisur. Was hast du dir nur dabei gedacht?«

»Gar nichts«, antworte ich und blicke in ihre Botox-Maske. »Außer dass ich es satthabe, künstlich auszusehen.«

»Pass auf, was du sagst, junge Dame«, warnt sie mich, lässt den Türgriff los und kommt auf mich zu. »Oder du bekommst nicht, was du hier wolltest.«

Ich verschränke die Arme und sehe sie fragend an. »Und was will ich hier wohl?«

Sie wartet, als sollte ich das beantworten, dabei habe ich keine Ahnung, was sie meint. »Na, du hast endlich auf meinen Rat gehört und bist zurückgekommen. Ehrlich, ich weiß nicht, wie ich das finden soll, Lila.« Sie kommt noch näher, den Kopf arrogant erhoben, und betrachtet mich, als wäre ich ein grotesker Zirkusclown. »Ist dir klar, wie enttäuscht dein Vater und ich in letzter Zeit von dir sind?«

»Wahrscheinlich ungefähr so enttäuscht wie schon von meiner Geburt an«, antworte ich schärfer als beabsichtigt.

Sie schürzt die Lippen und stemmt die Hände in die Hüften. Inzwischen steht sie ziemlich nah vor mir, dennoch scheinen ihre Augen in die Ferne zu blicken. »Lila Summers, du kennst die Regeln in diesem Haus. So redest du nicht mit mir!«

Mir wurde immer Gehorsam eingetrichtert, doch ohne die Pillen sehe ich meine Mom wie zum ersten Mal, und mir wird alles bewusst, was sie mir über die Jahre angetan und zu mir gesagt hat. »Ja, die kenne ich, Mutter. Schön den Mund halten, nicht? Jedenfalls nichts sagen, was irgendwie von Bedeutung wäre.«

»Was soll das heißen?«

»Das weißt du.«

»Nein, weiß ich nicht.« Sie kommt noch näher, sodass sie direkt vor mir steht. »Wenn du wieder hier einziehen willst, hältst du dich an die Regeln.«

Ich lächle höflich, denn plötzlich begreife ich, was sie denkt. Als ich etwas erwidern will, geht die Schrankzimmertür auf, und Ella kommt heraus. Sie trägt das Kleid über dem Arm, und ihre Augen sind gerötet, als hätte sie geweint. Kaum sieht sie meine Mutter und mich, erstarrt sie und sieht zur Tür. Sicher will sie fliehen, was ich ihr nicht verübeln kann, denn ich würde es selbst gerne.

»Wer bist du?«, fragt meine Mutter und mustert Ella in

ihren zerschlissenen Shorts und dem ausgeblichenen lila Trägertop.

Ella wirft mir einen ratlosen und ängstlichen Blick zu. Sie kann nicht gut mit anderen Eltern umgehen, und obwohl ich nicht ganz verstehe, warum das so ist, schätze ich mal, es hängt damit zusammen, dass ihr Vater Alkoholiker ist und eher selten nett zu ihr war.

»Sie ist meine Freundin«, antworte ich, gehe an meiner Mom vorbei und greife nach Ellas Arm. Ich ziehe sie ein bisschen grob zur Tür, was keine Absicht ist, aber ich versuche, Stärke zu zeigen, so schwierig das in Gegenwart meiner Mutter ist. »Und wir wollen gerade gehen.«

»Einen Teufel wirst du!« Meine Mutter packt meinen Ellbogen und reißt an mir. Dabei streift ihre Handtasche meinen Arm, und unwillkürlich denke ich, dass es leicht wäre, ihr die Tasche wegzunehmen und das Pillenfläschchen zu klauen. Wenn ich nur eine Tablette schlucke, würde es mir besser gehen, nur wäre das unecht. »Du gehst hier nicht raus, schon gar nicht so, wie du aussiehst!«

»Wie sehe ich denn aus?« Ich entwinde ihr meinen Arm. *Innere Stärke. Lass dich nicht von ihr fertigmachen.* Ohne Pillen ist das allerdings schwierig. »Wie ein normales menschliches Wesen?«

Ihre Augen werden eiskalt. »Ich erlaube nicht, dass du dein Leben verpfuschst, ganz gleich wie entschlossen du offenbar bist, genau das zu tun. Es wird höchste Zeit, von vorne anzufangen.« Sie blickt zu Ella. »Und halte dich von Leuten fern, die nicht zu dir passen.«

Ella funkelt sie wütend an und will eindeutig etwas sagen. Doch so neugierig ich auch auf ihre Erwiderung bin, beschließe ich, ihr zuvorzukommen und meine Mutter in ihre Schranken zu weisen. »Das tue ich gerade!« Ich zeige mein schönstes Lächeln, nehme Ellas Hand und eile mit ihr zur Tür.

Einen Fuß vor den anderen. Nichts wie raus hier, weg von dieser Leere!

Meine Mutter brüllt uns hinterher und läuft uns durch das Haus nach. Sie sagt gemeine Dinge über Ella und mich und versucht sogar, uns das Kleid wegzunehmen, weil wir angeblich so verwahrlost aussehen, dass wir es nicht verdienen. Da reicht es mir. Sie darf mich beschimpfen, denn ich bin daran gewöhnt, aber nicht meine Freunde. Das ist grotesk und erbärmlich. Als wir an der Haustür sind, drehe ich mich um und spreche die eine Drohung aus, die garantiert wirkt.

»Geh weg, Mutter, oder ich verrate jedem deine Geheimnisse«, sage ich ruhig und gehe auf sie zu. Ich überrasche sie und mich selbst mit meinem Mut. »Ich werde dafür sorgen, dass jeder erfährt, was für ein toller Mensch du bist – außen wie *innen*.« Als sie blass wird, führe ich im Geiste einen Freudentanz auf.

»Pass auf, was du sagst.« Ihre Stimme zittert, doch sie verzieht keine Miene.

»Oh, das werde ich«, kontere ich mit einem scharfen Lachen. »Ich werde aufpassen, wenn ich herumlaufe und jedem erzähle, wie super du und Dad hinter verschlossenen Türen seid.«

Ich spreche ihre schlimmsten Ängste aus. Ein Teil von mir will weitermachen, sie ohrfeigen, ihr sagen, wie wertlos sie ist, sie so niedermachen, wie sie es über Jahre mit mir gemacht hat, aber ich will nicht zu ihr werden. Also verlassen Ella und ich das Haus, und ich schwöre mir im Stillen, dass ich niemals zurückkehren werde: nicht zu ihr, zu meinem Vater, zu diesem Leben oder den Pillen. Hier gibt es nichts für mich. Hat es nie. Das erkenne ich heute, weil ich endlich einen klaren Kopf habe.

Ich will ein eigenes Leben.

Kapitel 18

LILA

Nachdem wir das Kleid zu Ella gebracht haben, ziehen wir uns etwas Netteres an, dann lade ich Ella in einen Nachtklub ein, quasi als Junggesellinnenparty. Ich hatte sie gefragt, ob sie sonst noch jemanden einladen wollte, aber sie verneinte und erklärte, dass ich neben Micha der einzige Mensch wäre, mit dem sie im Moment zusammen sein möchte. Der Nachtklub ist keiner von diesen vornehmen, in die ich früher ging. Er befindet sich an einer Straßenecke in einem weniger hübschen Viertel, aber der Eintritt ist günstig, und sie haben Jell-O-Shots für zwei Dollar.

»Alles okay mit dir?«, fragt Ella über die wummernde Musik hinweg, schlägt die Beine übereinander und dreht sich auf dem Barhocker hin und her. Sie hat ein kurzes grünes Kleid angezogen und ihr Haar offen und an den Spitzen gelockt. Dauernd bekommt sie SMS von Micha, und bei jeder hat sie diesen verliebten Ausdruck, um den ich sie sehr beneide. »Du wirkst traurig.«

»Nein, mir geht es gut. Warum sollte es nicht?« Ich trage ein rückenfreies Kleid, das mir bis zur Mitte der Oberschenkel geht und richtig elegant aussieht, dabei habe ich es in einem Billigladen gekauft.

Ella nippt an ihrem Drink und sieht unsicher aus. »Wegen deiner Mom?«

Achselzuckend nehme ich einen Schluck. Ich hatte mir vorgenommen, nicht zu viel zu trinken, doch mir ist auch bewusst, dass ich derzeit nicht die Stabilste bin. Ich bin im Streit mit meiner Mom auseinandergegangen, und seit dem komischen Telefonat mit Ethan habe ich nichts mehr von ihm gehört. »Ja, aber darüber möchte ich bitte nicht reden.«

Ella wirft sich das Haar über die Schulter und fächelt sich mit der Hand Luft zu. Es ist stickig in dem Klub, weil sich viel zu viele Leute auf dem engen Raum drängen. »Okay, was willst du dann?« Ein verschlagenes Grinsen erscheint auf ihrem Gesicht, bevor sie den Jell-O kippt. »Über Ethan reden?« Sie knallt den kleinen Plastikbecher auf den Tresen.

Ich schüttle den Kopf. Seit dem Anruf bemühe ich mich, nicht allzu viel an Ethan zu denken. Ich rede mir ein, dass er sicher nur eine schwierige Zeit durchmacht. Es ist gewiss hart, jemanden zu sehen, den man wirklich mochte und der sich nicht an einen erinnert.

»Nein, über ihn will ich auch nicht reden.« Ich rühre in meinem Drink.

Ella trinkt den Rest von ihrem Jell-O und würgt, als sie den konzentrierten Alkohol ganz unten im Becher geschluckt hat. »Warum nicht? Du warst doch sonst nie so zugeknöpft, wenn es um Jungs ging. Von Parker hast du mir sogar Sachen erzählt, die ich nie wissen wollte.«

»Ethan ist nicht Parker.« Ich zucke mit den Schultern, während die Erinnerung an die Sache mit Parker zurückkehrt, doch die schiebe ich sofort beiseite. »Außerdem … Ich weiß nicht … Ich denke, dass Ethan und ich vielleicht nur Freunde sein sollten.«

Stirnrunzelnd lehnt Ella einen Ellbogen auf den Tresen. »Wieso?«

»Kann ich nicht sagen. Ich glaube, er steht nicht so auf mich wie ich auf ihn.«

Ella überlegt, wobei sich ihre Lippen zu einem kleinen Lächeln verziehen und sie einen verträumten Blick bekommt. »Denkst du?«

Ich mustere sie verwundert. »Du weißt etwas, stimmt's?«

»Ich weiß eine Menge«, korrigiert sie und dreht sich auf dem Hocker wieder zur Tanzfläche. »Zum Beispiel, dass Ethan noch nie so viel über ein Mädchen gesprochen hat wie über dich.«

Ich lasse mein leeres Glas auf dem Tresen stehen und drehe mich zu ihr. »Wann hat er je über mich geredet?«

Sie lächelt, und die Lichter von der Tanzfläche leuchten auf ihrem Gesicht. »Das tut er schon seit ungefähr einem Monat. Micha sagt, er spricht praktisch ununterbrochen von dir.«

»Wahrscheinlich erzählt er, dass ich ihm tierisch auf die Nerven gehe«, erwidere ich. »Ich bin sicher, dass es ihn irre macht, mit mir zusammenzuwohnen.« Neben dem ganzen Drama, das ich in sein Leben gebracht habe.

»Er beschwert sich und schwärmt«, bemerkt sie und verzieht übertrieben das Gesicht. »Hörst du bitte auf, dir Sorgen zu machen? Gott, so warst du doch noch nie bei Jungs! Normalerweise kümmert dich gar nicht, was sie von dir denken.«

»Tut es auch nicht!«, lüge ich, doch es kommt so erbärmlich heraus, dass ich aufgebe und einfach die Wahrheit sage: »Na gut, du hast recht. Ich mache mir Gedanken, was Ethan von mir denkt, und ich gebe zu, dass ich noch nie solche Gefühle bei einem Jungen hatte.«

»Was für welche?«, fragt sie interessiert und neigt sich zu mir, damit sie mich besser verstehen kann.

»Das kann ich dir noch nicht sagen. Er muss es als Erster erfahren.« Ich lächle unsicher. »Können wir jetzt bitte das Thema wechseln und vielleicht mal über etwas anderes als mich und mein Leben sprechen?« Ich trommle mit den Fingernägeln auf dem Tresen. »Du könntest mir erzählen, wieso du bei mir zu Hause in Tränen aufgelöst warst.«

Zunächst schüttelt sie ernst den Kopf, dann packt sie meine Hand und zieht mich zur Tanzfläche. »Komm, lass uns tanzen und Spaß haben«, sagt sie und dirigiert uns durch die Menge.

Ella benimmt sich komisch, und ich mache mir Gedanken über den Grund, doch ich lasse sie in Ruhe. Fürs Erste sollten wir unsere Probleme weit von uns schieben und uns amüsieren. Ich lache, als ich stolpere, und drängle mich in die Mitte der Tanzfläche. Dort wiege ich die Hüften, drehe mich im Kreis und genieße den Augenblick. Leider will mir der Gedanke an Ethan nicht aus dem Kopf, und ich werde zunehmend unruhiger. Noch nie hat mich ein Junge derart eingenommen. Nicht einmal Sean. Bei Ethan ist so vieles anders. Zum einen kenne ich ihn besser als jeden Jungen, der in meinem Leben auftauchte und wieder verschwand. Er ist ein netter Typ, süß, auch wenn er so tut, als wäre er es nicht. Er ist für mich da, wie es noch niemand sonst war. Was ist, wenn er mich nicht so will wie ich ihn? Greife ich dann wieder zu den Pillen? Die Antwort weiß ich nicht, und das ist beängstigend. Trotzdem bleibt ein

Funken Hoffnung. Bisher bin ich nicht wieder zu den Pillen geflohen, nicht einmal im Haus meiner Mutter, wo ich freien Zugang zu ihnen hatte. Das gibt mir das Gefühl, stark und selbstsicher zu sein.

Plötzlich stößt Ella einen ohrenbetäubenden Schrei aus, als ein Typ von hinten auf sie zugerannt kommt und die Arme um sie schlingt. Als er sie umdreht, erkenne ich, dass es Micha ist. Er lacht, während Ella nach Atem ringt. Es ist das erste Mal, dass ich ihn sehe, seit die beiden weggezogen sind. Ich erinnere mich, dass ich Micha richtig sexy fand, als ich ihn kennenlernte. Er hat diese auffallend blauen Augen und richtig weich aussehendes hellblondes Haar. Und seine Lippe ist gepierct. Ich weiß noch, wie ich dachte, dass ich noch nie einen Jungen mit einem Lippenpiercing geküsst habe, und allein die Vorstellung kam mir fast unanständig vor, als würde ich mich mit einem Bad Boy abgeben. Dann bemerkte ich, wie er Ella ansah, diese Liebe in ihrer beider Blicke, und auch wenn Ella es nie zugegeben hätte, wusste ich, dass ich nie auch nur oberflächlich mit Micha flirten durfte. Ich erinnere mich, wie frustriert ich deshalb war, denn ich musste nach Hause, und mir war so sehr danach, etwas mit einem Jungen anzufangen, der anders war als die, mit denen ich sonst loszog. Dann begegnete ich Ethan und fand ihn auf Anhieb heiß. Ich wollte ihn mir zu gerne angeln und malte mir aus, dass ich mich betrinke, mit ihm ins Bett steige und hinterher betäubt und zufrieden nach Hause fahre. Das Problem war, dass Ethan nicht wie die Jungs war, mit denen ich normalerweise flirtete, und er wollte nicht mit mir schlafen. Er bestand darauf, nur mit mir befreundet zu sein.

»Hallo, Lila.« Micha grinst mir zu und küsst Ellas Hals. »Wie geht's?«, fragt er zwischen seinen Küssen.

Ella erschauert sichtlich. »Hör auf, das kitzelt!«, sagt sie lachend, aber ich sehe ihr an, dass sie es genießt.

Micha beißt sie sanft und lacht, als Ella die Augen schließt und weiter protestiert. Er gibt ihr einen zarten, liebevollen Kuss auf die Wange, bevor er wieder mich ansieht. »Du siehst anders aus, Lila, besonders das Haar. Gefällt mir.« Micha war schon immer sehr charmant. Ella erzählte, dass er vor ihr mit vielen Mädchen geschlafen hat, und mir ist klar, warum. Andererseits hat Ethan das auch, und er ist alles andere als charmant. Meistens ist er sogar eher unverblümt, doch ich schätze, das kann ebenfalls sexy sein. Bei mir hat es jedenfalls funktioniert.

»Danke«, rufe ich über die Musik hinweg und berühre meine Haarspitzen. »War eine spontane Entscheidung.«

Er zwinkert mir zu. »Und eine gute. Es steht dir.«

Lächelnd sehe ich zu Ella, die wieder diesen komischen Blick bekommt, bei dem sie nicht mich ansieht, sondern über meine Schulter.

»Kannst du mal einen Gang runterschalten, Alter?« Ethans Stimme erklingt hinter mir, und in dem Moment, in dem ich sie höre, überkommen mich schwallartig Hitze, Verlangen, Selbstzweifel und Freude gleichzeitig. »Ernsthaft, stell das mal zwei Sekunden ab, ja? Es ist total lachhaft.«

»Ich tue doch gar nichts«, kontert Micha unschuldig. »Außer ihr ein Kompliment zu machen.«

»Ja, klar«, sagt Ethan, und dann liegen seine Hände auf meiner Taille.

Ich bekomme fast eine Herzattacke. Mein Herz benimmt

sich völlig wahnsinnig, hämmert mir gegen die Rippen, als wollte es fliehen. Ich neige den Kopf nach hinten und sehe zu Ethan. »Ich dachte, du kommst erst morgen?«

Sein Gesichtsausdruck ist unlesbar. Seine Augen sind dunkel, sein Haar ist zerzaust, und er hat einen leichten Bartschatten. Ich liebe diesen Look an ihm, doch sein ernster Blick macht mir Angst. »Können wir irgendwo hingehen und reden?«, fragt er.

»Ich …« Ich sehe wieder zu Ella, die nickt und mir stumm bedeutet, ruhig zu gehen. Also drehe ich mich zu Ethan, der sich sein zerknittertes graues Shirt glatt zu streichen versucht. »Ja, können wir.«

Er lächelt, wirkt jedoch besorgt, und auf einmal überschlagen sich meine Gedanken. Er kommt von seiner Ex-Freundin. Was ist, wenn er festgestellt hat, dass er sie immer noch liebt? Was ist, wenn er hergekommen ist, um mir das zu sagen? Was tue ich dann? Zusammenbrechen? Es scheint so leicht, wieder mit den Pillen anzufangen, und zugleich so hart. Der Gedanke, wieder zu dem Mädchen zu werden, das Medikamente und Sex braucht, um sich besser zu fühlen, ist mir zuwider. Ich will nicht zur alten Lila werden. Ich möchte die Lila sein, zu der ich im letzten Monat geworden bin: pillenfrei, mit klarem Kopf und imstande, ohne Geld und Designermode zu leben. Das Mädchen, das alles mit Ethan vollkommen bewusst erlebt und sich weder beschämt noch wertlos fühlt.

Ich will nicht noch einmal innerlich sterben. Ich möchte mich nicht mehr über Aussehen und Geld definieren. Stattdessen wünsche ich mir, richtig zu leben, und das ist es, wofür ich mich entscheiden werde.

Kapitel 19

LILA

Es ist eine Weile her, seit ich zuletzt so nervös war. Gleich nach der Sache mit Sean hatte eine der Precious Bells es in der ganzen Schule herumerzählt. Ich entsinne mich, wie ich an dem Tag, als es geschah, in meinem Zimmer saß und mir davor graute, in den Unterricht zu gehen. Ich hatte Angst vor dem, was die anderen sagen würden. Mir war richtig schlecht. Am Ende musste ich hin, und alle fingen an, mich eine Hure zu nennen. Für sie war es ein toller Spaß. Sie zerrissen mich in der Luft. Doch das Schlimmste war, dass Sean sich hinterher nie mehr meldete. Er hatte einfach die Bänder durchgeschnitten, seine Hose zugemacht, sich sein Jackett geschnappt und »Das war klasse« gemurmelt, bevor er das Hotelzimmer verließ.

Als Ethan und ich auf dem Bett im niedlichen kleinen Gästezimmer von Ella und Micha sitzen, komme ich mir vor, als würde ich in jene Tage zurückgeworfen, auch wenn ich nicht sagen kann, warum. Bisher hat Ethan so gut wie nichts gesagt. Am Telefon war er kurz angebunden und abweisend gewesen. Nein, ich muss aufhören, alles zu zergrübeln!

»Und, wie war es die letzten paar Tage?«, fragt Ethan und lehnt sich an das Kopfteil des Bettes. Er sieht müde aus, hat Schatten unter den Augen, als hätte er länger nicht geschlafen.

Ich knie mich aufs Bett neben ihn. »Es war nett ... Allerdings war ich bei meinen Eltern zu Hause und bin meiner Mutter in die Arme gelaufen.«

Er richtet sich leicht auf, und seine Muskeln spannen sich an. »Wieso warst du denn da? Du solltest dich von denen fernhalten. Deine Eltern sind verdammte Arschlöcher.« Er verstummt und sieht mich genauer an, als fürchtete er, ich könnte körperlich verletzt sein. »Ist alles okay?«

Ich nicke. »Ja, ziemlich okay.«

»Was haben sie zu dir gesagt?«

»Mein Vater war nicht da.«

»Und was hat deine Mutter gesagt?«, fragt er eindeutig unglücklich.

Ich zucke mit den Schultern, kann aber nichts dagegen tun, dass sich meine Miene verfinstert. »Nichts, was ich nicht schon früher gehört hätte.«

Er presst die Lippen zusammen. »Du musst denen fernbleiben ... Die Sachen, von denen du mir erzählt hast, dass du sie dir schon anhören musstest ... Sie verdienen dich nicht.«

Ich liebe dich. Gott, und wie! Ich setze mich mit überkreuzten Beinen hin, sodass mein Kleid ein bisschen nach oben rutscht. »Ich weiß, aber ich war nicht da, um sie zu sehen. Ich wollte ein Kleid aus meinem Schrank stehlen.«

Ethan zieht eine Braue hoch. »Ein Kleid?«

Achselzuckend erkläre ich es ihm und erzähle von dem Zusammenstoß mit meiner Mutter. Mich erstaunt, wie leicht es mir fällt, ihm die Wahrheit zu sagen, bis hin zu dem Geständnis, wie es mir damit ging, die Pillen in greifbarer Nähe zu haben. Ich wollte sie ihr aus der Tasche reißen und herunterschlingen. Ich wollte mich besser fühlen, aber ich habe es nicht getan, weil ich jetzt weiß, dass ich mich mit ihnen nicht besser fühle – ich fühle einfach nichts mehr.

»Das ist normal«, sagt er, als ich fertig bin. Er setzt sich auf und dreht sich zur Seite, sodass er mich direkt ansieht. »Sie zu wollen, wenn du weißt, dass sie verfügbar sind. Entscheidend ist, dass du sie nicht genommen hast.«

Ich nicke und versuche, seine Schwingungen einzufangen, doch er ist so verschlossen, und das frustriert mich. »Was ist mit dir? Wie war …« Mann, ist das schwierig! »Wie war es, London zu sehen?«

Zunächst sieht er mich bloß stirnrunzelnd, beinahe verwirrt an. »Es war nicht so, wie ich es mir vorgestellt hatte.«

Ich hole tief Luft, fürchte mich vor der Antwort, vor dem Schlimmsten, sage mir aber, dass ich damit klarkommen muss, denn ich will nicht wieder in mein altes Leben zurückfallen. »Wie hattest du es dir denn vorgestellt?«

Er starrt mich weiter an, und es macht mich so verrückt, dass ich fast platze.

»Ethan, würdest du mir bitte verraten, was du denkst?« Ich hasse mich für diesen flehenden Tonfall.

Er atmet langsam aus, legt beide Hände an meine Hüften und überrascht mich, indem er mich auf seinen Schoß hebt, sodass ich rittlings auf ihm sitze. »Ich denke daran, dass ich dich vermisst habe. Tatsächlich hat mich ganz schön verblüfft, dass ich die ganze Zeit an dich dachte.«

Ich weiß nicht, ob ich froh oder beleidigt sein soll. »Demnach hattest du nicht vor, an mich zu denken?«

Er schüttelt den Kopf und sieht mich ratlos an. »Ehrlich gesagt, dachte ich, dass ich hinfliege und völlig darauf konzentriert bin, mich von London zu verabschieden. Dann stellte sich heraus, dass ich es eigentlich schon hatte ... Ich glaube, ich habe es schon in dem Moment getan, in dem ich entschied, mit dir zusammen zu sein.« Er überlegt und fängt an zu grinsen. »Klingt mächtig schmalzig, was?«

Ich versuche, nicht zu lächeln, was mir nicht gelingt. »Schmalz kann auch gut sein. So wie in den Filmen. Am Ende sind alle glücklich.«

»Glaubst du, dass wir am Ende glücklich sind?«, fragt er unsicher.

»Keine Ahnung, aber ...« Ich nehme meinen gesamten Mut zusammen und lege die Hände auf seine Schultern. »Aber ich würde es gerne herausfinden.« Dann halte ich den Atem an und warte, wie er reagiert.

Er spielt mit meinem Haar, wickelt eine Strähne um seinen Finger und streicht sie mir hinters Ohr. »Ich möchte nicht, dass es wie bei meinen Eltern wird ... Ich will dir nicht wehtun.«

»Ich dir auch nicht«, sage ich. »Ich möchte, dass wir glücklich sind.«

»Beziehungen können hässlich sein. Ich habe das aus nächster Nähe gesehen.«

»Ja, ich auch.« Ich zögere, ehe ich die Frage stelle, die ich unbedingt loswerden muss. »Eines verstehe ich nicht, Ethan. Du sagst, dass du keine Beziehung willst, trotzdem warst du mit diesem Mädchen zusammen – London.«

Er sieht mir in die Augen, sieht mich richtig an, während er eine Hand an meine Wange schmiegt und mich mit dem Daumen streichelt. »Mit London war es immer intensiv und leicht, weil wir eigentlich nie richtig geredet haben. Sie gab mir ein seltsames Gefühl von Freiheit, hat mir nie bedeutet, dass ich ihr irgendwas geben müsste. Wir haben mehr oder minder koexistiert.«

»Das hört sich nach deinem Traum an.«

Er verneint stumm. »Das dachte ich, aber es stimmt nicht. Im Grunde wusste ich gar nichts über sie. Alles war einfach und witzig mit ihr, aber wohl eher, weil wir die ganze Zeit high waren. Ich denke, mir gefiel mein Bild von ihr. Bei dir hingegen ...« Er verstummt und senkt die Lider, während er überlegt. »Gott, oft machst du mich wahnsinnig, strapazierst meine Geduld und bringst mich auf die Palme. Du bringst mich dazu, Dinge zu fühlen ... Und das ist der Punkt, Lila. Du bringst mich dazu, Dinge für dich zu empfinden, obwohl ich mich dagegen wehre. Das habe ich noch nie erlebt.«

»Dann willst du mit mir zusammen sein?« Ich bin komplett durcheinander. »Obwohl wir manchmal aneinandergeraten?«

»Ich habe dir schon vor langer Zeit gesagt, dass ich das will«, antwortet er und streicht mir das Haar aus der Stirn.

»Wann?«

»In der Wüste. Da habe ich dir gesagt, dass wir zusammen mit dem Wagen losziehen sollten.«

»Ich dachte, das wäre ein Scherz.«

Langsam schüttelt er den Kopf, ohne den Augenkontakt zu unterbrechen. »Zu der Zeit sagte ich mir das auch, doch im Grunde weiß ich schon länger, dass ich dich auf keinen Fall zurücklassen könnte.« Seine Brust hebt und senkt sich, als er tief Luft holt. »Ich … Ich liebe dich, Lila.«

Mein Herz setzt aus. Diese Worte habe ich schon oft gehört, von einem Typen nach dem anderen, wenn sie mir an die Wäsche wollten. Aber nie so. Ich kannte nie jemanden so, bevor wir Sex hatten. Ich war mit keinem vorher befreundet.

Mir kommen die Tränen, denn ich denke unwillkürlich an die sechs Jahre bedeutungsloser, gefühlloser und unwürdiger Liebe, die hinter mir liegen. Gott, es schmerzt mehr, als ich mir anmerken lasse. Ich kann den Schmerz noch in mir spüren, der mich zusammen mit jeder blöden Entscheidung, die ich je traf, verfolgt. Aber das ist alles vorbei, und ich muss aufhören, auf die Dinge fixiert zu sein, die passiert sind. Stattdessen sollte ich nach vorn blicken und mich auf das konzentrieren, von dem ich will, dass es geschieht.

»Ich liebe dich auch«, platze ich aufgeregt heraus. »Und wie!«

Ethan atmet aus und lächelt. »Mann, eine Sekunde lang dachte ich schon, du weist mich ab oder so.«

»Niemals«, sage ich, küsse ihn auf den Mund und spüre eine Verbundenheit, wie ich sie nie zuvor erlebt habe. »Ich könnte dich nie zurückweisen.«

Ich will den Kopf wieder heben, da legt Ethan mir eine Hand in den Nacken und küsst mich eindringlicher. Unsere Lippen verschmelzen, während seine Hände um mich herum zu meinem nackten Rücken wandern, wo er mit den Fingern meine Wirbelsäule entlangstreicht. Ethan schmeckt mich, raubt mir den Atem, als ich mich näher an ihn dränge, und ich wünsche mir, dass wir für immer so bleiben können.

Mein Herz klopft schneller, als er die Träger meines Kleids über meine Schultern schiebt. Ich spüre seine Berührung sehr intensiv und genieße es. All die Jahre war ich innerlich tot, eingesperrt in einem Sarg, den ich selbst gebaut hatte, und endlich bin ich frei. Von unserem Körperkontakt wird mir heiß. Ich möchte wieder fühlen, was ich in unserer bislang einzigen Nacht empfunden habe. Das brauche ich jetzt sofort. Ich stehe auf, und Ethan beobachtet verwirrt, wie ich aus meinem Kleid schlüpfe, weil ich nicht länger warten kann.

Nachdem ich es auf den Boden gekickt habe, steige ich wieder auf Ethans Schoß. Ehe ich ihn erneut küsse, ziehe ich ihm das Shirt über den Kopf. Er sieht mich an, und wieder einmal kann ich nicht erkennen, was in ihm vorgeht. Ich werfe sein Shirt beiseite, dann gleite ich mit den Fingern über seine Muskeln und die Tattoos. Sicher hat jedes von ihnen eine Geschichte, und irgendwann in der Zukunft – unserer Zukunft – muss ich ihn dazu bringen, sie mir zu erzählen. Ich spreize meine Hand auf seiner Brust, sodass ich seinen Herzschlag fühle. Er geht ziemlich schnell, unregelmäßig und nervös, genau wie meiner.

»Woran denkst du?«, flüstere ich und sehe ihm in die Augen.

Er benetzt sich die Lippen, legt seine Hand auf meine und hebt sie an seinen Mund. »Daran, wie sehr ich dich vermisst habe«, antwortet er und küsst mich sacht auf das Handgelenk.

»Das hast du schon gesagt.«

»Weiß ich, aber ich finde, das muss zweimal gesagt werden.«

Ich lächle. Die nette, süße Seite von Ethan Gregory habe ich immer schon geliebt. Das würde ich ihm auch sagen, wenn ich nicht sicher wäre, dass er energisch widersprechen würde. Also küsse ich ihn stattdessen. Zuerst ist es ein zärtlicher Kuss, doch plötzlich wird er leidenschaftlicher. Dann wirft er mich rücklings aufs Bett. Ich stöhne vor Wonne, als seine Lippen von meinem Mund zu meinem Kinn, meinem Schlüsselbein und schließlich zu meiner Brust wandern. Er küsst meinen Nippel, knabbert und zieht an ihm, dass ich fast auf der Stelle komme. Unwillkürlich biege ich mich ihm entgegen, beiße mir auf die Lippe und unterdrücke einen Aufschrei, während ich meine Finger in Ethans Haar vergrabe und seinen Kopf fester an mich ziehe, weil ich mehr will. Für mich ist es nach wie vor ungewohnt, alles zu fühlen, ohne unter Medikamenten zu stehen. Könnte es doch immer so sein. Ich wünsche mir, dass wir uns für immer so begehren wie jetzt gerade. Und, wer weiß, vielleicht habe ich ja doch noch Glück. So oder so ist es das Risiko wert.

Ethan lohnt das Risiko.

ETHAN

Ich habe ihr gesagt, dass ich sie liebe, und sie hat es erwidert. Es geht gegen alle meine Überzeugungen, aber das ist mir egal. Ich will sie, will mit ihr zusammen sein. Ich möchte fortan alles mit ihr zusammen tun, und das ist so seltsam, verrückt und unnatürlich für mich. Trotzdem macht es mich froh.

Als meine Hände über ihren Körper wandern, wird aus der Zufriedenheit Leidenschaft. Ich versuche, es langsam anzugehen, damit sie nicht denkt, ich hätte nur Sex im Sinn, doch das Verlangen, sie zu fühlen, in ihr zu sein und unsere Leiber aneinanderzupressen, ist zu groß. Ich werfe sie auf den Rücken und lege mich auf sie. Dann sauge ich an ihrem Nippel, und sie wimmert und vergräbt ihre Hände in meinem Haar, was mich erst recht ungeduldig macht. Schließlich halte ich es nicht mehr aus. Ich küsse mir einen Weg hinunter zu ihrem Bauch und spreize ihre Beine mit den Händen. Sie stößt eine ganze Reihe von Seufzern aus, als meine Finger in sie dringen und sich in ihr bewegen, bis sie meinen Namen schreit. Sobald ich sie wieder herausziehe, protestiert Lila, bis ich mein Gesicht zwischen ihre Schenkel tauche und mit der Zunge dort eindringe, wo eben meine Finger waren.

»O Gott … Ethan …«, haucht sie atemlos und vergräbt wieder die Finger in meinem Haar. Ich küsse und lecke sie, bis sie bebt und mein Schwanz sich anfühlt, als würde er explodieren. Dann bewege ich meine Lippen wieder nach oben, doch Lila setzt sich plötzlich auf.

Ihre blauen Augen glänzen glasig, als sie nach dem Knopf meiner Jeans greift, ihn öffnet und versucht, mir die Hose auszuziehen. Dabei zittern ihre Finger, deshalb helfe ich ihr, die Jeans und die Boxershorts abzustreifen, und schleudere beides zur Seite. Als Nächstes ziehe ich ihr den Slip aus. Sie zittert am ganzen Leib. Ich hole ein Kondom aus meiner Jeanstasche, rolle es mir über und will direkt in sie. Aber ich zögere, weil Lila noch heftiger zittert, und das ist besorgniserregend.

»Ist alles okay?«, frage ich. Ich muss sicher sein, dass es für sie in Ordnung ist; immerhin weiß ich, was sie hinter sich hat, und das Letzte, was ich will, ist, ihr Druck zu machen.

Sie nickt und öffnet die Beine. Ihr Haar ist auf dem Kissen aufgefächert. »Mir geht es gut.«

Ich knie mich zwischen ihre Schenkel. »Du zitterst.«

»Weiß ich … Ich will das nur, will dich, ganz dringend.«

Unsagbar erleichtert lege ich mich auf sie, sodass unsere Oberkörper aneinandergeschmiegt sind, und stütze mich mit den Armen seitlich von ihrem Kopf auf. Ich küsse sie, um sie zu beruhigen, trotzdem zittert sie weiter, und es wird noch mehr, als ich langsam in sie hineingleite.

»O mein Gott!«, schreit sie, bewegt ihre Hüften im Takt mit mir und bringt mich beinahe zu früh zum Orgasmus. »Es fühlt sich so gut an … Ja … Gott, ich liebe dich …«

Die Ekstase in ihren Augen macht es schwierig, nicht gleich zu kommen, und durch ihre Worte wird es noch intensiver. Ich stoße in sie hinein, wieder und wieder, denke ausschließlich an sie, fühle alles, jede Stelle, an der wir uns berühren. Immer hatte ich geglaubt, dass Liebe es nicht wert wäre. Dass jemanden zu lieben lediglich bedeutete, sich letztlich gegenseitig zu zerstören. Dies hier muss anders sein, denn was ich jetzt gerade fühle, muss doch etwas bedeuten. Dies hier muss echte Liebe sein.

»Ich liebe dich auch«, flüstere ich, vereine unsere Lippen zum Kuss, und mit ihm vereinen sich unsere Herzen.

Epilog

LILA

Ella wirkte nervös, als wir sie im Haus zurückließen, damit sie sich fertig machen kann. Aber das ist sicher normal, denn sie ist im Begriff, sich für immer an einen anderen zu binden. Ich wäre ja bei ihr geblieben, doch ich wollte die Klippe dekorieren, auf der sie getraut werden sollten. Unterwegs besorgte ich Blumen und Kerzen, um den sandigen Bereich möglichst hübsch herzurichten. Micha und Ethan halfen mir. Danach nahmen wir ein Taxi zur Klippe, damit Ella den Wagen hatte. Zum Glück war es nicht windig, sonst hätten die Kerzen keine Minute gebrannt, und die Blumen wären sofort weggeflogen. Das Wetter war ausnahmsweise fast perfekt, der Himmel beinahe blau, die Ozeanwellen waren zahm und die Temperaturen für Dezember sehr lau.

Ethan und ich stehen nahe dem Rand der kleine Klippe und blicken auf das Meer vor uns. Die Sonne scheint auf den Sand und wärmt meine Haut. Micha ist bei dem Pfarrer und wartet auf Ella. Es ist faszinierend, die beiden zu sehen und daran zu denken, was sie hinter sich gebracht haben, um hierherzugelangen. Ich frage mich, ob ich selbst eines Tages an diesen Punkt komme. Vielleicht. Irgendwann. Hoffentlich. Aber bis dahin konzentriere ich mich ganz auf Ethan und die Tatsache, dass er mich glücklich macht. Einen Tag nach dem anderen. Und ich meine, richtig befreiend und atemberaubend glücklich.

»Dir ist klar, dass ich Hochzeiten hasse, oder?«, fragt Ethan mit einem Seitenblick zu mir. »Die sind superschmalzig.«

»Ich dachte, du magst Schmalziges.« Ich stoße ihn ein bisschen zu grob mit dem Ellbogen an, und er verzieht das Gesicht.

Dann zurrt er am Kragen des Hemds, das ich ihn anzuziehen zwang. »Nur dass du es weißt, ich habe meine schmalzigen und netten Momente, aber die meiste Zeit bin und bleibe ich ein Arsch.«

Ich verdrehe die Augen und streiche mein rotes Kleid glatt. »Du bist ein solcher Lügner! Bisher waren die Momente echt selten, in denen ich dich für ein Arschloch hielt.«

Er wendet den Kopf zu mir und nimmt meine Hand. »Nicht mal, als ich dir gesagt habe, du sollst deine Klamotten verkaufen?«

Ich schüttle den Kopf. »Vielleicht in dem Moment, in dem du es gesagt hast, aber jetzt bin ich dir dankbar … Du hast mich verändert, Ethan Gregory, und das auf gute Art.«

Er stöhnt genervt, küsst mich aber sogleich auf die Wange. »Ich liebe dich.«

»Und ich dich«, erwidere ich lächelnd. »Hast du eigentlich auch das Gefühl, du würdest etwas miterleben, an dessen Entstehung du beteiligt warst?«, frage ich ihn, lehne den Kopf an seine Schulter und blicke zu Micha und dem Pfarrer, die sich unterhalten. »Ich meine, ohne uns zwei wären die beiden wahrscheinlich nicht hier.«

Ethan legt seine Wange auf mein Haar. »Ja, stimmt wohl. Gemeinsam sind wir zwei echt erstaunlich.«

Ich schließe die Augen und atme seine Worte ein. Gemeinsam. Er sagt das oft, und jedes Mal wird mir ganz warm und kribbelig. »Ja, sind wir.«

Ich genieße den Moment, lasse mich vollkommen einhüllen von Ethans Duft, dem Gefühl seiner Nähe und dieser wunderbaren Ganzheit in mir anstelle von Leere. Ich bin nicht mal neidisch auf Ella, weil sie in wenigen Minuten heiratet. Nein, ich freue mich für sie.

Ich überlege ernsthaft, die Augen für immer geschlossen zu halten und so lange wie möglich in diesem Moment zu verharren, aber der Klang von Ethans Stimme bewegt mich, sie doch wieder zu öffnen.

»Wo willst du denn hin, Mann?«, sagt er, als Micha zu dem Wendeplatz geht, wo uns das Taxi abgesetzt hat.

Micha schüttelt den Kopf und hält sein Handy in die Höhe. »Ella hat eben angerufen, aber der Empfang hier ist Scheiße.« Er scheint nicht besorgt, wohingegen ich sofort daran denke, wie traurig Ella aussah, als ich vorhin ging.

Wir warten noch eine Weile, bis auch der Pfarrer besorgt aussieht.

»Was ist, wenn irgendwas nicht stimmt?«, frage ich und blicke zu dem Wendeplatz.

»Sicher ist alles okay«, antwortet Ethan achselzuckend, doch mir entgeht dieser Hauch von Zweifel in seinem Ton nicht. Wir beide haben schon so vieles zwischen den zweien geschehen sehen – und in unserem eigenen Leben –, dass wir nicht so blöd sind, blindlings auf »Alles wird gut« zu setzen.

»Hey, hör auf, dir Gedanken zu machen«, sagt Ethan und hebt mein Kinn mit einem Finger, sodass ich ihn ansehen muss. »Das wird schon.«

»Woher willst du das wissen? Ich meine, was ist, wenn nicht?«

»Es wird«, versichert er und blickt zum Meer. »Kannst du dich jetzt bitte entspannen?«

»Ich versuch's«, seufze ich und zupfe an meinem Haar.

Das Sonnenlicht spiegelt sich in Ethans Augen, als er nachdenklich hinaus auf die Wellen sieht. »Weißt du was? Ich habe eine Idee, wie wir dich beruhigen.« Er tritt auf die Klippe zu, packt meinen Arm und zieht mich zu sich. »Ich sage, wir springen, genau wie Ella und Micha, bevor sie den Ring umsteckte.«

Ich blinzle ihn verdutzt an. »Sie sind von einer Klippe gesprungen, ehe sie sich offiziell verlobt haben? Wer hat dir das erzählt?«

»Micha«, antwortet er.

Ich wünschte, Ella hätte es mir auch erzählt. »Tja, das mache ich auf gar keinen Fall.«

Ethan grinst, greift in seine Taschen, holt seine Brieftasche und sein Handy heraus und wirft beides in den Sand. »Warum nicht?«

Skeptisch sehe ich über den Klippenrand zu den Wellen, die gegen das felsige Ufer schlagen. »Weil es gefährlich aussieht und ich ertrinken könnte.«

»Ich würde dich nie ertrinken lassen«, sagt Ethan ernst. »Ich würde nie zulassen, dass dir irgendwas passiert.«

»Das weiß ich.« Und ich meine es auch. Ob er es zugibt oder nicht, Ethan hat mich nicht bloß vor den Drogen gerettet, sondern vor mir selbst. Also lege ich meine Hand in seine, vertraue ihm, und wir treten näher an den Felsenrand. »Wir werden bei der Trauung tropfnass sein«, sage ich. »Und wenn Ella wütend wird?«

Ethan verdreht die Augen. »Ich bezweifle, dass Ella wütend wird, weil du bei ihrer Trauung klatschnass bist. Eher wird sie dich dafür lieben, dass du so etwas Gefährliches gewagt hast, wie von einer Klippe zu springen.«

Er hat recht. Wahrscheinlich wird sie das. Ich nicke und umklammere Ethans Hand fester. Keiner von uns zählt ab, doch irgendwie schaffen wir es, gleichzeitig zu springen, als wären wir blind aufeinander abgestimmt. Bei der Landung hält er immer noch meine Hand, und so schwimmen wir an die Wasseroberfläche. Wir tauchen zusammen auf. Ich japse nach Luft und blicke hinauf zur Klippe.

»Gott, ich kann nicht glauben, dass ich das getan habe«, sage ich und hebe die Hände über den Kopf. Ich fühle mich unglaublich befreit.

»Es fühlt sich gut an, böse zu sein.« Ethan zwinkert mir grinsend zu. Wasser tropft ihm aus dem Haar ins Gesicht und sammelt sich in seinen Wimpern. Er rudert mit den Armen, um sich über Wasser zu halten, während die Wellen gegen die Felsen schwappen.

»Ja, tut es.« Ich schwimme ihm nach und treibe vor ihn, als er aufhört, sich weiterzubewegen.

Er lächelt mich an. »Also, was steht als Nächstes auf deiner Böses-Mädchen-Liste? Wir haben dich schon aus den steifen Klamotten bekommen, du hast dir die Haare abgeschnitten, und du suchst nach einem Job.«

Ich denke nach und lasse mich von den Wellen auf- und abwiegen. »Wie wäre es mit dieser Autotour?«

Zunächst starrt er mich entgeistert an. »Denkst du, du kommst damit klar?«

»Solange du damit klarkommst, mich bei dir zu haben.«

Endlich grinst er. »Damit und mit mehr komme ich allemal klar.« Er packt mich in der Taille und zieht mich zu sich, sodass unsere Lippen mit derselben Kraft kollidieren, mit der die Wellen auf das Ufer treffen.

Ich erwidere seinen Kuss, löse mich nur einen Moment von ihm, um zu flüstern: »Okay, dann ist das abgemacht.«

Danach küssen wir uns wieder. Die Sonne neigt sich tiefer zum Horizont und taucht alles in Rosa- und Orangetöne. Dieser Augenblick ist perfekt, selbst für ein Mädchen, das nie mehr an Perfektion glauben will und es dennoch irgendwie tut. Ethan ist auf eine seltsame Art perfekt, wenn man es genau betrachtet, denn er ist echt, und ich liebe ihn. An ihm ist nichts künstlich, und er ist nicht der, den ich mir aussuchen sollte. Ja, wäre meine Mutter hier, würde sie mir tausend Gründe nennen, warum er der Falsche für mich ist, angefangen mit seinen Tattoos, bis hin zu der Tatsache, dass er arm ist. Er ist das Gegenteil von allem, was ich war, aber nicht mehr bin, und das ist das Einzige, was zählt.

Er ist, was ich will. Was ich brauche. Er ist der einzige Junge, der mir jemals das Gefühl gab, ich wäre es wert, geliebt zu werden. Er hat mich auf die bestmögliche Weise verändert und mir gezeigt, dass es okay ist, jemanden zu lieben. Dass nicht jeder da draußen auf meinem Herzen herumtrampeln will. Und das Beste von allem, für das ich ihn ewig lieben werde, ist, dass er mir gezeigt hat, ich wäre es wert, geliebt zu werden.

Nach dem Küssen schwimmen wir an Land und wandern den Pfad die Klippe hinauf. Ich bin so glücklich, dass ich nicht aufhören kann zu lächeln, bis wir oben ankommen.

Der Pfarrer ist weg, und Micha sitzt allein mit seinem Telefon in der Hand auf einem Stein. Seine Schultern sind eingesunken, und er lässt den Kopf hängen.

»Was ist los?«, frage ich, während ich auf ihn zu laufe.

Er blickt auf, den Tränen nahe. »Ich kann Ella nicht erreichen. Ich glaube, sie kommt nicht.«

»Selbstverständlich kommt sie«, sage ich und wringe mein Kleid am Saum aus. »Sie ist sicher nur zu spät.«

Micha schüttelt den Kopf. »Das erklärt nicht, wieso sie nicht ans Telefon geht. Und sie war heute Morgen komisch.«

Ich nage an meiner Unterlippe, denn auch mir war Ellas seltsames Verhalten aufgefallen. Dann drehe ich mich zu Ethan und strecke die Hand aus. »Gib mir dein Handy.«

Er runzelt die Stirn und holt sein Telefon. »Was hast du vor?«

Lächelnd nehme ich das Gerät. »Ich treibe Ella auf und schaffe sie hierher, damit diese zwei endlich da ankommen, wo sie schon längst hätten sein müssen.«

Ethan grinst, neigt sich zu mir und gibt mir einen Kuss, bei dem mir von oben bis unten warm wird. Und er macht mich umso sicherer, dass das mit Ella und Micha funktioniert, genau wie es hoffentlich mit Ethan und mir funktionieren wird. Denn Ethan macht mich glücklich, so wie

Micha Ella glücklich macht und sie liebt. Und letztlich sind Glück und Liebe doch das Wichtigste; durch sie wird das Leben lebenswert.

DANKSAGUNG

Ein riesiges Dankeschön an meine Agentin Erica Silverman und meine Lektorin Amy Pierpont. Ich bin euch ewig dankbar für eure Hilfe und eure Anregungen.

Meiner Familie danke ich, dass sie mich und meinen Traum unterstützt. Leute, ihr seid fantastisch!

Und unendlicher Dank an jeden, der dieses Buch liest.